彼女のため生まれた

浦 賀 和 宏

幻冬舎文庫

彼女のため生まれた

1

浜松の大学病院に到着したのは、夜の十一時を回った頃だった。

タクシーの料金を払うのももどかしく、俺は飛び降りるようにアスファルトの地面に降り立った。浜松駅前ではまだ仕事帰りのサラリーマンが飲み歩いていたが、この大学病院の敷地内は人気《ひとけ》がまるでなく、静寂に包まれた別世界だった。数年前に新館を建て増ししたばかりだそうだが、どことなくモダンとは遠いレトロな印象を受ける。旧館との違和感を感じさせないためのデザイン上の配慮だろう。その古めかしい佇《たたず》まいが、人気のないことも相まって、大病院の荘厳さを演出している。俺は息急《いきせ》き切って救急外来の受付に回った。既に父が駆けつけていると思ったが、照明が最小限に抑えられた外来には、受付の向こうに病院のスタッフがいるだけだった。

少し上ずった声で、桑原京子《くわばらきょうこ》の息子です、と告げた。彼らは神妙な面持ちで立ち上がった。その表情を見て、俺はすべてを悟った。同情と後ろめたさが入り交じった顔だった。その後ろめたさは、あなたにとっては大事な肉親だけれど自分たちにしてみれば毎日のように死んでいる多くの患者の一人に過ぎないんだ、と暗に訴えているもののように思えてならなかった。

　後ろめたい表情を引きずったまま、スタッフは俺を処置室に案内してくれた。カーテンで仕切られ、事務机のようなスチール製のデスクが置かれた、飾り気のまったくない部屋だった。その部屋のベッドの上に母はいた。顔に白い布をかけられ、息絶えていた。

　俺は呆然《ぼうぜん》と立ち尽くしたまま、母の姿を見つめていた。どうすればいいのか分からなかった。泣いたほうがいいのか、布を取って顔を見たほうがいいのか、そんなことすら分からなかった。いつか来る日が、今日来ただけ。それは理解している。でもあまりにも唐突だった。四時間前までは、いつもと同じ日常だったのだ。でも一本の電話で、日常は脆《もろ》くも崩れ去った。その代わりに立ち現れたのは、母が死んだという現実。

　現実？　本当にそうなのだろうか。夢ではないのか。母は今年でちょうど六十歳だが、持病の類《たぐ》いもなかったはずだ。死ぬような要素は何もなかったのだ。

　それなのに、母は死んだ。

　殺されたのだ。

「――さん？」

　ふと気付くと白衣を着た医師がさかんに俺に話しかけていた。心が現実を否定すると、周囲の音さえも知覚できなくなることを俺は知った。そちらを見やった。胸のネームプレートには『東《あずま》』とあった。

「よろしいですか？」

俺は何度も何度も頷《うなず》いた。

「すいません、突然のことで放心してしまって。もう、大丈夫です」

東医師は頷き、同情する表情を見せてはいるが事務的な口調で、俺に母の死の説明を始めた。

「傷は二ヶ所です。左胸と頸《けい》動脈、この左胸の傷が心臓まで達していて、ほぼ即死状態だったでしょう。残酷な話で心苦しいのですが、苦しまれなかったことが救いかもしれません」

苦しまれなかっただって？

いきなりに家に押し入られ刃物で心臓を貫かれた。母は恐怖と痛みの中で死んだのだ。だが憤りをこの東医師にぶつけるのは大人げないと思い、俺はできるだけ冷静でいようと思った。

「頸動脈の傷というのは？」

「お母さんは胸を刺されて、そのまま仰向けに倒れたんでしょう。その時点でもう助からなかったと思いますが、更に犯人は首を刺したんです」

「どうしてそんなことを？」

東医師は残念そうに首を横に振った。

「私には分かりません。警察の方が判断されることです」

俺は唇を嚙《か》みしめた。あまりにも惨《むご》い、そう思った。これではまるで確実に息の根を止めるための犯行ではないか。

「桑原、銀次郎《ぎんじろう》さんですか？」

と俺の名を呼ぶ声がした。振り向くとスーツを着たサラリーマンのような男がいた。刑事だ、と俺は思った。

男は静岡県警察刑事部捜査第一課の松前《まつまえ》と名乗った。その肩書きが、まるで夢の中のようにぼんやりと響いた。今までフリーのライターとしていろいろな人間に会ってきたが、刑事に直接取材したことはなかったと思う。記者クラブにも入っていない何でも屋のライターに協力的な刑事など存在しないだろう。だが、今回に関しては俺の職業は関係ない。事件の被害者は俺の母親なのだから。俺は彼から話を聞く権利がある。

松前は東医師に目配せした。東医師は頷き、部屋の外に消えていった。松前は俺に向き直った。

「桑原京子さんの、息子さんですね？」

「そうです。急いで駆けつけたんですが、何分インタビュー中だったもので、バタバタしてしまって。こんな時間になってしまって――」

　松前はどこまでも平静な様子で、

「それは仕方がありませんよ。急なことでしたから。福岡に住んでらっしゃるお兄さんは、明日こちらに到着するそうです」

　と言った。この男も病院のスタッフと同じだと思った。俺の両親が巻き込まれた事件はその他大勢の事件の一つにしか過ぎないのだ。ただ同情の表情はこの病院に駆けつけてから出会った人々の中で一番薄い。

　俺は松前のその姿勢に、普段の自分の姿を見た。俺は何かあるたびにあちこちに首を突っ込んで、無遠慮に関係者に質問を繰り出している。それが仕事だからだ。だが自分が取材される立場に立ったことは一度もなかった。その気持ちが、今ようやく分かる。

「あの、父は――」

「お父さんの方が緊急性が高かったので、別の病院に搬送されたんです。後でお教えしますが、ここからすぐ近くです」

「緊急性が高い？　父も怪我《けが》を負わされたんですか？」

　ご存知ない？　と松前は言った。

「押し入った男はご両親を襲いました。目下、行方を捜索中です」

そうだ。犯人が家に押し入ったのは夜の七時半だと言っていた。ちょうど夕食時だ。それでなくても父はもう定年で仕事をリタイアし、大抵は家にいる。父も被害に遭ったと考えるのが普通ではないか。

「電話では、母が襲われて入院したとしか――」

俺は呆然と呟《つぶや》いた。しかし松前は、

「――こちらの方が重大事件だから、お父上のことは伝えそびれたのかな」

とまるで他人事《ひとごと》のように言った。今、松前は父の方が緊急性が高いと表現した。それは間違ってはいない。助かる見込みのある者から病院に搬送するのは災害医療の鉄則である。もちろん傷害事件の被害者の搬送は災害医療のそれとは厳密には異なるが、救命率を上げるために助けられる者を優先するのは理に適《かな》っている。

東医師が言った通りだ。救急車が実家に駆けつけた時点で、既に母が助かる見込みはなかったのだ。

「119番通報をしたのは将至《まさし》さんご自身でした。両腕を切りつけられ、先ほど申しました通り重傷ですが命に別状はありませんでした。ただ京子さんの方は出血が激しく救急車が到着した時にはもう――」

「死亡しているのが確実だったら、わざわざ救急車で病院に搬送することもなかったのに」

と俺は一人呟くように言った。

「死亡宣告を救急隊員が行うことはできないので、このようなケースは病院に搬送することが多いんです。誰が見ても亡くなっている状況なら別ですが――」

そんなことは分かっていた。俺はそんなことを知りたいんじゃない。俺が知りたいのは、いったい俺の両親は何故襲撃され、そして何故母親が命を落とさなければならなかったのか、ということだ。

「犯人を捕まえてください」

と俺は言った。松前は頷いた。

「全力を尽くします――ただ、是非とも銀次郎さんにお尋ねしたい点があるのですが」

「何ですか？」

「犯人にお心当たりは？」

「あるわけないでしょう。押し込み強盗なんかに――」

すると松前はゆっくりと首を横に振った。

「我々はこれを怨恨《えんこん》による犯行と考えています」

「怨恨――？　犯人はうちに恨みがあったってことですか？　でもまさか、そんな――」

「まさか？　それはどういう意味です？」

松前は俺を直視し、訊《き》いた。物腰は決して高圧的ではないが、しかし関係者の証言をまずは疑ってかかる刑事の習性は、被害者の遺族との対面の場でも遺憾なく発揮されていた。

「そんな、私の両親が誰かに殺されるような恨みを買っていたとは思えません」

と俺は月並みなことを言った。だが、そう言うしかなかった。家に押し入られて殺されるなど、よほどのことだ。殺されるほどの恨みなど、どうして両親が買うのだろう。母は結婚してからずっと専業主婦だ。恨まれる筋合いがあるとは思えない。

恨まれるなら父だろう。現役時代は会社でそこそこの役職についていたと記憶している。しかしだ。父は既に定年を迎え、そこそこの役職だったと言っても決して重役クラスではなかった。桑原家は襲撃を受けるような大層な家ではない。

「もう怨恨と決まったのですか？　盗み目的で家に侵入し、出くわした両親を襲ったとは考えられないんですか？」

「確かにそれで話の筋は通るように思えます。しかし問題は犯行の時間なんです」

「時間？」

松前は頷いた。

「一般家庭を狙《ねら》う泥棒が犯行に及ぶのは大抵昼間です。夜中に民家に侵入するような泥棒は滅多にいません。盗み目的の場合、犯人は目立つことを何より嫌いますから」

「犯行が夜だったのが解せないと？」

「そうです。それでも時刻が深夜だったら、犯罪に不慣れな、言ってみれば初心者が行き当たりばったりに犯した犯罪という可能性も出てくるでしょう。しかしですね。犯行に及んだのは夜の七時半です。夕食時ですよ。そんな時間に泥棒に入る人間がいると思いますか？」

「でもそれだけで怨恨だなんて──」

「もちろん詳しいことは唯一の目撃者の将至さんの回復を待たなければなりませんが、盗み目的の犯行とはどうしても思えません。夕食時に突然押し入って問答無用に襲いかかったという印象さえ受けます。だからご近所に聞き込みに回ったんですがね。今のところご両親が近隣住民とトラブルになっていたという事実は確認できていません。それどころか、皆さん口をそろえて良いご夫婦だと仰《おっしゃ》る。ご両親は人格者で通っていらしたようですね」

「そりゃ、死んだ人間を悪くは言わないでしょう──」

「何が起こったのかは、まだ公になっていません。その上での、ご両親の評判です」

　と松前が言った。今の段階では事件の詳細は世間に公表されていない。つまり、両親の方が何か犯罪を犯した、あるいは心中でも仕出かしたのではないかと思っている近隣住人も少なからずいるかもしれない。その上で両親の評判が悪いものではなかったとしたら、確かにその証言には耳を傾ける価値があるのだろう。

「つまり、恨まれるような人間ではないということでしょう？　怨恨だなんて、そんな――」

松前は少し頭をかくようなジェスチャーをしてから、

「だから息子さんが何かご存知なんじゃないかと思ったんですが」

「確かに、実家には正月に帰省するぐらいですが、そんな殺されるようなトラブルを抱えていたら、私の耳に入らないはずはないです」

「一切、分からないと？」

俺は頷いた。

「仮に怨恨だとしたら、家を間違えたんでしょう。そうとしか思えない」

「ご近所にほかに桑原さんという方が住まわれているのなら、そういう可能性もあります。しかしですね。桑原という表札を掲げているのはお宅だけです。確かにご近所に読みなり字面なりが似た名前の方がいないとも限りませんが、しかし対面して刺しているわけですからね。家は間違えても、殺す相手は間違え――ああ、失礼。あまりにも無神経な言葉でした」

そう言って松前は俺に頭を下げたが、本心では露ほどにも申し訳ないとは思っていないことは分かっていた。彼らは事件を解決するのが仕事だ。残された遺族の心まで慮《おもんぱか》りはしない。

ライターという俺の仕事と同じだ。

「怨恨でなくても、無差別の犯行かもしれない」

と俺は言った。

「家に押し入って？」

「そういうケースもなくはないと思いますが」

「もちろん、捜査はありとあらゆるケースを想定して行います。動機に関しては犯人逮捕後自然に明らかになる場合もあるでしょう。怨恨の可能性を伺ったのも、動機の面から犯人を割り出せるかもしれないと思ったからです。ですからご両親を恨んでいる人間がいなかったか、お心当たりがないかお尋ねしているんです」

「さっきも言いましたが、そんな人間など――」

「ご親戚《しんせき》の方々は？」

「親戚？」

「怨恨絡みの犯行の場合、親族の中に犯人がいるケースは少なくないんですよ」

脳裏に聡美《さとみ》の顔が浮かんだ。離婚した妻だ。当時、俺は証券会社に勤めていたのだが、ある理由で退職に追い込まれた。その際のどさくさで別れてしまったのだ。

もしかしたら俺の気付かないところで、嫁姑《よめしゅうとめ》の諍《いさか》いのようなものがあったのかもしれない。それに聡美は再婚するはずだったが、俺のせいで結局流れてしまったとも聞く。だからやけになって両親を――そんな想像が脳裏を過《よぎ》る。しかしありえないことだ。聡美は内科医だ。いくら腹いせとはいえ、自分の人生をも徹底的に破壊するようなことを仕出かすはずがない。

聡美のことは松前には言わないでおこう、と思った。後で何故教えてくれなかったのですか、と問い詰められるかもしれないが、訊かれなかったからと答えれば済むことだ。前妻が母親を殺したとなったら、俺はもう生きてはいけない。

「父は助かったのですね。犯人を目撃しているのではないですか？」

松前は頷いた。

「その通りです。まったく面識のない男だったそうです。しかし面識がないからといって親族ではないとは限らないでしょう」

それはそうだ。俺だって、数年に一度法事などで集まる親戚の顔をすべて覚えている自信はない。しかし顔見知りであるかどうかは、この際関係ないだろう。共犯者がいるという可能性は否定できないからだ。

「父の容体はどうなんですか？　命は助かったという話ですが、重傷なんでしょう？」

「そうでした。すいません、気が回らなくて。ご心配でしょう。ここからすぐですから、ご面会しますか？」

「お願いします」

僅《わず》かな時間であっても母を残していくのが気掛かりだったが、母の葬儀の準備を始める前にまず一度父の顔を見ておきたかった。

俺と松前はいったん病院の外に出て警察の車に乗り込んだ。松前は父が搬送されたのはすぐ近くの病院だと言っていたが、本当にその通りで、車は五分ほどで目的地の病院に到着した。駅前のやはり大病院だった。さっきタクシーで来る時、この病院の前を通った。文字通り右往左往しているな、と考え、憤った。何故わざわざ別々の病院に運んだのだろう。今はどこの病院も病床が不足しているから、一人受け入れるだけでやっとなのは分かる。しかし母は助かる見込みはなかった。死亡宣告のために病院に運んだようなものなのだ。どうせすぐに葬儀屋を呼んで家に連れ帰るのだから、病床不足など関係ないはずだ。

どうせ死ぬなら、いや、既に死んでいるのなら、ずっと父の側《そば》にいさせてやりたかった。その想いが、両親を襲った犯人に対する憤りと綯《な》い交《ま》ぜになり、際限のない不条理感となって俺を苛《さいな》んだ。

松前に案内されるままに、俺は父のもとに向かった。既に処置は終わり、一般病棟の病室にいるとのことだった。こちらの病院の父の担当は元木《もとき》という医師で、病室に向かう途中で合流した。

「犯人はお父さんを鋭利な刃物で滅多刺しにしようとしました。明確に殺意があったと思います。お父さんが負わされた傷は、ほとんどが腕の防御傷です」

その元木の説明を、

「刃物で襲われたら人間はほとんど無意識のうちに腕を振り上げて、攻撃を防ごうとします。その際受ける傷を防御傷というんです」

と松前が補足した。分かっている、と俺は心の中で呟いた。刃物による傷害事件の取材をしていると、当たり前のように出てくる言葉だ。

「しかし、傷はどれも深くはなく、命にかかわるようなものではありません。抜糸するまで通院してもらう必要がありますが、障害が残る可能性も低いでしょう。本来はこれでお帰りいただいて結構なのですが、大事を取って今日は入院していただいたほうがよいと思います。今申しました通り傷自体はそれほど深いものではないのですが、心理的ショックが大きすぎる」

そうだろうな、と俺は思った。刃物で襲いかかられるのはいったいどれほどの恐怖を感じるものなのだろう。想像すらできなかった。父の心には一生傷が残るだろう。ＰＴＳＤの可能性も真剣に考えなければならない。

「それに、我々としてもお父さんには入院していただいたほうがありがたいのです。犯人は今も逃走中ですから」

もちろん警察が警護しているとはいえ、父も今日はもうあの家に戻ろうという気にはならないだろう。犯人が再び父を襲う可能性は決してないとは言えない。

「母の腕には防御傷はありませんでした」

と俺は言った。

「え？」

その俺の発言はいささか唐突に響いたようで、松前と元木はそんな声を上げた。

「どうして犯人は父を殺し損ねたんでしょう？　母は抵抗する間もなく一突きで殺しているのに」

松前は元木と顔を見合わせ、言った。

「それはお父さんは男性で、お母さんよりも体力があったからではないのですか？　だから抵抗できた」

「通報は父がしたんですよね？　おかしいとは思いませんか？　どうして犯人は父に止《とど》めを刺さなかったんですか？　誰かが止めに入ったわけではないんでしょう？　母を殺せたんだ。なら父だって殺せたはず」

「あの、失礼かもしれませんが、何故そんなことを考えるんです？　お母さんは残念でした。お悔やみ申し上げます。しかしお父さんが助かった幸運を、何故素直に受け入れないんですか？」

少し憤ったような口調で、元木は言った。

「こういった事件において、犯人が必ずしも合理的な行動を取るとは限らないんですよ。しかもこれが万が一怨恨ではなく、無差別殺人だとしたら――ご両親を狙ったことに理由がないように、途中で犯行を止《や》めることにも理由はないでしょう」

と松前も、俺をまるで牽制《けんせい》するように言った。母親を殺されたのだから余計な口を挟まず、ただ悲しみにくれていればいいんだ――松前がそう考えているのは間違いない。ただ、解せなかった。

はっきりとした理由ではないのだ。松前は怨恨説を頑《かたく》なに主張している。俺にせよ、両親が殺されるほどの恨みを買っていたなど考えたくないが、現状ではその可能性が最も高いことは分かっている。ただ母は殺されたが、父は助かった。二人とも殺されてもおかしくない状況にもかかわらず。これをそのまま受け入れるなら、犯人は母の方により殺意を抱いていたということになりはしないか？

母は平凡な主婦だったはずだ。父だって平凡なサラリーマンだったが、誰かに殺されるほどの恨みを買うなど、やはり主婦よりも勤め人の方が可能性は高いのではないか。もちろん一概には言い切れないし、主婦同士のねたみそねみの凄《すさ》まじさも分かっているつもりだ。しかし、とっくに子供たちを独立させた六十歳の主婦がどうして心臓を一突きで殺されるほどの恨みを買うのだろう。しかも犯人はその後、冷徹に頸動脈を狙った。止めを刺しに行ったとしか思えない。そこまでした犯人が、どうして父は殺し損ねたのだろうか。抵抗されたから止めを刺すのを断念して逃げたのだろうか。父が生き残ったのは、本当にそんな理由なのだろうか。

両親が犯人と面識があるかないかは関係ないと思っていた。しかしだ。もし今回の犯行が単独犯によるものだとしたら、父が犯人の顔を知らなかった事実は、犯人の目的が母であることを示唆しているとは考えられないだろうか？

「母は自宅のどこで倒れていたんですか？」

「玄関です。お父さんの話によると、犯人はインターホンを鳴らしたそうです。それで来客かと思ったお母さんが玄関に出た。そこで刺されたんです。異様な物音に気付いてお父さんもそちらに向かうと、犯人が土足で上がり込んでお父さんに襲いかかったと——ああ、あそこだ」

松前の視線の先に、病室の外に置かれたパイプ椅子に座っている、やはりスーツ姿の男がいた。刑事なのだろう。今夜はああして寝ずの番か。

松前はパイプ椅子の刑事と目配せした。元木医師は開け放たれたままのドアをノックし、返事を待たずに病室の中に入っていった。

「桑原さん。息子さんが来られましたよ」

元木医師が父にそう言うのとほとんど当時に、俺も病室の中に踏み入った。

父がそこにいた。

ベッドに横たわり、包帯でぐるぐる巻きにされた両腕をだらしなく放り出している。正月に会ったばかりなのに、まるで何年かぶりに再会したかのように、父は老け込んでいた。そして、その視線は虚空を泳ぎどこにも焦点が合っていない。俺は唇を嚙み、唾《つば》を飲み込んだ。ショックで心に変調をきたしてしまったのだ。きっとそうに違いない――！

その時、父の視線が、ゆっくりと動いた。

そして俺を捉《とら》えた。

「父さん」

と俺は言った。

「――銀次郎か」

と父は言った。虚空をさまよっているように思えた視線も、今はまっすぐに俺を見つめている。放心していただけなのだろう。俺だって、警察から母親が襲われたという電話を受け取った時は、父と同じような表情をしていたはずだ。両親が襲われ、母が死んだのだ。それで平静を保てと言うほうがおかしい。

俺は父に近づき、その肩に、そっと手を置いた。

「大変だったな」

そんな月並みなことしか言えなかった。

「俺が玄関に出ればよかったんだ。そうすりゃ母さんは死なずに済んだ。実際、あいつは俺を殺し損ねたんだからな。俺が怪我をしただけで済んだんだ。それなのに――」

「そんなことを考えるなよ。今、警察の人たちが必死に犯人を捜している。父さんは犯人を目撃したんだろう？　父さんの証言が手がかりになる」

父はぎゅっと目をつぶった。襲われた瞬間の記憶を呼び覚まさせてしまったのだろうか、と思った。

「一瞬のことだからはっきりとは分からないが、それほど年を取っていなかったと思う」

「若い男ってこと？」

「ああ。四十歳ぐらいだろう」

一瞬、それは若い男のうちには入らない、という言葉が口をついて出そうになったが、もう六十過ぎの父にしてみれば、二十歳年下は十分若いうちに入るのかもしれない。

「身を守るので精一杯だったから、よく覚えていないが、黒っぽい半袖のTシャツに、ジーンズを穿《は》いていたと思う。若い奴の格好だ。だから、誰かに恨みを買う覚えはない」

と父は言った。俺は松前を見やった。警察は病床の父にも俺にしたような質問をしたのだろう。こんなことがあったのだ。ゆっくり休ませてやりたかったが、事件発生からまだ間もない今の内に容疑者を絞り込みたいという警察の焦りはよく分かった。

「あんな若い男に恨まれる覚えはない。怨恨というぐらいなら、容疑者は普段付き合いのある人間の中にいるってことだろう。だが若者と頻繁に付き合う趣味はないし、そもそもまるで知らん人間なんだ」

「そうだな」

と俺は言った。共犯者がいるなら父のその推理はまるで意味を成さないが、妻を失い、両腕に傷を負った父があまりにも哀れで、父の言葉の揚げ足を取ろうという気にはなれなかった。

「俺も警察の人に父さんや母さんを恨んでいる人間に心当たりがないかと訊かれたけど、まるで心当たりがないよ」

「そりゃそうだ。襲われた当人の俺が身に覚えがないんだから、息子のお前に心当たりがあるはずがない」

父さん、俺は聡美が犯人かもしれないとまで考えたんだぜ？　そう父に告げたら、どんな答えが返ってくるだろうか、と思ったが、やはり言えなかった。父にとって聡美は、これ以上ないほどの自慢の嫁だった。酒を飲むと、息子の嫁が医者ならいつ倒れても大丈夫だとよく冗談で言っていたぐらいだ。俺が聡美と離婚してしまった時の父の落ち込みようは見るに堪えなかった。だからこんな大変な時に聡美のことを思い出させたくはない。

「――母さんの方が恨みを買っていた、ということはないかな」

すると父は間髪を容《い》れずに言った。

「何であいつが恨みを買うんだ。そんな――殺されるような女じゃない、あいつは！」

俺に言われなくとも、父自身はその可能性を十分考えていたのだろう。もしかしたら警察の人間が母の交友関係について訊《たず》ねたのかもしれない。

もし、殺された動機が母の方にあったとしたら――。犯人は四十前後の、父の言うところの『若い男』だ。そして母は六十歳。週刊標榜《ひょうぼう》に書いた熟年離婚の記事を思い出す。夫に愛想を尽かして離婚したはいいものの、外に働きに出なければならなくなり、生活レベルは著しく落ちた。これといって趣味もないし、自分一人が食べるために凝った料理を作る気力もない。こんなことならたとえ嫌な夫とでも一緒にいたほうがよかった。孤独よりはマシだ

——週刊標榜は男性誌だから、離婚された夫が読んで気分が良くなるような記事に仕立てたきらいはあるが、それでも熟年離婚など他人事で、将来の自分、もしくは両親とは無関係だとばかり思っていた。

だが、どうしてもっと早くその可能性に気付かなかったのだろう。犯人は男で、父は助かり、母は殺された。当事者たちの年齢がもう少し若かったら、真っ先に男女関係のもつれによる犯行を疑われるケースではないか。今の時代、六十歳の女性が色恋沙汰《ざた》に走らないとは決して言い切れない。もしそうだとしたら、母だけが殺されたという現場の状況にも一定の説明がつく。

父も、もしかしたらその可能性を真っ先に考えたのではないだろうか。だからこそ、こんな過剰な反応をするのではないか。母に男がいたなど認めたくはないのだろう。もちろん俺だってそうだ。皆、恋に年齢は関係ないと簡単に言う。それは所詮《しょせん》、他人事だという気持ちがどこかにあるからだろう。もし自分の母親が、と考えてみればいい。いい歳《とし》をして止めてくれ、と文句の一つも言うのではないか。しかもそれが不倫の果ての殺人事件にまで至ってしまったら、父のような世代は妻に裏切られたという怒り以上に、世間に顔向けできないと思うのではないか。

俺だって、このような事件がもし他人の家族に降りかかったら、ハイエナのようにあちこち訊き回り、面白おかしく記事に仕立てただろう。人々はそういう記事を読みたがるからだ。恋に年齢は関係ないと言う人々の、それが本性なのだ。

「本当に心当たりはないの？　母さんが最近、何か始めたとか」

「始めた？　何を訊きたい？」

主婦は生活の行動半径が限られる。男と知り合うには出会いが必要なはずだ。

「何かスポーツとか。テニスとかさ」

「母さんはテニスなんかやらん」

「スポーツじゃなくても、趣味みたいなものは？」

父はゆっくりと首を横に振った。

「分からない」

「誰かの恨みを買うには、まずその誰かと出会わなければなりません。だから先ほどからお心当たりがないのかと――」

俺の言いたいことを松前が代弁し始めた途端、

「だから知らんと言ってる！」

父の怒声が病室中に響き渡った。本当に知らないのだろう。ほんの少しでも心当たりがあるのなら、警察にそれを言うはずだ。黙っている理由などないのだから。自分で復讐《ふくしゅう》するつもりなら別だが。だが個人が警察の向こうを張って犯人探しをするなど現実的ではないことぐらい、父だって分かっているはずだ。

警察にせよ、母が不倫の果てに殺された可能性を想定しているはずだ。だがそれを直接言わずオブラートに包んだ言い方をした。しかし父だって警察の質問の意図を重々分かっている。だから怒鳴り散らす。自分を襲った悪魔のような男が、母と通じていたなど考えたくないから。母に裏切られていたとは、どうしても思いたくないから。

その父の気持ちは、結婚していた俺にはよく分かる。

「信介《しんすけ》には連絡したのか?」

と父が訊いた。大手飲料メーカーに勤務している兄だ。数年前まで地元の静岡本社に勤務していたが、とある事情で博多《はかた》に転勤になった。博多は食べ物が美味《うま》いし、決してネガティブなイメージがある土地ではないが、しかし本社から地方に飛ばされたことは間違いない。何か社内であったのではないかと邪推するが、会社をクビになった俺が詮索《せんさく》する資格はないので経緯を訊いたことはない。

「ああ。明日にはこっちに来るって」

父がゆっくりとベッドから身を起こした。何をするのかと思うと、そのままベッドから降りようとする。

「桑原さん？」

元木医師が慌てた様子で、父の方に近づいた。

「帰る！」

父はそう吐き出すように言った。

「ご無理をなさらないでください。大事を取って今晩は入院なさってください」

「こんなところにいられない。葬式の準備をしなくちゃならないんだ」

「葬式の準備は俺と兄さんでやる。それにまだ犯人が逃げ回っているんだ。家に帰るのは危ない」

「逃げ回っているから何なんだ。犯人が捕まるまでずっと入院してろって言うのか？　母さんの葬式も挙げずに？」

俺は唇を嚙んだ。父の意見に反論できなかったからだ。しかし父は今、明らかに普通の精神状態ではない。放っておくわけにはいかない。

「兄さんの方から義和《よしかず》さんには連絡してくれるって言ってた。お前はとにかく父さんのもとに駆けつけろって――親戚への連絡は、義和さんがやってくれているはずだから、父さんが心配することはないよ。こういう時は親戚皆が協力してくれるんだ。警察の方が言っているように、今夜は休んだほうがいい」

義和とは母方の叔父だ。最近会っていなかったが、実の姉がこんなふうに死んでしまったら、どれだけ衝撃を覚えるだろう、それを考えると改めて自分たちが今置かれている事態の非日常性を実感せざるを得ない。

俺は父の病室に看護師を残し松前と元木医師と共に廊下に出た。松前は元木医師に、明日父を退院させる、と告げた。元木医師はそれを了承し、松前と、そして俺に一礼して向こうに去っていった。

「申し訳ありません。父が取り乱しまして」

「いえいえ、それは構わないんです。お父さんは大変な経験をされたし、すぐに犯人を取り押さえられない警察に憤りを覚えるのは分かります。ただ――」

「はい？」

「できるだけ、勝手に動かないで欲しいんです。被害者の家族の方にこういう言い方は失礼であることは重々承知していますが、あなたは、その、お仕事が――」

「確かに私はライターですが、自分の母親が殺された記事を書いてお金儲《かねもう》けしようだなんて、そんな気はありません」

――現時点では、という言葉を俺は呑《の》み込んだ。

松前は頷いた。

「そう仰っていただいて、安心しました」

犯人が捕まったら、と想像した。もちろん母を殺した犯人は憎い。憎まなければならない。だが今の俺は、犯人に対する憎しみよりも、何故犯人は母を殺したのだろう、という好奇心の方が強かった。薄情かもしれないが、それは事実だ。

もしこの事件が本当に男女関係のもつれによって引き起こされたものなら、マスコミで話題になる可能性もなくはない。そうなったら週刊標榜は俺に記事を書けと迫ってくるだろう。被害者の息子が書いた記事だ。話題の度合いにもよるが、売れると考えて間違いないだろう。松前にはああ言ったが、週刊標榜の依頼は断れない。それに自分の好奇心を満たすこともでき、金にもなる。俺は事件の当事者だ。雑誌の記事どころか、一冊の本になるほどの厚味のある原稿が書けるかもしれない。もし自分の本が出版できたとしたら。世の中に山ほどいるフリーライターたちの中から一歩抜きんでる、これはチャンスではないのか。

思わず自嘲《じちょう》しそうになったが、松前の手前、我慢した。

何のことはない。俺は母親の死さえも、自分の名を上げる手段にしようとしているのだ。だから驚くほど母を失った悲しみや、犯人に対する憤りが薄いのだ。今の俺にあるのは、どうやってこの経験を仕事に結びつけようかという損得勘定だけ。

失職し、離婚し、絶望の縁にあった俺がフリーライターなど始めたのは、偏《ひとえ》に週刊標榜の編集長の中田が大学の先輩のよしみで俺を救ってくれたからだ。俺は彼の期待に応《こた》えようと、そして会社をクビになったという人生のミスを取り返そうと、がむしゃらに働いた。だから俺はこんな男になってしまったのかもしれない。母が殺されたのに、涙一つ流さず、その事件でどれだけ金を稼げるかをずる賢く計算する、冷たい男に。

「桑原さん。お願いがあるのですが」

「――何ですか？」

「明日、お父さんと一緒にご自宅で現場検証に協力して欲しいんです」

「それは構いませんが、実家には正月に帰省するだけだし、ましてや事件を目撃したわけでもないので、あまり私が協力できることはないと思いますが」

「確かにそうかもしれません。ただ――お父さんの精神状態が心配で。明日、お兄さんが到着するご予定ですね？　息子さんが二人もいらっしゃれば、安心です」

などと、松前は言った。

「桑原さんにはご実家近くのホテルを用意しているので、今日はそこでお休みください。明日、お迎えに参ります」

押し入られて母親を殺された揚げ句、家に帰ることも許されないのか、とぼんやり思った。フリーライターの仕事をやっていると、そんな犯罪被害者遺族は山のように見てきたから今更憤ったりはしなかった。ただ万が一無遠慮にマスコミが取材に押し掛けてきたら、どう対応しようかと考える。そっとしておいてくれ、と彼らを拒否する権利は俺にはないのだ。

その時、向こうから制服警官がやって来て、松前に何か耳打ちしていた。飛び降り……高校の屋上から……服装が……そんな会話の端々が漏れ聞こえてくる。

「どうかしたんですか？」

松前は俺に向き直って言った。

「すいません、少し、ここでお待ちいただけませんか？」

「ええ――私の方は構いませんが」

「実は」

と松前は切り出した。

「ご実家の近くの高校の屋上で、近くといっても三キロほど離れていますが、飛び降り自殺があったんです」

「――飛び降り？」

「ええ。もちろん関連性があると決まったわけではありませんが、距離も離れてない。飛び降りたのはご両親が襲われた一時間ほど後と思われます。時間的にも矛盾はない。それにお父さんが話した犯人の特徴と似ている」

「四十歳ぐらいの男、ですか？」

「年齢はもう少し若そうですが、黒のTシャツを着て、ジーンズを穿いていたそうです」

そう松前は言って、慌てた様子で向こうに歩き出した。

その彼の背中に、俺は問い質《ただ》した。

「どこの高校ですか？」

松前は振り返らずに答えた。

「市立青嵐《せいらん》高校です」

俺の母校だ。


「何だ、戻ってきたのか」

俺の姿を見るなり、父はそう言った。

「警察もバタバタしてるみたいだ。俺が卒業した高校で自殺者が出たから、そっちを調べてる。その自殺した人間が犯人かもしれないと警察は思っているんだ」

恐らく別人だろう。四十歳ぐらいの男、なんてあまりにも漠然としているし、もう十月だがTシャツにジーンズ姿の男などざらにいる。大体、日本では年間三万人も自殺しているのだ。あんな事件が起こった実家の近くで自殺があったからって、それが何だと言うのだ。そんなものはただの偶然だ——俺はそう自分に強く言い聞かせた。

心の奥では、その自殺した男が母を殺した犯人かもしれない、という強い気持ちが拭《ぬぐ》い切れなく残っていたから。

俺の母親が殺された直後に、母校で飛び降り自殺があった。関連性がないはずがない。そして（ここが一番重要なのだが）そいつがもし犯人だとしたら、両親が襲われた原因の一端は俺が担っているのかもしれない。もし両親が俺とはまったくかかわり合いのない原因で襲われたのならば、その犯人がどうして俺の母校で自殺するのだろう。

病室の看護師は、俺と父の間にただならない空気を察したのか、気を使って席を外してくれた。今なら松前も元木医師もいない。父と二人っきりだ。俺はこのチャンスに父にちゃんと自分の考えを打ち明ける必要があると感じた。

俺は言った。

「俺のせいで、母さんは殺されたのかもしれない。犯人が飛び降りたのは青嵐だ。分かるだろう？　俺が通っていた高校だよ。人を殺してしまってやけになって自殺するのはいい。だけど首つりでも、電車に飛び込むのでもなく、どうしてわざわざ俺の母校から飛び降りるんだ？　飛び降りる場所は沢山あるのに犯人は俺の高校を選んだ。偶然とは思えない」

父はゆっくりと、

「もしそうだとしたら、犯人は何故そんなことを?」

と訊いた。

「俺への当てつけと、犯人にとっても青嵐は思い出深い場所だったからだろう。つまり犯人は——俺の青嵐時代の知り合いだ。同級生かもしれない」

「お前には誰かに恨まれる覚えがあるのか?」

そんな覚えはない——ないと思う。

「動機はまだ分からない。ただそう考えたほうが自然だ。犯人は俺がまだ実家で暮らしていると思っていた。俺を殺すためにあの家に押し入ったんだ——でも俺はいなかった。だから母さんと父さんを——」

俺はそこまで言って唇を噛んだ。もし青嵐高校の屋上から飛び降りた男が犯人だとしたら、この俺の想像は恐らく正しいだろう。それ以外に犯人が青嵐で自殺する理由はない。

つまり犯人は俺の身近な人間。つまり友達と呼べるほど親しい人間ということになる。だからこそ、命を狙われるほどの恨みを買う。しかし——誰だ?

「お前の担任だった男か?」

と父は言った。

「どうしてそう思うんだ?」

「犯人はお前より年上だったからな。ありゃ四十ぐらいだ。同い年じゃない」

「見かけで年齢なんて、そう簡単には分からないさ。十歳ぐらいの誤差を含めれば、同い年でも計算が合う」

自分で言ったその言葉と同時に、俺の中である記憶が想起され始めた。

甘酸っぱい高校時代の記憶。バスケットボール部。ハワイへの修学旅行。受験勉強。文化祭の出店。初めてのキス。教師、そして仲間たち——。

彼らの中に、母を殺した犯人がいるのだろうか？

その時、

「すいません。ちょっとよろしいですか」

と言いながら、松前が病室に戻ってきた。俺ではなく、父に言っているようだった。

「飛び降り自殺の方に行ったんじゃないんですか？」

「直接行くより、先に将至さんに確認していただきたいんです」

松前は、タブレット型の機器を手に持っていた。あれで父に面通しをさせるつもりなのだろう。デジタルデータは改竄《かいざん》や削除が容易という理由で、警察の証拠写真は長らくそのほとんどがフィルムだったが、ファイルの削除や編集が不可能なメモリーカードが開発された近年は鑑識がデジカメを使うのも珍しくないという。

「よろしいですか？」

　と松前は念を押すように言った。恐らく自殺死体の写真なのだろう。一般人はそんなものを見慣れていないし、本当に母を殺した犯人のものだったら、襲われた際の記憶が蘇《よみがえ》ることもあるかもしれない。松前が慎重になるのも分かった。

「——はい」

　と父は言った。そのような写真を父に見せていいのか、元木医師に相談したほうがいいのではないか、と俺は言おうとした。だが既に松前はタブレットを父の前に差し出していた。

「分かりません」

　と父は言った。

「本当ですか？」

「だって死んでいるんでしょう？　生きている時と印象が違う」

「服装は？　よく見てください。印象的なTシャツを着ています」

「分からない。こんな格好をしていたような気がするし、そうでない気もする。印象だけであやふやなことは言いたくありません」

「本当ですか？　ほら、額に黒子《ほくろ》があるでしょう。これは目立ちますよ。見覚えはないんですか？」

「だから知らないと言っているでしょう！」

——額の黒子。

「すいません」

俺が発した言葉で、父と松前は会話を止めた。

「私にも見せていただけないでしょうか？」

「ええ、そうですね」

松前は何の期待もしていないかのような口調で言い、俺の方にやって来た。先ほど話した通り、両親に恨みを持っている者の犯行だと思っているのだろう。しかし彼は俺の母校が青嵐であることを知らない。

松前はタブレットを、画面が見える向きで俺の方に差し出した。液晶画面の中に一人の男が横たわっていた。飛び降り自殺ということで惨い写真を覚悟していたが、意外と穏やかな表情だった。青嵐高校は五階建ての校舎で、仮に屋上から飛び降りて命を絶ったとしても、身体《からだ》がぐちゃぐちゃになるほどの酷《ひど》い状況には陥らないのかもしれない。もちろん程度問題だが。

死体が着ているTシャツは真ん中に有名なアメコミキャラクターが大きくプリントされたものだった。確かに印象的なTシャツだ。

俺は死体の顔を見やった。

父は四十歳ぐらいと言っていたが、それほどではないような気もするし、年を取っているような気もする。命の消えた人間の年齢を言い当てるのは困難だろう。

しかし俺は理解した。この男は俺と同い年だ。

「渡部《わたべ》だ——」

「え⁉　どうしてご存知なんですか⁉」

心底驚いたように松前は言った。警察は既に身元を突き止めているのだろう。

「青嵐での俺のクラスメイトです。あいつは自分の母校で飛び降りたんだ——」

後半部分は自分に言い聞かせた言葉だった。

「間違いないですか？」

「ええ。彼と特に話をしたことはなかったと思いますが、額の黒子はよく覚えています」

青白い額に——死体の顔色など悪くて当然かもしれないが、彼はもともと真っ白い肌だった——盛り上がった大きな黒子があった。肌が白いだけに、その黒子はいっそう目立った。

「子供の頃は黒子を隠すために髪を伸ばしていたそうですが、癖毛で汚らしく見えるので短くしたと聞いています」

「それは彼に直接訊いたのですか？」

「どうだろう——直接ではなかったと思います。今も言いましたが大して話をしたことがなかったから。でもクラスでは浮いていた存在だったから、ちょくちょく噂の対象になっていたと記憶しています。きっとその噂を偶然私も聞いたのでしょう」

「そうだったんですか——いや、彼が青嵐高校の生徒であったことは確認済みですが、まさか息子さんの同級生だったとは——」

「先ほど父と二人っきりになった時に話していたんです。飛び降りたのが本当に母を殺した犯人ならば、もしかしたら青嵐での知り合いかもしれないって——」

そして俺は自分自身に言い聞かすように、

「渡部の狙いは私だった。だけど私は既に実家を出て、あの家にはいなかった。渡部はそれを知らなかった。だから出くわした父と母を——」

と呟いた。

父は凍りついたような表情で俺を見つめた。何か言うのかと思ったが、その口からは何も出てこなかった。仮定の段階と、その仮定が実証されたのとでは、天と地ほどの差があることを、俺は思い知った。

松前は俺に問い質した。

「どうして渡部はあなたを襲おうとしたのですか？　いったいどんな恨みを買っていたので

すか?」

俺は松前の質問に答えることができなかった。渡部に殺されるほど恨まれる動機など、俺にはなかった。ないはずだった。もちろん同じクラスなのだから、まったく口を利いたことがない、と言ったら嘘になるかもしれない。しかし仮に口を利いたとしても、そんな彼との思い出など、とうに俺の記憶からは消え去っていた。

葬儀の準備は、俺と兄さんで進めていいのか? との質問に父は力なく、ああ、とだけ答えた。もしかしたら顔なじみの葬儀屋でもあるのかもしれない、と思ったから訊いたのだが、もしあったとしても父は同じ返事をしただろう。まるで父との間が透明な壁で遮られているかのような拒絶を感じ、俺は逃げるように父の病室を後にした。

松前と一緒にパトカーで母のいる病院に戻った。彼もどこか俺を見る目が違っているような気がした。この事件の根本的な原因はお前だ、とその目が語っているように思えてならなかった。

本当にそうなのだろうか? 両親を襲った犯人が俺のクラスメイトだからといって、俺がその責を問われなければならないのだろうか? もう俺が渡部に殺されるほど恨まれている、と決まってしまったのだろうか?

これは何かの勘違いだ。きっと渡部は誤解していたんだ。そうであって欲しかった。いや、そうでなければならなかった。俺が渡部に恨まれたせいで、あんなふうに母が死んだなんて考えたくはない。俺のせいでこんなにも早く、母の葬式を出さなければならないなど。

母の遺体をいつまでも病院に置いてはおけないので、葬儀社に頼んで自宅に運ばなければならない。といっても自宅は現場検証の最中なので、そこに遺体を運び込んでもいいものか、と案じたが、こういう場合は現場検証が終わるまで、葬儀社の霊安室に安置するのが普通なのだという。

看護師に葬儀社の一覧表を渡された。二十数社あり、正直どこに頼めばいいのか決めかねた。父の答えは明らかに生返事だし、兄にも相談せず俺が一人で母の葬儀を進めていいのかという不安もあった。もちろん葬儀を出すのは初めての経験だった。

遺体を運ぶ葬儀社に必ずしも今後の葬儀をすべて任せなければならないわけではないらしいので、とりあえず最も実家に近い葬儀社に頼むことにした。葬儀社に電話をし、車が来るまでの小一時間ほど、俺は母と一緒にいた。

今日初めて母と二人っきりになった。顔に傷はついていなかったが、生きているみたいだとは思わなかった。冷たく青ざめた、それは死人の表情だった。もう母ではないと思った。これは母の残骸《ざんがい》に過ぎなかった。

松前は姿を消していた。俺に気を使って外に出たんだな、と考えたが、実際は俺と渡部の周辺を探るために各方面に指示を出しているのかもしれない。

真犯人は別にいて、渡部は自殺に見せかけて殺されたんだ、などというありえない推測を巡らした。

もう俺は自立しているし、母も六十歳だ。いつかは親と永遠の別れが来ることは分かっていた。両親が恨まれて殺されたとしても、俺が責任を感じることもなかっただろう。俺と両親とは別人格なのだから。しかし俺に対する怨恨に巻き込まれて両親が襲われたとなったら話は別だ。

そんなことをつらつらと考えていると時間はすぐに経《た》ち、葬儀社の車がやって来た。霊柩《れいきゅう》車でも来るのかと思ったが、ごく普通の寝台車だった。霊安室は扉を開けるとそのままストレッチャーで遺体を外に運び出せるようになっていた。葬儀社の人間は慣れた手つきで、母の遺体を車に乗せた。

母は葬儀社の車に乗せられ、俺は松前と共にパトカーに乗り、病院を後にした。看護師が数名見送りに来てくれたが、その中に東医師の姿はなかった。

もちろん警察が用意してくれたホテルに向かうのだが、まるで留置場に向かっているかのような気分だった。

「ご実家は立派ですね。しかも佐鳴台《さなるだい》だ」

と松前は言った。その言葉はどこか唐突に俺の耳に届いた。佐鳴台は浜松の高級住宅街として知られている。

「ご両親にはそれなりの財産があったはずです。在職中は仕事上でのトラブルも抱えていたに違いないと思いましたが、まさか息子さんの方に動機があったとは」

当初、松前が父に対する怨恨説を主張していたのは、そこそこ財産があったことも理由なのか。俺は自分が金持ちの家に生まれたなどとは露ほどにも思っていなかったが、客観的に見ればどうだったのかは分からない。財産がある人間は仕事や金の面でのトラブルを抱えやすいという予断を松前が持つのも分からなくなかった。

「――渡部の家族にはもう連絡は行っているんですか？」

松前は頷いた。

「財布の中に歯医者の診察券が入っていて、それで身元が分かったんです。家族は嘆き悲しんでいましたが、渡部はニートというやつで、仕事もしないで実家に引き籠《こ》もっていたから、将来を悲観しての自殺だと思っているようです。それが自分の犯した殺人の罪から逃げるために自殺したと分かったら――」

そこで彼は、まるで俺の反応を窺《うかが》うように言葉を切った。しかし残念ながら俺は、加害者遺族の感情を慮るほどの余裕はなかった。ただ懐かしい浜松の景色を眺めながら、渡部が犯人だともうほとんど確定してしまったんだな、とぼんやりと考えていた。

2

警察が用意したビジネスホテルで俺は一夜を過ごした。眠れるだろうかと不安で、実際ベッドに入ってからもずっと目が冴えていたのだが、断続的に夢を見たような気がする。多分、浅い眠りを繰り返していたのだろう。熟睡して一時《いっとき》だけでも現実を忘れたかったのだが、一睡もできないよりマシだ。

朝食は出たが、腹が減っている自覚はあるのに、やはり箸《はし》が進まず、半分以上残してしまった。

約束通りに昼前に松前が俺を迎えに来た。昨夜と同じように連行されているような気分で、俺はパトカーに乗り込んだ。既に父は別の車で実家に向かっているという。兄も合流するだろう。兄は五歳年上で、同じ屋根の下で暮らしていた時は鬱陶《うっとう》しいと思ったこともあったが、こうして別々の土地で暮らし、冠婚葬祭と正月にしか顔を合わさなくなった今は懐かしく思える。父もそうだ。そして母も——そうだった。

だがどんなに母を懐かしく思っても、彼女と会うことはもう二度とできないのだ。俺たち家族は、今はもういない死んだ母のもとに集まろうとしているのだ。それを思うと、空《むな》しさと、もっと頻繁に実家に顔を出せばよかったという後悔に苛まれる。

二十分ほどで実家に到着した。あと三ヶ月もすれば、また来年の正月に皆で集まるはずだった。見たこともない光景が、そこには広がっていた。家の周囲を取り囲むようにあちこちにパトカーが停まり、警察関係者と思《おぼ》しき人物が行き来している。我が物顔で実家を出入りしている男たちは、おそらく私服の刑事だろう。鑑識による科学的な現場検証は昨日のうちに終わったのだろうが、それでも鑑識の制服を着た捜査員が目に付く。もちろん制服警官も少なくない。家の周囲にはロープが張り巡らされ、近隣の住民たちが哀れみ交じりの好奇心で中を覗《のぞ》き込もうとしている。

俺が生まれ育った懐かしい家はもうないんだな、と唇を噛んだ。同時に、他人の家に押し入って、その家に暮らす夫婦を殺傷するのが、どれだけの重大事件なのか改めて思い知った。

パトカーから降りると、野次馬たちの同情と好奇の視線が突き刺さった。ここにいるのは近所の住民ばかりだから、俺のことを知っている者もいるだろうし、そうでなくても雰囲気から被害者の家族だということは何となく分かるはずだ。佐鳴台は高級住宅街との評判だが、他人のスキャンダルを覗き見る下世話さは誰でも平等に持ち合わせているのだろう。もちろん、彼らのような人間がいるから俺の仕事も成り立つのだから文句は言えない。あらゆる意味で俺は取材される側に回ったのだな、と実感し、これからもライターという仕事を続けていけるのだろうか、と考えた。

家の門を潜《くぐ》ると、松前は開け放たれた玄関を指さし、俺の気持ちなどまるで考慮しない無遠慮な口調で、

「あそこです。あそこでお母さんは刺されたんです」

と言った。

俺は恐る恐る玄関に近づいた。血の海、という表現は大げさだが、三和土《たたき》と玄関ホールには決して少なくない血痕《けっこん》が飛び散っていた。血が擦《こす》れたような跡も多かった。その跡は廊下の向こうまで延々と続いている。玄関ホールの床には細長い白いロープが蛇のようにのたうっている。それが母の死体の位置を示していると気付くまで数秒の時間を要した。刑事ドラマなどでよく見る、死体をチョークで縁取るように描く、あれだ。床にチョークを引くわけにはいかないから、ロープで代用しているのだろう。

「犯人は、ここでお母さんを刺した後、室内に上がり込みました。そこら中に犯人の血の足跡が残っています」

「――その擦りつけたような跡がそうですか？」

「そうです。鮮明でないので、足跡を照合するのは不可能かもしれません。ただ渡部が真犯人ならば彼の靴底にこの現場に残された血液、つまりお母さんの血が付着しているはずです。指紋も採取しているのですが、念のためその靴底の血のDNA鑑定も進めています。どうであれ結果は今日中に出るはずです。そうなったら決まりだ」

最後の一言は、松前が自分自身に言い聞かせた言葉のように聞こえた。

警察は渡部が母を殺したという前提で動いている。既に証拠固めの段階なのだろう。見込み捜査ですか、と皮肉の一つも出そうになったが、実際に言葉にする心の余裕はなかった。

犯人がすぐ見つかったのは喜ぶべきことのはずだった。だが心の中の何かが、納得できないと叫び声を上げている。もちろんDNA鑑定の結果が出るまで渡部が真犯人であると断定できない、などという期待に賭《か》けるほど俺は夢想家ではない。もう渡部が犯人だと確実視されているのだ。DNA鑑定はその結論を補強するものでしかない。

「何か不自然なところがありましたら、ぜひ教えてください」

と松前は言った。正月に来た時と、変わったところはないと思う。だが十ヶ月前の実家は、玄関ホールが血まみれでも、野次馬に取り囲まれても、警察の人間が我が物顔で出入りしてもいなかった。今の俺にとっては何もかもが不自然だ。何かなくなったものはないかという意味で松前は言っているのだろうが、そもそも普通、玄関先には貴重品など置かないはずだ。

ただ俺は想像する。渡部がこの玄関で母を刺し殺す光景を。

吐き気がした。

「大丈夫ですか？」

松前が気づかうように、俺に声をかけた。

「大丈夫です。でも、その——気が動転してしまって」

母を刺し殺した渡部は、土足で室内に上がり込んだ。その際、あふれる母の血液で濡《ぬ》れた渡部の靴底は、点々と玄関ホールに、廊下に、血の刻印を残した。

渡部のことなんて、今日まで考えたこともなかった。ただ単に同級生というだけの男が、過去から舞い戻ってきて、このような凶行に及んだのだ。

どうして俺なのだろう？　四十人もいたクラスメイトの中で、どうして俺だけが？

その時、

「銀次郎——」

背後から馴染《なじ》みのある声がした。振り返るとそこには桑原信介——俺の兄がいた。

俺はフリーランスだし、就職していた当時も株を年寄りに売りつけるようなことをやっていたから、どこか軟派なところがあるのかもしれない。だが兄は正反対だ。銀縁の眼鏡をかけ、ぴったりと撫《な》で付けた髪形のせいで、実際よりもかなり年上の印象を受ける。だが飲料の販売担当という実直な業務には向いているのかもしれない。

背後には父がいた。ジャケットの袖からのぞく包帯が巻かれた腕が痛々しかった。我が家をまるで忌むような目で見上げたまま立ち尽くしている。十ヶ月ぶりの兄弟の再会にも、まるで関心を抱いていないふうだった。

「こっちには着いたばかりなの？」

と俺は訊いた。

「ああ」

と兄は短く答えた。

「義姉《ねえ》さんは？」

「雅代《まさよ》と峻《しゅん》はホテルだ。雅代はともかく、峻を殺人現場に連れてきたくはないからな」

峻は兄夫婦の子供、つまり俺の甥《おい》だ。今年二歳になる。

「母さんとは――」

兄は首を横に振った。

「まだだ。葬儀社の霊安室だってな。こんなことは早く終わらせて、母さんを連れて帰ろう」

「全力を尽くします」

その兄の言葉が当てつけに響いたようで、松前は神妙な面持ちでそう言った。

兄は、母を殺した犯人が、俺の高校時代の同級生であることを知っているはずだ。警察が真っ先に説明しただろうから。眼鏡のレンズ越しの兄の瞳に、俺はどう映っているのだろうかと思ったが、そんなことを考えても詮《せん》ないことだと思い、俺は目の前の現実に立ち向かうことにした。

「父さん」

俺は兄の背後の父に呼びかけた。兄もゆっくりと父の方を向いた。

「辛《つら》いと思うけど、警察の方々に協力しないと、母さんをここに帰してやれないよ」

「ずっと、葬儀社に置いておけばいいんだ」

などと父は言った。

「自分が殺された家に帰すぐらいだったらな。葬儀も向こうでやればいい。それが一番簡単で手間がかからない」

「父さん！」

兄が声を荒らげた。

「今、そんなことを言ってもどうしようもないだろう」

「将至さん。お辛いでしょうが、どうか協力してください」

兄と松前に急《せ》かされるように、父はゆっくりとこちらに歩み寄ってきた。玄関に男が四人もいるとさすがに狭苦しいので、俺は外に出た。

「まずこちらからお願いします。将至さんがこの玄関先に足を踏み入れたのは、犯人の逃走後ですね？」

「ああ――多分、そうです。夕食時でした。京子は、料理をテーブルに並べていました。俺は京子を手伝いもせず新聞を読んでいました。こんなことになるんだったら、手伝ってやるべきだった――。その時、インターホンが鳴った。俺はまた宅配便とか新聞の集金とか、そんなもんだと思ってまるで気に留めなかった。客が来た時は京子が応対するのが普通だったから。だからその時も、京子が玄関先に向かった。俺が行くべきだった――」

最初こそ松前に話していたが、父の口調は段々と自分自身に言い聞かせるもののようになっている。

「その時、何か言い争うような声は聞こえませんでしたか？」

「分かりません。何か話していたと思いますが――何を話しているのかはよく聞こえませんでした。テレビの音が邪魔して――」

「テレビを観ていたんですか？　先ほど新聞を読んでいたと仰いましたが」

「だから、テレビをつけて、新聞を読んでいたんです。それは昨日も別の刑事さんに言いました」

「ああ、そうですか」

警察は言葉の瑣末《さまつ》な部分まで追及するきらいがある。彼らもそれが仕事なのだから仕方がないが、容疑者扱いされていると感じて父が激高しないか気が気ではなかった。父は気難しい男ではないが、場合が場合だ。

「それから物音がしました。人が倒れたような大きな音です。今から思うと、京子が刺されてここに倒れた音だったんでしょう。その音と同時に話し声が止んだから、俺は何かあったのかと不審に思ってダイニングから玄関に向かった。でも——」

記憶を嚙みしめるように、父は一時黙り込んだ。だが覚悟を決めたように再び話し出した。

「ダイニングを出ると、渡部がそこにいた」

渡部、という言葉が俺の心を突き刺した。分かっている。渡部が犯人で間違いないのだ。しかし父の口から直接その名前を聞くと、やはり後ろめたさは小さくなかった。

「泥棒や強盗に気をつけろと世間では言うし、俺もそのつもりだったが、実際に押し入られたことなど初めてだった。しかも渡部は俺の顔を見るなり刃物で襲いかかってきたから、自分の身を守るのが精いっぱいで、とても京子のことに気を回す余裕なんてなかったんだ」

「その時は、犯人を強盗の類いだと思ったんですね？」

「そりゃ家に見知らぬ人間が土足で押し入ってきたら、誰だってそう思うでしょう」

兄が松前の質問に苛立《いらだ》つように言った。松前は小さく頷き、父に話を続けるように促した。

「俺は渡部に必死で抵抗した。だから渡部は俺を殺し損ねて逃げたんだ」

「よく刃物を持った相手を追い返すことができたな」

と感嘆したように兄が言った。

「自分の身を防ごうと、両手を顔の前に上げて、無我夢中で振り回したんだ。そうしたら俺の腕があいつに当たって刃物が床に落ちた。多分、あれは包丁の類いだろう。俺はその包丁を拾った。だから反撃されると思ったんだろう」

「凶器を拾ったんですか⁉」

松前が驚いたように言った。

そうです、と父はかすれた声で言った。

「凶器の包丁も当然鑑識に回していますが、もしかしたら将至さんが手に取ったということで、渡部の指紋は消えてしまっているかもしれない。昨日仰ってくれればよかったのに」

と松前は憮然《ぶぜん》とした表情で言った。

「犯人は手袋をしていなかったんですか？」

俺の質問に、三人は一斉に俺の方を見た。

父は言った。

「そんなもん、していなかったな」

父の話によると、犯人は——渡部は母と父を襲うためにこの家に押し入ったふうにも思える。滞在時間は数分だっただろう。あちこち触ったとも思えないが、渡部は自分の犯行を隠そうとする気などなかったということだろうか。

つまりその時点で彼は、犯行後自殺することを覚悟していた。

「ドアノブとインターホンのボタンから採取された指紋についても調べています。ああいう場所は短時間に多くの人が触るから見込みは薄いですが、万が一ということもありますから」

指紋が不完全な場合に備えて、DNA鑑定も同時に進めているのだろう。たとえ父が手に取ったせいで、包丁の柄に残されていた渡部の指紋が消えてしまったとしても、彼を犯人と断定する手がかりはいくらでもあるということだ。

「あいつが走り去った後、俺は突然のことで呆然としていた。でもすぐに腕の痛みに気付いた。おかしいだろう？　俺は腕を刺されたことにすぐに気付かなかったんだ」

と父は小さく笑いながら俺たち兄弟に言った。

「その時になって、俺はようやく母さんのことに思い当たったんだ。俺は母さんの名前を呼びながら、ここに来た」

　父は玄関ホールを見回した。

「そこに、母さんが倒れていたんだ。京子が――」

　震える指先で、母の遺体を縁取ったロープを指さした。

「その時既に死んでいたのか、それとも虫の息だったのかは分からない。ただ俺は――頭が真っ白になってしまって、どうすればいいのか分からなかった。今でこそ、あいつがその時にもう逃げていたと分かるが、その瞬間は、何が何だか分からなかったんだ。武器の包丁はこっちにあるから、あいつが再び襲ってくるはずがない、という当たり前のことさえ分からなかったんだ。俺がもっと早く、迅速に動いていたら、あいつは死なずに済んでいたかもしれない――」

　それはありえないだろう。母は心臓を一突きに刺されて、即死だった。父が何をしようと助ける術《すべ》はない。

「玄関のドアは？」

「開けっ放しでした――刺されている間、どんなにそっちに逃げたいと思ったことか――」

　恐らく、そんなことを考える余裕もなく息絶えただろう。とにかく今は、母が長く痛みや恐怖を感じずに逝ったのがせめてもの救いだと、そう思うしかない。

「父さん。自分を責めるな」

と兄が父の肩を叩《たた》いた。

「――それで渡部は、そのまま青嵐に移動して、飛び降りたと？」

自責の念を振り払うようにして、松前に訊いた。

「ええ。窓ガラスを割って侵入したようです。青嵐高校の警備はそれほど厳重なものではなかったようですね。すべての出入り口にマグネットセンサー、つまり開閉センサーが設置されていますが、鍵そのものは従来のものですから」

ガラスを割ろうが、合い鍵を使おうが、窓を開けた瞬間に通報が行くのだろう。

「渡部の死体は、駆けつけた警備会社の人間によって発見されました」

侵入が発覚しても、渡部は一向に構わなかったわけだ。警備会社の人間が駆けつける前に、屋上まで駆け上がって飛び降りればいいのだから。

「その渡部が犯人だと、決まったんですか？」

と兄が訊いた。

「今の段階では断定はできません。ただ、可能性は非常に高いと考えられます。いずれにせよ、もし指紋やＤＮＡの鑑定が上手《うま》くいったら、今日中にはっきりします」

「銀次郎。お前、何か心当たりはないのか？」

と兄が訊いた。俺にとっては恐れていた質問だった。

「お前の同級生が母さんを殺したんだ。お前とそいつの間に何かがあったんじゃないのか？」

「まだ、渡部が犯人だと決まったわけではありません」

と松前が極めて事務的に言った。兄は松前の言葉を無視した。

「渡部はお前を襲いに来たんじゃないのか？　でもお前はいなかった。だから母さんが殺された。お前の──」

そこで兄は、はっとしたふうに口をつぐんだ。

「お前の、何？」

と俺は訊いた。

「いいや、何でもない」

「何でもないことはないだろう。母さんは俺の身代わりになって殺されたと言いたいのか？」

「そんなことは言ってない」

「言っているのと同じことだろう。俺は渡部なんかよく知らない。恨まれる筋合いはない。だから母さんが殺されたのは俺の責任じゃない」

父は沈黙していた。兄弟の言い争いが、いったいどんなふうに父の耳に届くのか、俺は気が気でなかった。

つい最近取材した、ある死刑事案を思い出す。五年前、横浜で発生した通り魔殺人事件の犯人の死刑が遂に執行された。事件発生当時は大きな話題になったが、五年も経てば人々の記憶も風化し、事件を取り上げるニュースメディアもほぼなくなった。しかし犯人の死刑という新たな展開によって、再び脚光を浴びたのだ。俺も取材に駆り出された。もちろん死刑に反対する者は少なくないが、世間の論調としては犯人の死刑に賛成という意見が大多数だった。

しかし俺は取材の際に出会うことのできた、ある被害者の遺族の言葉が忘れられない。

『死刑になってよかったと思います。そう思うようにしています。でも犯人が死んだら、いったい私はこれから誰を恨んで生きていけばいいんですかね。犯人は恨んでも恨んでも恨み足りない。でもその恨むべき犯人はもうこの世にはいないんです』

その言葉の意味が、今は身をもって分かる。

渡部は死んだ。もうこの世にはいない。母を殺した犯人を、俺たちはどうやって憎めばいいのか？　墓に唾を吐きかければいいのか。それで本当に、生き残った俺たち家族は満足するのか？

いいや、満足しない。人間は死んだらそれまでだ。罪も帳消しになる。それが死刑の意味ではないか？　しかし憎しみは永久に消えない。

父が、兄が、俺を責めているような気がした。責めていなくても、俺に対してなにがしかの感情を抱いているのは事実だろう。桑原家と渡部の唯一の接点が俺なのだから。

「確かに渡部は俺の同級生だ。でもそれが何だ？　俺は渡部と口を利いたことなんてない。向こうだって俺のことなど覚えていないはずだ。五年前に起きた横浜の通り魔殺人事件のことは知ってるだろう？　今の時代、他人を殺すのに動機はいらない。押し入った家が、たまたま俺の実家だったというだけ。つまり偶然だ」

違う。そうじゃない。この事件の中心にいるのは俺だ。渡部が何を考えていたのかは分からないが、少なくとも母が殺された原因の一端が俺にあるのはほぼ間違いないだろう。まだ状況証拠の段階だが、そう考えるのが妥当だ。だがそう自覚すれば自覚するほど、そうであって欲しくない、という正反対の思いが言葉になって零《こぼ》れ落ちる。

「これが横浜の通り魔と同じ類いの事件だって言うのか？」

「そうだ」

その俺の言葉に、兄は鼻で笑うような素振りをした。

「無差別に人を殺すのに、わざわざ他人の家のインターホンを押すのか？」

「だったら、無差別じゃなくて物取り目当ての犯行だったんだろう。渡部はニートだ。親に食わしてもらっているから金に困っているとは言えないだろうが、しかし将来への不安は人一倍あったはずだ。だから――」

「銀次郎。お前、分かっているのか？　犯人はこの家から何一つ金品を奪わなかったんだぞ」

「何も盗まれなかったからといって、物取り目的でなかったとは言えないだろう。現に渡部は母さんを殺した後、家に上がり込んでいる。父さんと出くわしたから、何も取らずに逃げたんだ」

「松前さん。あなたはどう思いますか？　弟の言っている意見が正しいと思いますか？」

松前はまるで兄弟ゲンカに巻き込まれたような困った表情を浮かべて、

「確かに、盗みに入って結果的に何も取らずに逃げたケースは珍しくありませんし、人を殺したいという理由だけで他人の家に押し入る事件もなくはありません。もちろん、このお宅と犯人の渡部の間に何一つ接点がなければ、我々もそういうケースを想定せざるを得なかったでしょう。しかし――銀次郎さんと犯人と目される渡部が同級生だったというこれ以上ないほどの強固な接点があるのだから、まずそちらの可能性を精査するのが先です。もちろん渡部が犯人だと断定できない場合、この限りではありませんが」

と松前はしかつめ顔で言った。

それからも現場検証は続いた。松前の執拗《しつよう》な質問にも、父は激高することなく一つ一つ丁寧に答えていた。警察は、父が犯人である可能性をも視野に入れているのだろう。何しろ、凶器の包丁から確実に採取できるのは父の指紋なのだから。

もちろん、ありえないことだ。父が母を殺したなんて思いたくない、という以上に無理が多すぎる。渡部に妻殺しの罪を擦《なす》りつけるには、渡部を自殺に見せかけて殺さなければならない。しかし渡部が自殺したと目されるのは、父が警察に通報した後なのだ。渡部を殺す時間的余裕はない。学校に不審者が侵入した時点で警備会社の人間が駆けつけているのだから、渡部を殺して逃げることも不可能だ。唯一の可能性は、渡部はやはり自殺で、父は渡部がいつ自殺するのか正確に知っていたということだが、その推理が矛盾なく成立する状況など考え難いだろう。

第一、父の腕の傷が自分でつけたものなのか、それとも他人にやられたものなのかは医師が調べれば簡単に分かることだ。

それでも警察の捜査とはありとあらゆる可能性を虱潰《しらみつぶ》しに行うものだ。被害者のうち生き残ったほうがある程度調べられるのは仕方のないことかもしれない。

俺は居場所がなかった。

被害妄想かもしれないが、疎外されているという印象を強く受けた。最初こそ、俺にあれこれ説明してくれた松前も、今は兄を相手に話していた。もちろん渡部の同級生なのだから後で山ほど聞かれるだろうが、現場検証の主役は父だし、兄がずっと父に寄り添っていて、俺の出る幕はなかった。

「松前さん」

と俺は言った。

「はい？」

「私はここにいなくて大丈夫ですか？　ちょっと気が滅入《めい》ってしまって、外の空気を吸いたいのですが」

「どちらに？」

どちらと言われても特に考えはなかったが、咄嗟《とっさ》にすぐ近くにある『喫茶あかね』の名前を出した。

「銀次郎さん」

と今まで俺を無視していたくせに、松前は真剣な顔で言った。

「渡部の家に乗り込むなんて馬鹿な考えは止めてくださいね」

その声で、兄と父が俺の方を見た。

父は無表情だったが、兄のその目は、やれ！　と言っているように思えてならなかった。

「そんなことはしません」

しかし俺ははっきりと言った。

「渡部の家がどこにあるか知りませんから」

「ああ、そうなんですか」

それでも松前は俺が出歩くことを好ましく思っていない様子だったが、すぐ近くということで、俺の希望を認めた。事件が一段落するまで、この不自由さは続くだろう。犯人は既に判明しているから、長くは続かないであろうことが唯一の救いか。

俺は野次馬たちの視線を振り払うように歩き出した。皆、遠巻きに俺のことを見つめていた。彼らの中に、顔見知りの近所の住人を見つけた。正月に帰省して道端などで会うと、気安く声をかけてくる隣家の主婦だ。母の友達だったと記憶している。しかし、彼女も今は俺に声をかけず、ただ俺に粘っこい視線を投げかけている。本人は心配しているというパフォーマンスのつもりなんだろう。だが実際は好奇心を満たす以外の何物でもないのだ。

『喫茶あかね』に行くと言ってしまった手前、別の場所をぶらぶら歩くこともできず、俺は寄り道をすることなくその店に直行した。住宅街の中の隠れ家的な店、と言うと聞こえはいいが、実際は近所の主婦が井戸端会議で使うような店だった。

俺はブレンドを頼んで、マガジンラックから適当に一冊手に取った。雑誌など読む気分ではなかったが、ただ黙ってコーヒーを飲んでいたら不自然だと思ったからだ。つまり読むふりをするだけだ。

しかし俺は自分が無意識のうちに手に取った雑誌を見て、思わず笑ってしまった。週刊クレールだったからだ。主に仕事をしている週刊標榜のライバル誌だ。週刊クレールは最近売り上げが伸び悩んでいるという噂を聞くから、週刊標榜のお抱えライターの母親が惨殺！などという下品な記事を打つかもしれない。母を殺したのが俺の高校時代の同級生であることが知れたら、さらに報道はヒートアップするだろう。

そんなことにでもなったら、週刊標榜の編集長の中田は俺の独占インタビューを求めるかもしれない。いつもインタビューをする側だった俺が、インタビューされる側に回るということだ。断ることは、恐らくできない。俺がこの業界で飯を食っていけるのは、多分に中田のおかげなのだから。

そうして母の死は食い物にされる。それを糾弾する資格は、俺にはないのだ。散々今まで同じことをしてきたのだから。

この店には、子供の頃母とよく来た。月に一、二度ソーダ水を飲むのが楽しみだったのだ。ソーダ水というと炭酸水のことだが、喫茶店で頼むと大抵メロンソーダが出てくる。この店も同じだった。母はどぎつい緑色の清涼飲料水を、身体に悪そうね、と眉をひそめながら、しかしストローをくわえる俺を優しそうな目で見つめていた。

思春期を迎えた俺は母親と一緒に喫茶店に入るのが恥ずかしくなり、次第にこの店から足が遠ざかっていった。久方ぶりに母と共にこの店に来たのは、今年の正月三が日だ。峻がジュースが飲みたいとごねたので、久しぶりに『喫茶あかね』に行ってみようとなったのだ。たかが数百メートル先の喫茶店に行くだけなのに雅代さんは母と俺に、峻をよろしくお願いします、としきりに頭を下げていた。

あの時も俺はソーダ水ではなくブレンドを頼んだ。大人になってまでそんなものを頼むのは恥ずかしいという気持ちがあったのかもしれない。峻はオレンジジュースを美味そうに飲んでいた。母は俺の仕事のことをしきりに気にしていた。会社をクビになる。離婚をする。フリーライターなどという将来性のまるでない仕事に就く。俺は母に心配をかけ通しの不出来な息子だった。だがその時はそんなことをまるで考えず、いつか自分の本でも出せれば、母も安心するさ、などと安易に考えていた。母が突然逝ってしまうなど予想だにせず。

どうして聡美との間に子供を作らなかったのだろう。何度も考えた悔いが、脳裏を過る。普段のそれは、子供がいなければ離婚せずに済んだかもしれないだとか、甥の峻はやはり可愛く、何故彼が自分の子供でないのだろうだとか、そんな理由から出た悔いだった。しかし今はそれに、どうして母に峻の他に孫の顔を見せてやれなかったのだろう、という三番目の理由が加わった。たとえ聡美と離婚しても、誰か別の女性と再婚し、母に孫を見せてやることはできたはずだ。だが母が死んだ今、そのチャンスは永久に失われてしまった。

聡美も、母も、永久に失われ、彼女らと過ごすはずだった時間も、もう二度と取り戻せない。

「あの――」

その時、中年のウェイトレスが俺に話しかけていた。気付くと俺は、頼んだコーヒーも飲まず、カモフラージュのために手に取った週刊クレールも開かず、席に着いたまま、微動だにせず、沈黙していた。周囲の目にはさぞ異様な客に映っただろう。

「桑原さんの息子さんですか？」

とウェイトレスが言った。カウンターの奥を見やると、マスターらしき初老の男性がこちらに背を向けて、グラスやカップを手際よく整理している。だがそのあまりにも無駄のない動きが、却《かえ》ってこちらの会話を一言も聞き漏らすまいという意志を感じさせた。

俺は答えなかった。ただ、じっとウェイトレスの顔を見つめた。そうすれば、向こうに行ってくれるのかと思ったが、そうはならなかった。

「京子さんのこと、本当にお気の毒です。毎日のようにここに来てくれたんですよ。ケーキセットがお好きで──。犯人、早く見つかるといいですね」

そういえば、このウェイトレスは正月にここに来た時も、親しげに母に話しかけていた。母が頻繁にここに来るので、顔なじみになっていたのだろう。彼女はマスターの娘で、母親が亡くなってからここでウェイトレスとして働いていると母が教えてくれた。

ここに頻繁に来たのは子供の頃なので、マスターも俺のことなど覚えていないだろう。ウェイトレスの彼女など、正月に会ったっきりだ。それでも常連客の息子として俺を覚えていたのか。彼女は目に涙を浮かべていた。泣けば他人に振りかかった悲劇にクビを突っ込んでもいいと思っているかのようだった。俺は無言でもうすっかり冷めてしまったコーヒーを口にふくんだ。少しも美味くなかった。

彼女は本当に母の死を悼んでくれていたのだろう。顔なじみの客が殺されたのだから、たとえそれほど親密な関係でなくても、涙の一つぐらい浮かべても不思議ではない。ただ今の俺には、名前も知らない赤の他人の気持ちを慮り、紳士的に対応する心の余裕はなかった。

ウェイトレスに何も答えないまま、会計を済ませようと立ち上がった時、携帯電話が鳴った。兄からだった。

『銀次郎、今すぐ帰ってきてくれ』

「どうしたの？」

『電話じゃ話せない。重要なことだ』

心なしか兄の声が緊迫感を帯びたものになっていた。どうしてわざわざ俺を呼ぶのだろう。俺は犯行の際現場にはいなかったし、父には兄が付き添っている。俺の出番はないはずだ。

俺は会計を済ませて実家に戻った。実家の前は相変わらずの人だかりだったが、俺はそこに松前の姿を認めた。いったいあんなところで何をやっているのだろう。

松前は俺と目が合うと、小走りにこちらに駆けてきた。走らなければならないほど重要なことなのだろうか。

「桑原さん。お父さんのことについて、お話ししたいことが」

「いったい、どうしたんですか？」

「ちょっとこちらへ」

松前は周囲を窺うような素振りを見せ、野次馬から離れるように歩き出した。今俺が来た方向だった。

松前は周囲に誰もいないことを確認すると、立ち止まり、

「お父さん、何かを隠しているようなんです」

と言った。

「え——？」

「昨日から何度もお話を聞かせてもらいましたが、犯人に襲われた瞬間のことが二転三転しているんです。もちろん、衝撃的なことでしたから、その瞬間の記憶があやふやになっていても不思議ではないかもしれません。ただ引っかかるんです。先ほど犯人と揉《も》み合った際に、凶器の包丁を手に取ったと言っていたでしょう？」

「ええ」

「あの証言は、さっき初めて将至さんの口から出たんですよ」

「昨日はそんなことを言わなかったと？」

「はい。揉み合った際に包丁が落ちて、武器を失った犯人が逃げ出したと。でも今日は落ちた包丁を手に取り、それを見た犯人が逃げ出したというふうに話が変わった。一見同じようですが、えらい違いです。混乱していたのかもしれません。でも包丁を素手で触ったら指紋がつくことぐらい、今は子供だって知っているでしょう。今日、突然それを言い出すのは、どうしても不自然に思えるんです」

「――父が犯人だと？」

先ほど想像した可能性が、リアリティを持って俺の胸に迫ってきた。もし父が母を殺した犯人だとしたら、指紋が出るのは明らかだから今日急に包丁を手に取ったと言い出したのではないか――松前はそう考えているのかもしれない。

「いやいや！　そんなことは言いません。あの腕の傷を自分でつけたとは考えられませんから」

母がつけたのかもしれない。

何らかの理由で母が父を襲い、正当防衛で母を殺してしまった。父の証言が疑わしいものであると知ってしまった今、ありとあらゆる不吉な可能性が脳裏を過る。

「ただ、お父さんは犯人について何か隠しているように思えるんです。犯人に刺された際、何か特別なことがあったんじゃないか。だから凶器の包丁についての証言が変わった」

そして松前は俺をじっと見つめ、

「どうお思いですか？」

と訊いた。

「いや、私には何も――」

「何もお考えはありませんか？」

「どうして私にそんなことを訊くんです？　私が渡部の同級生だからですか？」

「それもあります。でもそれだけじゃあない。我々は先ほどからずっと、凶器に関して証言が変わったことについて、お父さんを問い詰めていたんですよ」

「問い詰めるだなんて、そんな――もしかしたら昨日は病院に運び込まれた直後だから、言いそびれただけかもしれないじゃないですか」

　俺の抗議になど耳を貸さず、松前は話を続けた。

「遂に認めてくれましたよ。襲われた瞬間のことについては、できるだけ誤魔化《ごまか》そうとしたことを」

「誤魔化す？　何故そんなことを？」

　松前はゆっくりと首を横に振った。

「分かりません。だからお兄さんに頼んで、あなたを呼び戻してもらったんです」

「だから、何故私が？」

「お父さんが、あなたにならその理由を話すと言っているんです」

　意味が、分からなかった。

「どういうことですか？」

「分かりません。我々には——」

「すいません。犯人は渡部なんですよね？」

「指紋やDNA鑑定の結果がまだ出ていないから断定はできませんが、恐らくは」

「じゃあ、父がいったい何を隠す必要があるって言うんです？　いいや、たとえ隠していることがあったっていいじゃないですか。犯人はもう分かっているんだから」

「そうはいきません。動機等まだ不明な点は多い。お父さんが黙っていることがあるのなら、証言していただかないと」

そう、動機だ。

何故、母は渡部という俺の同級生に殺されたのか？　いったい俺に何の関係があるのか？　もし渡部の動機が解明できなかったら、最も困るのは俺なのだ。こんな後味の悪さを抱えたままでは、俺は一生母の死から立ち直ることができないだろう。

俺は松前を見つめ、小さく頷いた。

「――分かりました」

松前と共に実家に戻った。父はまるで取り調べられた容疑者のようにダイニングのテーブルの前に座っていた。そこらに立っている松前を始めとした複数の私服刑事の姿も、この場の取り調べ室然とした雰囲気に拍車をかけている。

兄はじっと俺の顔を見てきた。お前は何を知っている――？　そう問いかけるような顔だった。俺は――何も知らない。

「将至さん。銀次郎さんがいらっしゃいました」

父は俺の顔を見ようともせずに、言った。

「銀次郎と二人っきりにしてくれ」

「それは――」

「二人っきりにしてくれなきゃ話さない！」

父が激高した。今回の事件が起こってから、一番大きな父の怒鳴り声だった。しかし一般市民が激高したぐらいで怯《ひる》むほど警察は柔《やわ》ではない。

「そうはいきません。少人数の方が話しやすいと言うなら彼らをいったん外に出してもいいですが、少なくとも私は同席させてもらいます」

「松前さん。とりあえず父と二人っきりにしてもらえませんか？　父から聞いた話を、後で私が警察の方々にもします。それではいけませんか？　今のままでは埒《らち》が明かない。父さん、それでいいね？」

ああ、とほとんど聞こえないぐらいの小さな声で父は言った。

松前たちは若干納得がいかない顔をしたものの、諦《あきら》めたのかぞろぞろとダイニングを出ていった。その気になればここに盗聴器でも仕込んだだろうが、そんな時間的余裕はなかったはずだ。俺が父と向き合うように座ったのを合図にしたように、父は口を開いた。

「本当は俺はずっと黙っていようと思ったんだ。お前のために。襲われた瞬間のことぐらい、どうとでも言い繕えると思ったんだ。でもやっぱり警察は勘が鋭い。せめて昨日の段階で包丁を手に取ったことを警察に言っていれば、お前に迷惑をかけることもなかっただろうが

──さっき信介がよく包丁を持った相手を追い返せたな、と言ったからうっかり本当のことを口走ってしまった。まあ、指紋がついているだろうからいつまでも誤魔化せるもんじゃないとは思っていたが──

「包丁を手に取ったということを？」

「ああ」

「でもそれをどうして隠そうとしたの？　疑われると思った？」

「いいや、包丁を手に取った取らないはどうでもいいんだ。とにかく俺は襲われた瞬間のことをあやふやに済まそうとしたんだ。だから包丁の点で矛盾が生じた。俺は嘘をつくのに向いてないらしい」

「どうして──そんなことを？」

父は言った。

「お前に迷惑をかけたくなかったからだ。昨日、病院で渡部というお前の同級生の写真を見せられて、その時は分からないと答えたが、あれは嘘だ。あいつの顔は一生忘れられるものか。母さんを殺したのはあいつだ」

確かに、あんな特徴的なTシャツを着ているのに、分からないというのも不自然だと思った。

「年齢も四十ぐらいと言ったが、嘘だ。俺はあいつがお前と同い年だと知っていた。でもそれを悟られたくなくて、サバを読んだんだ」

「でも——何でそんな嘘を」

「だから言っている。お前のためだと。お前の同級生が母さんを殺したとなったら、間違いなくお前が調べられる。嫌な思いもするだろう」

「そんなこと言ったって仕方がないじゃないか。現に俺は疑われている」

嫌な思いもしている、と言いかけて口をつぐんだ。

「それに、そんな嘘をついたって、すぐにばれるよ。今、そうなっているじゃないか」

父は、分かっている、分かっている、と何度も何度も頷いた。

「父さんがやっているのは、母さんを殺した犯人を庇《かば》っていることだよ？」

「ああ、結果的にそうなるな。でも俺はお前を警察に売りたくなかったんだ」

「警察に、売る——？」

父は何を言っているのだろう。まったく意味が分からない。

「信介の言っていることは正しかった。渡部はお前を心の底から憎んでいたんだ。だから家に乗り込んできた。しかしお前はとっくの昔に家を出ていた。もう復讐は不可能だ。だから腹いせに俺と母さんを襲い、自殺したんだ。包丁は揉み合って落ちたんじゃない。俺を襲った後、渡部が床に放り投げたんだ。俺は思わずそれを手に取った。反撃しようとしたからじゃない。包丁がこちらにあれば、もう襲われないと思ったからだ」

「渡部が自分から包丁を手放したの?」

「そうだ。あいつはわざと俺を殺さなかったんだ。二人とも殺してしまうと、お前の罪が闇から闇に葬り去られるから」

「俺の罪? 罪って何だ?」

「あいつは——あいつは、俺にお前の罪を証言させるために殺さなかった。でもな。どんな悪辣《あくらつ》なことをやっていたとしても、お前は俺の息子だ。庇ってやりたい。自分から積極的にお前の罪を世間にぶちまけるようなことは、とてもできない! 俺が黙ってさえいれば、たとえ母さんが殺された原因が分からなくても、お前の罪は隠すことができる。銀次郎、俺はこのままずっと黙っていてもいいんだぞ? 警察に追及されるだろうが、そんなものは黙秘を貫けばいい。黙っていたって、それで罪に問われることはないし、警察にせよ、犯人はもう自殺しているんだから、少しぐらい被害者の証言があやふやでも仕方がないと諦めるだろう」

俺は呆然と父を見つめることしかできなかった。父の口ぶりでは、家に乗り込まれて母親を殺されても仕方がないほどの罪を、俺が渡部に対して犯したと言っているふうにしか聞こえない。だがいったい何のことだ？　俺が渡部に何をした？

「銀次郎、どうする？」

「ちょ、ちょっと待ってくれ。俺には何が何だか分からない」

「分からない？　本当に心当たりはないのか？　市子《いちこ》さんのことに――」

「市子さん？　誰のことだ？」

「高校時代のことだから忘れたのか？」

父はまるで俺を睨《にら》みつけるかのような、厳しい顔をしたまま、言った。

「お前が乱暴したせいで自殺した赤井《あかい》市子さんのことだよ」

「な――」

まったく意味が分からなかった。乱暴？　自殺？　そもそも赤井市子とは誰だ？

その時、脳裏に高校時代のある記憶が蘇った。

市子、という名前には心当たりはない。しかし同じクラスに赤井、という女子がいたことは覚えている。そうか赤井の下の名前は市子だったのか――。

なぜ、その赤井という女子を覚えていたのかと言うと、彼女は俺に強烈な印象を残していたからだ。いや、俺に、という表現は正確ではない。青嵐高校の生徒全員、特に俺のクラスの生徒たちは全員、赤井という女子の名前をある種の衝撃と共に心に刻み込んだだろう。

何故なら赤井は――自殺したからだ。

遺書などは残されていなかったから、自殺の原因は結局分からず終《じま》いだった。そうだ。どうして今の今まで思い出さなかったのだろう。赤井市子は青嵐の屋上から飛び降りたのだ。渡部と同じように。

しかし、それが何だと言うのだ？　確かに自分のクラスメイトがそんなことになったらショックを覚える。しかし赤井は渡部と同じように影の薄い女子で、もちろん俺もほとんど口を利いたことがなかった。何か悩んでいたことがあったのだろう。そう自分に言い聞かせ、俺はすぐに日常を取り戻していった。今では赤井のことなどほとんど覚えていない。薄情かもしれないが、そんなものだ。受験も控えていたし、ただ同じクラスというだけの女子の死をいつまでも悼むほど、俺は心優しくはない。

「乱暴？　乱暴って何だ？　赤井は同じクラスというだけだ。親密にしていたことなんてない。もちろん渡部もそうだ。そいつらと俺がいったいどんな関係がある？」

心から思った、まったく訳が分からないと。どうして渡部や赤井などという高校の同級生という以上のかかわりはない人間が突然俺の人生にかかわってくるのだろう。それも母の殺害などという衝撃的な事件と共に。

「渡部は――俺を包丁で威嚇しながら言ったんだよ。お前が乱暴して自殺に追いやった赤井市子の復讐のため、お前を殺しに来たんだと——母さんはその巻き添えを食った。これはもう間違いない。渡部の標的は、やはりお前なんだ」

「冗談じゃない。だって俺は実家を出てるじゃないか。それなのにどうして実家を襲うんだ」

「渡部はお前が今でもこの家に住んでいると思ったんだよ」

と父は言った。

赤井の復讐を渡部が遂げるということは、渡部と赤井には何らかの関係があったのだろうか。しかし二人に関係があろうが、なかろうが、どうでもいいことだ。俺の知ったことではないのだから。

俺は父を見つめ、はっきりと言った。

「俺と赤井の間には何もなかった。ましてや俺のせいで赤井が自殺したなんて酷い言いがかりだ」

「何もないという証拠があるのか？」

「冗談じゃない。証拠は俺に罪があると言っている奴が出すもんだ」

赤井は誰か男に玩《もてあそ》ばれて、その結果自ら死を選んだのだろうか？　確かにそれは悲劇だ。しかし、俺がその罪を被《かぶ》らなければならない道理はない。恐らく渡部は何らかのきっかけで、赤井の相手の男が俺だと思い込んでしまったのだろう。それはきっと最近のことだ。何しろもう十五年も前のことなのだから。

「父さん。渡部はきっと誤解している。俺が赤井を襲っただなんて、そんな事実はない」

「誤解で他人の家に押し入って、住人を包丁で襲うか？」

「父さんの言っていることは分かるよ。でも俺はこう言うしかない。俺は、赤井と、何のかかわり合いも、ない」

そう俺ははっきりと父に言った。欧米人なら神に誓って、などと言うだろうが、俺は何に誓えばいいのか分からず、母さんに誓うよ、などと言いそうになったが、あまりにも芝居じみていると思って止めた。

「本当にお前は、渡部やその赤井市子という娘さんとは関係ないのか？　じゃあ、警察には恐れずに本当のことを言えばいいのか？」

「ああ。俺のことを庇ってくれたのは嬉《うれ》しいけど、俺には何一つ後ろめたいことはない。警察に任せよう。きっと渡部の誤解の原因も突き止めてくれるはずだ」

「分かった——お前がそう言うのなら——」

父は頷いた。どこか安堵《あんど》の表情を浮かべているように思える。警察に嘘をつき通すのは大きなストレスだっただろう。しかしそれ以上に、俺が高校の同級生を乱暴するような惨い息子でないことが分かり、ほっとしたふうにも感じられる。

　俺は松前を呼び寄せた。父にすべてを話させるためだ。松前は少し険しい表情で、先ほどまで俺が座っていた椅子に腰を下ろした。松前は執拗に、何度も何度も襲われた際の状況を父に証言させた。父は一度嘘をついてしまったのだから厳しく追及されるのも仕方がないかもしれない。

「何故黙っていたんですか？」

「息子の銀次郎に迷惑をかけたくなかったんです」

「では、息子さんが赤井市子という女性を乱暴して自殺させた、という渡部の言葉を信じたということですね？」

　信じました、と父は小さな声で言った。

「今まで、家に押し入られ包丁で襲われるなんて経験をしたことはありませんでした。そんな目に遭うのは余程の理由があるはずです。好きな女性が男に乱暴されて自殺したとなったら、相手の男の家に乗り込むのも当然だと思いました——でも、心のどこかで信じたくないという気持ちがあったんです。自分の息子がそんな悪行を仕出かすなんて——」

「だから、黙っていたと？」

「はい。笑ってください。銀次郎の罪を私は隠そうとしたんです。息子には——」

そう言って父は俺の顔を見た。

「お前を庇ってやりたいと言いましたが、本当は自分のためだったのかもしれません。渡部が家に押し入った理由が分からないままなら、私たちは可哀想な被害者でいられます。でももし女性を乱暴して死なせたなんて非がこちらにあったことが分かったら、誰も私たちに同情してくれないでしょう。自業自得だと責める輩《やから》も現れるに違いありません」

松前は大きくため息をつき、言った。

「だからって、隠すのは感心しませんね」

「はい——申し訳ありません」

父は立ち上がって深々と松前に頭を下げた。何故、被害者が警察に謝らなければならないのだろう。確かに父が襲われた状況を警察に正確に証言しなかったのは、褒められたことではないかもしれない。しかしそれで渡部が犯人であるという事実が変わるわけでもない。

仮に俺が赤井市子に乱暴したとしても、今更それを証明できるはずがないのだから、俺が罪に問われることはない。ましてや潔白なのだから、倫理的にも何一つ世間に恥じるところはないのだ。

逆恨みですらない誤解で、母は渡部の凶刃に倒れたのだ。

「本当に銀次郎さんは、その赤井市子という女性とそのような行為に及んだことはないのですね」

「はい」

と俺は、何も後ろめたいことはないという思いを込めて、はっきりと言った。しかし松前の父に対する執拗さは、息子の俺に対しても遺憾なく発揮された。

「本当に？」

「私を疑っているんですか？」

「失礼ですが、もしそのような事実があったとしたら、決して本当のことは言わないでしょう。誤解誤解と言いますが、渡部はこの家に押し入って、あなたのお母さんを殺害し、将至さんに怪我を負わせました。これは大変なことですよ。そこまで渡部を駆り立てた誤解とは、いったい何です？」

松前は俺を疑っていた。俺が本当に赤井市子を自殺に追い込んだと思っているのだ。そうであって欲しいと思っているのだ。そうであれば、渡部がこの家に押し入った理由に奇麗に説明がつくのだ。

「知りません。そんなことを私が考える必要はありません。それはあなた方の仕事です」

疑われていることに腹が立ち、ついついそんな喧嘩腰《けんかごし》の口調になってしまう。

その時、兄が、

「仮に銀次郎がその女性に乱暴したとして、だから何なんです？　高校生の頃でしょう？　とうに時効だ。そもそも乱暴といったって漠然としている。お互い合意の上だったのに、銀次郎にふられたからそんなことを言っている可能性だってあるでしょう？」

などと言った。そういう理由で事態が収拾されるならいいではないかと言わんばかりだ。だが本人にしてみればたまったものではない。

「兄さん。俺は赤井とは、そんな疑われるような関係じゃなかったんだ」

「お前は乱暴したつもりじゃなくても、向こうはそうは捉えなかったかもしれないじゃないか」

俺は無性に腹が立った。父も兄も松前も、俺に非があると責め立て、事態を収拾しようとしているのだ。確かに母が殺されたのは耐え難いショックだ。だからといってやってもいない罪を被るつもりはない。

「まともに口も利いたこともないのに、そんなことがあるはずないだろう！」

「いずれにせよ。その赤井市子という女子生徒の自殺の件も当たらなければなりませんね。自殺したのはいつのことなんですか？」

「正確な年月日はさすがに覚えていませんが——ただ私たちが高校三年の時だったのは事実です」

そうだ。赤井市子の自殺の理由はついぞ分からず、最終的には受験に悩んでの自殺と結論づけられた。そんなものだ。結局のところ、自殺の理由は当人にしか分からないはずだ。しかし無理やりにでも当事者が命を絶った理由をでっちあげなければならない。生き残った者が生き続けるためにだ。俺のようなライターもその役目の一端を担っている。だが今回に関しては、俺のせいで赤井市子が自殺したなんて間違った理由が掲げられるのは、何としても阻止しなければならない。

「たとえ誤解であれ何であれ、赤井市子の復讐のために、渡部があなたを襲うためにこの家を襲撃したのは紛れもない事実です。渡部はそんなに赤井市子と親密だったのですか？　彼女の敵《かたき》を取らなければならないと思い込むほどに」

「私に言われても分かりません。二人とも、同じクラスというだけの関係だったんだ」

俺は考えた。今の時点では三つの大きな謎がある。

一つ、何故、渡部が赤井市子の復讐を果たさなければならないのか？

二つ、何故、今になって復讐を果たそうと思ったのか？

三つ、そして何故、渡部は俺が赤井市子の復讐の対象だと思ったのか？

分からないことだらけだ。もちろん、これが仕事ならば知恵を絞って、あちこち尋ね歩いて、その謎を解こうと尽力するだろう。しかし今の俺にはそんな気力はとてもなかった。

母は殺された。無残に包丁で心臓を貫かれて殺されたのだ。もちろん子供より親が先に死ぬのは自然の摂理といえる。しかしそれが突然に、ましてやこんなにも惨く殺されるなど、どうして想像できるだろう。しかもその母の死の原因の一端を、俺は担っているのだ。たとえそれが誤解であろうとなかろうと、俺がいなかったら母が殺されなかったのは紛れもない事実なのだ。足を棒にして謎を解いても、俺のせいで母が殺されたという現実は何も変わらないのだ。

空しくなるだけだ。

「――卒業アルバムがあるはずだ」

そう俺が呟いた。

「銀次郎さんの高校時代のアルバムですか？」

刷ったばかりのアルバムを最初にめくった時、少しホッとしたのを今でも覚えている。死んだ赤井市子の写真もちゃんと載っていたからだ。そういうものに決まりはないはずだし、学校それぞれが判断するものだろう。とにかく俺は赤井市子は死んだのだから写真も載らないかもしれない、と何となく想像していたのだ。彼女は確かに死んだが、それで彼女がこの世界に存在していたという事実そのものも消えるわけではない。もし卒業アルバムに写真が載らないなんて事態になったら、彼女の存在さえも否定されるような気がして、可哀想だと思ったのだ。

　俺が赤井市子に特別な感情があるとしたら、せいぜいそんなものだ。彼女は俺にとってそれ以上の存在では決してなかった。

「赤井市子の写真も載っているはずです、アルバムに――。いったいどこにしまったか――」

「構いません。赤井市子の情報は青嵐に当たりますから」

　と松前は素っ気なく言った。

「それで、この現場検証はいつまで続くんですか？」

　と兄が松前に問い質した。

「できれば、あと二日ほど。万が一、指紋とＤＮＡ鑑定の結果、渡部が犯人でないとなったらこの限りではありませんが」

「まだやるんですか。何をそんなに調べるって言うんですか？」

　と兄はうんざりした気持ちを隠さずに言った。しかし殺人事件の現場検証としては短い方だ。今回は犯人がほぼ特定されているから、その程度で済むのだろう。

「じゃあ、葬式はいつ挙げれば？」

　と父も言った。

「葬儀の準備は進めていただいて結構ですが、実際に執り行うのは暫《しばら》く待っていただけないでしょうか。亡くなった原因がこういうことですし」

葬儀がすぐに挙げられなくて喜ぶのは母の遺体を預けている葬儀社だけだ。預けている間ずっと料金が発生するのだから。

いや金のことはどうだっていいのだ。しかしこちらは被害者なのに、外を出歩くだけでも警察に許可を求めなければならず、揚げ句の果てには殺人の原因はお前にあると言わんばかりの扱いを受ける。

渡部に誤解されたということは、こちらにも何か誤解を受けるような落ち度があったのかもしれない。何がいけなかったのだろう。俺はいったい渡部にどんな誤解を与えたのだろうか。その誤解とは、果たして母親を殺されるほどの苛烈《かれつ》なものだったのだろうか。

それから数時間後、ＤＮＡと指紋の鑑定結果が出た。渡部の靴底に付着していた血液は母のものと一致した。また指紋だが、インターホンからの採取はやはり不可能で、ドアノブからも渡部の指紋らしきものは検出されなかった。だが渡部がインターホンを押した後、母がドアを開け、それから一切渡部がドアに触れなかったと考えれば矛盾はない。凶行は玄関のドアが開け放たれたまま行われたのだ。父の証言もそれを裏付けている。

問題は凶器の包丁の柄の指紋だ。父が一度手に取ってしまったこともあり完全には渡部のものとは断定できなかった。しかし指紋の特徴点が九個合致していたので、断定はできないものの渡部の指紋の可能性が高いとされた。特徴点とは指先におよそ百個ほど存在する、指紋の渦が始まる開始点や、終わる終止点、枝分かれする分岐点などで、これらが十二個一致した場合、指紋の持ち主が本人でない確率は一兆分の一であるという。今回は九個だが、八個合致しつつも本人ではない確率は一億分の一だそうだ。世界の人口は七十億なので十二個一致しなければならないのだが、DNA鑑定の結果が一致しているのだから、一億分の一の確率で十分と思える。

もちろん人権派の弁護士に言わせれば、これですら確実な証拠ではないのだろう。渡部の靴に被害者の血が付着していたのは、その時、渡部が現場にいたということを証明するものにしか過ぎない。たとえ指紋の特徴点が九個一致していたとしても、十二個一致しなければ本人と認められないのだから証拠能力はない。父の証言は論外だ。何しろ、一度は俺を庇うために、渡部に襲われた際のことをあやふやに済ませたのだから。

だが渡部は死んだ。もう裁判にかけられることもない。たとえ確実でなくとも、これだけ渡部が犯人だという証拠がそろっている上に、被疑者が既に死亡しているのだから弁護もできない。事件はこれで幕が下りるだろう。現場検証も終わるし、母の葬式も出せる。

れたからだった。

だが、俺はまだ納得ができなかった。もちろんそれは、渡部の本来の標的は俺であるとさ

3

その翌日、警察は実家から撤収した。これで名実ともにこの事件は終わったことになる。俗に言う『被疑者死亡のまま書類送検』というやつだ。

警察が青嵐に赤井の件について調べに行ったかどうかは終《つい》ぞ分からずじまいだったが、恐らく赤井についてはノータッチだったのだろう、と俺は踏んでいる。事件は終わった。犯人も判明している。もちろん不明な点も少なくないが、渡部が死んでしまった今、すべてを特定するのは不可能だ。仮に俺が本当に赤井に乱暴し、結果彼女を死に追いやったとしても、彼女が自殺したのは十五年も前のことなのだから、今更暴行の罪で立件するのは兄の言う通り事実上不可能だ。そんな何の成果も挙げられない仕事に奔走するほど、警察は暇ではないはず。

ただ松前を始めとした警察の人間たちが、いや父や兄までも、高校時代に同級生を暴行し自殺させたろくでなしとして俺を見るのが、正直不愉快だった。

どうして信じてくれないのだろう、などと子供のようなことは言うまい。俺が彼らの立場でも信じないだろう。渡部は母を殺した。これは大事件だ。理由もなしにそんな事件が発生するはずがない。その理由として、俺に対する復讐という動機は、これ以上ないほどしっくりと嵌《は》まる。

もしかして、俺は本当に赤井に何かしたのではないか――？　そんなことを考える。もちろん乱暴はしていない。だが赤井を傷つけるようなことをした。殴ったりしたらさすがに覚えているだろうから、何か酷い言葉を吐いて赤井を傷つけたのだろう。赤井が自殺した当初も、自分が原因を作ったとは露ほどにも思わなかったから、言った側から忘れてしまうような、些細《ささい》な言葉だ。だが言われた当人の心には、修復不可能な、決定的なダメージを与えてしまうような、そんな言葉。そういう事実があったことを、今になって渡部が知った。それで許せないとなって俺の家に乗り込んだ――そんな推測は可能だ。

父は、赤井が俺に乱暴されて自殺したと渡部が言った、と証言したが、刃物で襲われているような極限状態のことだ。父が渡部の言葉の意味を取り違えたのか、それとも渡部が興奮のあまり俺の罪を大げさに言ったということは十分考えられる。

あるいはこうも推測できる。赤井は確かに俺に酷い言葉を吐かれて自ら命を絶った。その事実を知った赤井の友人が誰かに話した。人から人に伝わるうち、噂に尾ひれがついて渡部の耳に届く頃には俺は赤井を乱暴した極悪非道な人間になっていた――ありそうなことだ。もちろんそれで他人の家に刃物を持って乗り込むか？　という疑問もあるが、母が殺された原因として、一応の説明付けはできる。

週刊標榜の編集長の中田は電話で俺に通り一遍のお悔やみの言葉を述べた後、今静岡に出張する余裕はないので葬式には編集部を代表して誰か行かせる、と言った。中田には世話になっているし、それなりに信頼関係も築いていると思っていたが、フリーライターの扱いなどそんなものだ。これがたとえば週刊標榜に連載小説を書いている有名作家の家族が死んだら、中田は即座に葬儀に駆けつけるに違いない。今更そんな当然のことを嘆いても仕方がないが、俺は中田に母が殺された事件に関心を持って欲しかった。そしてその記事を書けと、俺に命じて欲しかった。そうすれば俺は、自分の身の潔白を証明するために取材に駆けずり回ることができるだろうに。

もちろん仕事でなくても、身の潔白を証明するために尽力することはできるのだ。しかし今回の事件を引きずるということは、その分他の仕事ができなくなることを意味する。ただでさえ仕事に穴を空けているのだ。これ以上各クライアントに迷惑をかけることはできない。

警察が撤収するのと入れ替わるようにして、母が戻ってきた。母の弟の義和を始めとした親戚たちも次々に集まってきた。母の死の一報を聞いてすぐに遠方から駆けつけたものの、現場検証が終わるまでホテルに足止めされた者もいるという。

結局、葬儀は、母の死体を預けていた葬儀社の斎場で行われることになった。

現場検証が終わったのだから実家でやるものだとばかり思っていたが、母が殺された場所で母を送るのは忍びないという父のたっての希望だった。

今は葬儀の準備に追われているし、息子や親族たちに囲まれているからいいかもしれない。しかし、それがすべて終われば父はまたこの家で暮らさなければならない。それも一人っきりで。

実家に戻って一緒に暮らそうかと俺は思った。フリーライターという職業は都内に住んでいるから可能なのであって、浜松に戻ったら続けていくのは難しくなる。だが中田の紹介もあり、どうせ次の仕事を見つけるまでのつなぎだと思って始めたのだ。あちこち駆けずり回って人の話を聞くのは苦ではなく、自分に向いていると思ったこともあったが、やはり天職ではなかったのだろう。

だが、父が俺を受け入れてくれるかどうかは分からない。

こうして葬儀の準備をしている間にも感じるのだ。親族たちが俺に向ける、冷たい視線を。

犯人の渡部の動機がどんなふうに彼らに伝わっているのかは分からないが、俺がこの事件の大きな要因の一つだという認識では一致しているのだろう。

俺はどこにも居場所がなかった。

葬儀の準備なんてものは、それこそ猫の手も借りたいほど忙しいはずなのに、誰も俺に仕事を振らず、自分から進んでやるべき仕事も見つからなかった。喪主の兄がそう仕向けているように思うのはあまりにも被害妄想が過ぎるだろうか。

俺は誰にも告げずに実家に戻った。ほとんどの親族たちは斎場の方に行ってしまっているので、実家はがらんとしていた。ここが、ついこの間、母が殺され、沢山の捜査員たちが我が物顔で出入りしていた場所とは想像もできなかった。

実家に来たのは一人になりたいからだけではなかった。卒業アルバムを探そうと思ったのだ。渡部も赤井も、どんな顔だったか記憶にはあるが、母を殺した者、俺が乱暴したとされる者がどんな顔をしていたか、せめて母を送る前に改めてこの目に焼き付けておきたかったのだ。

以前の取材で、被害者の小学校時代の卒業アルバムを入手するために苦労したことがあった。プライバシー保護の観点から俺のようなうさん臭いフリーライターには情報を流さない、と頑なに拒んだ者もいたし、そうでなくとも物置きから探し出すのが面倒だと愚痴を零す者もいた。確かに卒業アルバムを探し出すなど、地層に埋まった化石の発掘のように面倒なのだろうと覚悟していたが、青嵐の卒業アルバムはかつて俺の部屋だった押し入れから簡単に見つかった。

　自分のクラスのページを開くと真っ先に赤井の顔写真が目に飛び込んできた。もちろん赤井を意識していたからそうなったのだろうが、赤井は女子の先頭だから比較的目に付きやすいのだろう。見開いたアルバムの中央左端ではにかんだような笑顔を浮かべている。記憶の中の彼女の顔と大差ない。長い髪という以外には、これといって特徴のない顔だった。彼女の写真を見ても自殺した生徒という以上の感慨が浮かんでこないのだ。もちろんどれだけ個性的な生徒であっても、自殺をするとそれが一番の印象になるのは間違いない。乱暴云々《うんぬん》は完全な誤解だろうが、俺は自分が彼女に、死に至らしめるほど酷いことをした、ないし言ったとはどうしても思えなかった。

　そして俺は見開いたアルバムの、今度は右端に視線を移動させた。そこに母を殺した男、渡部常久《つねひさ》の写真があった。こうして彼の写真を見ても、やはり感慨はなかった。もちろん、ああこいつが母を殺したんだ、とは思うがそれだけだ。彼が常久、という名前であることも、アルバムの名前を見て思い出したぐらいだ。ほとんど話をしない同級生の下の名前などそうそう意識することはない。

　今の時代は男女混合の卒業アルバムもあると言うが、俺たちの時代は整然と五十音順に男子、女子と分かれているのが当たり前だった。上段に男子で、下段に女子と分かれているので、見開いたページの端と端だが、しかし順番に生徒たちを追ってゆくと、男子の最後の渡部常久と女子の最初の赤井市子は一続きになっている。もちろんただの偶然だろうが、何となく因果のようなものを感じた。

そして俺は自分の写真を見つめた。高校生の頃は十分大人だと思っていたが、三十もとうに過ぎた今、こうして振り返るとまだまだ幼さが残っている。俺はこの卒業アルバムの自分に問い質したかった。桑原銀次郎、お前は十五年後に母親を殺されるほどの罪を犯したのか——？　と。

その時、下で誰かが玄関の扉を開けた気配がした。手伝いに来てくれた近隣住民だろうと思って気にも留めなかったのだが、よくよく考えれば葬儀は斎場で取り計らうのだから、手伝ってもらう必要はないはずだ。

しかし小さな子供の声が聞こえたので、俺は卒業アルバムを閉じ、玄関の方に向かった。

義姉の雅代さんと、甥の峻がいた。しかし兄の姿はどこにも見当たらない。

「やっぱりここにいた——」

と雅代さんが言った。

「いたー」

と二歳の峻も雅代さんの真似をして言った。普段着だが、全体的に落ち着いた黒っぽい服を着させられている。

「兄は？」

と分かり切った質問をしてみた。兄は喪主で忙しいのだから、こっちに顔を出すはずもない。父の心労を慮って、兄が喪主を買って出たのだ。どこか生き生きとしているふうに見えるのは、考えすぎだろうか。

「向こうにいます。一応、まだ銀次郎さんにちゃんとご挨拶《あいさつ》していないからって断って出てきたんですけど、あの人、そうか、の一言で素っ気ないから」

兄とは少年時代、それほど仲の良い兄弟ではなかった。特に仲違《なかたが》いしているとか、そういうことではないのだが、もしかしたら銀次郎に比べて、信介というありふれた名前を与えられた兄に対する嫉妬の気持ちが出始めていたのかもしれない。銀次郎という名前はインパクトがあるので、フリーランスの仕事には覚えられやすくていいのだが、しかしまったくコンプレックスがないと言ったら嘘になる。さすがに今では受け入れているが、多感な少年時代は自分の名前が嫌だったものだ。

大きな証券会社をクビになり、内科医の妻と離婚し、現在はフリーランスで雑文書きをしている。同じ大企業に勤めている兄にしてみれば、波乱の人生を送っている弟を人生の敗北者だと捉えているのかもしれない。兄は俺が人生に失敗するのが嬉しくて仕方がない。俺が底辺に落ちれば落ちるほど、駄目な弟と優秀な兄の図式が明確になるのだから。しかしその考えを悟られるのが恐《こわ》くて、わざと俺と距離を置いている——邪推が過ぎるだろうか。

「兄はそういう、プライドが高い人ですから。俺のことなんて気にもしていませんよ」

と俺は言った。

「でも——寂しいじゃないですか。兄弟なのに」

俺は苦笑した。

「男の兄弟なんてそんなものですよ。女の子はまた違うかもしれないけど」

雅代さんも、俺に倣うように笑った。

「峻に弟ができたら、やっぱりあなたたちみたいな兄弟になるのかしら」

峻は叔父と母親の話を、内容を分かっているのかいないのか、じっとこちらを見つめながら聞いている。

「信介さんは仕事があるから博多に戻らなければいけませんが、私は峻と暫くここにいようと思って」

「帰らないんですか？」

「お義父《とう》さんが心配で——だって、これからはずっとこの家で一人なんでしょう？」

「ああ——そうですね」

「食事とか、洗濯とか、お義父さんのお世話をする人が必要でしょう？

「もちろんそれくらい一人でできるとお義父さんはおっしゃるかもしれないけど——こんなこと言ってはいけないかもしれません。でも、みんな一斉に引き払ったらお義父さんの心がどうにかなってしまうような気がして、恐いんです」

腕の傷は治っても心の傷は消えないだろうし、母を助けてやれなかったという自責の念もあるだろう。考えたくはないが後追い自殺などをやられたらたまらない。以前、医療事故の取材をしているさなか関係者が自殺してしまったことがあるので、俺にとっては決して絵空事ではない。

「暫くって、どのくらいですか？」

雅代さんは疲れたふうに笑い、俺の質問にすぐに答えようとはしなかった。やはり夫婦間が上手くいっていないのかな、と思った。本来なら俺か兄のどちらかが父に付き添ってやらなければならない。だが俺たちには仕事がある。兄は会社員だから博多から離れることはできないだろうし、フリーランスの俺にしたって仕事の拠点は東京だ。だから雅代さんの申し出はありがたい。しかし実の父親ならともかく、所詮、雅代さんにとっては義理の父親だ。にもかかわらず浜松に残ると言い出したのは、やはり兄と距離を置きたいからではないだろうか。

「——信介さんの角が取れるまでかしら」

　などと雅代さんは答えた。

「何となく、そんなことだと思いました」

「こんな酷い事件に便乗して、夫婦の間を見つめ直そうなんてことは——いけないかしらね」

「いいえ。母さんが死に、揚げ句に義姉さんたちも離婚したとなったら俺の二の舞いだ。余計に父さんを悲しませることになる。暫く別居することで義姉さんたちが上手くいくのなら、それもいいかもしれませんね」

　雅代さんは疲れたように笑った。

「信介さんはずっと静岡本社から博多に転勤になったことを左遷されたと考えているようなんです」

「別に左遷されてもいいじゃないですか。それで義姉さんと出会えたんだから。転勤さまさまだ」

「私と転勤がきっかけに出会ったということが、気に入らないんだと思います。結婚した当初はよかったけど峻が生まれてから——自分は博多に骨を埋めなければならないのかと暗澹《あんたん》たる気持ちになったんじゃないでしょうか」

「それで義姉さんと峻を見るたび、左遷されたことを思い出すと？　あの兄がそんなにナイーブだとは知りませんでしたよ」

「博多って福岡県を誇りに思うあまり、他県を見下すような人もいますから。信介さん、自分がずっとよそ者のように感じていたんじゃないかしら。言葉も違うし――」

確かにプライドが高い兄は、同じようにプライドが高いであろう博多っ子に馴染めないのかもしれない。しかし兄は他でもない博多っ子の雅代さんを愛し、結婚したのだ。ならその責任を最後まで取るべきだ。結婚に失敗した俺が言うことではないかもしれないが、兄は子供まで作ったのだ。

「銀次郎さんにも、どこか冷たいでしょう？　信介さんは東京で活躍しているあなたが羨《うらや》ましくて仕方がないんです。私だって博多に誇りを持っているけど、やっぱり東京って憧れますから」

東京への憧れか。そんなものが確かに浜松に住んでいた頃俺にもあったが、今は既にない。博多にせよ、静岡にせよ、その土地土地の秩序というものが感じられるが、東京にはそんなものはない。ありとあらゆる人々と、ありとあらゆる感情が無造作に放り投げられている場所だ。

「――兄さんが俺に冷たいのは俺のせいで母さんが殺されたからですよ」

「まだそうだと決まったわけじゃないです」

そう雅代さんは間髪を容れずに言った。

「あの人は確かな動機がないのに他人の家に刃物を持って乗り込む奴なんていない、と言うけれど、動機がなくても罪を犯す人は今の世の中大勢います。ライターをしている銀次郎さんには釈迦《しゃか》に説法でしょうけど」

その通りです、とは言えなかった。

「もちろん口では言わないけど、あの人は銀次郎さんに今回の事件の原因を全部被せようとしているんです。こっちは被害者だけど、母親が殺人事件の犠牲者となったら、博多で好奇な目で見られるかもしれない。ましてや動機が怨恨だったら――みんなどうしてそんなことになったのかを知りたがる。そうなった時、徹底的に自分に非がないことをアピールするつもりなんです」

「つまり俺はスケープゴートだと？」

雅代さんは頷いた。

「不出来な弟のせいで、こんなことになって申し訳ありませんと、上司に報告するつもりなんでしょう。もちろん私は銀次郎さんを信じているけど」

「不出来な弟か。その通りですよ。会社をクビになるわ、離婚するわ、ライターなんてヤクザな仕事をしているわ、真面目一徹の兄にしてみれば唾棄《だき》すべき弟でしょうね」

「いいえ、そんな——そんなつもりで言ったんじゃないんです」

困惑したように雅代さんが言った。

「私は銀次郎さんを信じてる。きっと何かの間違いです」

「いいんですよ。もちろん俺は自分に恥じることはないし、これはちょっとした渡部の誤解だと思っています。でも、そんなちょっとした誤解で母は殺されたんだ。誤解させた俺の方にも問題があったという非難にも一理あります。兄が俺をよく思わないのも当然です」

「銀次郎さん——」

何か言いたそうに雅代さんは口を開いたが、結局何も言わずに黙り込んだ。

気まずい沈黙が流れ始めた時、インターホンが鳴った。雅代さんとの話の種が見つからない今の俺にはありがたかった。また誰か親族が訪ねて来たのだろうと思いながら、俺は腰を上げた。

兄と雅代さんの間に何らかのわだかまりがあるとしても、二人が続いているのは峻がいるからだろうか。だとしたら俺も子供を作っていれば、聡美と別れることもなかったかもしれない。そんな、これまで何度も繰り返した自問自答が、改めて脳裏を過る。

玄関のドアを開けると、そこには見知らぬ女性がいた。伸ばした真っ白な髪を後ろで束ねた老女だった。初めて見る顔だった。やはり喪服を着ていたから、どこか遠くの親族だろうと考えた。彼女はプルプルと、まるで兎《うさぎ》のように震えていた。このまま泣き出しても決して不思議ではなかった。それほど母と深い繋《つな》がりがあったのだろうか。しかし彼女はドアからこちら側に決して足を踏み入れようとしない。俺に、いや桑原家に脅《おび》えているような印象さえ受ける。

「桑原さんのお宅でしょうか――？」

かすれた、まるで幽霊のような声だった。

「はい、そうです」

「桑原、京子さんの？」

「はい」

その次の瞬間、彼女は俺に対して深々と頭を下げた。

「この度は、私の息子がとんだことを仕出かしまして、本当に申し訳ありませんでした」

その瞬間、俺は二重の衝撃に貫かれた。渡部の家族のことはまったく考えに入れていなかったわけではないが、こんなにも唐突に現れるとは思わなかった。そして二番目の衝撃は、恐らく七十前後であろう彼女が、渡部の母親だということだ。

「息子が自殺した一報が入ってきたときは、ああ遂にやってしまったんだと思いました。ずっと部屋に引き籠もって、大声を上げたり、壁を蹴ったり殴ったり酷いものでした。私の育て方がいけなかったんでしょうが――それでも人様に迷惑をかけずに自殺するんならまだいいんです。でも警察の方から、息子が桑原さんの命を奪ったと聞かされて――」

彼女はそれ以上言葉が続かないようで、ハンカチで目頭を押さえながら、声にならない嗚《お》咽《えつ》を漏らし始めた。俺はそんな彼女を呆然と見つめることしかできなかった。

「それで、あの、お式の方はどちらに――」

葬式に来るつもりなんだな、と思った。

「失礼ですけど、お名前は――」

「葵《あおい》と申します。渡部葵です」

どう呼べばいいか一瞬迷ったが、下の名前で呼ぶことにした。俺にとって渡部とは、母を殺したあの男以外ない。

「葵さん。私は桑原銀次郎と申します。母――桑原京子の息子です。息子さんの常久さんの高校時代の同級生でもある」

渡部葵は目を見開いた。そしてわなわなと身体を震わせたまま、ゆっくりと地面に跪《ひざまず》こうとした。そのまま土下座するつもりなんだと悟った俺は、彼女の腕を取って、それを思い止《とど》まらせた。渡部葵は、地べたに膝を突いたまま、さめざめと泣いた。

「こんなことをあなたに言っても無駄でしょうが、どうか式には来ないでいただけないでしょうか。今、この家にいるのが私で良かった。もし父や兄があなたと面会したら、きっと酷い言葉であなたを罵倒《ばとう》するでしょう」

「いいんです！　私は酷い言葉をぶつけられるような女なんです。子供をあんなふうに育てたんですから――」

彼女は罵倒されたいんだな、と思った。そうして自分が正しいことをしたと思いたいのだ。つまり自己満足だ。一方、彼女を罵倒するであろう父や兄も、何故式に来たんだと彼女を責めるだろう。しかし来なかったら来なかったで、何故来なかったのかと、散々愚痴を零すのだ。

そんなものだ。俺はライターの仕事をやっているから、加害者の家族が被害者の葬式に来た現場に遭遇したこともある。責任を取りたい加害者側と、加害者側を非難したい被害者側。被害者の遺族に土下座する加害者家族を見ながら、俺は、酷い言い方かもしれないが、出来レースにも似た茶番を感じていた。しかし、そんな冷静さでもって事態を把握できるのも、自分が部外者であればこそだ。もし俺も、渡部が俺を殺すために家に押し入ったという事実がなければ、今すぐドアを閉めて彼女を追い返したかもしれない。

「銀次郎さん――」

ふと気付くと、雅代さんが峻をつれて背後に立っていた。峻はぽかんとした顔で、さめざめと泣いている渡部葵を見つめている。葵は少し顔を上げ、涙に濡れた目で峻を見やった。峻の記憶に、この光景はどんなふうに残るのだろうか。幼い子供にはこんな光景は見せたくなかった。

「渡部常久のお母さんです」

とだけ、俺は雅代さんに言った。彼女は絶句した。

その時、俺は門扉の向こうに、こちらを窺うように立っている一人の女性に気付いた。長い髪をアップにし、やはり喪服を着ている。そして顔つきは厳しい。恐らく彼女も渡部葵の同行者なのだろう。しかし、その表情からこちらに謝罪する気は更々ないのが分かる。

「あの、あの方は――」

「申し訳ありません。常久の姉の嘉奈子《かなこ》です。あんな態度なら来なくていいと言ったんですが、ついてきてしまって――」

確かにあの態度は被害者の家族に謝る体《てい》ではない。まるでこちらを睨んでいるふうにも見える。今回のことはこちらに非があると言わんばかりだ。だが彼女があんな態度をとる理由は、俺には痛いほど分かるのだ。

赤井市子のこと。

どんな理由があるにせよ人一人刺し殺したのは事実なのだから、葵はひたすら息子に非があると謝罪するが、そういう母親の態度に渡部の姉は納得していない様子だった。

つまり、渡部の姉——嘉奈子も俺を誤解しているということになる。こっちは被害者なのだから、加害者の家族に何を思われたって知ったことではないが、彼らが俺を悪党だと思い続けているのはやはり気分のいいものではなかった。

その時、ゆっくりと嘉奈子がこちらに近づいてきた。ふてくされたような顔をしてはいるが、一応頭を下げるのだろうと思った。だが、違った。

「あなたが、桑原銀次郎？」

「嘉奈子っ！」

その無礼な娘の態度を葵は一喝したが、嘉奈子はまるで態度を改めない。

「あなたと話があるの、二人っきりで」

「いったい、何ですか？」

「ここじゃ話せないわ。母さんもいるし、あなたの家族もいるようだし」

と嘉奈子は背後にいる雅代さんと峻を見やった。

「兄嫁と、甥です。私は独身です」

「あらそう。どうでもいいわ。とにかくあなたと話がしたいのよ」

「ご用件は何でしょうか？　それによります」

本能的に身の危険を感じた。明らかにこの渡部嘉奈子という女は弟側にいる。弟の果たせなかった夢、すなわち俺の殺害を企てているのかもしれない。だからこそ二人っきりになることを望んでいるのではないか？

「あなたには断る権利はないわ」

「断る権利はない？　どういう意味です」

嘉奈子はあくまでも強気だった。

「断ったら、泣きを見るのはあなたの方よ」

「分かりました。では今ここで、皆のいる前で話してください。それでいいでしょう？」

するると嘉奈子は笑みを浮かべた。

「それはしないほうがいいでしょうね」

「どうしてです？」

「あなたの義姉さんや甥っ子さんに、あなたが赤井市子さんにどれだけ酷いことをしたかを知られるのは嫌でしょう？」

冷たい戦慄《せんりつ》のようなものが背筋を走った。

「――銀次郎さん、信介さんを呼びましょうか？」

と雅代さんが不安げな声を出した。

「いいえ、いいんです。それよりも峻を連れて向こうに戻っていてくれませんか？　こんなドロドロした話を子供に聞かせたくない」

分かりました、と雅代さんは頷いた。

「別に逃げることないわ。私はすぐにお邪魔しますから、この銀次郎さんと一緒にね」

銀次郎さん、と言う時の口調があからさまに俺のその大仰な名前を馬鹿にしたような言い方だったので、さすがに腹が立った。しかし峻の前で大声は出したくなかったので、根負けした俺は『喫茶あかね』で嘉奈子と二人で話すことにした。少なくとも店の中なら完全に二人っきりにはならない。当初は危害を加えられるかもしれないと不安に思ったが、もしそんな意図があるならとっくにやっているはずだ。ここにいるのは老婆と主婦と幼児だ。取り押さえられる恐れはない。

葵は両手で顔を覆って、声を上げずにさめざめと泣いていた。

俺はいったん家の中に戻って、外に声が漏れないようにドアを閉めた。

「雅代さん。申し訳ないですけど、あの人を上手く帰してもらえませんか。もし帰ってもらえないのなら、俺が戻ってくるまでここにいてください。後をつけられるかもしれない」

「もちろん分かっています。でも、今は帰ってもらえても、後でお式に来てしまうかも。場所はどうにでも調べられるでしょうし」

「ええ。あの人が勝手に来るのは仕方ありません。でも桑原家はあの人たちの参列を認めない、という態度を示すことが重要なんです」

そう言い残し、俺は雅代さんの返事を待たずにドアを開けて外に出ようとした。

「銀次郎さん」

その時、雅代さんが俺の腕を取った。

「気をつけて、くださいね」

そう潤んだ目で、俺を見つめた。俺は——。

「分かっています」

一言だけ言い残し、ドアを開けた。喪服を着た、泣いている老婆と、仁王立ちしている女がそこにいた。まるで敗者と勝者だ。しかし彼女らは本来同じ場所に立っている。

俺は嘉奈子と『喫茶あかね』で対面した。決して太っているというわけではないが、全体的にふくよかな印象を受ける。外見で人を判断してはいけないが、あんな初対面をした直後だからか、そのふくよかさからは貫禄《かんろく》と強《したた》かさすら感じられる。

ここは割り勘ね、と断ってから、彼女はコーラを注文した。俺はやはりブレンドを頼んだ。テーブルの上にその豊かな胸を乗せるようにして、嘉奈子はぐっと身を乗り出した。

「どんな男かと思ったけど、やっぱりいい男ね」

品定めするように、俺を見つめるその視線が不快だった。

「やっぱり、とは？」

「そりゃ、女の子に酷いことをするような男は、傍目《はため》にはみんないい男よ。その本性を隠すために、一生懸命外見を飾っているんでしょうね」

「あなたこそ、変わった女性ですね。弟のやったことに罪の意識を感じていないなら別にいいです。だったら喪服なんて着てこなければいいのに」

この高飛車な女性に、俺だって少しは反論してもいいだろう、そんな想いが言わせた言葉だった。

しかし嘉奈子は激高した。

「何それ？　あなたたちのために喪服を着ていると思うの？　今日は常久のお葬式だったのよ！」

確かに今回の事件では容疑者も被害者も死んでいる。こちらは現場検証やら検視やらで、葬儀の日程が向こうよりも遅れたのだろう。

「あなたのお母さんはいいわね。沢山の親戚が集まって、涙を流して死を悼んでくれて」

まるで見てきたように嘉奈子は言った。

「弟は違うわ。みんな私たち家族を軽蔑している。私たちはこそこそ隠れるようにしてお葬式を挙げて、もちろん親戚なんてだーれも来ちゃくれないわ。疎遠だった兄は来てくれたけど、それだけよ。どんなに惨めだったか、あなたに分かる？」

いらついたように嘉奈子はバッグから煙草を取り出した。

「灰皿ないの？　この店」

「多分、禁煙だと思いますが」

ちっ、と嘉奈子はカウンターの奥のマスターに届かんばかりの大きな舌打ちをした。

「浜松のど田舎のくせして、東京みたいに気取っているんだから」

「別に浜松がど田舎だとは思いませんが、ここは主婦も子連れでよく利用するから、禁煙にしているんでしょう」

嘉奈子はいらついたように、トントンと煙草のパッケージでテーブルを叩き始めた。

「長居しても仕方がないわね。率直に言うけど、少し出して欲しいのよ」

「はい？」

「なあに？　言っている意味が分からないの？」

その瞬間、理解した。金の無心だ。だが加害者家族が被害者遺族に金をせびるなんて話は聞いたことがない。

「あなた、本気なんですか？」

「本気じゃなかったら、わざわざあなたのところになんか来ないわ」

俺は改めて彼女に向き直り、子供に言い諭すように話し始めた。

「いいですか？　今は葬儀でバタバタしていますが、いずれこちら側があなた方に損害賠償請求をするという事態になると思います。何もお金が欲しいんじゃない。父も兄も、何故あなたの弟が母を殺したのか、それを知りたがっている。しかし警察には被害者家族に捜査情報を詳《つまび》らかにする義務はないんです。だからそれを明らかにするためにも、裁判にかけて事件の詳細を公にするのは有効な手段です。でも裁判にかける以上、損害賠償請求という形をとらざるを得ない。たとえば、加害者家族に心から謝罪して欲しい、などという抽象的な訴えはできないんです。だからお金という具体的なものを要求する。お分かりですか？　あなたが逆に私にお金を要求するなど、あまりにも常識外れです」

「損害賠償請求なら勝手にやればいいわ。そんなことをして逆に困るのはあなたたちの方じゃない？」

意味が分からなかった。

確かに、加害者家族として辛い目に遭っていることは事実だろう。弟がやったことで、何故自分たちが責められなければならないのかと思っているのかもしれない。しかしだからといって、何故この女はこんなふうに高飛車な言動をするのだろう？　相手が俺でなかったら、追い返されても当然の態度だ。

もしかしたら、赤井市子の名前を出せば、俺が話に応じるとでも思っていたのだろうか。こうして話を聞いているのだから、彼女の読みは正しかったということになる。

「少なくとも、私があなたにお金を要求される謂《いわ》れはありません」

すると嘉奈子は、

「常久の遺書を読んでも、そんなふうにしれっとしていられるかしらね」

「遺書？　遺書があったんですか？」

「ええ、その遺書を買ってもらいたいのよ」

俺は嘉奈子を見つめ、言った。

「要するに恐喝ということですか？」

「恐喝？　人聞きが悪いこと言わないでよ。私はお金が欲しい。あなたは社会的地位を守れる。どっちにしても悪い話じゃないわ」

フリーランスのライターに社会的地位などないのだが、しかし遺書の内容は気になった。

「いくらですか？」

嘉奈子は一瞬だけ俺から目を逸《そ》らした。具体的な金額を提示する段階になって、良心が蘇ったのだろうか。だがすぐに彼女は、俺の顔をまっすぐに見据えて、

「二十四万円」

と言った。

「ずいぶん中途半端な金額ですね」

「もちろんお金なんてあればあるほどいいけど、私にも良心があるもの。必要以外のお金は要求しないわ」

と嘉奈子は嘯《うそぶ》いた。

二十四万円と簡単に言うが、明日をも知れぬ自営業者には大金だ。母を殺した犯人の遺書ごときに、本当に俺がそれだけの金を払うと思っているのだろうか。取材相手に払うギャランティと考えても高すぎる。

もちろん興味がないと言ったら嘘になるが、こんな犯罪まがいのことにかかわり合いになりたくないという気持ちの方が強かった。

「悪いことは言わない。帰った方がいい。このことは私の胸に秘めて、誰にも言いません。恐喝は親告罪ではありません。私が訴え出なくても罪になりえるということです。もし私た

ちの話を誰かが聞いていたら、あなたは警察に検挙されるかもしれない」

俺は向こうでテーブルを拭《ふ》いているウェイトレスを見やった。先日俺に声をかけてきたあの女性だ。俺と目が合うと慌てて視線を逸らした。カウンターの奥のマスターは相変わらず寡黙だが、しかし耳をそばだてているかもしれない。

「そんなことを言っていいの？　あなたのことは分かっているのよ」

「どういうことですか？」

「認知症の患者に株を売りつけて、問題になって会社をクビになったんですってね。そのせいで奥さんとも離婚したと」

俺は嘉奈子を見つめた。そして尋ねた。

「誰がそんなことを言っているんですか？」

「常久の遺書に書いてあったのよ」

証券会社をクビになってからは、同窓会にも出なかったし、地元の友達とも会っていなかった。負い目のようなものがあったからだ。今でも俺が証券マンをやっていると思っている同級生も少なくないはずだ。

「それだけじゃないわ。今は雑文書きの何でも屋のライター。もちろん立派な仕事でしょうけど、大企業のサラリーマンだった頃に比べて収入は激減したんじゃないの？」

俺は反論する代わりに、嘉奈子に問い質した。

「それが正しいかどうかは一先《ひとま》ず措《お》きましょう。どうして弟さんはそう思ったんですか？　その情報をどこで入手したんですか？」

「噂で聞いたって遺書にあったわ」

噂にしてはあまりにも正確すぎる。俺のプライベートを知っている身近な人間から話を聞いたとしか思えない。しかし——誰だ？

「フリーランスは信用第一でしょう？　あなたが犯罪者ってことが世間に発覚したら、あなたの仕事にも差し障るわ。暴行魔が書いた記事なんか載せたら、その雑誌の信用はいっぺんに地に落ちる」

「暴行魔？　それはちょっと聞き捨てなりませんね。失礼ですが、あなたは私の何を知っているんですか？」

「あなたのことなんて知らないわ。弟の遺書に書いてある以上のことは何も」

「とにかく、その遺書を見せてください。話はそれからです」

「いえ、払うものが先よ。お金と引き換えに遺書の原本を渡すわ。それでいいでしょう？」

もちろん金を払うわけにはいかない。原本と言ったって、まず間違いなくコピーを取っているだろう。いや——そんな問題ではない。このようなくだらない恐喝ごっこにかかわりたくはない、それだけのことだ。

　この渡部嘉奈子という女性は思慮深いとはとても思えない。ちょっと生活費に困ったから恐喝してみましたと言わんばかりの安直さが感じられる。恐喝が罪になることすら分かっていないのではないか。

「お母さんは、あなたがやっていることを知っているんですか？」

「知っちゃいないわ。言わなかったもの。言ったら止められるに決まっている」

　あの涙にくれた老女の姿が脳裏に蘇る。もし、このことを知ったら、更に涙を流すに違いない。息子は殺人者として死に、娘は被害者遺族を恐喝する。子供たちがろくでもない大人に育ってしまい、心労が絶えないだろう。

「とにかくお金は渡せません。その遺書で私がどんな評価をくだされているのか気になりますが、お金を払わないと見せてくれないと言うのなら、仕方がないです。諦めるしかない」

「弟の遺書をあちこちにばらまいてもいいの？」

「好きにすればいい。こんなしがないフリーライターのスキャンダルなんて、どこも買ってはくれませんよ。第一、私は暴行魔じゃない。弟さんは何か誤解していたんです。恐喝まがいの馬鹿げた遊びは止めて、その弟さんの遺書を私に見せてくれませんか？　そもそも弟さんのターゲットは私だったはずだ。ならその遺書には私に対する恨みが記されているはずです。あなたもそれを読んで私のもとに来たんでしょう？」

「何か勘違いしてるんじゃない？　私は弟の遺書を読んで、すぐにどこかの雑誌に売り込もうとしたわ。警察に持っていったところで相手にしてくれるとは思えないから。だって遺書があろうがなかろうが、弟が犯人であることは覆らないんだもの」

嘉奈子は、弟の名誉と、二十四万というささやかな金のどちらを重要視しているのだろうか？　どちらもだ。汚名を雪《そそ》ぐついでに、金儲けもしようと考えているのだ。

「お金のことだけじゃないのよ。警察に行っても、あなたを罰することはできないもの。だから私が罰する。社会的に」

「嘘ですね」

「何ですって？」

俺はコーヒーカップを見つめたまま、決して彼女と目を合わせないで訊いた。

「失礼ですが、お仕事は？」

「私の仕事が何だって言うの？」

恐らく、基本的には無職なのだろう。二十四万くらいなら簡単に出せると踏んだのだろうが、まっとうな社会人なら小金目当てに恐喝などという犯罪に手を染めはしないはずだ。

「お歳《とし》は？」

「私の歳が何だって言うのよ！」

　俺より年上であることは間違いないが、年齢は不詳だ。このような人間には多く出会った。人生に失望した雰囲気を発散させている人々。人間は誰しも希望と共にこの世に生を受けたはずだ。だが辛い思い出が澱《おり》のように沈殿し、未来に責任を先送りすることはもうできないことに気付くと、人は自暴自棄になる。もちろん罪の重さは段違いだが、嘉奈子は五年前の横浜の通り魔事件の犯人と同じ手合いだ。

　俺は顔を上げて、嘉奈子を見つめた。

「ご結婚はされているんですか？　お住まいはどちらですか？　実家ですか？」

　嘉奈子は怨嗟《えんさ》に震えた顔で、ゆっくりと立ち上がった。その表情は、もう交渉が決裂したことを如実に物語っていた。

「言っておくけど、私は弟があなたの母親を殺したことを、申し訳ないなんて、これっぽっちも思ってないわ。私が弟でも同じことをしたわ。あなたの母親を殺したのは、あなた自身よ。あなたが存在しなかったら、こんな事件は起きなかった。母さんは、他人にぺこぺこ謝ることしかできないから、あんなみっともない真似をしたけれど、私はあなたを永久に許さない。あなたのおかげで、常久は犯罪者の汚名を着せられたまま死んでしまった。それがどれだけ酷いことなのか、あなたに分かる？」

ウェイトレスだけではなく、ずっと寡黙だったマスターも、今は刮目《かつもく》してこちらを見つめていた。しかし嘉奈子はそんな二人のことなど、まるで気にしていないようだった。

犯罪加害者の家族であっても、身内が起こした事件にまるで反省の態度を示さない人間もまままいる。身内と自分とは別人格なのだから、身内がやったことに謝罪などする必要はない、という理屈は一理あるかもしれない。しかし遺族を恐喝し、揚げ句の果てに責任がすべてこちらにあるとして罵倒する加害者家族など聞いたことがない。そんな状況を生み出すほど、俺は赤井市子に対して酷いことをしたのだろうか？　俺は本当に母親を殺されるに値する罪を犯したのだろうか？

「もういいわ。あなたに話を持ちかけた私が馬鹿だった」

そう言って嘉奈子は帰り支度を始めた。

「弟の遺書は雑誌社に持ち込むわ。その時、泣き言を言っても遅いわよ」

「週刊標榜に持っていけばいい。きっと買ってくれるでしょう」

「それはあなたが仕事をしている出版社じゃない！　弟が命を懸けて書いた遺書を、あなたの側にいる人たちに渡すわけにはいかない」

俺が週刊標榜で仕事をしていることまで知っているのか。その渡部の遺書には、いったい何が書かれているのだろう。姉をここまで高飛車にさせるものなのだ。本音を言うと読みたくて仕方がなかったが、そういう素振りを見せることはできない。弱みを握られることになる。

嘉奈子が自分の分の会計を済ませて店を出ていった後も、俺は暫く席から立ち上がることができなかった。

「あの——大丈夫ですか？」

ウェイトレスが俺に気をつかったのか、話しかけてきた。俺は疲れをごまかすように笑った。

「大丈夫です。身内があんなふうに死ぬと、いろんな変な連中が現れる。もう二度と会うこともないでしょう」

「——そうですか。ならいいんですけど」

ウェイトレスはそう言って、嘉奈子が消えていったドアをいつまでも見つめていた。

母の葬儀・告別式は滞りなく行われた。通夜の際、渡部葵がやって来て一悶着《ひともんちゃく》起こしたらしいことを除けば。らしいというのは俺はその場に居合わさなかったからだ。

彼女が斎場の入り口まで来たことは周囲の反応で分かっていた。その時、兄と父の姿が見えなかったから、恐らく二人は葵と対面したに違いない。そして激烈に葵を責めただろう。

彼女は泣きながら土下座をしただろう。息子の罪を一身に背負って。そんな現場に居合わせるのは嫌だから、俺は斎場から外に出なかった。

兄も父も、渡部葵がどんな言動をしたのか俺に語りはしなかった。口にするのも嫌だというふうだった。

どこかピンと緊張感が張りつめた、そんな葬儀・告別式だった。ただ、高校時代の一番の親友だった香山《かやま》から弔電が届いたのは嬉しかった。ここ何年も連絡を取り合ってなかったが、お互い別々の大学に進学してからも、機会を見つけて時たま会っていた仲だ。液晶パネルのメーカーに就職した彼は、今は熊本に住んでいるとのことだった。浜松まで来られないから電報を送ってくれたのだろう。香山の顔を思い出しながら、高校時代、彼の目に渡部はどんな男に映っていたのだろうと考えた。

東京からやって来た週刊標榜の代表者は通り一遍の悔やみの言葉を述べただけだったが、フリーライターの親族ごときの葬式に浜松まで来てくれたのだから、やはり感謝しなければならない。一応、今回の事件を記事にするのか訊いたが、今のところその予定はないとのことだった。確かにお抱えのライターが事件の当事者なのだから他誌よりも突っ込んだ記事が期待できるが、今回の事件に誌面を割くほどの話題性はないと編集部は判断したようだった。

俺はほっとしたような残念なような、複雑な気持ちになった。

雅代さんはずっと泣いていた。そんな母親の有り様を峻は不思議そうに見つめていた。雅代さんの泣き声を聞くたびに、心を無にした。何も考えないようにした。渡部は誤解しただけだ。俺に母の死の直接の原因はない。

しかし真っ白に焼き上がった母の遺骨を見た時はさすがに、俺の何がいけなかったのだろう、どんな落ち度があったのだろうと、何度も自問した。やはり二十四万払って嘉奈子に渡部の遺書を見せてもらおうかと考えた。遺書さえ読めば、母の死んだ原因が分かるかもしれないのだ。しかし、その結果何かトラブルに発展した場合、金を払ったことは相当な落ち度になるのではという考えが二の足を踏ませ、結局、嘉奈子に連絡を取ることもなく、俺は逃げるように浜松を後にした。次に戻ってくる時は四十九日の法要のためと信じて疑わず。

4

週刊クレールから俺に連絡が来たのは、浜松から戻ってきて一週間ほど経ったある日のことだった。

内心、まずいことになったと思った。週刊クレールはどちらかといえばリベラルな雑誌で、保守的な週刊標榜のライバル誌と目されている。いくらフリーランスでも節操は必要だから、俺は今まで一度も週刊クレールと仕事をしたことがない。週刊クレールにしてもそのことは十分承知しているはずだ。では何故連絡してきたのか——。

母が殺された事件だ。そうに違いない。週刊標榜は記事にするのを見送ったが、週刊クレールは記事にする価値ありと判断したのだろう。被害者遺族である俺に取材、もしくは記事そのものの依頼かもしれない。だが断るしかない。週刊標榜を裏切ることはできない。編集長の中田は大学の先輩で、証券会社をクビになって路頭に迷っていた俺を拾ってくれた。その恩がある。

だから、どうにかして断ろうと思ったのだが、どうもそんな単純な話ではなさそうだった。

電話の主は、青葉《あおば》幸太郎《こうたろう》と名乗った。当初は週刊クレールの記者かと思ったが、そうではなく雇われているライターだそうだ。つまり俺の同業者だ。

『次号の週刊クレールであなたの記事を書こうと思うんですが、どこかで一度お会いできませんか？』

そう有無を言わさぬ口調で、青葉は言った。彼の意図が分からず俺は困惑した。フリーランスになってから俺は一度も同業者と交流したことがない。商売敵と交流などしたくない、などという偏狭な気持ちがあるのではなく、単に機会がなかったからだ。もちろん青葉がわざわざ直接電話をかけてきたのは俺と交流するためではなく、仕事のためだろう。母が殺された事件を記事にするつもりなのだ。週刊標榜は見送ったが、確かに民家に刃物を持った男が押し入り主婦を殺害するという事件は、書きようによっては面白い読み物になるかもしれない。

「週刊クレールに記事を書くと分かっていて、あなたの取材に協力はできません。普段は取材する立場の私がこんなことを言う資格はないかもしれませんが、そっとしておいてくれませんか」

『いいんですか？　僕は記事を書く前に、あなたの言い分を聞こうと思ったんです。もし僕の申し出を断ったら、あなたは弁明するチャンスを永久に失うことになる』

「弁明するチャンス？　何のことです？　母が殺された事件を記事にするんじゃないんですか？」

『もちろんそうです。僕はあなたのお母さんが殺害された事件に関してスクープを握っているんですよ。本当なら今すぐ記事を仕上げてもいいんですが、やはり当事者のあなたに一度会っておきたい』

「スクープ？　何のことです？」

青葉は言った。

『犯人の渡部常久の遺書ですよ』

嘉奈子のふてぶてしい顔が脳裏に蘇った。一応、殺人事件なのだから、多かれ少なかれ渡部家にマスコミが取材に来ただろう。その中でも週刊クレールの仕事をしている記者を選んで遺書を渡したのだ。あの嘉奈子なら週刊標榜と週刊クレールの関係を知っていても不思議ではない。

「まさか二十四万払ったんじゃないでしょうね」

『二十四万？』

俺は青葉に、嘉奈子が弟の遺書を買い取れと迫ったことを話した。

『随分とふっかけましたね。でも、あなたは買い取るべきでしたよ。あの遺書はあなたにとっては間違いなく二十万以上の価値があった』

「あなたはその遺書にいくら払ったんですか？」

『五万です。いや、既に世間を騒がしている大事件の犯人の遺書ならともかく、大した話題にはなっていない事件ですから、これでも破格の金額ですよ。それが週刊クレールにとって安い買い物になるか否かは、僕の書く記事にかかっているというわけです』

胃がキリキリと痛んだ。俺にとっては掛け替えのない母親が殺されたのに、話題性のあるなしで冷徹に金額に換算されてゆく。これが自分が今いる世界なのだと、否応《いやおう》なしに思い知らされる。

「それで、その遺書には何て書いてあったんですか？」

青葉はその俺の質問に、まるで躊躇《ためら》いもなく答えた。

『あなたへの恨みつらみがびっしりと書かれていましたよ。実際に亡くなられたお母さんのことは一言も触れられていない。遺書はあなたを殺して自殺するという一文で終わっています。渡部常久はあなたが未《いま》だに実家に住んでいると思っていたようですね。しかしあなたは不在だった。そこで渡部は勢い余ってお母さんを殺してしまった――』

そこで青葉は言葉を切った。まるで俺の反応を窺っているかのようだった。

「渡部の本来の目的が私だったということは、こちらも把握しています。私が知りたいのは、何故、私が渡部に恨まれなければならないのかということです」

『心当たりはないのですか？』

「一つもありません」

と俺は言った。赤井市子に関することなのは確かだろうが、それが分かっていたとしても心当たりがないのは変わらない。渡部も赤井も、俺にとっては同じクラスだったというだけの赤の他人だ。

『赤井市子はあなたにレイプされて自殺したと、渡部は遺書で記しています』

「それは完全な誤解です。私はそんなことをしていない」

『誤解？　誤解で包丁を持ってあなたの家に乗り込むんですか？』

「私に訊かれても答えようがありません。そもそも仮に私が赤井市子に乱暴したとしても、どうしてそれを渡部が今更復讐しようとするんです？」

どう考えても不自然だ。赤井市子の死は原因不明の自殺として処理された。もう十五年もの歳月が経っているのだ。皆、彼女のことは忘れかけていた。それを何故、再び暴き出そうとする？

『遺書では、あなたが赤井市子を襲っている現場に、渡部自身が居合わせたと書いてあります』

「馬鹿馬鹿しい。現場に渡部がいた？　じゃあ私は渡部が見ている前で赤井市子に乱暴したと言うんですか？」

『あなたは渡部がいたことに気付かなかったと遺書にはありますね。現場は青嵐高校の図書館です。赤井市子は図書委員でした。その日は、男子の図書委員が風邪で休んで、赤井市子が一人で当番をしていたそうです。そこにあなたがやって来て、彼女を書庫に連れ込んだ。大人しい生徒であるのをいいことに、かなり乱暴に引きずり込んだそうですね。渡部もその現場に居合わせたが、本棚の陰になってあなたは彼に気付かなかった』

まるで見てきたように青葉は語った。

いや、彼が見たのではない。渡部が目撃したのだ。そう彼は遺書で主張しているのだ。

『渡部は逃げるように図書館を後にしました。かかわり合いになりたくなかったと遺書にあります。しかし、渡部はその選択を生涯後悔することになります。赤井市子が自殺したのはその翌日だったんです。図書館でのあなたの行為が彼女の自殺の引き金になったのは火を見るよりも明らかです』

「馬鹿な」

そう言うのが精いっぱいだった。俺は図書館になどほとんど行かなかった。赤井市子が図書委員だったなど、今初めて知ったようなものだ。同じクラスというだけの、ほとんど赤の他人だったのだ。彼女を乱暴した事実などない。決して、誓って、ありえない。

「男に乱暴されて自殺したということは話として通るかもしれない。しかし、その男は私じゃない。渡部は誰か別人と勘違いしているんです」

『同じクラスの人間を見間違えますかね』

「見間違えじゃなくても、十五年も経つ間、記憶が混同したのかもしれない」

『でも連れ込んだ時はっきりとあなたの顔を見たと書いてあるんですよ。それにこれは先ほども言いましたが、渡部は包丁を持ってあなたの家に乗り込んだんですよ。記憶が曖昧《あいまい》な状態で、そこまでのことを仕出かしますかね』

「仮にそうであっても、どうしてただ同じクラスというだけの赤井市子の復讐を遂げなければならないんです？　大体、復讐するならさっさとやればいいでしょう。十五年も経ってから実行するなんて不自然すぎます」

思わず呟いた。

「馬鹿馬鹿しい――」

青葉は俺のそんな反論にもまったく怯まなかった。

『渡部が図書館に足しげく通っていたのは赤井市子と同じ空間にいたかったからだと遺書にはあります。つまり、渡部は彼女のことが好きだったんです。復讐に走っても不思議じゃない』

「でも、それだけで――」

『それだけじゃありません。渡部は高校を卒業してからもずっと自分を責め続けた。自分があの時止めに入れば、あなたから赤井市子を助けることができた。しかし渡部は逃げ出してしまったんです。結果、恋した赤井市子は自殺してしまった。もちろん、あなたを告発することもできません。そんなことをしたら赤井市子を見殺しにした事実が明るみに出ますから。渡部は遺書にこう書いていますよ。自分は知らず知らずのうちに桑原銀次郎の共犯者になってしまっていたと。渡部はずっと自分と、そしてあなたを憎み続けた。その憎しみが爆発して今回の事件が起こったんです』

訳が分からなかった。青葉の話はまるで他人事だ。自分が当事者とはとても思えない。

「赤井の自殺の原因が暴行されたことにあったのは事実かもしれません。しかしその相手は私ではありません。何度尋ねられても、そう答えるしかない」

『本当ですか？　あなたは軽い気持ちだったかもしれない。しかし赤井市子には決定的な心の傷になってしまったとは考えられませんか？』

「冗談じゃない。口を利いたこともほとんどなかったんだ。そもそも渡部はどうして今になって私に復讐しようと考えたんですか？」

『それは一言では言えません。渡部は大学を卒業した後もずっと引き籠もり、一度も就職しなかったそうです。彼はもう三十過ぎです。将来に不安を感じるのは当然でしょう。自分がこんな人間になってしまったのは、高校時代、赤井市子を見殺しにしてしまったというトラウマが尾を引いているせいだと、あなたに責任転嫁しても不思議じゃない』

「無理がありますね。そんな記事では読者は納得しないでしょう」

『そう思われますか？　遺書は渡部常久本人が書いたものですよ。署名鑑定のみですが、筆跡鑑定も行いました。何しろ渡部はずっと実家暮らしだから、鑑定のサンプルは山のようにあるんです』

「署名だけが本人のもので、遺書自体は誰か他人が書いたものかもしれない」

『ねえ、桑原さん。そんなことがありえると思いますか？』

青葉は呆《あき》れたように言った。

彼の言う通りだと、俺も思う。そんな可能性は少ないだろう。しかし、俺が渡部に恨まれる筋合いがないのは厳然たる事実だ。俺はそれを何とか、この青葉を始めとした世間の人々に分からせなければならない。

『僕だって、なぜ渡部が今このタイミングであなたへの復讐を思いたったのかという疑問はありますよ。実はそのことについて、あくまでもこれは推測ですが、僕なりの解答がなくはないんです』

「何ですか？　あなたの、その解答というのは」

『鍋焼きうどんですよ』

「鍋焼きうどん？」

俺は思わず聞き返した。この話の流れで出るに相応《ふさわ》しい単語ではない。

『そうです。ご存知ありませんか。当時、赤井市子の両親は飲食店を営んでいたことを。彼女は日本蕎麦《そば》屋の娘だったんです』

「ああ――そういえば聞いたことがある」

生徒の親は、そのほとんどがサラリーマンだった。もちろん俺の父親もそうだ。そんな中にあって、両親が自営業者というのは大きな個性だ。今、青葉が赤井市子のことを日本蕎麦屋の娘と表現したが、正に当時も彼女はクラスメイトたちからそういう認識をされていたのかもしれない。

『赤井市子の店は「閣賀楽《かくがらく》」といって、渡部家はよくそこから出前を取っていたそうです。渡部と赤井市子は同じ中学出身で、家も近かった。そういうところも渡部が赤井市子を意識した一因だったのでしょう。中でも彼の一番のお気に入りは鍋焼きうどんで、これはそれなりに値が張るメニューですから、渡部家は「閣賀楽」のお得意さまだったようなんです。しかし娘が自殺し、心労で赤井市子の両親は店を畳んでしまった。父親の貴文《たかふみ》はずっとあちこちの飲食店の厨房《ちゆうぼう》で働いていたようですが、肝硬変で亡くなりました。娘が自殺した心の傷をずっと引きずって、酒に溺《おぼ》れてしまったんですね』

「つまり、赤井市子の自殺と共に、彼女の店の鍋焼きうどんも食べられなくなったということでしょう？　それが今回の事件と何の関係があるんです？」

『それがあるんです。先月、渡部はたまたま近所の店に入って鍋焼きうどんを食べた。すると何とそれが、十五年前によく食べていた赤井市子の店の鍋焼きうどんと同じ味だったんです！』

「――赤井市子の店はチェーン店だったと？」

ファミレスやファストフード店のように、ある程度工場で作られたものを盛り合わせて出すような店なら同じ味になって当然だ。

『チェーン店といっていいと思いますよ。ほら、暖簾《のれん》分けってあるでしょう。「閤賀楽」は明治十九年に山梨県で発祥したといいます。そこから暖簾分けで全国に広がって、今や全国三百店舗を数えると。もちろん歴史云々の部分は話を盛っているかもしれませんが、少なくとも現店舗数に関しては正しい数字を出していると思います。調べれば分かることですから』

「赤井市子の父親は、どこかの「閤賀楽」で修業して暖簾をもらったと――」

『いえ、そういうわけではなく、お金を出して開業のノウハウと暖簾を買ったんです。ロイヤルティが発生するわけではないからフランチャイズとは違うようですが、暖簾分けと聞いて想像する昔ながらのやり方ではないですね。とにかく渡部は町で知らず知らずの内に、かつて赤井市子の両親が経営していた蕎麦屋と同じ暖簾を掲げた店に入った。そこで鍋焼きうどんを頼んだんでしょう。昔を懐かしんでのことだったんでしょうが、しかし目の前に出てきた鍋焼きうどんの味は、昔食べたそれと寸分違《たが》わず同じものだった』

俺は一時黙った。そしてこの青葉幸太郎という男はいったい何を言いたいのだろうとあれこれ詮索した。しかしまるで分からず、俺は再び口を開いた。

「それが何なんです？　渡部は赤井市子が死んだ当時によく食べていた鍋焼きうどんを十五年ぶりに食べたから、急に私への殺意が蘇ったとでも言うんですか？」

『はい、そうです』

青葉は実にあっさりとそう言った。

『渡部の遺書にもそう書かれています。急にあなたへの憎しみや赤井市子への哀れみを思い出したきっかけは、偶然食べた鍋焼きうどんだと』

「馬鹿馬鹿しい――」

そう呟くしかなかった。青葉は鍋焼きうどんのせいで俺の母親は殺されたと言っているのだ。こんなふざけた話はない。

『僕は真剣です。プルースト効果という言葉をご存知ですか。匂いは記憶を呼び起こす働きをします。食べ物の味は匂いと切っても切り離せない。匂いの感覚というのは特別です。人間がモノを見たり聞いたりすると、それらの情報は大脳新皮質、つまり人間の脳の中で最も新しい部分で処理されます。しかし匂いは違います。大脳新皮質をすっ飛ばして、海馬や扁《へん》桃体《とうたい》に繋がるんです。海馬は記憶、扁桃体は情動を、それぞれ司《つかさど》るといわれています。大脳新皮質でそれが何の匂いなのか分析されるのは、海馬や扁桃体を通った後です。匂いは人間の最も原始的な部分と密接に繋がっています。渡部の遺書の内容は科学的にも裏付けられるんです』

青葉は俺が納得するまで、大脳生理学の話をいつまでも続けんばかりの勢いだった。俺とて、突然登場した鍋焼きうどんというキーワードに呆気《あっけ》にとられてしまっただけで、青葉の言うプルースト効果を否定しようとは思わない。確かに嗅覚《きゅうかく》が人間の五感の中で最も原始的な感覚という説はどこかで聞いたことがあるし、匂いで過去やその当時の感情を思い出すこともあるのだろう。だが、問題はそんなところにはないのだ。

「分かった、分かりました。青葉さんの仰るようなことも起こりえるんでしょう。それを否定しようとは思いません。問題は、私が図書館で赤井市子に乱暴したという部分です。そもそもそんな事実はないんですから、鍋焼きうどんの匂いで、当時の記憶や情動を思い出すはずがない。思い出したとしても、それは私に関するものではないはずです。私は赤井市子と何一つ接点がないんですから」

『しかし現に渡部はあなたを殺したいほど憎んでいたんです。渡部は包丁を持ってあなたの家に乗り込んだ。これは余程のこと――』

青葉がまた同じ話をし始めた。これでは堂々巡りだ。

「それはもう分かりました。それであなたは私にどうしろと仰るんですか？　罪を認めて謝罪しろと？　しかしやってもいないことを謝ることはできない」

　青葉は言った。

『どうしろとも言いません。これはあなたに対する電話取材ですから。記事はもう粗方《あらかた》書き上がっています。しかし最低限当事者の言い分を聞かなければならないと、こうして電話を差し上げた次第です』

「あなたは被害者遺族よりも、殺人犯の言い分を信じるんですか？」

　信じる、信じないの問題ではないのだ。

　その遺書が渡部の手によって書かれたものであることは厳然たる事実だ。もちろん事件自体の話題性にもよるが『殺人犯の手記』というフレーズは、読者にも、そして記事を書く側にも蠱惑《こわく》的に響く。俺が青葉の立場でも同じことをするだろう。雑誌を売るためには多少の危ない橋も渡る。万が一問題になった場合でも、殺人鬼の手記を前後関係を説明した記事と共に掲載しただけ、とエクスキューズする余地もある。

『もちろん、お母さんを殺されたことはお気の毒に思います。そのことに関して渡部常久を擁護する気は毛頭ありません。しかし渡部を糾弾するという側面からだけの報道では、今回の事件の本質を見誤る可能性がある。報道は多面的でないといけないと僕は信じています。だからこそ犯人の渡部の側から今回の事件を当たってみたいんです』

青葉はそう歯の浮くような台詞《せりふ》を吐いた。実際は渡部嘉奈子が週刊クレールに弟の遺書を持ち込んだことに便乗して小金を稼ぎたいだけなのだろう。だがそれを指摘するのは止めておいた。何故なら自分が彼の立場だったら俺も——。

俺はおもしろくなかった。青葉が渡部側に立って話をしているから、というのももちろんだが、それ以上にまるで自分自身と話してるような気分になったからだ。俺も他人からはこんな鼻持ちならない男と思われているのだろうかと考え、ライターという仕事がまた少し嫌になった。

青葉との電話を終えた後、俺はすぐさま週刊標榜の中田に連絡を入れた。

『銀ちゃん、それは本当なのか？』

「ええ。裏を取るというよりも、こっちの言い分を聞いてやるといった上から目線の電話でしたよ」

母が死んだ経緯から、渡部嘉奈子が弟の遺書と引き換えに二十四万要求してきたことを告げると、中田は悔しそうな声を出した。

『それは払うべきだったよ。その嘉奈子って女は、週刊クレールがうちが抱えているライターのスキャンダルを喜んで買うと分かって青葉に渡したんだろう。必ず記事になるからと。

何しろ向こうには五万円という破格の金額で売ったんだからな』

「嘉奈子が俺を恐喝していると思ったんです。恐喝に屈するわけにはいかない」

『何言ってるんだ？　週刊クレールだって五万払ったんだぞ？　嘉奈子は向こうにも二十四万ふっかけたのかもしれないが、値引き交渉に応じて五万で手を打ったとも考えられる。銀ちゃんも交渉するべきだったんだよ』

その中田の意見には賛成できなかった。青葉は二十四万円という金額の意味が分からなかったようだし、恐らく嘉奈子は『喫茶あかね』で対面した時のような脅迫めいたやり方で青葉に遺書を売ったのではないのかもしれない。

嘉奈子と『喫茶あかね』で対面している時は、まさか彼女が週刊クレールに遺書を持ち込むなんて想像だにできなかったのだ。その時点で中田に相談したとしても、うさん臭いとして一蹴《いっしゅう》された可能性が高かったのではないか。

それにこれは俺個人の問題でもある。俺には何一つ負い目はない。遺書の内容を知る前も、知った後もそうだ。にもかかわらず遺書を買い取りたいという態度を示したら、後ろめたいことがあると認めてしまうように思ったのだ。

『それにしても二十万でも二十五万でもなく、二十四万とは中途半端な金額だな』

「生活費等、もろもろ計算して出した金額なんでしょう。必要な金額しか要求しないというアピールのつもりなんです」

もちろん、そんな勝手な理屈は通らない。嘉奈子は自分にも良心があると嘯いていたが、恐喝は恐喝だ。

「中田さん。渡部の遺書には俺が赤井市子を陵辱《りょうじょく》して自殺に追いやったとあるんです。そんな根も葉もない文章がライバル誌に掲載されようとしているのを指をくわえて見ているわけにはいかない。中田さんにとってもこれは他人事ではないでしょう？　週刊クレールの記事には必ず週刊標榜の名前が出るはずです。放っておいたら週刊標榜の名前にも傷がつく。何とか青葉の記事が世に出るのを阻止することはできませんか？」

『分かった。澤村《さわむら》さんに相談してみる。たとえ殺人犯の遺書でも、今の時点では裏付けの取れていない怪文書と同じだ。澤村さんがそんな記事を通すはずはないと思うが——もしかしたら、その青葉というライターの勇み足かもしれないな』

と中田は言った。

澤村とは週刊クレールの編集長だ。確かに週刊標榜と週刊クレールはライバル関係にあるが、同じ業界にいる以上、何かしら繋がりがあるものだ。たとえライバルといえども、本気で戦争をしかけようとする編集者はいない。ゴシップをメインに扱う週刊誌は危ない橋も平気で渡ると思われがちだが、ちゃんと業界内の仁義は守る。

「申し訳ありませんが、できれば早急にお願いできませんか？　万が一見本を刷ってしまってからでは遅いですから」

『それはもちろん、銀ちゃんに言われなくたって分かっている』

「――すいません、生意気な口を利いて」

『いや、銀ちゃんにしてみれば他人事じゃないんだ。焦る気持ちも分かる』

たとえ回収しなければ裁判も辞さないと脅したとしても、向こうにしてみれば雑誌を回収するよりも、裁判に負けて賠償金を支払ったほうが損害が少ないと判断するに違いない。それほど雑誌の回収とは大事故なのだ。出版社が傾く可能性だってある。だから雑誌が刷られる前、どんなに遅くともゲラが出る段階までに手を打つ必要がある。

『青葉という男は、フリーランスが陥りがちな落とし穴に嵌まったんだろう。誰だって特ダネは欲しいからな。多分、澤村さんの方でボツにすると思うが、万が一ということもある。すぐに連絡してみるよ。結果は追って知らせる』

「本当に申し訳ないです。ご迷惑をおかけして」

『銀ちゃんが謝ることじゃない。被害者遺族なんだから。銀ちゃんの立場が不味《まず》くなってこの仕事を続けられなくなったとしたら、俺だって困る。有能なライターを一人失うんだからな。じゃあ、また電話する』

俺の返事を待たずに、中田は電話を切った。俺は少しだけ安堵した。決してお世辞を言われたからではない。中田と澤村とはお互いライバル誌の編集長として、それなりに親密らしいことが分かったからだ。恐らく澤村は中田の説得に応じてくれるのではないかと考えた。そしてその予想は見事に当たった。

中田からの電話はその日の夜にかかってきた。澤村は、青葉が渡部の遺書を手に入れたことを中田に教えられて初めて知ったのだそうだ。すぐに澤村は青葉が手に入れた渡部の遺書をチェックし、これは掲載が不可能だと判断した。ライバル誌のライターのプライバシーに配慮したという点もあるのだろうが、やはり一番大きな理由は十五年前の暴行事件の裏付けを取ることはできないからだ。十五年経つうちに渡部の記憶も曖昧になっているかもしれない。あまりにも漠然として信憑性《しんぴょうせい》に欠ける。そんなものを活字にするわけにはいかない。

やはり中田がわざわざ連絡しなくても、青葉から記事が上がってきた時点で賢明な澤村は掲載を見送っただろう。それを考えると、あまりにも青葉からの電話に動揺して慌てふためいてしまったかもしれないと恥ずかしく思ったが、いずれにしても良かった。

警察も父親も俺を暴行犯扱いしたのに、よりにもよってライバル誌の編集長が擁護してくれるのか——と複雑な気持ちになったが、今は素直に澤村に感謝しなければならない。彼が青葉の暴走を止めてくれたのだから。

澤村にも直接電話をかけ面倒をかけた詫《わ》びを言った。初めて聞いた週刊クレールの編集長の声は、中田のそれよりも遥かに柔和なものだった。俺は、ライバルであるからといって敵であるとは限らない、という当たり前のことを思い知らされ、その夜、今回の事件が起こって初めて心安らかに眠りについた。

だが数日後、その平穏は破られることになった。

青葉が記事をボツにされた腹いせに、渡部の遺書の全文を自分のブログに掲載したのだ――もちろんすべて実名で。

5

静岡に戻るひかり号の車内でノートパソコンを広げ、俺は青葉のブログを読んだ。もちろん今初めて読むわけではなく、これまで何十回も精読したのだ。だが何回読んでも初読時の衝撃は失われていなかった。正直言って、こんなものは最初っから読みたくなかったが、駄々を捏《こ》ねていても始まらない。これから、何故渡部がこんな遺書を書いたのかという取材をするのだから、まずその内容を正確に把握しなければ話が始まらない。

ブログのアクセスカウンターはうなぎ登りで、大体、一日に一万人が閲覧している計算になる。一ヶ月で三十万人だ。まだ記事が掲載されて間もないから、これからもっとペースが上がるだろう。中田が教えてくれたのだが、既にマスコミ各社が動き始めているという。もし活字媒体やテレビなどに取り上げられたら歯止めが利かなくなる。

ブログにはコメント欄というものがあって、記事を読んだ読者が自由にコメントを書き込めるようになっている。コメントは膨大でとても読める量ではなかったが、たとえ僅かな量だったとしても、そんなもの俺は一切読む気はなかった。だが、世間が渡部の記事をどう受け止めているのか把握するのは重要なので、中田に目を通してもらいその感想を求めた。

中田によるとネットユーザーたちのコメントは、渡部に同情する声が圧倒的多数のようだった。中には俺が日常的に赤井市子を犯していたに違いない、などと見たようなことを言う奴もいるらしい。そういう結果を予想していただけに、歯がゆかった。

遺書は手書きで百円ショップで買ったと思しきノートに記されており、渡部自身の机の上に無造作に置かれていたという。たどたどしく、平仮名が多い、まるで子供のような文章だったが、その稚拙さが、かえって異様なリアリティをもたらしていた。また『鍋焼きうどん』というフレーズが、どこかわびしく、哀愁を感じさせ、いかにも日本的な情緒をかき立てた。こういう文章に感情移入するのは雑誌の読者もネットユーザーも変わらないということとか。だからこそ、こんなふざけた遺書が青葉のブログ以外に広まるのを食い止めなければならない。そのために、俺は浜松に向かっているのだ。

何故渡部があんな遺書を書いたのか、その謎を特定しなければならない。満足ゆく成果が出れば、週刊標榜上での発表も可能だという中田の言質《げんち》も得た。既に俺が今まで仕事をしてきたマスコミ関係者の間で、青葉のブログを知らぬ者はいないという事態にまでなっている。火のないところに煙は立たない。大火事になる前に、火種を完膚なきまでに潰《つぶ》さなければ、俺の今後の仕事にも影響する。

遺書では、俺がまるで普段から渡部を虐《いじ》め、馬鹿にし、クラスを意のままに支配している暴君のように書かれていた。学校で同じように辛い目に遭ってきた者がこれを読んだら、たちどころに渡部に感情移入するだろう。そして自分を苛んだ連中に桑原銀次郎というライターを投影し、俺を激しく糾弾するだろう。

こんな目に遭っていたら、そしてそいつが好きな女子を犯し、自殺に追いやったとしたら、誰であれ、十五年後であれ、包丁を持ってそいつの自宅に乗り込むだろう。結果として罪のない母親を殺してしまったが、それもふくめて、すべてそいつのせいなのだ。乗り込まれても仕方がないのだ——きっと読者はそう考える。

また遺書には、俺は証券会社で働いていたこと、認知症の顧客に株を売りつけて会社をクビになったこと、内科医の妻と離婚し、現在はフリーライターをしていること等が書かれていた。すべて事実だ。だから地元に戻って実家で暮らしていると渡部は思ったのだろうか。とにかくそれも含めて、彼が俺のことをどこで知ったのかも調べなければならないだろう。

俺もライターの端くれとして不特定多数の読者に向けて記事を書いてきた。だからこそ分かる。読者は一人一人は聡明で理知的な人間だ。しかしそれが何万、何十万と集まると、大衆という得体の知れない存在に変化する。そして情け容赦なく、こいつはいたぶっても良しと認めたターゲットを飽きるまで攻撃するのだ。そして週刊誌を始めとしたマスメディアは、そのように大衆を扇動することを目的としている。マッチポンプの理論だ。扇動すれば扇動するほど雑誌は売れるのだ。自分がそのターゲットになって、初めて自分が異常な世界にいることに気付いたが、今それを嘆いていても仕方がない。

浜松駅に到着すると、とりあえず俺は実家に連絡を入れた。いきなり訪れてびっくりさせたくはない。

電話に出たのは雅代さんだった。

「連絡も入れずに来てしまって申し訳ありません」

『いいえ。そんなことはないいんです。ここは銀次郎さんの実家ですから、いつ来てもいいんですよ』

何日滞在するか未定だし、実家に泊めさせてもらうかホテルに宿泊するかも決めていないが、そんなのはどうにでもなる。後で顔を出すと告げて、俺は電話を切った。

このまま実家に直行してもいいのだが、せっかく浜松駅にいるのだから昼飯がてら渡部が俺の殺害を思い立った『閤賀楽』に行ってみようと思った。

遺書によると、渡部は映画を観てから夕食を摂《と》るために『閤賀楽』に向かったとあった。俺もその渡部の行動をトレースするべきだろう。

浜松駅から歩いて五分ほどの複合商業施設、いわゆるショッピングセンターに渡部が訪れたという映画館があった。このショッピングセンターは俺が東京で暮らし始めたのと時を同じくして建てられたので、実家に帰省した時に数回足を踏み入れたような気もするが、ほとんど馴染みがない場所だ。テナントの映画館は東京でもよく見かける全国展開しているシネコンで、この映画館自体に見るべきものはない。重要なのはここを出た後の渡部の足取りだ。

平日の午前中のせいか、劇場は子連れの主婦以外には中高年の姿が目立った。電子掲示板に表示されている、今日一日の映画のスケジュールを確認するが、渡部が観たというアニメ映画のタイトルはなかった。もうとっくに上映を終了してしまったのだろう。何か観たほうが渡部の精神状態に近づけるのではないかと考えたが、彼が観たのと同じ作品でない限り特に意味のないことだと思い、そこまでするのは止めておいた。

エレベーターを使えばすぐ外に出られるが、ふと思い立ってエスカレーターで順繰りに建物を降りていった。雑貨やファッションのフロアは素通りし飲食店を探す。レストランは一階と地下一階に集中していた。中華、イタリアン、ハンバーガーのファストフード店、ラーメン屋、ピザ屋、たこ焼き屋まである。にもかかわらず渡部はここで食事をせずに、外をさまよい歩き、たまたま入った日本蕎麦屋で食事を摂ったのだ。

ショッピングセンターの外に出た。『閣賀楽』の住所は前もって調べておいた。通りの向こうの商店街にあるという。俺は住所を頼りに『閣賀楽』を探した。すぐに見つかった。年季が入った、本当に町の日本蕎麦屋という感じだ。東京ではシャッター通りが当たり前になっているが、ここはまだまだ個人の商店が頑張っている印象を受ける。それはともかく、アニメの映画を観て恐らく気分が高揚しているであろう夜に、ここで一人で食事を摂ろうとするだろうか。映画館を出た目の前にこの店があるならまだ分かる。でもそうではない。距離的に近いといってもある程度探さなければならないだろうし、映画館が入っているビルには小奇麗で一人で入りやすそうな店が揃《そろ》っている。

しかし渡部はこの店に入った。その現実は受け止めなければならない。

遺書では、渡部はここで鍋焼きうどんを食べた後、店の名前が『閣賀楽』であることを認識し、赤井市子のことを思い出したとなっていた。俺も渡部の気持ちになって、店の前に立った。自動ドアではなく、自分で開ける引き戸だった。『閣賀楽』とはっきり読める店名がプリントされた暖簾を潜り、俺は店に入った。まだ昼には少し早いせいか客は誰もいない。十数秒ほど待っていると、やっと俺に気付いた様子で、いらっしゃい！　と威勢のいい声が聞こえてきた。

「どこでも好きなところに座ってください」

と決して愛想が悪いというわけではないが、ざっくばらんな感じで中年の男性店員が言った。俺は厨房が見えるテーブルに座った。お品書きを開き、鍋焼きうどんを探した。すぐに見つかった。ただし、お断りとして『十月～二月の間のみ』との文言があった。渡部がこの店で鍋焼きうどんを食べたのは今月の三日だ。その四日後の七日に渡部は凶行に及んだ。つまり渡部は鍋焼きうどんが始まった十月になってすぐにこの店を訪れたことになる。

「鍋焼きうどんはできますか？」

するとと店員の表情が硬くなり、

「はい、できますよ。それでよろしいですか？」

と事務的に言った。

「お願いします」

店員は無言で俺に背中を向けて厨房に向かった。彼が調理するらしい。小さな店だから客が少ない時は調理師が接客も受け持つのは当たり前なのだろう。年齢からして店主なのかもしれない。

暫く待っていると、カツオ出汁《だし》のいい匂いが漂ってきた。青葉はプルースト効果と言っていたが、フランスの文豪、マルセル・プルーストがその名の由来らしい。プルーストの代表作『失われた時を求めて』に語り手がマドレーヌを食べたことをきっかけにして、過去を回想するシーンがあるのだそうだ。マドレーヌというのは何となく分かるが、鍋焼きうどんはどうだろうか。一言で鍋焼きうどんの味といっても、いろいろな具材が豪勢に入っている料理だから、その時々に口に入ったものによって印象が違うはずだ。麺《めん》はもちろん、ネギもあれば、かまぼこもあれば、海老天《えびてん》もあるのだ。プルースト効果に関係するのは、やはりスープや出汁だろうか。

そんなことをあれこれ考えていると、鍋焼きうどんと聞いて想像するそのものが、どんと俺の目の前に運ばれた。どちらかというと食欲はなかったが、それなりに美味そうだった。同時に、これが俺の母親が死ぬきっかけを作った料理かと思うと、背筋が凍りつく思いがした。

割り箸《ばし》を手に取り、ごくりと唾を飲み込んでから、思わず俺は、

「いただきます」

と言った。傍目にはよほど飢えているように見えただろう。

暫く俺は黙々と鍋焼きうどんを食べた。渡部はこの鍋焼きうどんを食べて、恋い焦がれていた赤井市子のことを思い出したのだ。そして母を殺した。それが頭にあるから、俺は無意識のうちに、何かこの鍋焼きうどんに神秘的なものを感じてしまっていたのかもしれない。俺も、渡部のように何らかのインスピレーションを得るかもしれないと。

そんなものはなかった。俺は今初めてこの鍋焼きうどんを食べたのだから。しかし、インスピレーションがあろうがなかろうが、本当にただの鍋焼きうどんという印象だった。注目したスープだが、味が濃く、塩っ辛いうどん汁という感想しかない。不味くはないが、人を殺すほどの鍋焼きうどんとは思えなかった。もちろん味の良し悪《あ》しではなく、それで渡部が過去の記憶を思い出したという点が重要なのだが――。

本当にこの鍋焼きうどんは、十五年前に赤井市子の店で出されたものと同じ味なのだろうか。

食事を終えた後、俺は店員を呼んだ。

「すいません。ちょっとお尋ねしたいことがあるんですが」

「何ですか？」

彼はつかつかとこちらに歩いてきた。

「失礼ですが、ご店主ですか？」

「はい、そうですが、何か？」

「こちらは、『閤賀楽』から暖簾分けしてできたお店ですよね」

するとと店主は、

「お客さん。ひょっとしてあの事件の取材に来たんですか？」

と言った。この店主も青葉のブログを読んだのだろうか。しかし、俺の母親が殺された事件は、テレビなどでも少なからず報道されたはずだ。地元で起こった殺人事件なのだから店主の印象に残っていてもおかしくはない。

「鍋焼きうどんを注文された時、もしかしてと思いましたけど、でも純粋に鍋焼きうどんが好きな方も沢山いますからね。あの犯人のように」

「誰か事件について聞きに来たんですか？」

「よく分からないんですけど、ネットで取り上げられたようですね」

とすると、ここを訪れたのはネットで渡部の記事を読んだ野次馬か。それだけならいいのだが――。

「ひょっとしてあの事件で話題になって、私のような人間が沢山押し掛けるようになったとか？」

「沢山というほどでもありませんが、毎日ぽつぽつと来られます。今日はお客さんが一番乗りです」

「申し訳ないです。ご不快でしょう」

「いや、お客さんはまともな方ですよ。ちゃんと鍋焼きうどんを注文してくれて、美味そうに食べてくれたんですから」

「食べないで帰る人もいるんですか？」

店主は苦笑いして、

「取材という名目なら、店に金を落とさなくてもよいと思っている人たちもいますから。店の宣伝になるんだからいいでしょ、なんて言った奴もいたけど、殺人事件の犯人も食べた店！　なんて宣伝してもらっても迷惑なだけだから」

と言った。やはり、もうマスコミも動き出しているのだ。もしかしたら青葉が記事にしてくれと、各社に持ちかけたのかもしれない。確かに、中田と澤村は青葉の記事が世に出るのを良しとしなかったが、そんな紳士協定が通用するのも事件自体がそれほど大きく取り上げられていなかったからだ。青葉のブログにアクセスする者が日々増えている現実がある以上、たとえ十五年前のあやふやな事件でも記事にしようという出版社が現れても不思議ではない。

俺はできるだけ温和な表情を作って、

「美味そうに見えましたか？」

と店主に訊いた。

「ええ、一心不乱といった感じでした」

そう言って店主は笑った。確かに味わって食べたのは間違いない。

「『閣賀楽』の暖簾を掲げたお店は皆、同じ味なんでしょうか？　何でも全国に三百店舗あると聞いたんですが」

「同じ味とは？　同じような味ということですか？」

「えーとですね。何て言えばいいのかな。つまりチェーン店のファミレスやファストフードのようにまったく同じ味ということです。つまり日本のどこの『閣賀楽』に入っても、同じ味の鍋焼きうどんを食べられるかどうかです」

そこで初めて店主はむっとしたような顔になった。

「ああいう店は出来合いのものを盛りつけて出すだけでしょう。工場の大量生産だから同じ味になって当然だ。お客さんもそのテーブルにいたから見えたでしょう？　私がその鍋焼きうどんを作っているところが。確かに暖簾分けしたから同じ味だとは言えます。でもね、ちゃんと人間が厨房で一から出汁をとって作ってるんだ。工場でできたスープを温めるのとは訳が違う。厳密に言ったら、それぞれの店で味が微妙に異なっても当然でしょう。それが店々の特色ってもんです」

「失礼ですが、こちらのお店を始められて何年になりますか？」

「さあ、何年でしょう。十五年以上は確かだと思いますね。二十年かな」

そもそも『暖簾分け』などというものに、厳密なルールなど存在しないのだから、かなりアバウトな世界なのだろう。この店にせよ二十年もやっていれば本家の『閣賀楽』と味が変わって当然とも言える。赤井市子の店とまったく同じ味ではないのは確かだ。近い味だったら渡部の記憶を刺激しても不思議ではない。だがかなりかけ離れた味だったら？

赤井市子の店はもうとうにないのだから、味を確かめるのは不可能だ。仮に確かめて味がまるで違うとなっても、それだけで渡部が俺を殺すと思い立つはずはない、と断じることはできない。人間の殺意がどの瞬間に何によって発生するかを確かめる術はないのだから。

だが、遺書が不自然だと世間にアピールすることは可能だ。

「青葉というライターがここに来ませんでした？」

「ええ、来ましたよ。その人が一番最初にここに来て事件のことを教えてくれたからよく覚えています」

遺書の内容の裏取り取材をしたのだろう。俺を強姦犯と告発する遺書を載せようというのだから、それくらい当然と言える。

「記事を書くのは勝手だけど、うちの名前は出さないでくださいと何度もお願いしたんですけどね。うちの鍋焼きうどんのせいで殺人事件が起こったと言われてはたまりませんから」

もし、青葉の記事が彼の思惑通りに週刊クレールに掲載されたら、恐らく俺の名前や『閣賀楽』などの固有名詞は匿名にされただろう。結果的にボツになったものの、その結果、青葉が実名でブログに上げてしまったのだから、この店主にとっては（もちろん俺にとっても！）むしろ事態は悪くなってしまったのかもしれない。

「青葉はあなたに何を訊いたんですか？」

「犯人の写真を見せて、今月の頭に彼がここに鍋焼きうどんを食べに来ませんでしたかって」

「それで、何と答えたんですか？」

「来ましたよ、って答えました。正直言って、お客さんを見た時も、犯人のことを思い出しましたよ。お客さんと同じように、脇目も振らず黙々と鍋焼きうどんを食べていたから」

「変わった様子はなかったですか？」

「変わった様子――そういえばお客さんは集中して鍋焼きうどんを食べていたけど、犯人は何だか流れ作業のように食べてたな。まるで胃に流し込むみたいに」

「味わって食べていなかった、ということですか？」

「ええ。これでも二十年もいろんな方たちを見てるんで、細かいことは分かるんですよ。まあ、どんなふうに食べようと自由なんだけど。でも鍋焼きうどんって、やっぱりそれが食べたくて仕方がないから頼む人が大多数なんです。ただ腹を満たすためなら、ざるそばでも何でも、もっとお安い品はあるんですから」

俺が黙々と鍋焼きうどんを食べたのは、渡部に俺を殺害すると思い立たせた鍋焼きうどんがどんな味なのか確かめるためだ。だから傍目には集中して食べているように見えたのだろう。しかし渡部はそんなふうに食べていなかったという。ではいったい、何故渡部は鍋焼きうどんを注文したのか？　些細なことかもしれないが、渡部の遺書を信じるならば、渡部がこの店で鍋焼きうどんなんか食べなければ、俺の家に乗り込んでくることもなかったのだ。ここはちゃんと考えておきたい。

「もう一つ訊きたいのですが、ここに来たのはマスコミだけですか？　警察は？」

店主はゆっくりと首を振った。

「警察関係の方は一切来られませんでした」

警察はもう母が殺された事件から完全に手を引いたようだ。犯人は分かっている。自殺したこともほぼ間違いない。ならば事件は終わった。ネットで犯人の遺書が流出したところで、その裏を取ろうなどという奇特な刑事はいないのだろう。

「いろいろ聞かせてもらって、ありがとうございます。とても美味《おい》しかったですよ。もしかしたら、また食べさせてもらいに来るかもしれません」

俺がそう言うと、店主はどこかほっとしたような表情を浮かべた。料理の味についてのお世辞にはまんざらでもなさそうだった。

会計を済ませて店を出た。秋の日差しが俺に降り注いだ。渡部もこうしてこの店を出て、秋の月の光を浴びたはずだ。その時、何を考えていたのだろう。本当に俺に対する憎悪に燃えていたのだろうか。それとも――。

「何だ。突然どうした？」

浜松駅前からタクシーに乗って佐鳴台で降り、実家に戻ってきた息子を見た父の第一声が、それだった。ぶっきらぼうな口調だったが、しかし母が死んだ当時より声の調子が戻ってきたような気もする。残酷な事件に遭遇しても、人は順応できるのだろう。そうしなければ生きてはいけないから。

来客の気配を感じたのか、向こうからとことこと峻が走り寄ってきた。そうか、峻がいるからか。母を失った空虚な生活に、峻は随分と励みになっただろう。雅代さんにせよ峻にせよ、いずれ博多に戻って兄と暮らすのだから（そうしてもらわなければ困る）抜本的な解決にはならないが、とりあえずは良かったと思うことにした。

しかし元気を回復しつつあると言っても、俺に対するよそよそしさだけは消えていないように感じた。やはり父は本当に俺が赤井市子を陵辱したと信じているのだ。

「銀次郎さん、お帰りなさい。お昼は食べましたか？　何か作ります？」

その雅代さんの対応に、俺は記憶の中の母を重ね合わせ、母はもう存在しないという事実に改めて打ちひしがれた。

「いえ、先ほど駅前で食べてきたので、結構です」

「そう――」

俺と雅代さんの会話に割って入るように、父が言った。

「信介がいきり立って電話してきたよ。犯人の遺書がインターネットで流れたんだって？」

「だから来たんだ。電話といえば雅代さん、マスコミの連中からかかってきませんでした？」

雅代さんの顔が少し曇った。かかってきたのだ。

「電話なんぞ叩き切ってやったさ」

と父が言った。

「ここに直接来たことは？」

「一人いたな。随分としつこくインターホンを鳴らしていたが、警察を呼ぶぞと一喝すると逃げ帰っていった」

「ひょっとして、青葉というライター？」

「銀次郎、お前知ってるのか？」

「犯人の遺書をネットに流した張本人だ」

二人は絶句したようだった。

「知り合いならちょうどいい。銀次郎、そいつには二度と来るなと言っといてくれ」

分かった、と俺は頷いたが、言おうが何をしようが、必要とあれば何度でも訪れるだろう。俺たちはそういう人種だ。青葉が父に怒鳴られたぐらいで帰ったのは、ここには特に新しい情報はないと判断したからに過ぎない。

「とりあえず、上がってください。立ち話も何ですから——あ、ごめんなさい」

「何がですか？」

「上がってください、だなんて、私はこの家の人間じゃないのに」

「何言ってるんだ雅代さん。あんたは嫁なんだから、この家の人間なんだよ」

「——はい」

俯《うつむ》き、小さな声で雅代さんは言った。

「銀次郎も上がれ。ここは嫌いだ」

と父は言った。二人とも壁際に寄っているように思えるのは気のせいだろうか。今、雅代さんと父が立っている間に母は倒れていたのだ。

居間に移動し、雅代さんが淹《い》れてくれたお茶を飲んで一息ついた。

「仕事はいいのか？」

峻を膝に乗せて、父が訊いた。

「仕事で来たんだ。聞いてくれ。青葉のブログに載せられた渡部の遺書はデタラメだ」

父も雅代さんも、青葉のブログを見ていないというので、ノートパソコンを開き、その場で二人に渡部の遺書を読ませた。見る見る内に二人の顔色が変わっていく。

二人がブログを読み終わった頃合いを見計らって、俺はおもむろに口を開いた。

「誤解しているのか、それとも俺を陥れる意図があるのかは知らないが、とにかく事実無根だ。青葉の記事が週刊クレールに掲載されるのを俺が阻止したせいで、結果的にこんなことになってしまったのは申し訳ないと思っている。でもこの事件を取材するお膳立《ぜんだ》てがようやく整えられたとも言えるんだ。誰も信じてくれないのなら、俺が自分で無実を証明する。父さんだって、俺のせいで母さんが殺されただなんて信じたくないだろう？」

「そりゃそうだが——証明なんかできるのか?」

「できる」

と俺は断言した。

「俺は自分が無実であることを分かっている。おかしいのは渡部の方なんだ。探れば必ず何か出てくるはずだ」

俺は決意表明のように言ってから、まだ熱いお茶を一気に飲み干した。

「父さん。雅代さんと峻は博多に帰ってもらったほうがいいかもしれない」

父は文字通り絶句した。膝の上に乗せられている峻が、突然父が黙り込んだので、不思議そうな顔をした。

「銀次郎さん——」

「俺たちは被害者だ。でもブログを読んで渡部に同情する読者は多い。そのブログのコメント欄を読めば分かる」

「コメント欄——」

雅代さんが言われるままにページをスクロールさせたので、俺は慌てて制止させた。

「本当に読まなくてもいいです。俺も読んでいません。気分が悪くなるだけだから」

「いいえ、読みます」

しかし、そう雅代さんが言った。

「もしかしたら事件の関係者が書き込んでいるかもしれませんから」

確かにそういう可能性はなくはない。しかし、その手の書き込みと、他の一般ユーザーの書き込みをどう判別するのか。ネットの言葉は冷たい、そんな年寄りが言いそうな凡庸な意見に与《くみ》するつもりはない。だがブログのコメントにそれらしい意見があったとしても、信用するのは危険だ。少なくとも記事のソースとしては使えない。

「酷いわ――」

雅代さんが、半分涙ぐみながら呟いた。俺への罵詈《ばり》雑言《ぞうごん》がそこには書かれているのだろう。

「そのコメント欄を読めば分かるでしょう？　独善的な正義感で俺を襲ってくる人間がいたっておかしくはない。俺に直接危害が加えられるならいいんです。ここの住所は事細かに報じられてはいないけど、少なくとも中野のアパートの住所に比べれば遥かに調べやすいでしょう。渡部の遺書はデタラメだけど、俺を狙ってこの家にやって来たのは事実です。母さんは俺の身代わりになって死んだ――俺はもう自分以外の人間が俺の代わりに死ぬのを見たくないんです」

そして俺は父を見やった。

「もちろん危ないのは父さんも同じだ。だからこの家を引き払って、東京で俺と同居してもいいんだよ。俺も今のアパートを越して、もう少し広い部屋を借りるから」

「断る」

しかし父は間髪を容れずに言った。

「誰かが襲ってくるかもしれない、なんてあやふやな理由でこの家を手放せと？　母さんとの思い出があるこの家を？」

「ねえ、銀次郎さん。そりゃこんな遺書がネットに出れば、こんなふうに銀次郎さんを非難する人も出てくるでしょう。でもこういう人たちって、インターネットでは憂さ晴らしするけど、普段は真面目で大人しいんじゃないですか？　現実にこの家まで襲ってくるなんて、そんな行動力は——」

「俺の考えすぎだと？」

「そう思います。やはり銀次郎さんはそういうお仕事をされているし、今回のことで神経がピリピリしているのは分かります。だけどこの家に住んでいるから命を狙われるなんて、私は思いません。犯人の渡部が逃走中ならそういう考えも視野に入れなければならないけど、彼はもう自殺したんでしょう？」

俺は暫《しば》し黙った。そうですね、と単純に頷くことはできない。このブログのアクセス数は一日一万以上。それだけの人間が渡部の遺書を読めば、中には独善的な正義感に駆られたおかしな輩の一人や二人いても決して不思議ではない。いや、確率論的に言えば絶対にいるはずだ。

「何もなければそれに越したことはない。だが警戒することは必要だ。この家はネットユーザーの間では好奇の目で見られているんだ。そんな場所に、女性と子供と年寄りだけでいるのは危険だ」

「年寄りで悪かったな」

と父が言った。

その言葉を最後に暫く俺たちは黙り込んだ。沈黙を破ったのは雅代さんだった。

「——悔しいじゃないですか。私たちは何も悪くないのに、お義母《かあ》さんを殺されて、しかも家まで失うなんて。私たちは被害者なんですよ？　そういう目に遭うなら、犯人の家族の方よ」

俺の脳裏に渡部嘉奈子のふてぶてしい姿が浮かんだ。ひたすら平身低頭する葵は哀れで思わず同情を覚えたが、嘉奈子は謝罪の素振りなど一つも見せなかった。確かに彼女のあの姿を見れば、向こうの家族こそ目茶苦茶になるべきだと思ってしまうのも無理はないかもしれない。

「ここで暫く峻と一緒にお義父さんと暮らすと言った時も、信介さんは反対したんです。殺人があった家で暮らすなんてとんでもないって。酷い言い方でしょう？　自分の実家で、しかも殺されたのはお義母さんなのに。だから余計にお義父さんと一緒に暮らさなければならないと思ったんです。もう誰も殺されないことを証明するために。お義父さん、犯人が銀次郎さんを狙ってこの家に来たのも、何か別の理由があるはずです。私は銀次郎さんを信じます。もし銀次郎さんが本当に後ろめたいことがあるなら、それを正直に告白するはずです。銀次郎さんはそういう人ですから」

父はその雅代さんの言葉に応えなかった。ただバツが悪そうに俯いていた。父は今でも俺を信じていないのだろう。きっと俺のせいで母が死んだと、毎日のように愚痴を零していたに違いない。

雅代さんは俺に向き直って、

「銀次郎さん。潔白を証明しましょう。そのために戻ってきたんでしょう？」

と請うような目で言った。

俺は頷いた。そして、ついさっき遺書に書かれていた『閤賀楽』で、渡部と同じように鍋焼きうどんを食べたことを話した。

「『閤賀楽』の店主は渡部のことを覚えていました。渡部が映画を観た後、『閤賀楽』に行って鍋焼きうどんを食べたのは間違いありません。その意味では遺書の内容に嘘はないんです」

「でも銀次郎さんは、その遺書がどこか不自然だと思っているんでしょう？」

「そうです。映画館が入っているビルに、いくらでも一人で入りやすそうな飲食店があるのに、そこで渡部が食事を摂らなかったこと。『閣賀楽』は映画を観た帰りに偶然入るような立地にはないこと。あとはそう——暖簾です」

「暖簾？」

「はい。暖簾にははっきりと店名が印刷されていました。でも遺書では店を出た後に、自分が入った店が『閣賀楽』であると気付いたとあります。さっき実際に店に入って確認しましたが、あの暖簾の文字は目立ちます。暖簾を潜る段階で店名が目に飛び込んでくるはずです。にもかかわらず渡部は店に入る時に店名に気付かなかった。不自然すぎる」

　その時、おもむろに父が口を開いた。

「確かに不自然かもしれない。だが、どれも絶対におかしいとは言い切れない。渡部はそういう人間だった——その一言で片づけられることだ。『閣賀楽』の立地が映画館から離れているから何だと言うんだ？　夜風に当たりながら散歩したかったから、その近辺をぶらぶらしていたんだろうし、たまたま見かけた個人がやっている飲食店で食事をしてみようと思い立って入ったんだろう。その時、暖簾の店名に気付かなかったことは何も不思議じゃない。

渡部はその赤井市子という娘さんの両親がやっている日本蕎麦屋の名前を忘れていたんだ。しかしたまたま食べた鍋焼きうどんの味で思い出して、帰り際に確認した——これですべて説明がつく」

「でもね、父さん。多分、浜松駅前の『閣賀楽』の鍋焼きうどんと、赤井市子の家がやっていた『閣賀楽』の鍋焼きうどんは、違う味だぜ」

「そりゃ仮に科学的に成分を分析すれば違う味という結果が出るんだろう。当然のことだ。だがな、鍋焼きうどんの味なんて、どこもそんな大差はないぞ。違う店の鍋焼きうどんを食べて、子供の頃よく食べていた鍋焼きうどんを思い出すのは十分ありえることだ。そのプルースト効果の由来になったマドレーヌにしろ、昔食べたマドレーヌと同じ店が作ったという設定なのか？　多分マドレーヌだって、どれも同じ味だろう。同じ店にこだわる意味はない」

「お義父さん——」

雅代さんが咎《とが》めるように言った。あなたはどっちの味方なんですか、と言わんばかりの口調だった。

「いや雅代さん、いいんだ。今の段階で、仮にこういう意見を記事にして世の中に発表したところで、父さんのように反論してくる人間も大勢出てくるだろう。もちろん不特定多数の読者に向けて書くんだから、まったく反論されない記事など書きようがない。でも、自分の無実を主張する以上、できるだけ推理の粗《あら》は潰しておきたい。そのために、俺は自分の意見を父さんと雅代さんに聞いてもらっているんだ」

それから父に向き直って、言った。

「父さんの言っていることは一理ある。渡部はそういう人間だった、それでいい。でも、鍋焼きうどんの味に関しては異論がある。確かに鍋焼きうどんはどこだって同じような味だろう。だが渡部は浜松駅前の『閣賀楽』で鍋焼きうどんを食べて、俺を殺そうと思い立った。これは極めて重要なことだと思う」

「何が重要なんだ？」

「父さんの言う通り、鍋焼きうどんなんて大抵同じ味だとしよう。だとしたらどこの店だろうと関係なく、鍋焼きうどんを食べた時点で俺への殺意が発生するということになる。赤井市子が自殺したのは高校時代だ。もう十五年も前のことじゃないか。それから今まで、渡部は鍋焼きうどんを一切食べなかったのか？」

「それは――」

父は俺に反論しようと口を開きかけたが、結局何も言わずに黙り込んだ。

「そうね――確かにおかしいかもしれない。鍋焼きうどんってポピュラーな料理だもの。スーパーに行けばアルミパックの鍋焼きうどんも沢山売っているぐらいだし」

そう雅代さんは自分に言い聞かすように呟いた。

「鍋焼きうどんなら何でもいいわけじゃなく、『閣賀楽』の暖簾を掲げた店の鍋焼きうどんを食べなければ、俺への殺意は発生しなかった――それがこの事件の条件だ。だがその条件を成立させるためには、全国三百店あるという『閣賀楽』の鍋焼きうどんがすべて同じ味でなければならない」

「でも赤井市子の家の『閣賀楽』と、浜松駅前の『閣賀楽』は違う味だった」

雅代さんは俺の言葉を引き継ぐように、そう言った。

「ええ。まだ決まったわけではないけれど、その可能性が極めて高いです。にもかかわらず渡部は浜松駅前の『閣賀楽』で鍋焼きうどんを食べて、赤井市子を思い出した、そう遺書に書き記しています。それにこれが一番引っかかるんですが、渡部はたまにバイトをしていたようですが、基本的にはニートです。つまり金を持っていない。そんな人間が、たまたま町の日本蕎麦屋に入ることはまだいいとしても、値段の張る鍋焼きうどんを注文するでしょうか？」

「つまり、銀次郎は何が言いたいんだ？」

そう父が訊いた。

「まだはっきりと、こうだ、とは言い切れないけど——何だか、映画のシナリオか何かのように、作られた話通りに渡部が行動しているような、そんな気がしてならないんだ。赤井市子が自殺したことも、母さんが渡部に殺されたことも、そして渡部が自殺したことも、実際に起こったことだ。それはもう絶対に覆らない。ただ物事が起こるためには原因がなければならない。本当にその原因は渡部が遺書で書いた通りのものだったのだろうか」

俺はそこで言葉を切って、父と雅代さんを見やった。二人とも困惑げな顔だ。俺の推理には一理あるが、単純に賛同するほど説得力はない。そう言いたげな表情。渡部が母を殺し、自殺したという現実を前にしては、仮に動機に不審な点があったとしても、小さなことなのかもしれない。

「確かに銀次郎さんの言っていることは、なるほどな、と思います。でも当の犯人は死んでいるんでしょう？　実証は不可能なんじゃないですか？」

「実証する必要はないです」

「必要はない？」

父が訝《いぶか》しげに言った。

「俺はライターです。記事を書くのが仕事だ。たとえそれが推測だろうが憶測だろうが、もっともらしい話をでっちあげることができればそれでいいんです。確かに渡部が死んでいるから実証が不可能なことは残念です。でも裏を返せば死んでいるから実証する必要がないとも言える。皆がその記事を信じれば、世間ではそれが真実になる。ただ嘘を書くことはできない。だから調べに戻ってきたんです」

「そんなもんかね」

「そうだ。渡部が俺に対してやったことを、今度は俺が渡部にするだけだ。身の潔白を証明するためには、渡部よりもっと説得力が高い物語を構築するしかない」

「それで、銀次郎さんはまずどうするおつもりなんですか?」

俺は言った。

「『喫茶あかね』に行こうと思います」


俺は峻と雅代さんと一緒に『喫茶あかね』に向かった。父も来ればいいと誘ったのだが、俺は留守番しているからお前たちだけで行ってこいとのことだった。多分、『喫茶あかね』のあのウェイトレスやマスターに奇異の目で見られるのが嫌なのだろう。その気持ちは何となく分かった。

雅代さんによると、父は一見元気を取り戻しつつあるが、しかし籠もりがちになってしまい、散歩や買い物で外を出歩くことも滅多になくなってしまったという。

店に入ると、ウェイトレスが少し緊張している面持ちで俺たちを迎えた。こういうところが、浜松は東京に比べて田舎なんだな、と思い知らされる。だが俺は父のように、他人の目を気にして家に引き籠もるような男じゃない。

峻は、メニューを見ながら、オレンジジュース！　オレンジジュースと連呼している。

「私はカフェオレを——銀次郎さんは？」

俺はゆっくりとメニューを指さし、

「ソーダ水を」

と言った。

ウェイトレスが注文を取って向こうに引き下がると、雅代さんが訊いた。

「ソーダ水って何ですか？　炭酸水？」

「いいえ、メロンソーダのことです」

雅代さんは驚いたように、

「可愛いもの頼むんですね」

「オレンジジュース！　オレンジジュース！」

「峻、静かにしてなさい」

オレンジジュースとカフェオレと、そしてソーダ水はすぐに運ばれてきた。峻は飛びつくようにストローをくわえた。

「オレンジジュースは美味しいねー！」

「静かにしなさい」

雅代さんは峻がはしゃぐので周囲に気を使っていたが、客は俺たち以外誰もいなかった。

俺は峻のようにソーダ水に飛びつくことはなかった。ただストローの先端を暫く見つめていた。

やがておもむろにストローをくわえた。そしてゆっくりと吸い込んだ。過剰な甘さと炭酸の刺激が口いっぱいに広がった。俺は目を閉じた。

「銀次郎さん？」

俺はゆっくりと目を開けた。

「ここは俺が子供の頃からある店で、よく母に連れられてきたんです。ちょうど今の峻みたいに。まあ、峻よりは大きかったけど」

「はい、お義父さんから聞きました」

「その時、よく飲んだのが、このソーダ水なんです」

「まあ、そうなんですか」

そして俺は雅代さんをまっすぐに見つめ、言った。

「雅代さん。さっきの俺の話、覚えていますか？　渡部の遺書の内容です。『閣賀楽』の鍋焼きうどんを食べて俺の殺害を思い立ったという、プルースト効果です」

「はい。――あっ、じゃあ」

俺は頷いた。

「プルースト効果というものがもしあるんだったら、俺がこのソーダ水を飲んで特別な感情にとらわれてもいいはずです。理屈の上ではそうでしょう？　少なくとも、このソーダ水を飲む前と飲んだ後とでは、明らかに精神状態に変化があるはずです」

雅代さんの喉《のど》がごくりと動くのが分かった。俺は言った。

「何も感じません。何一つ――特別な感情が起きることは――。ああこんな味だったな、と思うだけです。もちろん母が死んで悲しいとは思います。生前の母を思い出して切なく感じます。でも、その切なさや悲しさはこのソーダ水によって想起されたものじゃない。母が死んでからずっと、この店に入る前から悲しかったんだから」

「プルースト効果を実験するために、子供の頃よく飲んだソーダ水を注文したんですね」

「そうです。『閣賀楽』の鍋焼きうどんに関しては同じ味なのかどうか、違う店でも同じ料理であればプルースト効果が成立するのかどうか、それはまだ解決できていませんが、このソーダ水が俺が子供の頃飲んだソーダ水と同じものであることは確かです。にもかかわらず俺は何も感じなかった」

「それは最初っから意図的にプルースト効果を感じようとしてソーダ水を飲んだからじゃないですか？　『失われた時を求めて』のマドレーヌも、今回の事件の鍋焼きうどんも、決して過去を思い出そうとして口にしたわけじゃないですよね？」

確かに実験といっても、極めて微妙なメンタルの問題だ。もしプルースト効果で新たに母の記憶を思い出したとしても、その他の感情と混同してしまい、どれがプルースト効果で得られた記憶なのか、自分で分からなくなってしまっているだけなのかもしれない。本当にプルースト効果なるものを実証するためには、しかるべき研究機関の協力を要請しなければならないだろう。

でも、疑問は消せない。

「本当にプルースト効果なんてものが存在するんだろうか」

そう俺は自分に言い聞かすように呟いた。

「――どういうことですか？」

「いえ、確かに学術的にはプルースト効果というのは信憑性が高いのかもしれません。そういう作用が脳に認められると学者が言っているのならその通りでしょう。でも――本当にそれで人を殺すと思いますか？　渡部は鍋焼きうどんをきっかけにして、俺が赤井市子に乱暴したことを思い出した。思い出しただけならいいんです。でも渡部はそれで俺の家に乗り込んできたんですよ？　そこまでの殺意を抱いているのなら、鍋焼きうどんなんて関係なく俺を殺しに来るでしょう。確かに俺も最初は、何故十五年も経ってから俺に復讐しに来たんだろうと思いました。でもね、積もりに積もった殺意が爆発して、十数年後突然憎い相手に復讐を思い立つことは決してありえなくはない。少なくとも鍋焼きうどんを食べて俺を殺しに来るなんてことよりも真実味がありますよ」

「どうでしょう。分かりません——私には」

「渡部が鍋焼きうどんを食べて俺に対する殺意を蘇らせた程度の単純な男だったら、とっくの昔に俺を殺しに来てます。そうは思いませんか？　何というか、こう——とってつけたような感じがするんです」

「とってつけた？」

俺は頷いた。

「渡部は俺を殺したかった。でも人一人殺すにしても動機がいります。その動機とは十五年前に高校の図書館で起こった事件が発端になっている。まずはっきりさせなければならないのは、俺は赤井市子に乱暴していないということです。それどころか、渡部とも赤井市子ともろくに口を利いたことはない。これは厳然たる事実です」

「信じます」

と雅代さんは言った。

「ありがとうございます。動機を十五年前の高校時代に設定すれば、事実関係を確認するのは困難になります。俺が赤井市子に酷いことをした証拠はない。しかし、していなかった証拠もない。正に悪魔の証明です。渡部は母を殺し自殺した。そこまでしたのだから渡部の言うことの方が信憑性があるのではないか——世間はそう考えています。しかし十五年も前のことで、何故、今更復讐を思い立ったのだろう、と考える者も現れるでしょう。だから渡部は、そういう疑問に対するエクスキューズとしてプルースト効果を持ち出した——俺はそう思うんです」

「じゃあ、やっぱり『闇賀楽』に偶然入ったというのは嘘だったと？」

「そう思います。恐らく渡部はあの店に入ったことがあるんでしょう。前もって赤井市子の店と同じ名前の日本蕎麦屋を探し出していたのかもしれない。同じ名前なら同じ味の鍋焼きうどんが出るだろうという考えです。実際は違う味だろうと構いはしない。十年前に畳んだ店の鍋焼きうどんの味を覚えている者などまずいないでしょう」

「——違う味であることが万が一確かめられたとしても、お義父さんのように鍋焼きうどんの味なんてどこも一緒だろう、と主張する人も出てくるでしょうしね」

「そうです。だからこの事件は十月に起こったんです。『閤賀楽』の鍋焼きうどんは十月から始まるから。映画を観るために浜松駅前まで出てきたなんて嘘っぱちだ。渡部の目的は最初っから『閤賀楽』の鍋焼きうどんだった。何もなしにそんなところで一人で鍋焼きうどんを食べるのは不自然だから、わざわざ映画の予定を組んだんですよ」

この推測は、かなりいい線をいっているのではないか。俺の推理が正しいという前提に立てば、渡部の行動に対する違和感はものの見事に説明がつくのだ。ただ一つの謎を除けば――。

「でも、銀次郎さんのお話には一つ問題があると思います」

そう、問題がある。

「どんな犯罪だって、最初に動機があるはずです。ましてや殺人事件なんて、人を殺したいとまで思い詰めるのだから余程のことでしょう。でもまず人を殺すという結果が先にあって、後から手間暇かけて動機を作るなんてそんな話聞いたことがありません」

俺は小さく、何度も何度も頷いた。

「分かっています。その雅代さんの疑問をクリアできなければ、今の推理を記事にしたところで笑い者になるだけでしょう。人を殺したいという欲望を持っている人間は確かにいます。でもそういう人間は大抵殺したいままに人を殺します。後から皆に同情されるような動機をでっちあげたりしない――」

「銀次郎さん、それじゃないかしら」

「何です？」

「渡部は同情されたかったんです。現に今、心ない人たちが被害者側の銀次郎さんを非難して、犯人の渡部に同情しているんでしょう？　それが渡部の狙いだったとしたら？」

　確かにそういう目的で渡部が俺の実家に乗り込んだと考えられなくもない。渡部は俺を陥れたかった。しかし俺は実家におらず、間違って母親を殺してしまった。だからその罪の意識で自殺した――それで一応話の筋は通る。

　しかしだ。間違った人間を殺してしまったから罪の意識で自殺するというのは、自分の側に正義があると考えている人間のやり方だろう。やはり、何故そこまでして渡部は俺を恨んでいるのか、という疑問は一向に解消されない。

　どうして渡部は俺を殺そうとしたのだろうか。殺人の動機を捏造《ねつぞう》するということは、動機そのものは存在しないということではないだろうか。人間は動機もなしに、包丁を持って人の家に乗り込むものだろうか。

　とにかく渡部が俺に並々ならぬ関心を抱いていたのは事実だ。俺の仕事やプライベートなどのバックボーンをある程度把握していたのだから。

「あの——お話し中のところ申し訳ありません」

　その時、ウェイトレスがこちらにやって来た。俺と雅代さんは話を中断させて、そちらを見た。

「決して盗み聞きするつもりはなかったんですけど、お話の内容が聞こえてしまって——犯人、分かったようですね。死んでしまったから罰せられないのは残念でしたけど、私、ずっと気になっていて——京子さんはよくここに来てくれたお得意様で、顔なじみだったから——」

「まあ、そうなんですか」

　雅代さん、相手にする必要はないですよ、と俺は表情で訴えた。先日の現場検証の際にここに来た時も、嘉奈子と一緒に入った時も、このウェイトレスは馴《な》れ馴《な》れしく俺に話しかけてきた。今日はソーダ水を飲むという目的があったから仕方がないが、少々足を運びすぎたようだ。次にまたこういう機会がある時は、浜松駅前まで出てどこかのチェーン店のコーヒーショップに入ったほうがよさそうだ。

　もう用が済んだから行きましょう、と立ち上がりかけたその時だった。ウェイトレスがふと言った言葉に、俺の意識は吸い寄せられた。

「本当に酷いですね。お母様同士が友達なのに——」

「え、ええ――何度か来られたんですよ。京子さんと、犯人の、その渡部って人のお母さんが」

俺はウェイトレスを見やった。

「友達？」

「渡部葵がですか？」

急に俺が話に関心を示したので、少し戸惑ったように彼女は言った。

「はい、間違いないです。京子さんに紹介されましたから」

俺は雅代さんと顔を見合わせた。

「すいません、それはいつのことですか？」

「いつと言われましても――今年の頭頃でしょうか。二月、三月――四月だったかしら？とにかく一ヶ月置きぐらいに、二、三回ほどこちらに見えたんです」

「最近は？」

「最近は見ませんでしたね」

「四月以降は来てないと？」

「正確な日にちは覚えていませんが、最後にいらしたのは桜が咲き始めた頃だったから、多分」

「どんな話をしていました？」

「いえ、どんな話って、そんなお客さんの話を立ち聞きするようなことは――」

嘘だ。立ち聞きどころか、三人で一緒になってお喋《しゃべ》りに興じたのではないか。現に今、母から葵を紹介されたと言ったではないか。

俺はウェイトレスをしっかりと見つめた。

「あなたは俺たちが渡部の話をしていることを分かっていたはずだ。だから声をかけてきたんでしょう？　母はあなたと仲が良かったそうですね？　友達が知人を連れてやって来たんだ。あなたが二人の話を聞いていないとは思えない！」

「銀次郎さん――」

雅代さんが呟いた。峻はオレンジジュースのストローから口を離し、ぽかんとした顔で俺を見つめている。いつもこちらに背中を向けている寡黙なマスターも今はこちらを振り向いて、不安げな表情をしている。

俺は我に返った。

「すいません――大きな声を出して。でも、母が犯人の母親と仲良くしていたという事実は見逃せない。何か知っているのなら教えてください」

ウェイトレスは困惑した表情を隠せずに、

「でも、本当に大したことは話してなかったんですよ。韓流ドラマの話だとか、歌手の誰それは静岡にコンサートに来てくれないのかしら、だとか、そんな話です——あとは」

「あとは？」

ウェイトレスは思い切ったように言った。

「ご家族の話をされていました。息子さんの話とか、お嫁さんの話とか、お孫さんの話とか——。京子さんのご家族の話に、犯人の、その渡部のお母さん、葵さんでしたっけ？　とても羨ましがっていました。葵さんは、三人お子さんがいるんですけど、誰一人結婚していないそうです。旦那《だんな》さんは一応いらっしゃるんですけど、何年も別居状態とか」

「三人というのは、長男と、長女の嘉奈子、そして今回の事件の犯人、次男であり末っ子の常久ですね？」

「さあ、名前までは——でも仰る通り、男の子が二人と、女の子が一人だそうです。子供たちがみんな独身で、自分が死ぬまでに孫の顔が見たいなあ、と零していました」

渡部の祖母と見間違うほどの高齢の葵の姿を思い出し、彼女の孫が欲しいという願いは切実だっただろうな、と感じた。

「どんな雰囲気でしたか？　仲は良さそうでしたか？」

「ええ。仲良さそうと言っても、そんなに馴れ馴れしい感じじゃなく、まだ知り合って日が浅いといった感じでした。でもお互い穏やかな方でしたし、とてもそこから事件に発展するようなふうには見えませんでした」

正月に帰省した時、母の口からそんなことは一言も出なかった。とすると母と葵が知り合ったのは正月以降のことか。

とにかく、これで謎が一つ解けた。俺の前職や、離婚経験、そして現在の仕事を渡部が知っていた理由だ。遺書には噂で聞いたなどと書かれていたが、大方葵から伝え聞いたのだろう。だが、それならば俺がもう実家にいないことも知っていていいはずだが——。

「母は渡部葵とどこで知り合ったと言っていました？」

「さあそこまでは——ただ、息子さん同士が同級生だと仰ってましたから、以前から顔見知りだったんじゃないですか？」

違う。母の口から葵と顔見知りだったなんてことは一度も聞いたことがない。母が葵と親密に付き合うようになったのは、やはり今年の正月以降だ。

「銀次郎さん、どういうことでしょう？」

と困惑したように雅代さんは言った。

俺は答えた。

「どうやら渡部葵に会う必要がありそうですね」

雅代さんは頷いた。

「私も行きます」

「いいえ、雅代さんは家に峻といてください」

「でも――」

雅代さんは不服そうな顔をした。俺は一心不乱にストローを吸っている峻の頭を撫でた。自宅に来て涙を流しながら謝罪する葵を、ぽかんと見ていた峻の姿が脳裏から離れない。

「峻をこの事件に巻き込みたくないんです。母が殺されたことは無念ですが、峻の人生はこれから先もずっと続く。今回の事件で峻に何らかの悪い影響を与えてしまうことは、俺としても望みませんから」

雅代さんはじっと俺の顔を見つめた。少し涙ぐんでいるようにも見えた。

「ありがとうございます。峻のことを考えていただいて」

「いいえ。俺は峻の叔父だし、こういう仕事をしているのだから、当然のことです」

雅代さんはそっと俺の手を取った。彼女の温かさを感じた。

「銀次郎さん、気をつけてくださいね。葵さんは大丈夫かもしれません。でもあの嘉奈子という人は私たちに対する申し訳なさなんて、これっぽっちも抱いていないようですから」

そうだ。俺は青葉の記事を潰した。俺が直接介入しなくても青葉の記事は世に出なかったかもしれないが、嘉奈子のやっていることに横やりを入れたのは事実だ。嘉奈子は俺を恨んでいるのかもしれない。

母が渡部家の息子に殺されて、その後、俺が娘に殺されでもしたら、これは稀《まれ》に見る大事件になるだろう。中田は俺の葬式では涙を流してくれるかもしれないが、編集部に戻れば途端に商売の顔を出すに違いない。一冊でも多く雑誌を売ることが銀ちゃんに対する供養だ、などと言い立て編集部員に檄《げき》を飛ばすのだろう。

中田は俺をそれなりに買ってくれているようだが、所詮フリーランスだ。いくらでも代わりがいる。むしろ、こんな事件に巻き込まれて華々しく散ってくれたら嬉しい、程度のことは考えているのかもしれない。

その後、いったん俺たちは実家に戻った。雅代さんに格好よいことを言った手前、すぐさま渡部家に向かいたかったが、あいにく俺はその所在地を知らなかった。松前に尋ねるのも一つの手だが、警察が被害者遺族に加害者の個人情報を教えるとは思えない。小中学校の卒業アルバムには卒業生全員の住所と電話番号が記載されているが、高校の卒業アルバムには個人情報保護の観点からか、個人の名簿は省かれていた。俺は渡部と同じ小中学校に通っていなかったので、卒業アルバムから渡部の住所を知ることはできない。

一応、実家にあるハローページから渡部葵の名前を探したが記載はなかった。夫と別居しているということで、もしかしたら葵の名前で記載されているかと思ったが考えが甘かったようだ。電話帳に載っていないのだから104の番号案内に電話しても望み薄だろう。

その時、ふと母の携帯電話のことを思い出した。母が葵とそれなりに仲良くしていたならば、母の携帯電話に葵の連絡先が登録されている可能性は高いはずだ。母の携帯電話は父が持っていた。形見のつもりだったのだろう。俺は電話帳を検索した。葵の番号が、そこにはあった。

葵が母の葬儀にやって来た時、俺はその場に居合わせないようにしたから、父と彼女の間にどんな会話が交わされたのかは分からない。だが恐らく母と葵が懇意にしていたことは、父も知らないのだろう。もし知っていたら、必ず俺に言うはずだ。

母の携帯電話はまだ生きているが、俺は自分の携帯電話に葵の番号を登録してから、彼女に電話をした。死者から電話がかかってきたと、葵を脅えさせたくはない。

『はい？　どちら様ですか？』

極めて愛想のいい、しかし疲れを隠せない声の葵が電話に出た。

俺は言った。

「先日は——どうも。桑原銀次郎です。桑原京子の息子です」

文字通り、はっ、と息を呑むような声が電話口から聞こえた。

「『喫茶あかね』で聞いたんです。あなたが母と懇意にしていたということを――よろしければお話を聞かせてくれませんか？」

『申し訳ありません――桑原さんには良くしてもらったのにこんなことになってしまって――』

「できれば、お会いいただけませんか？　私は暫く浜松に滞在するので、あなたのご都合がよろしければ今日にでも」

葵は戸惑っている様子だった。あれだけ涙を流して謝罪していたが、その相手がいきなり電話してきたとあって混乱しているのではないか。

渡部のことを葵に向かってどう呼べばいいか考えたが、母を殺した殺人犯にさん付けはおかしいと思ったので、呼び捨てにした。

「世間では、渡部が私に恨みがあって家に乗り込んできたという報道がされていますが、私はそれに疑問を抱いています。この事件には世間で報道されていること、つまり渡部の遺書以外の何かがあると私は考えています。それが何かはまだ分かりません。ただあなたと母が生前親密にしていたという事実を見過ごすことはできない。きっと何か意味があるはずです」

『私と桑原さんが親密にしていたから、常久は桑原さんを殺したと――』

そう葵は呟くように言った。

「そうはっきり言い切ることはできませんが――」

電話口から、葵の嗚咽の声が聞こえてきた。自分のせいで俺の母が息子に殺されたと知ってショックを覚えたのだろうか。あるいは何か心当たりがあるのか。俺は彼女が泣きやむまで待っていたが、泣きやむ前に別の女の声がした。

お母さん⁉ どうしたの！ また何か言われたの！――嘉奈子の声だった。

『ちょっと、あんたっ！』

突然大声が聞こえたので、俺は思わず携帯を耳から話した。嘉奈子が電話を代わったようだ。

『そんなことして楽しい？ 毎日毎日お母さんを虐めて！ 遺書を読んでよ！ そこに全部書いてあるから！ 悪いのは桑原銀次郎ってふざけた名前のライターだって！』

「もしもし？」

その俺の声で、嘉奈子の声の勢いが止まった。

『あなた、誰？』

俺は言った。

「ふざけた名前のライターです」

『遺書を公開された腹いせにお母さんに八つ当たりしているの？　お金を払わなかったあなたが悪いんじゃない』

「八つ当たりなんかしていません。尋ねたいことがあったので電話しただけです。そうだ、あなたでもいい」

『何？』

「渡部の遺書には矛盾点が多すぎる。筆跡鑑定の結果がなければ、あなたが書いたのではないかと疑ったぐらいです。渡部は何らかの目的を持ってあの遺書を書いた。そして私を殺しにやって来た」

『何らかの目的？　何を言っているの？』

俺は言った。

「私が赤井市子に乱暴して彼女を自殺に追いやったのが、殺人の動機——遺書ではそう主張している。だが私は赤井市子に乱暴などしていないし、またそんな証拠はどこにもない。あの遺書の内容を裏付けるものは、少なくとも赤井市子の件に関しては一つもありません」

『でもそれは——』

俺は嘉奈子の言葉を遮り、話を続けた。

「それよりももっと確実なことがあります。葵さんと私の母が親密にしていたという事実です。葵さんも認めましたし、『喫茶あかね』のウェイトレスの証言もある。渡部は私を殺したいほど憎んでいて、一方、葵さんは私の母と会っていた。そんな偶然があると思いますか？　別に私たちはあなた方と家族ぐるみで付き合っているわけじゃないんですよ？」

『お母さんとあなたの母親は、息子同士が青嵐だから何かのきっかけで親密になったんでしょう？　何が不思議だって言うの？　大した偶然じゃないわ』

「私とあなたの弟が同じ高校に通っていたから、母親同士も仲が良くなるものなんですか？」

『あなた、さっきから何が言いたいの？』

俺は何が言いたいのだろう、そう自問する。頭の中で様々な事実が交差する。でっちあげられた遺書の内容。母と葵が親密だったこと。渡部が俺を殺そうとしたこと。だが実際に殺されたのは母だったこと――。

ある一つの可能性が生まれ、育っていった。もちろん何の証拠もないし、それが分かったところで、この事件の謎がすべて解き明かされるわけでもない。しかし、少なくとも渡部が何故あんな遺書を書いたのかという理由は説明できる。渡部が俺がもう浜松にはいないかもしれないと露ほどにも疑わず、俺を殺しに実家に押し入った理由もだ。

「お会いできませんか。私があなたの家に伺うという形で構いません。葵さんにもいろいろ訊きたいことがありますし」

『止めてよ！　うちに来るなんて、迷惑だから！』

「じゃあ葵さんに代わっていただけますか？　直接話します」

『まさかあなた、復讐しに来るつもりじゃないでしょうね』

なるほど、渡部が家に乗り込んできて母親を殺したから、しかえしに俺が同じことをするのではと思っているのか。あいにくだが、俺はそんな馬鹿じゃない。

その時、嘉奈子！　という葵の叫び声が聞こえた。電話を貸しなさい、母さん話すことないわよ、いいから貸しなさい！　という言い争いが断続的に聞こえてくる。

『もしもし――』

次に聞こえてきたのは葵の声だった。

『申し訳ありません、娘が失礼なことを――』

「葵さん。あなたは私の母と親しくしていた。そのことについてお話が聞きたいんです。また私からもお話ししたいことがあります。電話じゃ伝えきれないので、どうしてもお会いしたいんです。謝ってくれだとか、そういうことを言いたいんじゃない。あの日、私の実家で何が起こったのか、今一度冷静な目で知る必要があると思うんです」

葵はすぐには応えなかった。俺は彼女が口を開くまで辛抱強く待った。

やがて彼女は、震えるような声で、分かりました、と言った。

葵の言った住所を、いつも仕事で使っている手帳に書き留めた。重要な文言を書き留める時はもっぱら紙とペンだ。

渡部の実家は佐鳴台とは浜松駅を挟んで、反対側の芳川町《ほうがわちょう》にあった。渡部は芳川町から自転車で出発し、佐鳴台で母を殺し、そして青嵐高校で自ら命を絶った。その道筋、いったいどんな気持ちでペダルを漕《こ》いだのだろうか。渡部の気持ちを想像すると、俺はどこか薄ら寒い気持ちに襲われた。

「今から伺っても大丈夫ですか？」

『はい――』

文字通り蚊の鳴くような声で、葵は答えた。

「お願いがあります。嘉奈子さんも同席させてください。そして静かに最後まで私の話を聞くと約束させて欲しいんです。嘉奈子さんの態度には私も思うところがあります。しかしそのことに対して非難したりする気は毛頭ありませんから」

非難されたほうがどんなに楽だろうと葵は思っているに違いない。だが俺は加害者家族を責める気はないが、彼らの気持ちを慮るつもりもない。

指定された小学校までタクシーで向かった。芳川町は地元に住んでいる俺でもあまり馴染みのない土地だ。子供の頃、何度か芳川沿いに遊びに来たと記憶しているが、これといって印象はない。浜松駅前はそれほどでもないが、東京の景色に慣れた目から改めて眺めると、ここは驚くほど田舎に見えた。

前妻の聡美は目黒川を見下ろせるマンションで暮らしていた。川沿いには住宅が立ち並び、また瀟洒《しょうしゃ》なブティックや隠れ家的なレストランも軒を連ねて、あの街に住むのは一種のステイタスだった。

ここにはそんなものはない。ただどこか落ち着く景色なのは確かだ。

母親が殺された事件を息子が取材し記事にしようというのだ。それだけで話題になるから、ある程度の雑誌の売り上げは見込めるだろうし、俺の知名度も上がるだろう。だがそういう仕事で名を上げたというレッテルは一生ついて回る。今後の仕事ができないほど俺は精神的に追い詰められるかもしれない。

そうなったら新しく仕事を探し、実家で父と暮らそうか。東京で失敗しても地元はいつでも受け入れてくれる、そんな温かい印象がある。

もっともそれは、俺が勝手に抱いている幻想なのかもしれないけど。

指定された小学校の前には、嘉奈子がふてくされたように立っていた。葵が迎えに来てくれると思ったので、正直意外だった。初めて会った時のように髪をアップにしていたが、服装はジャージ姿だった。そんな格好なのも俺をいやいや出迎えているのだという意思表示に見える。

「葵さんは？」

と嘉奈子に訊いた。

「お母さんは寝込んでるわ。あなたのせいでね。それでも自分であなたを出迎えると言って聞かなかったんだけど、心配だから私が来たのよ」

「私がお母さんに何かすると？」

「それもあるわ。でも今にも倒れそうで見てられなかったから」

そして嘉奈子は俺を睨《ね》め回し、

「またあなたと会うことになるとは思わなかったわ」

と憎々しげに言った。

「週刊クレールに手を回して、弟の遺書を載せないようにしたんですってね。でもおかげで、みんなが弟の遺書を只《ただ》で読めるわ。私も最初っからそうすればよかったわ」

「あなたが渡部の遺書を手に入れた時点でネットに上げてしまったら、私を恐喝できなくなると思いますが」

と俺は皮肉のつもりで言った。

「違うわ。青葉さんに渡さなくても、自分でネットに上げればよかったと言ったのよ」

「でも、そんなことをしたら、青葉からの金も入りませんよ。五万受け取ったんでしょう？」

嘉奈子は大きなため息をついて、それ以上口にしようとはしなかった。深く考えての言葉ではないのだろう。今の言葉だけではない。彼女のすべての言動が行き当たりばったりのものに思えてならない。

嘉奈子は、俺に背を向け無言で歩き出した。俺も余計なことは言わず彼女の後を追った。小学校のすぐ近くにある渡部家は、年季の入っていそうな平屋の一戸建てだった。持ち家かと訊いた。答えてくれないかもと思ったが、借家よ、という返事が戻ってきた。

「母さん！　来たわよ！」

とガラガラと戸を開けて嘉奈子が言った。玄関はひっそりとしていた。兄とは疎遠になっているというから、渡部が死んだ今、二人でこの家に住んでいるのだろう。玄関にはスーパーのバックヤードにありそうな大きなプラスティックのケースが二つ積み重ねられている。ケースには無農薬野菜を各家庭に宅配することで有名な協同組合のマークが印刷されている。

「ちょっとそこで待っててよ。今、連れてくるから」

そう言って嘉奈子は向こうの部屋を指さした。俺は三和土に靴を脱いで、言われた部屋に足を踏み入れた。応接間かと思ったが、ごく普通の、家族が過ごす居間のようだった。

部屋の様子をそれとなく窺った。決して汚いとか散らかっているというわけではないが、物が多く、すっきりしていない印象を受けた。特に紙類が多い。きっとなかなか物が捨てられないタイプなのだろう。

数分後、まるで嘉奈子に手を引かれるようにして葵がやって来た。葵は俺と目が合うなり深々と頭を下げた。

「本来なら私の方からお伺いして謝罪しなければならないところを、わざわざご足労をおかけして本当に申し訳ありません」

「お母さん、いいのよ。この人は自分から来るって言ったんだから」

そう、その通りだ。

嘉奈子は無言で台所の方に向かった。お茶でも出すつもりなのだろう。

葵は呆然としたふうにその場に立ち尽くしている。

「葵さん、座ってください」

「あなたは――私の息子があんなに酷いことをしたのに、私たちを責めることを一つも言わず――」

葵の口から、そんな言葉がポロポロと零れ出る。

「あなたを責めて私の濡《ぬ》れ衣《ぎぬ》が晴れるなら、いくらでも責めるでしょう。しかしそんなことをしても意味はない」

緩慢な動きで、葵は椅子に座った。しかし俺と向かい合わせに座っても、やはり少しも顔を上げなかった。

嘉奈子が注《つ》いだお茶に口をつけずに、俺は言った。

「葵さん、一つ伺いたい。私の母と知り合ったきっかけは何だったんですか？」

俺の問いに、葵は暫く答えようとはしなかった。やがて彼女はまるで泣き出すような声で言った。自分が口にする何もかもが、俺の逆鱗《げきりん》にふれるはずだと思っている様子だった。

「野菜です――」

「野菜？」

「うちでは食事に無農薬の野菜を使っているんです――」

「ひょっとして、玄関にあった野菜のケースですか？」

葵は頷いた。

「――ああいうのは営利事業じゃないから、できるだけ会員を集めないと運営が立ちゆかないんです。だからいろんな方に声をかけているんです。でもほとんど門前払いされて――唯一話を聞いてくれたのが桑原さんだったんです」

　この部屋のあちこちに目に付く紙類も、その協同組合の書類が主なのかもしれない。

「手当たり次第に声をかけた中に、偶然私の母がいたと？」

「手当たり次第というか——常久の高校時代の連絡網を使わせてもらったんです。順番に電話をしました。ほとんどの人が門前払いでしたが、桑原さんは最後まで話を聞いてくれたんです」

「そんなものを今でも取っておいたんですか？」

　その俺の質問に、葵は何も答えなかった。

「どうして渡部の高校時代の同級生の家に電話をしようと思い立ったんですか？」

「理由は——ありません。そこに連絡網があったからです」

「嘉奈子さんの同級生の家には電話しなかったんですか？」

「娘の連絡網は——さすがにもうどこかに行ってしまいましたから」

　嘉奈子は俯き、唇を噛むような仕草をしていた。こういう母親の性格に思うところはあるだろう。だが俺がいる手前、母親をなじることはできないのだ。一応自分は母親の味方という体なのだから。

「赤井市子さんの家にも電話をかけたんですか？」

「いいえ——それはしませんでした。娘さんは自ら命を絶ったから、私のような者が電話して、辛い過去を思い出させるのは忍びなかったんです」

俺の質問に、そう葵は答えた。子供の同級生の親を勧誘するような葵でも、最小限の心配りはあるのだろう。

「あなたが高校時代の同級生の家に、次から次に勧誘の電話をかけていることを渡部はどう思っていたんですか？　嫌がりませんでしたか？」

葵はわなわなと震えながら俯いた。そして一筋涙を流して、

「私のそういうところも、常久にあんなことをさせた原因の一つだと思います」

と言った。答えになっていなかった。だが常久の人格形成にこの母親が大きく影響していることは、恐らく間違いなさそうだ。

「知ったらお母さんを殴るでしょうね。だからお母さんは常久に黙って、こっそり電話をかけていたのよ」

と嘉奈子が代わりに答えた。

「じゃあ、もし葵さんがあなたの友達を勧誘していて、あなたがそれを知ったら、葵さんを殴りますか？」

「当たり前でしょう！」

「『喫茶あかね』のウェイトレスは、その協同組合に誘わなかったんですか？　よくあそこで話をしていたんでしょう？」

「――誘いました。軽食も出してらっしゃるから、無農薬の野菜で調理するのはお店の売りになるって言ったんですけど――」

「考えておきます、とだけ答えて協同組合に入るとは言わなかった――そんなところですか？」

「――はい」

だからあの『喫茶あかね』のウェイトレスは協同組合のことを一言も言わなかったのだろう。無農薬の野菜という言葉からは良い印象しか受けない。経費の問題があったのだろうが、無農薬の野菜は使っていないということをわざわざ自分からは言わないかもしれない。

「そんなに健康が大事ですか？」

と俺は葵に訊いた。その質問はどこか唐突に響いたようで、葵は意味が分からなかった様子だった。

構わず俺は話を続けた。

「よくお宅では、自殺した赤井市子の両親が経営している『閣賀楽』から鍋焼きうどんの出前を取って食べていたそうですね」

「――はい」

「今日、浜松駅前にある同じ『閤賀楽』の暖簾を掲げている店で鍋焼きうどんを食べました。渡部の遺書に書かれていた、映画の帰りに食べたという例の店です。不味くはなかった。しかし、ちょっと塩が効きすぎていましてね。とてもしょっぱかったんです。健康に気を使っているあなたが、あんな濃い味の鍋焼きうどんを好んで食べるとは思えないのですが」

「鍋焼きうどんなんてみんなしょっぱいわ」

と嘉奈子は何でもないことのように言った。

「私はそうではないと考えます。十五年前にあなた方がよく食べた、赤井市子の家の鍋焼きうどんは、もっと葵さんが好むような優しい味だったと思いますね」

「どうしてそう言い切れるの？」

「渡部にとって鍋焼きうどんの味などどうでもよかったからです」

それから俺は二人に、雅代さんと父に話した鍋焼きうどんに関する推測を述べた。葵はずっと涙ぐんでいたからその変化は分かりにくかったが、嘉奈子は段々と表情が強《こわ》ばっていった。

「じゃあ、あの遺書に書かれていた、あなたが赤井市子を乱暴したって話は、全部、常久の嘘だったたって言うのね」

話し終わるや否や、嘉奈子は言った。

「そうです。少なくとも私と赤井市子の間には、同じクラスという以外に接点はないですから。赤井市子に乱暴したのは別の人間だったが、渡部はそいつを私と見間違えた——という可能性もないと思います。鍋焼きうどんの件一つ取ってみても、渡部が私に罪を着せるためにあれこれと裏工作しているのは明白です。赤井市子が乱暴されたという事実自体疑わしい」

「そんないけしゃあしゃあと——お母さん！　何か言ってよ！」

「私は——分かりません。あなたがそう仰るのなら、それが正しいことだと思います」

「何言ってるの？　常久は自殺までしたのよ？　どうしてその遺書の内容を信じないの！」

嘉奈子にとっては、あの遺書こそが自分の存在意義そのものだった。あの遺書があるからこそ、加害者家族にもかかわらず、被害者遺族の俺に高圧的な態度が取れるのだ。あの遺書の内容がすべて偽りだったとしたら、嘉奈子のアイデンティティは根底から瓦解《がかい》する。

「私の考えを言っていいですか？」

「考えって何よ！」

声を荒らげる嘉奈子を尻目に、俺は葵に言った。

「葵さん、お顔を上げてください。今から大事な話をします。それについて、あなたの意見を聞きたいんです」

　しかし葵は俯いたままだった。構わず俺は話を続けた。

「この事件のあらましは、単純にこう言い表すことができるでしょう。渡部は私が図書館で赤井市子を乱暴するのを目撃した。その翌日、赤井市子は自殺した。渡部は赤井市子を見殺しにしたという罪悪感から、私を告発することはできなかった。それから十五年が経ち、渡部はたまたま入った店で食べた鍋焼きうどんで赤井市子の店の鍋焼きうどんの味を思い出し、十五年前の私への殺意を沸々《ふつふつ》と蘇らせた。渡部は遺書を書き、私を殺すために実家に乗り込んだ。だが私は既に実家を出ていた。衝動的に渡部は母を殺してしまい、その罪悪感から自殺してしまった――そうですね？」

　嘉奈子も葵も頷かなかった。

「しかし何故渡部は、私が確実に実家にいると思ったんでしょうか？　皆、三十過ぎです。もちろん地元に残り両親と暮らしている人間もいるでしょうが、就職し、実家を離れる者も一定数いるのは明白です。私は大学進学で東京に出て、それ以降静岡には正月ぐらいにしか戻ってきませんでした。そういう人間は珍しくないと思います。進学にせよ、就職にせよ、やはり選択肢は地元よりも東京の方が多いですから。にもかかわらず、渡部は実家に私を殺しに来た――これは極めて興味深いです」

「――興味深いって？」

嘉奈子が小さな声で訊いた。

「どうして渡部があんな遺書を書いたのか――私はその理由を考え、そして一つの結論に達しました。あの遺書は私に赤井市子を自殺に追いやった罪を着せるのと同時に、この事件そのものの性格を世間から隠す意味があったんです。私を殺すはずだったが、誤って母を殺してしまった――それが世間が認識しているこの事件の性格です。でも、実はそうでなかったとしたら？　渡部の目的は最初っから母だったとしたら？　その本当の動機を世間から隠すために、高校時代に赤井市子が自殺した事実を利用して、あの遺書を書いたとしたら？　つまりこの事件は渡部の無理心中だった――それが私の推測です。いかがでしょうか」

葵は俺の話を聞いてもさしたる反応を見せなかったが、嘉奈子は違った。先ほどまでの威勢のいい態度はどこへやら、葵のように俯きはしないものの、視線をテーブルの上に落としたまま、決してこちらに目を合わせようとはしない。

だが沈黙に耐えきれなくなったのか、嘉奈子は口を開いた。

「そんな証拠は――どこにもないわ」

「そうですね。私が赤井市子に乱暴したという証拠もどこにもありません」

「どうして弟が、あなたの母親と心中しなければならないの⁉」

「母は心臓を一突きにされていました。それだけでは飽き足らず、頸動脈も傷つける念の入れようです。明らかに計画殺人の手口で、衝動的に襲ってしまった犯行とは思えない。それに渡部は薄手のTシャツで犯行に及びました。なぜ秋口にあんな服を？　アメコミのイラストがプリントされているからです。一番目立つ服を着ていったんでしょう。もとより父を殺す気はなかった。渡部は目撃者にさせるために、意図的に父を生かしておいたんです。確かに渡部が母を殺そうとした動機は不明です。でもそう考えれば、様々な矛盾点が奇麗に説明できます。だから今日、私はお宅に伺いました。私の母はあなたと面識があった。ならば渡部はあなたを通じて私の母と知り合ったとしか考えられない」

俺は葵を見つめた。彼女は俯き身体を震わせている。冷静でいようと思う。しかし憤りは隠せなかった。

「私の母と面識があったことを、警察に証言しましたか？」

「――協同組合で野菜を購入してもらったことは言いましたが、それだけです。警察の方は、それをあまり重要なことだと思っていなかったみたいで――」

「この家に母が来たことはありますか？」

母と渡部に接点があるとすれば、ここで会ったとしか考えられない。

「どうなんですか？」

「普段は私の方から桑原さんのお宅に出向くんですが――」

「『喫茶あかね』で会ったんですね？」

葵は頷く。お宅に出向くと言っても、家の中で会ったわけではないだろう。もし葵が家の中に上がり込んでいたら、もっと早い段階で母と葵に面識があったことが分かったはずだ。家には定年を迎えた父がいるのだから。

「でも一度、桑原さんの方からこちらに来てくださったことがありました」

「その時は喫茶店ではなく、こちらのお宅で会ったんですね？」

「そうです――」

「渡部と母は会いましたか？」

「会いませんでした――会っていなかったと思います。でも、もしかしたら――」

そうだろう。葵の与り知《あずか》らぬところで、母と渡部は出会ってしまったのだ。だから今回の事件が起こった。

「そのことは、警察には言ったんですか？」

葵は答えなかった。

俺は声の口調を強めた。

「言ったんですか？」

「言った言わないが、そんなに重要なの？」

と嘉奈子が横から声を出した。俺は――。

「重要です。母と渡部に私とはまったく関係のない場所で接点があったのなら、赤井市子の復讐のために私を襲ったという話を否定する重要な証拠になる。どうなんですか？」

「言いませんでした――」

そう吐き出すように言って、葵は語り出した。

「常久が桑原さんを殺して自殺したと知って、私は絶望しました。自殺するだけならまだいいんです。完全にこの家の中だけの話ですから。でもあの子は人様の命を奪ってしまった――もう私は生きていけません。死んでお詫びするしかないと。でも、嘉奈子が常久の部屋からノートを見つけて――こんなことを桑原さんの息子さんに言うのはいけないかもしれません。でも、私は少しだけ心のつかえが取れたんです。たとえ一パーセントでも、いえ、〇・一パーセントであっても、常久にも常久なりの理があったのかもしれない。それが私の心のよりどころでした。だから、嘉奈子が常久の遺書を週刊誌に持っていくと言った時も、私は止めませんでした。むしろ喜んだんです」

「同級生の女子を自殺に追い込むような男の母親なら、殺されても仕方がないと？」

「そうよ！」

答えたのは葵ではなく、嘉奈子だった。

「お母さんと同じ——私も弟が人殺しになって絶望したわ。でも、あのノートを弟の部屋で見つけた時、どれだけ私が喜んだか分かる？　ああ、弟にも弟なりの正義があったんだ——そう神様に感謝したわ。間違ってあなたのお母さんを殺してしまったのは確かに酷いことをしたと思う。でも、動機は正義からだった。だから私は——世間からどんなに責められても、弟は正しいことをした、いえ、しようとした——そう信じて生きていけたのに」

「でも、あのノートに書かれていることはすべて嘘ですよ」

「嘘じゃないわ！　常久とあなたのお母さんに面識があったから何なの？　それがあなたが赤井市子に乱暴していないっていう証拠になるの？」

あの遺書が嘉奈子の唯一の心のよりどころなのだ。

確かに家族が犯罪者——それも殺人者になってしまうのはどれほどの苦しみだろう。だからこそ、渡部の遺書に彼女はすがったのだ。俺に金を要求した時のあの高飛車な態度は、押し潰されそうな不安を懸命に繕った末の虚構なのだろう。

「嘉奈子」

葵が言った。今まで聞いてきた彼女の声の中で、一番強く、そして堂々としていた。

「もう、いいのよ。この方の言っていることはすべて正しいから」

「正しい？　どうしてそんなことが分かるって言うの？」

葵は俺の顔をしっかりと見つめて、そして言った。

「私はあなたに、いえ、嘉奈子にも、世間の皆さんにも、隠していたことがあります」

「隠していたこと？」

「常久が桑原さんに恨みを抱いていた証拠です」

嘉奈子は目を見開いた。あまりの衝撃に言葉すら出てこない様子だった。

「嘉奈子が常久の遺書を見つけた時は、正直困惑しました。どうしてそんなものがあるのだろうかと――だけど私はその常久の遺書に甘えてしまったんです。あの遺書が真実だと世間様が思ってくれるならそれでいいと――。だけどあなたは誤魔化せなかった」

「その証拠というのは、どういう――」

葵は少し息を吸い込んで、そして思い切ったふうに言った。

「桑原さんから、常久に宛《あ》てた手紙です」

「手紙？」

そんなものがあるなら、確かに渡部と母の間に何らかの関係性があった証拠になるだろう。

しかし嫌な想像が脳裏をかすめる。考えたくはないが、母が渡部と不倫をしていたという可能性もまったくのゼロではないのだ。手紙のやり取りをするなんて余程のことだろう。母が男に殺されたと聞いた時、俺は男女関係のいざこざを疑ったのだ。何のことはない、これでは振り出しに戻っただけだ。

「――軽蔑しないで聞いていただけますか」

と葵が言った。俺が答えるより早く、葵は話し始めた。

「私は――常久の将来を心配していました。仕事といったらたまにアルバイトをするぐらいで、将来のことを真剣に考えているのかって――桑原さんからあなたやお兄さんの話を聞かされるにつれ、どうして私の子供はこんなふうに育ってしまったのだろうと――」

「こんなふうに育って悪かったわね！」

突然、嘉奈子が声を荒らげた。

「そうやっていつもいつも他人と比べて！　それで泣きながら自分の育て方が悪かったたって言うんでしょう⁉　そうよ、あんたの育て方が間違っていたのよ！　その通りよ！」

嘉奈子が激高して立ち上がるのと同時に、葵は両手に顔を埋めて声を上げて泣いた。嘉奈子はそんな母親を顧みることなく、ドスドスと足音を鳴らしながら部屋を出ていった。嘉奈子も就職はしていないというし、結婚もまだだ。まるで自分のことを言われているようで憤ったのだろう。

確かに、今は不景気だし、生涯未婚率も上がっている。渡部や嘉奈子のような人間は珍しくも特別でもないだろう。問題はそんなことではない。渡部は俺の母親を殺した。それがすべてだ。

ひとしきり泣いた後、葵は再び話し始めた。

「嘉奈子はやはり女の子だから、いろんなことを私に話してくれます。でも常久は――家でもほとんど話さなくて、何を考えているのかよく分からなかったんです。毎日部屋で何をしているのか気になりましたが、あの子は私が勝手に部屋に入るのを嫌がるんです――。だから私は――あの子のゴミを」

「ゴミ？」

「はい。あの子はゴミがたまると、ビニール袋に入れて玄関に出すんです。それを私が朝、ゴミ捨て場まで出しに行くんです。だから私はその際に、常久のゴミを――」

「渡部が出しているゴミを調べれば、渡部が普段何をしているのか分かると？」

「分かるとは言いません。でも、それくらいしか私にできることはなかったんです――」

いいや違う。ゴミを漁《あさ》ることよりも、あなたにはもっと子供たちにしてやれることがあったはずだ。そう思った。だが説教をして悦に入るような趣味はないし、渡部家の事情など俺の知ったことではなかった。

「そして私は見つけました。あの子のゴミの中に、びりびりに破かれた桑原さんからの手紙を」

「母が渡部に手紙を出していたんですね？」

　葵は頷いた。

「その手紙は今、お手元にありますか」

　葵はゆっくりと立ち上がった。そして恐らく協同組合関係の書類なのだろう、積み上げられた紙類の中から一枚のクリアファイルを手に取った。そして葵はそのクリアファイルを俺に差し出した。

「――このままの方が読みやすいと思います」

　俺はクリアファイルを受け取った。そこにはビリビリに破かれた便箋《びんせん》が一枚挟まれていた。だがジグソーパズルのようにセロテープで繋ぎ合わせたのだろう。ところどころ欠けてはいるが、便箋に書かれた文章を読むことはできた。母の字だ、と俺は思った。

　そこには、次のような文章が書かれていた。


『拝啓　天高く馬肥ゆる秋、ますますご健勝のこととお喜び申し上げます。

　本来ならば直接お話しするのが良いのですが、手紙にて失礼させていただきます。

常久さんが私と交際したいと考えてくださるのは嬉しいのですが、あなたは私にとって息子の同級生のお一人としか考えられません。

お母さんと親密にさせていただいているので、常久さんに誤解を生じさせてしまったことは申し訳ありませんが。何卒《なにとぞ》ご理解いただきたくお願い申し上げます。　敬具』

俺はその手紙を何度も何度も、食い入るように読み返した。母が渡部と直接面識があったという可能性は予想していたが、その証拠を眼前に突きつけられると、やはり衝撃は小さくなかった。しかも渡部が母に交際を申し込んでいたとは。こうやって断りの手紙を送るぐらいだ。余程のことだっただろう。

俺は母を思い浮かべた。自分の母親のことを客観的に判断するのは難しい。母はもう六十だが、目の前の葵と比べると十分若々しかったように思う。

「――渡部が母と直接会っていたことを、葵さんは把握されていましたか？」

「いいえ、私は――」

葵は信じたくないと言わんばかりに、首をぶるぶると横に振った。

「でも、急に桑原さんが私を避けるようになりました。協同組合への加入も半年で打ち切られました。私はもう少し続けたらどうかと引き止めたのですが、桑原さんは頑なで――今から思うと、常久のことがあって私とも距離を置きたかったのかもしれません」

『喫茶あかね』のウェイトレスによると、母と葵の姿を見かけたのは今年の二月から四月にかけての数回きりで、それ以降見なかったという。もちろん母と葵がお茶を飲む時は必ず『喫茶あかね』に通う、ということではないかもしれないが、少なくともウェイトレスの証言と葵の証言とに矛盾はない。常久のストーカー行為によって、母と葵とのささやかな友情は引き裂かれてしまったということか。

しかしその後も、常久は母に付きまとい、そして殺してしまったのだ。

「でも、母から渡部に宛てたこの手紙を見つけてから、あなたはおおよそ渡部と母の間に何が起きたのか悟ったわけだ」

渡部は自分が俺の母に付きまとっている事実に、葵が薄々感づいていたことに気付いていなかっただろう。もし気付いていたら、そもそもこんな計画は立てなかったはずだ。最初っから母に恨みを抱いていることを悟られてはならない。それがこの計画の条件だ。

「では、渡部が母を殺したとなった時も、最初っから母を狙った犯行かもしれないと、あなたは気付いていたわけだ」

はい、と葵は答えた。それは今まで聞いた彼女のどの声よりも、小さく、耳を澄まさなければ聞き取れないほど、弱々しいものだった。

それからゆっくりと顔を上げて、

「私はどのようにして、あなたにお詫びすればよいのでしょうか」

などと言った。仮に死んで詫びろと言ったら、彼女は言われた通り命を絶つだろう、と俺は思った。

「何もしていただく必要はありません。しかし私はあなたの息子に母親を殺された上に、名誉を失墜させられました。だから私はあなたの息子さんが何をしたのかを徹底的に暴いて週刊標榜で発表します。それに耐えていただきたい。あえて言うなら、それがあなたに要求することです」

分かりました、とやはり小さな声で葵は言った。

「この手紙は頂いてよろしいですか？　果たして母と渡部のどちらの形見になるのか分かりませんが——」

もちろん構いません、と葵は言った。

「——他に何か私に話しておかなければならないことは、ありませんか？」

葵は、どこか口籠《くちご》もるような素振りを見せた。まだ黙っていることがあるのだ。だがそれは今まで彼女が見せたそれとは少し事情が異なっているふうに思えた。申し訳なさよりも、羞恥心《しゅうちしん》の方が上回っているかのような、そんな表情。

「何か？」

「いえ――こんなことを言うのはお恥ずかしいのですが――常久の部屋を整理していたら、見つけてしまったんです。あれを――」

「あれ？　何です？」

葵は口籠もり、はっきり言おうとはしなかった。

「今でも渡部の部屋にあるんですか？」

葵は頷いた。

「拝見できますか」

俺がそう言い出すのを待っていたのだろう。葵は立ち上がり、そそくさと部屋を出ていった。俺も後を追った。

渡部の部屋は六畳一間ほどの大きさだった。フリーターやニートという言葉に偏見があるのかもしれないが、物が散らかっている乱雑な部屋を想像していたら、意外と小奇麗な部屋だった。しかし自殺するつもりだったから、前もって部屋を大掃除した、という穿《うが》った見方もできなくはない。

部屋のスチールラックにはアニメのＤＶＤソフトが並んでいた。そのうちの一つのタイトルを葵が手に取り、俺はあっと思った。十年ほど前の子供向けアニメだが、今では名作という評価を得ている作品だった。俺も以前取材の資料で観たことがあるが、物語の中に精神が幼少期に退行してしまった男が自分の靴の臭《にお》いで我を取り戻すシーンがあるのだ。このアニメが好きでＤＶＤまで持っているのだから、渡部はもともとプルースト効果の知識を持っていたということになる。あの内容の遺書を書いたとしても不思議はない。

ああ葵はこのＤＶＤを俺に見せるつもりで連れてきたのだな、と一瞬思った。だがそうではなかった。彼女はスチールラックに並べられたＤＶＤを次から次へとラックから出していったのだ。いったい何をするつもりなのだろう。

「これです――」

スチールラックには奥行きがあって、ちょうど手前と奥にＤＶＤを収納できるようになっていた。今、葵が手前に並べられたＤＶＤを引き出したから、渡部がラックの奥に隠していたＤＶＤが無慈悲に俺の目前に曝《さら》された。いわゆるアダルトＤＶＤだった。もちろん男なのだから、この手のＤＶＤの一枚や二枚持っていても当然と言える。しかしそのＤＶＤに出演している女優たちは、一人残らずある特徴を備えていた。端的に言うと、若くはないということだ。

自殺するのだったら、部屋を片づけるのと同時に、この手のＤＶＤも処分すれば良かったのに、とふと思った。だが誤って憎い相手の母を殺してしまった罪の意識で自殺したという筋書きなのだから、あまりにも身辺を奇麗にしてから逝くと、前もって入念に準備をしたかのような印象を与えかねない。男の部屋にこの手のDVDが一枚もないのは逆に不審がられると渡部は考えたのかもしれない。

俺は、ちょっと失礼しますと断ってから、携帯のカメラで並べられているDVDの写真を撮った。渡部がどんな人間か知る上での、貴重な資料になるだろう。

「こういう類いのものは、他には？」

「いいえ、これだけです。本当にお恥ずかしいんですが——常久にはこういう趣味があったみたいなんです。私はもう七十だから、若い母親に憧れたんだと思います。でもこういうものだけでは飽き足らず、桑原さんにまで憧れて——桑原さん、お美しかったから——」

「一つ、質問していいですか？　葵さんは、高齢で渡部を産んだんですよね？　不安はなかったんですか？」

「健一も嘉奈子も立派な人間に育って欲しいと思って厳しくしつけたんですが、散々ぐれて皆さんに迷惑をかけてしまって——だから私は、せめてもう一度子育てのチャンスが欲しかったんです。だから無理をして常久を産みました。でもその常久が、まさか人殺しになってしまうなんて——」

産まなければよかったとお思いですか？　という問いかけが口をついて出そうになったが、

そんな質問を投げかけるのはあまりにも無慈悲だと思い、こらえた。

「健一さんというのはご長男ですか？」

「はい――そうです」

「ぐれたといっても学生時代の頃の話でしょう。思春期のはしかみたいなものです。それで子育てを失敗したとはあまりにも――」

「いえ、失敗しました」

そう葵は断言した。

「嘉奈子はあんなふうですし、健一もほとんど日雇いのようなその日暮らしです。人間の性格は子供の頃に決まります。子供の頃ろくでもなかった人間は、過去が足を引っ張って大人になっても決して大成できません」

心なしか葵の声は大きくなった。この家のどこかに今いるであろう嘉奈子に聞かせるつもりで言っているのかもしれない。確かに健一と嘉奈子は結婚もせず、定職にも就かなかったかもしれない。しかし、渡部とは次元が違う。彼は殺人を犯したのだ。

「これでもうすべて知っていることはお話ししました。すべて――」

俺は頷いた。息子が隠していたアダルトＤＶＤのことまで俺に告げたのだ。この期《ご》に及んでまだ隠していることがあるとは考え難い。

ただもう一つだけ訊きたいことがあった。

「葵さん。最後に一つだけ知りたいことがあるのですが」

「——はい、何でしょう」

「赤井市子の家族の連絡先は分かりますか？」

6

渡部家を後にすると、俺は真っ先に携帯で週刊標榜の中田に連絡を入れた。彼も俺からの電話を待ちわびていたようだった。

渡部が母をストーカーのようにつけ回していた件、そして渡部は最初っから母を狙って俺の家に乗り込んできたことを中田に告げると、彼は興奮したような声を出した。

『今日一日でそこまで調べたのか？　さすが人たらしの銀ちゃんだな』

「いえ、葵はかなり精神的に参っていたようだから、俺が直接家に行ったことで観念した様子です」

『そうだな。週刊クレールの記者ではなく、被害者の身内の銀ちゃんに手紙を公表することがせめてもの罪滅ぼしだと思ったのかもしれない。なあ、銀ちゃんよ。確かに一日で事件の核心に迫ったのは凄い。だからあまった時間で、もう少し調べてくれないか？』

「俺もこれだけの情報で記事にするのは、少し弱いかなと思ったんです。たとえば赤井市子です。彼女の自殺は今回の事件とは何の関係もないんでしょう。渡部は高校時代の同級生に自殺者がいたことを思い出し、自分の計画に利用したんです。でもその説明だけじゃ読者は納得しないと思います。俺は彼女を自殺に追いやったという濡れ衣を着せられている。ならば彼女の自殺と俺とはまったく関係ないという説得力が欲しい。だから俺は葵に赤井市子の家族の連絡先を知らないかと尋ねました」

『で？』

「葵は潰れた店のお品書きを後生大事に取ってありましたよ。赤井市子の住まいは住居兼店舗なので、店が潰れてもまだそこに住んでいるのなら連絡が取れる可能性は高いです」

『でかした！』

　中田は大げさに喜んだが、俺は少し不安だった。

　赤井市子の父親は、彼女の死後酒に溺れ、肝硬変でこの世を去ったという。店も潰れてしまったというし、市子の母親が今でも浜松で暮らしている保証はない。それに会えたところで、十五年前の娘の自殺の真相を母親の口から聞き出せるとは思えない。昔のことだし、自殺の動機などはごく個人的なことだ。第三者が調べてどうこう決めつけられるものではない。

しかし、だからこそ渡部は俺が極悪人であるという物語を捏造したと言える。だったら俺は別の物語を新しく生み出すだけだ。

『今回は銀ちゃん自らが自分の身に降りかかった疑いを晴らすという趣旨の記事にしたい。生半可な記事を書いたら、きっと言い訳しているだけじゃないか、と批判する天邪鬼《あまじゃく》の読者も現れるだろう。もちろんすべての批判の芽を潰すことはできない。だが潰せるものなら潰しておきたいというのが本音だ』

「分かっています」

『渡部は最初から銀ちゃんのお母さんを殺す目的だった——ということは、最初から自殺する覚悟だったということか？』

「だと思います。俺を殺そうと思ったが、間違えて母を殺してしまった。それが当初の見解です。しかし渡部の目的が最初っから母だったら、その見解そのものが成立しなくなりますから」

『ネックがあるとしたら、そこだな。果たして自殺する人間がそこまで面倒な計画を立てるだろうか？』

中田の言いたいことは分かる。同級生の六十歳の母親をストーカーした上の無理心中。これは体裁があまり良くないだろう。しかしそれを赤井市子の復讐という名目にすり変えたところで、殺人犯という汚名は消えない。渡部の目的は俺を十五年前の暴行事件の犯人にしたてて、いわば世間の目をこちらに向けさせることでしかない。もちろん、それで渡部への同情論すら起こっているのだから、彼のやったことは決して無駄ではないとは言える。しかしたったそれだけのために、わざわざこんな面倒な計画を立てるだろうか？　どうせ死んでしまうというのに？

「でも、俺は真実にたどり着いてみせます」

と少し格好つけて言った。

「俺には他誌の記者にはない、絶対的なアドバンテージがありますから」

『事件関係者ってことか？』

「それもあります。でも一番重要なのは、自分は赤井市子に暴行していないという確信です。それは確かなことなんです。しかし第三者にはそんなことは分からないから、渡部を信じ、俺を疑う者もいるでしょう。でも平気です。そういう連中は真実から遠回りをしてるってことだから。中田さん。俺はやりますよ。絶対に自分の身の潔白を証明し、母の敵を取ってみせる」

『期待している。銀ちゃんならやってくれるだろう。だがな、気をつけろよ。銀ちゃんは事件の関係者で、しかもそこは地元だ。渡部が銀ちゃんに罪を着せた理由が単なるカモフラージュだったらまだいいが、もともと銀ちゃんのことを恨んでいて、お母さんを殺すついでに銀ちゃんにも復讐を遂げたのかもしれない。赤井市子の死の責任を擦りつけるという手段で』

「しかし、俺は渡部に恨まれるようなことは何もしてませんよ」

『恨まれる恨まれないは、必ずしもそういうことじゃないんだよ。銀ちゃんは顔がいい。女の子にもモテただろう。結構、成績も優秀だったんじゃないか？』

そんな質問をされて自分から優秀だと答える人間はいないだろうが、客観的に見ても落第生ではなかったと思う。高校時代にファーストキスは済ませたが、だからといってそれが特別女の子にモテた証明かどうかは分からない。早い奴は中学時代に済ませただろう。

『銀ちゃんは渡部のことをほとんど覚えていないんだろう？　暗い生徒だったんじゃないか？　そういう生徒は、クラスの中心にいる人気者ってだけで憎悪の目で見るもんだ。それはいわば羨望《せんぼう》の裏返しの嫉妬だ。俺もそういうタイプだったからよく分かる』

「自分のことはよく分かりません――客観的には」

『まあ、そうだろうな。それとこれは俺が言うことじゃないが、今日のことはお父さんには黙っていたほうがいい。もちろん記事を読めば分かってしまうことだろうが――』

それはそうだろう。もちろん俺は、母に一方的に恋い焦がれた渡部が母を惨殺したのだと信じている。しかしそれが記事になって世に出たら、母が渡部を誘惑したなどと誹謗《ひぼう》中傷する者も必ず出てくるに違いない。ましてや父はどう思うのだろう。いずれ分かってしまうのだとしても、中途半端な状態でなく、すべての情報が出揃《でそろ》ったところで父に伝えたい。

「とにかく、赤井市子の母親に当たってみます。彼女を捕まえられるかどうか分かりませんが、浜松にいる内にやれることをやっておきたい」

『俺は銀ちゃんを信じているよ。今回のことは本当に残念だ。だが、この苦難をバネにして、今以上に大きくなると。銀ちゃんはそれができる男だ』

などと中田は言った。母の死をチャンスに出世しろと言われているようで、決していい気持ちはしなかったが、しかしそれだけ中田が俺を買ってくれていることが分かって、身が引き締まる思いがした。

中田との通話を終えて、すぐに俺は葵から譲り受けた『閣賀楽』のお品書きに記載されていた電話番号をプッシュした。通じなくても当然だと思ったが、幸いにも電話は繋がった。

『はい』

嗄《しわが》れた女性の声が聞こえてきた。

「あの、そちらは赤井さんのお宅ですか?」

『はい、そうですが?』

「赤井市子さんのお母さんですか？」

一時彼女は黙って、

『失礼ですが、どちら様ですか？』

という訝しげな台詞を発した。

「申し遅れました。私は桑原銀次郎と申します。青嵐高校で娘さんと同級生だった者です」

そう言った瞬間、電話は切られた。俺は呆気にとられると共に、自分がどれだけ無神経だったかを思い知った。赤井市子の母親が青葉のブログを読んでいる可能性を、当然想定に入れておくべきだったのだ。彼女にしてみれば、俺は娘に乱暴し自殺に追いやった極悪人である。こういう対応になるのも至極当然だ。あの遺書が渡部の嘘であるという確信を強めていたせいもあるが、俺は世間の自分に対する反応にあまりにも無神経だった。そして女を乱暴したなどという不名誉は一日でも早く拭わなければという思いを強めた。

念のためもう一度電話したが、電話が取られることはなかった。どうやら直接出向くしかないようだ。よく出前を取っていたという話だから、それほど離れてはいないはずだ。俺はお品書きに記載されている住所を、携帯のＧＰＳに入力し、歩いてかつて『閣賀楽』と呼ばれていた場所に向かうことにした。

とぼとぼと人気のない町を歩いた。地元は落ち着くな、と思うより先に、過疎だな、と感じてしまうのは、もう東京に染まってしまった証明なのだろうか。

渡部家から二十分ほど歩いた商店街に赤井市子の実家はあった。商店街といっても名ばかりで、ほとんどシャッター通りと化している。浜松駅前の商店街はまだ活気があったが、あそこは恵まれた立地だからだろう。日本中の商店街がそうであるように、ここもまた寂れて消えゆく運命なのかもしれない。いや、もう消えてしまったと言うべきか。娘が自殺して店を畳んでしまった赤井家をこの商店街が象徴しているような気がして、俺は少しだけ胸が痛くなった。

かつて『閣賀楽』の名前を掲げていた店舗はすぐに見つかった。浜松駅前の『閣賀楽』は暖簾が下がっていただけだったが、ここは店先に店名のフォントをかたどった洒落《しゃれ》たレリーフが掲げられている。だが今は閉ざされたシャッターは赤茶色に錆《さ》びつき、かつては光り輝いていたであろうレリーフも鈍い鉛色に変色してしまっている。

俺は店の裏手に回った。住居の玄関と通用口を兼ねたような出入り口があった。表札はなかったが、郵便ポストには『赤井春子・剛《つよし》』とあった。俺はインターホンを押した。暫く何の反応もなかったが、先ほど電話した時は在宅していたのだから、いないとは考えられない。するとと果たして中から人の気配がした。そのまま待っていると、極めて緩慢な動作でドアが開かれた。チェーンはかかったままだった。

薄く開いたドアの隙間《すきま》から、こちらを窺うように立っている小柄な中年女性の姿が見えた。

「——何か？」

「あの、先ほどお電話差し上げた者です。いきなり押し掛けて申し訳ありませんが、このままでも結構ですのでお話しさせていただけませんか」

「桑原銀次郎——さん？」

本当は呼び捨てにしたいところだが、最低限の理性を振り絞って、さん付けしたように、赤井春子は俺の名を呼んだ。

「はい。そうです」

「どういうおつもりですか。読みましたよ、あなたのお母さんを殺した犯人の遺書を」

「ブログで読んだんですか？」

赤井春子は意味が分からないといった顔をした。ブログという言葉を知らないようだった。

だが彼女が渡部の遺書を読んだのは間違いない。俺を知っているのだから。

「赤井さん。信じられないかもしれませんが、あの遺書に書かれた内容はでたらめなんです。本来あの遺書は週刊クレールという雑誌に載るはずでしたが、あまりにも酷い嘘なので編集長がボツにしたんです。青葉はその腹いせにインターネットで——」

最後まで言い終わる前にドアは乱暴に閉められた。

「赤井さん！　お願いです！　話を聞いてもらうだけでいいんです！」

必死でドアをノックした。スマートでないやり方は好きでないので、一度取材拒否されたら潔く諦めるか、いったん帰って計画を練り直すのが常だ。しかし今はそんなことは言っていられない。やってもいない罪で赤井市子の母親に恨まれるなんて理不尽すぎる。遺族に身の潔白を証明できなくて、世間に証明できるはずがない。

「帰ってください！　警察を呼びますよ！」

ドアの向こうからくぐもった赤井春子の声が聞こえた。俺は唇を嚙みしめた。ドアを叩けば叩くほど、彼女は頑なになるだけだろう。彼女は俺が娘を自殺に追いやった張本人だと信じているのだから。

だが、どうしても赤井春子と話がしたい。そして、誤解を解きたい。こうして拒絶されてしまった今、その思いはますます強くなった。

その時、二階の窓から誰かの姿が見えた。中学生ぐらいの少年だった。春子の息子だろうか。ということは市子の弟か。好奇心をありありと表情に浮かべながら俺を見つめている。俺も彼を見つめ返した。そして下に降りてきてくれと目で訴えた。彼が何か知っているかどうかは分からないが、少なくとも現状を打破する突破口にはなってくれるかもしれない。

だがその時、少年の背後から赤井春子が現れ、一瞬でカーテンを閉めてしまった。

赤井家の向かいは、やはりシャッターを閉め切った、かつて薬局だった店舗だった。俺はその店舗のシャッターに軽く寄り掛かった。俺は何でも屋のフリーライターだが、芸能ゴシップの記事はあまり書いたことがないせいか、この手の張り込みはしたことがなかった。いや、張り込みではない。これは赤井春子に対するアピールだ。とりあえず夜までここにいて、それでも手応《てごた》えがなかったら一度帰宅し、明日また来よう。ここにいるということをアピールし続ければ、いつか必ず向こうの態度も軟化するだろう。それを信じて、俺は夜までここにいる覚悟を決めた。

しかしその覚悟は、一時間しか続かなかった。

道路の向こうからバイクに乗った警察官がやって来て、何か事件でも起こったのかと見つめていると、俺の目の前で停まった。

「あなた、ここで何をやっているの？」

開口一番、彼はそう言った。まだ若そうだ。俺と同い年、もしくは年下かもしれない。

「ちょっと、人を待っているんです」

「人？　誰を？」

俺は目の前のかつては『闇賀楽』だった店舗を顎でしゃくって示し、

「あそこに住まわれている赤井春子さんです」

と言った。

警察官はバイクから降りて、

「その赤井さんから通報が来たんですよ。うちの前で不審な男が居座っているって」

「私は決して不審な男ではありません」

「じゃあ、どうしてそんなところに突っ立っているの？」

俺は自分が東京から来たフリーライターであること、母親が殺人事件の犠牲者となったこと、その犯人が赤井春子の娘の市子と接点があったらしいこと、その赤井市子自身はもう故人であること、などを端的に告げた。話が母親が殺されたという件《くだり》に差しかかると、警察官は顔色を変えた。

「ほんと？　赤井さんに取材がしたいから、その殺人事件の遺族だって嘘をついてるんじゃないの？」

「じゃあ、静岡県警察刑事部捜査第一課の松前さんに連絡を取ってください。事件の担当をしていたから、当然私のことも知っているはずです」

「あなた、名前は？」

「桑原銀次郎です」

「銀次郎?」

他の多くの人々と同じように、警察官もこの俺の時代劇スターのような名前に違和感を抱いたようだが、それ以上名前について追及することはなく、

「ちょっとそこで待ってて」

と高圧的に言って、無線機でどこかに連絡し始めた。

正直、面倒なことになったな、と思った。母の事件の際、松前はそれなりに紳士的に対応してくれたが、それはもちろん俺が被害者遺族だからだ。そこから一歩離れれば、俺はこそこそ現場をうろつき回るうさん臭いライター以外の何者でもない。しかもどこにも所属していないフリーランス。警察官が最も嫌う人種だ。もちろん嫌われようが馬鹿にされようが、警察関係者と知り合ったことで事件の情報が手に入るなら喜ぶべきことだが、まずそんなことはない。追い返されるのが関の山だ。

十分ほどしてから、警察官が戻ってきた。

「確かに、あなたの言っていることは本当のようだ」

「どうも」

「今回は大目に見る。今すぐ帰りなさい」

自分の身元が確認できたところで、取材が続けられるということにはならないらしい。俺

は唇を噛んだ。ここでこの警察官相手に一悶着起こして赤井春子との面会が叶《かな》うなら多少の無理も辞さないが、そんな見込みは薄かった。警察署にでも連れていかれたら、余計な時間を食うことになる。

　それでも、はいそうですかと即座にこの警察官に背中を向けるのは癪《しゃく》だった。

「私は市子さんに何もしていない。渡部は私に罪を擦りつけるために偽の遺書を書いたんです」

「それは恐らくそうなんだろう。でもそれが何だ？　赤井さんに会って何が分かる？　彼女はまったく無関係じゃないのか？」

「市子さんの自殺の本当の動機を知っているかもしれない。私に乱暴されたせいで自殺したのでないと証明して欲しいんです」

「何を言っているんだ。彼女はあなたが娘を乱暴して死なせたと思っている。だからあなたと会うのを拒否したんだろう？」

「いや、それはそういう態度を取らないと不自然だからそうしたのかもしれないじゃないですか。たとえ市子さんの自殺の動機が私とは無関係だと分かっていたとしても、私の取材を簡単に受けてしまったら真相を知っていることがばれてしまう」

　警察官は俺のその言葉を暫く考えていたようだが、よく意味が分からなかったようで、

「悪いことは言わない。止めなさい。傷口を広げるだけだ。動機がどうであれ、あなたのお母さんを殺した犯人はもう死んだんだ」

　などと言った。

「ましてや赤井さんの娘の自殺は十五年も前のことだろう？　そんな昔のことをほじくり返しても、誰の得にもならない」

「いいえ、私の得になります」

「あなたは自分さえよければそれでいいのか！」

「はい」

　と俺は言った。このような精神論には興味がなかった。俺はやってもいない罪で責められるのに我慢がならないだけだ。

　警察官は小さくため息をついた。

「とにかく帰ってもらうぞ。赤井さんが被害を訴えているんだからな。あなたのやっていることはストーカー規制法によって処罰の対象になる行為だ」

　俺は笑った。笑わずにはいられなかった。

「何がおかしい？」

「そんな法律があったって、結局、母は渡部に殺されました。何の意味もない」

「いいや、意味はあるぞ。少なくとも、新たな事件を未然に防ぐことはできる」

渡部が母を殺したように、俺も誰かを殺すと、この警察官は思っているのだろうか。だがそんな心配はない。確かに渡部が生きていたら殺してやりたいと思う。母を殺しただけではなく、その責任をすべて俺に擦りつけたのだから。しかし渡部はもうこの世にはいない。渡部の家族、特に葵には哀れみしかない。嘉奈子こそ、俺に対して金を要求したり、散々無礼な振る舞いをしてきたが、必死に精神のバランスを保とうとして、あのような行動に出てしまったのだろう。彼らを責めたところで空しくなるだけだ。ましてや殺すなんて思いも寄らない。

俺はこのやり場のない怒りを生涯抱えて生きることになるだろう。ああこれが渡部の俺に対する復讐なのかもしれない、と考えて疑問はまた最初の起点に回帰する。

俺は渡部に恨まれるようなことをしたのだろうか？

俺を陥れる動機など、渡部には必要なかった。渡部はただ、中年の女性をストーカーした揚げ句無理心中するなどという末路を体裁が悪いと感じたのだ。だから俺を悪者にし、俺に対する復讐の末自殺したなどという偽の動機をでっちあげた。つまり俺はスケープゴートだ。渡部が好きになった女性の子供がたまたま俺だったからやり玉に挙げられたに過ぎない。俺の母親を殺した渡部と被害者の息子の俺が同級生だったのも当然だ。葵は渡部の高校時代の連絡網を元に手当たり次第に協同組合に勧誘したのだから。そこにたまたま母が引っかかった。そこからすべてが始まったのだ。

そう、それだけのことに過ぎない。


だが、本当にそれだけのことだろうか？


俺は警察官に背中を向け、無言で歩き出した。辺りはもう暗くなり始めている。どこかでタクシーでも拾おうと考えたが、浜松の住宅街は東京のようにあちこち車が走っているわけではなかった。

しかし俺の思考はタクシーを探すほうには働いていなかった。ただ渡部のことを考えていた。渡部と話したことなどなかった。なかったと思う。同じクラスだったのだから一言二言言葉を交わしたことがあるかもしれないが、思い出せないほど些細なことなのだから、なかったと同義だろう。

そもそも何の恨みつらみもない、ただ同級生というだけの男に、女を乱暴した罪を着せるものだろうか？　実際にするしないの問題ではなく、イメージできないのだ。もし誰かに恨みつらみがあるのだとしたら、そいつに対してだけ復讐を遂げるだろう。手段は悪かもしれないが、自分の方に理があると信じているのだから。復讐者とはそういうものだ。

もちろんそんな信念は端《はな》からなく、渡部は平気で他人を陥れる男であるかもしれない。現実にそんな人間はいくらでもいるのだから。だが、もし渡部がそんな人間だったとしたら、そもそもこんな面倒な計画は立てず、さっさと母を殺していたのではないだろうか。自殺したかどうかも疑わしい。当初は渡部は俺ではなく母を殺してしまった罪の意識で自殺したと思われていた。だが俺はそうでないと確信している。渡部は最初っから死ぬつもりだった。つまり覚悟の自殺だ。そういう信念を持った人間が、殺したい相手の息子、そして高校の同級生という以外の接点がない無関係の他人を、自分の計画の犠牲にするだろうか？

そんなことをつらつらと考えながら歩いていると浜松駅前まで出てしまった。ここならいくらでもタクシーを拾えるが、ふと思い立ってバスに乗ってみた。揺れるバスの車中で俺は、子供の頃、母に連れられ兄と共にアニメの映画を観に行ったことを思い出していた。渡部が『閣賀楽』で鍋焼きうどんを食べる前に入ったシネコンではなく、今はもう潰れてしまった映画館だ。俺の子供の頃は、まだかろうじて昭和の劇場が残っていた。今はもうあんな劇場はない。どこも渡部が入ったような、清潔で快適な、全国チェーンのシネコンばかりだ。母が生きていた過去も、兄と仲が良かった過去も、もうセピア色にあせた昔の思い出の中だけに密《ひそ》やかに息づいている。

　渡部は俺が赤井市子に乱暴したという過去を捏造した。そして世間の多くの人間はそれを信じている。捏造した過去と本当の過去の違いをどう証明するのだろうか。物的証拠も何もなかったとしたら、誰が何の基準によって過去を決定するのだろうか。もし、今回の事件の全貌《ぜんぼう》を明らかにできなかったら、渡部が作った偽の過去が、本当の過去になってしまうのだろうか。

　もしそうやって過去が意図的に作り替えられるのであれば、俺だって書き替えたい過去は山ほどあるのに。仕事のこと。家族のこと。そして別れた妻のこと――。

「お帰りなさい。お疲れになったでしょう？」

　実家に戻った俺を雅代さんが出迎えてくれた。博多でも雅代さんはこんなふうに兄を出迎えるのだろうかと考えた。

「大丈夫ですか？　やはり向こうで何かあったんですか？」

　雅代さんが不安そうに俺の顔を見てきた。

「大丈夫です。ただ、やはり、ちょっと疲れたのかもしれません」

「そうですよね。すぐ食事にしますから、休んでいてください」

「父は？」

「峻と遊んでくれています」

「そうですか。まだすべてを話せる段階ではありませんが、父は聞きたがるでしょう。食事をしながら一緒に話を聞いてくれますか」

雅代さんは覚悟を決めたようにこくりと頷き、

「分かりました」

と言った。

食事の前に済ませておきたいことがあったので、俺は自分の部屋に籠もった。携帯の電話帳で仲の良かった友人達の番号を検索する。今はもうほとんど連絡を取り合うこともないが、携帯を機種変更するたびに電話帳は以前のものを引き継いでいるので、特に消す必要がない場合はそのままにしている。高校時代、特に仲の良かった友達の番号は今でも登録されているはずだ。

手始めに俺は母の葬式に弔電を送ってくれた香山に連絡してみた。お礼のハガキは出したが、直接話はまだしていなかった。夕食時といってもまだ早いから繋がるだろうかと思ったが、香山はすぐに電話に出た。

「もしもし？」

『銀次郎――。銀次郎なのか？』

香山はまるで、長年消息不明になっていた友人からの電話を取った時のような声を発した。それほど俺からの電話は意外なものだったらしい。香山の声の背後から賑《にぎ》やかな喧騒《けんそう》が聞こえてくる。飲み屋かどこかだろうか。

「今、大丈夫か？　不味かったらまた後でかけ直すけど」

『いや、いいんだ！　ちょっと待ってくれ、今外に出る』

「悪いな。楽しんでいるところを。ちゃんと弔電のお礼を自分の口で伝えたくて」

『いや、こっちこそ電報一本で済ませて申し訳ない』

「仕方がないさ。そっちは熊本なんだから」

『今度帰省した時はお線香を上げさせてくれ。しかしあの渡部が、まさか――』

そこで香山は言葉を切った。それ以上話を続けるのをためらっている様子だった。だが、香山に電話したのは旧交を温めるためだけではない。

「渡部の遺書は読んだか？」

『インターネットに上がってるんだってな。噂は聞いた。でも読んでない。その、何となく――お前に悪いような気がして――』

熊本に住んでいる香山まで知っているのだ。俺の同級生で、今回の事件のことを知らない人間は一人もいないのだろう。まあ、それならそれで話が通じやすくていい。

「なあ、赤井市子っていただろう、高校の屋上から飛び降りて死んだ。彼女と仲が良かった生徒を誰か知らないか？」

『赤井市子？　彼女が何で関係ある？』

渡部の遺書を読んでいない香山は、何故唐突に赤井市子の名前が出てくるのか意味が分からない様子だった。俺が彼女を自殺に追いやったことに対する恨みで渡部が実家に乗り込んできたなどと言ったら、香山は絶句するだろう。しかし、もちろんそれは渡部の創作したフィクションだ。ここでわざわざ彼に知らせる必要はない。

「俺が今どんな仕事をしているか知っているだろう？」

『まあ、何となくは――』

「俺は母の敵を取りたい。俺にできるのは、何故渡部のような殺人犯が誕生したのかを調べ、それを世間に公表することだ。発表する場所ももう押さえている。あとは記事を書くだけだ」

『でも、それと赤井とどう関係が？　まさか渡部と赤井が付き合っていたとでも言うんじゃないだろうな。まあ、確かに二人とも目立たないタイプだったから相性は良かったと思うが――』

「ほら、赤井って家が日本蕎麦屋だっただろう。渡部の家はよくそこに鍋焼きうどんを注文して食べていたみたいなんだ」

『ああ、そういうことか。でも俺は渡部のことも赤井のこともよく知らないな。赤井と仲の良かった女子が誰だかも――。でもちょっと待てよ、渡部はよく誰かとつるんでいたような気がしたな』

「知ってるのか？」

『ちょっと待てよ――今、思い出す。そうだあれは、阿部《あべ》だ。覚えてるか？』

「阿部――」

そんな生徒もいたような気がしたが、すぐには思い出せなかった。

『高三の夏休みに渡部と二人で新幹線で秋葉原まで行ったと自慢してたよ。正直、その当時はみんな東京に憧れてたからな。秋葉原なんて夢の街だよ。まあ行こうと思えば行けたんだが、受験が控えてるし金もかかるから最初の一歩を踏み出すチャンスがなかった』

「ああ、あいつか！　思い出したぞ！」

渡部はどちらかというと大人しかったが、その阿部は陽気でクラスのムードメーカー的な男子だった。相容れないようにも思うが、アニメやゲームの趣味が合ったのだろう。そうか、彼が渡部の友人か――。

「阿部の連絡先を知らないか？」

『分からないな。卒業アルバムは？』

「名前のリストだけで、連絡先は一切ないんだ」

『ああ、そうだったな。あの頃からか、個人情報の保護にうるさくなったのは』

一緒に新幹線で秋葉原まで行く仲だ。阿部はきっと渡部のことをよく知っているだろう。もちろん今差し当たって知りたいのは赤井市子の自殺の原因だ。だが渡部がどんな男か知っている人間の話を聞くのも、決して無駄ではない。

『そういえば同窓会に阿部が来たな。あの時、名刺でも交換すればよかった。あいつ、今どこに住んでると思う？　秋葉原のマンションだそうだ。夢を叶えたってわけだ』

「へえ、そいつは凄いな」

離婚したことやフリーライターをしていることをあれこれ言われるのが嫌で同窓会にはほとんど顔を出していない弊害が、こういうところに現れるわけか。だがそれに加えて同級生に母を殺されたのだ。俺は多分、もう一生同窓会の類いに行くことはないかもしれない。

「阿部と仲良かったのは誰だろう」

『ちょっと待ってくれ、たしか大沼《おおぬま》が阿部とよくつるんでいたような。大沼も一緒に秋葉原に行きたかったが、大沼は渡部とは特に仲が良くなかったから遠慮したとか何とか』

「大沼？　そんな奴、いたっけな――」

『お前は知らないかもしれないな。隣のクラスで、阿部と部活が一緒だったんだ。確かコンピュータ部とか言っていたな。なあ、阿部と連絡を取りたいのか？』

「ああ、渡部の人となりを知りたいんだ。赤井市子のことを知っていたら、できればそれも」

『渡部の高校時代を記事にして、殺人犯はこんな青春を送っていた！　とやるのか？』

「まあ、そんなところだ」

　こういう俺の仕事を快く思わない人間は少なくない。父が俺の仕事に未だ理解を示していないのも、同じ理由だろう。もし母が殺されたという事実がなかったら、香山は俺に意見の一つもするかもしれない。だが、俺のやることを否定する奴は、謂れもない誹謗文書をネットにアップされたことのない人間だろう。自分の名誉を回復させるためなら、渡部をどんな極悪人にでも仕立てる。どんな理由があるにせよ、渡部が俺の母親を殺したのは事実なのだから。

『ちょっと時間をくれないか？　大沼の名刺はもらわなかったが、彼の連絡先を知っている人間が誰かいるかもしれない。そう時間はかからないと思う』

「大沼も同窓会に来たのか？」

『ああ、みんなお前に会いたがってたぞ。――大変なのは分かるが、今度は顔を出してくれよ』

「まあ、考えとくよ」

俺はいったん電話を切った。暫く卒業アルバムの阿部と大沼の顔写真を見やり、彼らと過ごした日々を思い出して香山からの連絡を待ったが、雅代さんの食事の用意ができたという声が聞こえたので、とりあえずそちらに顔を出すことにした。

俺が帰省したせいか、それとも雅代さんがいる間はこうなのか、夕食は心なしか豪華だった。しかし楽しげな雰囲気とは無縁だ。どこか緊張感がピンと張り詰めている。俺が母を殺した犯人の家で何を聞いてきたのか、その話を知るのが恐いのだ。かといって耳を塞《ふさ》ぐという選択肢はない。父も雅代さんも興味に蓋《ふた》をすることはできない。たとえそれが、爛《ただ》れた、血にまみれた好奇心であっても。

この緊張感を理解していないであろう峻は、小さな指で箸を動かし食事を口に運んでいる。

「晩ご飯は美味しいねー」

「峻、静かに食べなさい」

「いいんだよ、雅代さん。可愛いもんじゃないか」

まるで彼が桑原家に残された最後の希望と言わんばかりの目で、父は峻を見やっている。

俺は雅代さんに注いでもらったビールを飲んだ。まったく美味さを感じなかった。酔っている場合ではないという自制心が働いているのかもしれない。

「それで」

と父が口を開いた。

「向こうの家族はどうだったんだ？」

「ああ——」

俺は頷いた。

「姉の嘉奈子は相変わらずだったけど、母親の葵は協力的だった。本当に自分の息子が仕出かしたことを申し訳なく思っているようだった」

「申し訳なく思う？　当たり前だ。人を殺したんだぞ」

中田との電話の会話が脳裏を過る。父はまだ冷静さを欠いている。妻を殺され、自らも傷を負ったのだから当然かもしれない。だがこの状態の父に、渡部が母をストーカーしていたなどという憶測を伝えるのは賢明ではなかった。もちろん、いつかは伝えなければならないのだが、せめてすべてが明らかになり完全な記事が書ける状態になってからの方がいいだろう。

「父さん。向こうの家族と話して、いろいろな可能性が出てきたけど、それを今、ここで言うことは控えようと思う」

「何でだ」

「あくまでも可能性だからだ。推測ならいくらでもできるが、今の段階でそれが真実だと父さんに誤解されたくない。ちゃんと記事が書ける段階になってから、父さんにこういうことだと伝えたい。いいね？」

「まあ、そりゃ――銀次郎も自分の名誉がかかっているから、迂闊《うかつ》なことは言いたくないんだろう。それは分かる」

と父は言った。父は、あくまでもこの事件は、渡部が、赤井市子を自殺に追いやった（それが真実にせよ、渡部の誤解にせよ）俺を恨んでの犯行だと思っているようだった。だからこそ言い淀《よど》んでいると。そう思っているのなら、それでいい。

「問題は赤井市子の母親の方だ。彼女はまだ浜松に住んでいた。だから会いに行ったんだが、警察官まで呼ばれて追い返された。娘の自殺は俺が原因だと思っているのだから無理もないが、しかし真相を知るにせよ、誤解を解くにせよ、彼女の話を聞かなければ何も始まらない」

「――でも、それは難しいんじゃないかしら」

と雅代さんがポツリと呟いた。

「何故です？」

「たとえば私たちは、お義母さんを殺した渡部を憎んでいます。もちろん私は銀次郎さんを信じていますけど、仮に——仮にですよ？　渡部の遺書通りの理由で彼が犯行に及んだとしても、それで仕方がないと私たちが渡部を許すことはないでしょう？」

「そりゃそうだ！」

　吐き出すように父が言った。

　雅代さんは頷いた。

「そんな時にですよ——もしたとえば警察の松前さんが、渡部が犯人でないという可能性を示唆する証拠を持って、再び私たちの前に現れたらどう思います？　私たちは、いやそんなはずはない、犯人は渡部だと言い張るんじゃないかしら」

「いや雅代さん、それは違う。どう考えたって犯人は渡部です。指紋は百パーセント完全じゃないかもしれないが、現場の血痕等、他の証拠と照らし合わせて考えても渡部の犯行であることは明らかだ」

「銀次郎さん、落ち着いてください。だから仮定の話だと言っています」

　雅代さんは俺を咎めるような目で見た。俺は勇み足をした自分を恥じた。今回の事件のことで頭がいっぱいになってしまって、余裕がなくなっているのかもしれない。

「赤井春子さんの立場だったらどうでしょう。娘が自殺し、店を畳み、夫まで亡くしてしまった。どれだけ辛かったことか――」

雅代さんは峻を見やった。自分の息子も赤井市子のようにこの世から消えていなくなってしまったら――と想像しているのだ。

「多分、その人生の傷は未だ癒えていないんじゃないでしょうか。だからこそ家族と暮らした家から離れられないんです。こうなったきっかけは娘が自殺したことです。自分の育て方が間違っていたんじゃないかと、何度も自分を責めたでしょう」

葵を思い出した。彼女も、子供の育て方を間違えたのではないかと、自分を責めていた。高齢で無理をして渡部を産んだだけに、自責の念は計り知れないだろう。親とはそういうものかもしれない。自分の子供が死んでしまったり、または誰かを死なせてしまったら、全力で自分を責めるのだろう。

「そしてある日突然、十五年前の娘の自殺の原因が分かったとしたら？　殺人事件にまで発展したんだから、きっとそれが正しいと春子さんは思ったでしょう。いいえ、正しくなければならないと、あの遺書にすがったんです。自分の心のバランスを保つために。嘘か真実かなんてどうだっていいんです。春子さんは決して銀次郎さんに会おうとはしないでしょう。会って、やっと見つけた娘の自殺の原因を否定されるのが恐いから」

そうだ、と思った。人々が信じたいものが過去になるのだ。過去は現在生きている人々が作るのだ。

なら俺も自分が信じたい過去を作り上げるだけだ。桑原銀次郎は清廉潔白であるという過去を。だがそのためには説得力のある『赤井市子の死の真相』が絶対に必要なのだ。

「でも、じゃあどうするんだ？　赤井春子と会えないのであれば、もうどうしようもないじゃないか。赤井市子の死の真相は分からずじまいだ」

と父が言った。

「そう、問題はそこなんだ」

と言って俺も黙り込んだ。現状、どうすることもできない。手詰まりだ。

「誰か、生前の赤井を知っていたクラスメイトに話を聞くつもりだけど、もともとそれほど友達が多いタイプじゃなかったらしいし、友達を見つけたとしても十五年前のことだから、話を聞き出すのは難しいかもしれない」

高校の屋上から生徒が飛び降り自殺するなど、青嵐高校始まって以来の大事件だっただろう。警察だけではなく、青嵐内部でも調査委員会が設立されたはずだ。それほどの大事件だったのだ、赤井市子の自殺は。だが結局、何も分からずじまいだった。当時ですらそうだったのだから、十五年後の今、いったい誰が赤井市子の自殺の謎を知っているというのか——

だからこそ渡部がつけ入る隙《すき》があったのだ。

「もちろん、方々に声をかけて話を聞かなければならないと思いますが、見込みは薄いかもしれません。その手の調査は、赤井が自殺した当時散々やったと思いますから」

「――じゃあ、もし銀次郎さんが春子さんと会えたとしても、市子さんの自殺の原因を知ることはできないかもしれない」

そう雅代さんは一人呟くように言った。まったくその通りだった。仮に赤井春子が娘の自殺の原因を握っていたとしても、彼女はあんな態度だし、そうでなくても今まで秘密にしていたことを、突然現れたフリーライターに話すとは思えない。

ただ可能性があるとしたら、俺が渡部の遺書で赤井市子の死の原因と名指しされた張本人であることだろうか。万が一彼女が渡部の遺書の内容がデタラメであることを知っているのならば、そこから突き崩すことはできるかもしれない。

大人たちの会話をよそに、峻は、お刺し身は美味しいねー、などと言いながらマグロだかカツオだかの刺し身を無邪気に食べている。俺はそんな峻を見ながら、彼を暴行犯の甥にすることは絶対にできないと思った。

「明日、もう一度渡部の家に行こうと思う」

「どうして――」

「これは一般論として言いますが、そもそも自殺の動機なんて本人以外には分からないはずです。にもかかわらず、どうして我々まだ生きている者たちは動機を詮索したりするんでしょう」

雅代さんに訊いたのだが、答えたのは父だった。

「そりゃ、動機が分からないと気持ち悪いからだろう」

「ああ、そうだ。つまり、生き残った者が納得できればそれでいいってことだ。たとえ、その動機が真実でないとしても」

過去を現在から定義するのと同じことだ。死んだ人間は、当たり前だが、もうこの世にはいないのだ。死者の想いは生きている人間が定義する。つまり大多数の人間が認めたものが、死者の動機と定義されるのだ。

多くの人間は何を認めるのだろう。それはもっともらしいものだ。

「市子さんが自殺した動機を、適当に推測するってことですか？　でもそれは――」

「赤井は同級生というだけで、彼女がどんな人間だったか俺は知りません。どんな女子で、どんな悩みを抱えていたのかも。しかも彼女が自殺したのは十五年も前のことです。事実上自殺の動機を今から特定するのは不可能です。だが渡部は赤井の自殺の動機を捏造した。だったら俺も同じことをするだけです。要するに説得力があればいい。皆が信じるような動機を作り出せば、世間は納得する。どうせ赤井本人は反論できないんだから」

「お前はいつも、そんな気持ちで記事を書いているのか？」

と父が咎めるように言った。

「ああ、そうだよ。でもね、警察の犯罪捜査だって基本的には同じことだよ。渡部が母さんを殺した犯人だっていう百パーセントの証拠はないんだから。それでも渡部以外の犯人は事実上ありえないじゃないか。現実の犯罪捜査だってそうなのに、他人の内面、しかも十五年前に死んだ他人の内面なんて、推測する以外にない」

俺はいつもそうやって記事を書いている。ある人物やある出来事の周辺を聞き込めば、その中心像がぼんやりと浮かび上がってくるものだ。もちろん、その俺がイメージした像が唯一無二の正解とは限らないが、そんな問いかけは意味がない。

その時、携帯電話が鳴った。香山からだった。

「ちょっと失礼」

席を外して、香山からの電話に出た。

『銀次郎、阿部の連絡先が分かったぞ』

「本当か、持つべき者は友達だな」

俺はメモ帳を立ち上げ、香山が読み上げる阿部の電話番号をメモした。

「大沼から聞いたのか？」

『まあ、そんなところだ。ただ銀次郎、くれぐれも気をつけろよ』

「何がだ？」

『大沼から聞いたよ。渡部はそもそもお前を殺そうとしたそうじゃないか』

大沼は渡部とはどうやら親友ではなかったようだが、阿部とは親友だったらしい。渡部がいなければ、自分も阿部と一緒に秋葉原に行けたのに――と思う程度には渡部のことを嫌っていたのだろう。そんな人間が殺人を犯して自殺し、しかもその遺書はネットで誰でも簡単に読める。

『人生で命を狙われることなんて滅多にないだろう？』

「一人に恨みを買っていれば、見えないところには十人いると？　ゴキブリみたいだな」

『いや、そうじゃないが――』

「いいんだ。お前が俺を心配してくれているのはよく分かっている。今はまだ話せる段階じゃないが、渡部のあの遺書の内容には疑問点が多すぎる。それを突き崩すために、お前に電話したんだ」

『役に立てたか？』

「ああ、十分だよ。反証記事が出たら、お前にも一冊送るよ」

『ありがとう。だがな、気をつけろという気持ちは変わらないぞ。お前は仕事が仕事だから、他人に恨みを買うこともあるだろう。渡部がお前を恨んでいた理由が、お前の仕事と関係ないにせよだ』

「ああ――分かっている」

礼を言って電話を切った。その場で香山に教えられた阿部の番号に発信する。留守番電話になっていたので、渡部の件で話したいことがあるから、もし良ければ電話をくれとだけ告げて、食事に戻った。阿部の電話はその夜のちょうど十二時を回った頃にかかってきた。

『もしもし、桑原君？　香山君から連絡をもらったけどいったい僕に何の用？　そんなに話もしていなかったよね』

阿部のその特徴的な声を聞くと、ああこいつはこんな話し方をしていたな、という感慨と共に脳裏に高校時代のイメージが広がってきた。何故、こんな明るくひょうひょうとした奴のことを忘れていたのか不思議でならなかった。俺にとっては匂いよりも音の方が、遥かに海馬や扁桃体に作用するらしい。

「悪いな。どうしても阿部に訊きたいことがあって。こっちからかけ直そうか？」

『いや、電話代を払えなんてケチなことは言わないよ。ひょっとして渡部君のこと？』

「ああ、そうだ。渡部の遺書を読んだのか?」

『ああ、もちろん』

さすが秋葉原に住んでいるだけあって、情報のリテラシーは高い。

『はっきり言うけど、渡部君が殺人者になってびっくりしていると同時に、やはりなって気持ちもあるんだ。彼は思い詰めるタイプだったから』

阿部は俺が母を亡くしたことに対する悔やみの気持ちは少しもないようだった。薄情だが、むしろその方がこちらも会話がしやすい。

「一緒に秋葉原に行ったんだってな。何か思い当たる節があったのか?」

『ああ、帰りの新幹線の中で話してくれたよ。絶対に誰にも内緒だぞ、と念を押してね。僕は口が軽いと思われているかもしれないが、そんなことはない。約束は絶対に守る。でも――渡部君が死んだ今、その義務も消滅した。それに僕は週刊クレールの編集部に連絡を入れようと思っていたんだ。いや、別にネタを提供して金儲けしようっていうんじゃないんだ。ただ黙っていることはできないと思って。だから君が連絡してくれてちょうどよかったよ』

「週刊クレールの編集部に連絡を入れる? どうして?」

『ブログにあったじゃないか。本来この遺書は週刊クレールに掲載されるはずだったが、被害者の息子である週刊標榜のライター、つまり君の横やりが入って潰されたと。でも、本当にそうなのか訊こうと思って。ただ単に信憑性が低いから編集長にボツにされただけなんじゃないかな。あの渡部君の遺書、本当に本人が書いたのかな？　捏造って可能性はないの？』

　俺は思わず携帯から口元を外し、ごくりと息を呑み込んだ。

「何故そう思うんだ？」

『今言った渡部君の秘密さ。ああいう秘密を抱えている人間が、ああいう遺書は書かないよ。東京からの帰りの新幹線の中で聞いたんだけど、渡部君は赤井さんと付き合っていたんだ』

　何でもないことのように、さらりと阿部は言った。

「秘密って、それが秘密か？　赤井さんって、赤井市子か？」

『それ以外に誰がいるんだよ。なあ考えてもみろよ。遺書だよ。人生最後に書く文章だぞ。どうしてそこで自分が赤井さんと付き合っていたことを書かない？　おかしなことだらけだよ。もし君が赤井さんを書庫に連れ込む現場を渡部君が目撃したのなら、いくらなんでも声をかけるだろう。そりゃ、喧嘩をしたら君の方が渡部君より強いと思うよ。でもそういう問題じゃないだろう。自分が付き合っている女の子が乱暴されようとしているんだ。咄嗟に何か行動を起こすはずだ。仮に百歩譲って渡部君が赤井さんを見殺しにしてしまったとしても、それは渡部君の一生のトラウマになるぞ。鍋焼きうどんを食べてその時の記憶を思い出したなんて、そんな暢気《のんき》な話にはならないだろう』

俺は香山の、まさか渡部と赤井が付き合っていたとでも言うんじゃないだろうな、という台詞を思い出した。まさかどころか正解だったわけだ。

「渡部が赤井市子と交際していたというのは確かなのか？」

『本人がそう言ったんだぞ。嘘でそんなことを言うか？　どこまでいっていたのかは知らないけど二人が親密な関係にあったのは事実だ。ほら、渡部君は男子の最後尾で赤井さんは女子の先頭だっただろう。だから朝礼とかで全校生徒が並ぶ時、ちょうど渡部君の後ろが赤井さんになるんだよ。結構話す機会とかあったみたいなんだ』

俺は卒業アルバムの写真の並びを思い出した。そうだ、あれを見て渡部と赤井市子が親密だった可能性にもっと早く気付いてもよかったのだ。

「じゃあ渡部が赤井の店に頻繁に鍋焼きうどんを注文していたのは――」

『まあ、そういうところがあるんじゃないかな。赤井さんは渡部君に、うちのお店に注文してくれると助かるわ、ぐらいのことを言ったと思う。ほら、鍋焼きうどんって結構するだろう。冬場は赤井さんのために高いメニューを注文するように家族を説得したんじゃないかな。もちろん下心があったのかもしれないけど、それで二人は親密になっていったんだ。赤井さんの家にも行ったことがあるらしい』

「渡部一人でか?」

『渡部君一人でだ』

それは確かに交際している可能性大だ。何もなしに女子が男子を自分の家に招いたりはしないだろう。

「赤井が自殺した時、俺たちは事情聴取を受けたよな。その時、阿部は渡部と赤井が付き合っていたことを言わなかったのか?」

『言ったよ。黙っているはずないじゃないか。人が一人死んでるんだ』

「約束を破ったんだな」

『破ってないよ。教師と警察関係者は約束には入っていない』

「じゃあ、渡部は俺たちよりは、しつこく事情聴取を受けたのかな?」

『ああ、そうだと思う』

まるで気付かなかった。渡部の影が薄かったからだろうか。

『もちろんそれで渡部君が赤井さんを殺した罪で捕まる、なんてことにはならなかったけどね。どう調べても赤井さんの死は、あれは自殺だもの。結局、赤井さんの自殺の動機は分からないまま、うやむやになった』

「阿部はどう思う。何か考えはないのか？」

『僕は分からないよ。僕個人は赤井さんと特に仲良くなかったもの。ただ渡部君との交際に何か原因があるんじゃないかと疑ったのは事実だ。なあ、あの遺書がデタラメだとしたら、桑原君は赤井さんを乱暴していないってことだろう？』

「当たり前だ！」

『じゃあ、あの遺書は誰が書いたんだ？』

「渡部が書いたってことははっきりしてるんだ。筆跡鑑定で確認されたから」

『筆跡鑑定のことはブログでも触れられていたけど、本当に鑑定したのかな？』

「あの記事が週刊クレールに載る予定だった時点で、青葉は俺にそう言ったから事実だと思う。署名鑑定だけなら、それほど高額にはならないから、領収証をもらって後で経費として請求するつもりだったんだろう」

『じゃあ、どうして渡部君はあんな遺書を書いたのかな？　渡部君が赤井さんをふったということは考えにくいけど、やっぱり赤井さんの自殺には渡部君がかかわっているんだろうか。だから君に責任を擦りつけた』

　その推測は極めて説得力の高いものとして俺の胸に響いた。渡部は赤井市子の死に長い間罪悪感を抱いていた。そんな折りに俺の母と出会った。渡部は母を求め、そして拒絶された。

母は葵より年下と言っても六十だ。母親でも不思議ではない年齢の女性を求めて拒絶された渡部は、恥ずかしさと共に自分の全人格を否定されたような気分になっただろう。死にたいとも思ったかもしれない。だから母を殺し、赤井市子の自殺の原因を俺に擦りつけ、自分は自殺して母に拒絶された羞恥心と赤井市子を自殺に追いやった罪悪感から逃げる計画を立てた。一石三鳥だ。

渡部は自分が死んだ後の家族――葵や嘉奈子のことを考えたのだろう。確かに人殺しには変わりない。だが、中年女性にふられた腹いせに相手を殺すのと、高校時代に自殺した同級生の女子への復讐で殺すのとでは、世間の印象が段違いだ。たとえそれが取り違えての殺人だとしても。

『でも、現実問題、十五年も前の自殺の動機を今調べるっていうのは難しくないか？』

「そう思う。だからあちこち電話をかけてるんだ」

『赤井さんの自殺の原因を解き明かす必要なんてあるのかな。僕は深くは分からないけど、渡部君には何か考えがあったんだろう。それで君のお母さんを殺して自殺した。ただその本当の動機を悟られたくないから、あんな遺書を書いた』

確かに俺も、中田と電話で話している時点では同じことを思っていた。だが渡部と赤井市子が交際していたと分かった今は話は別だ。

『君を陥れる計画を立てるのに、渡部君が赤井さんの自殺を利用したってことじゃないかな。誰だって、どんな事件だってよかったんだ。ただ高校時代にたまたま交際していた赤井さんが自殺したから、渡部君はそれに目をつけた。赤井さんが自殺したって事実だけが重要で、動機なんてどうだってよかったんだ』

確かにそう考えることはできるだろう。しかしそれでは不足だ。

「阿部。君とは高校時代あまり話したことがなかったけど、勘が鋭い奴と見込んでかなり突っ込んだ話をするぞ。あの遺書を読んで、俺がどんなに憤ったか分かるだろう？　だから俺はあの遺書に反論する記事を今書いているんだ。確かに君の言っていることはその通りだと思う。でもな。赤井市子の自殺の動機をある程度明確にしなければ納得しない読者もいる。たとえ推測でもいいから、こうだ！　という明確な自殺の動機が欲しいんだ」

阿部は黙り込んだ。

「もしもし？　聞いてるか？」

『ああ、聞いてる——今、考えてたんだ。帰りの新幹線の中で、どんなふうに渡部君が赤井さんと付き合っていたことを僕に打ち明けたのかを。ほら、渡部君はそのことを僕に黙っていてくれと頼んだとさっき言っただろう。それって赤井さんと付き合っていることを皆に知られると恥ずかしいとか、そういうことじゃなかったと思う』

「そうなのか？」

確かにもう高校生だ。同級生のカップルを冷やかすような幼稚な趣味からは、皆卒業しているのではないか。

「じゃあ、どうして渡部は赤井と付き合っていることを隠してくれと？」

『十五年前のことだから、もしかしたら記憶違いしているかもしれないし、迂闊なことは言えないけど――付き合っていることを隠してくれとは言っていなかったかもしれない。そうだ――そうだよ。僕はそこで初めて渡部君が赤井さんと付き合っていたことを知らされた。だからそれが強く記憶に残っているから、それを黙っていてくれと言われたと勘違いしてしまったのかもしれない』

「じゃあ、渡部は何を黙ってくれと言ったんだ？」

『確か、渡部君は、赤井さんと付き合っているんだけど別れたいと言っていたと思う。僕はそれを聞いて、何格好つけてるんだと言ったふうに記憶しているけど、冗談でも何でもなく、渡部君は赤井さんと別れたがっていたのかもしれない』

「じゃあ、それを皆に言うなと？　赤井の耳にも入るかもしれないから？」

『ああ、そう思う。いや、桑原君が電話をかけてくるまで、そんなことには思いも至らなかったよ』

阿部に電話をして二つの新情報が分かった。一つ目は渡部は赤井市子と（どの程度深い付き合いかは分からないものの）交際していたこと。二つ目は別れたがっていたことだ。これだけ考えれば、赤井市子の存在を煙たがっていた渡部が、彼女を自殺に見せかけて殺したなどというサスペンスドラマ的な筋書きを思い浮かべることができる。しかしドラマならともかく、当時高校生の渡部が同級生の女子を自殺に見せかけて殺したなど、あまり現実的な発想とは言えないだろう。警察がおざなりな捜査しか行わなかったのであればそういう可能性もなくはない。しかし、少なくとも警察や学校が生徒たちに事情聴取し、赤井市子の死は動機不明であるものの自殺であると結論づけているのだ。

「じゃあ、ひょっとしたら何かの弾みで渡部のその意思を知った赤井が絶望して自殺したというのは、ありうるかもしれないな」

『そうだ、桑原君。そういう記事を書けばいいじゃないか。僕という証人がいるんだ』

俺はほとんど、その阿部の言葉に頷きかけた。渡部と赤井が付き合っていたという阿部の証言は、渡部の遺書の内容を突き崩すだけの力があり、意外性も十分で、記事の材料としては申し分ない。阿部の証言だけでは不安なら、もう少し他の生徒に聞き込みをしてもいい。渡部が阿部に赤井との交際のことを話しているのなら、赤井も友人に渡部の話をしているだろう。その友人を探せばいい。しかし——。

何かが引っかかる。何かが――。

『もしもし？　聞いてる？』

先ほど俺が阿部に投げかけたのと同じ台詞を、今度は阿部が俺に投げかけた。

「ああ、聞いてる――なあ、阿部は渡部と赤井が付き合っていたことを知っていた。だからあの遺書を読んで矛盾点に気付いた――そういうことだよな？」

『ああ』

「じゃあ渡部と赤井が付き合っていたことを知っていた人間なら、あの遺書を読んでおかしいと思うってことか？」

『まあ、そうだろうね。理屈の上ではそうなるかもしれない』

「――さっき言ったな。渡部は赤井の家にまで行ったことがあると。つまり赤井の両親は二人が親密だったことを知っているということになる」

『ああ、そうか――確かにそうなるね』

娘が自分の家に男子を連れてくるのだ。少なくとも友達以上の関係であると考えるのは至極当然と言える。つまり赤井春子は渡部の遺書の内容は間違いであると、真っ先に気付いてもいいはずの人間なのだ。にもかかわらず彼女はそのことを告げなかった。遺書の内容を押し通したほうが都合がいいからだ。つまり赤井春子は、市子と渡部が付き合っていたという事実を隠し通したいのだ。それはいったい何故か——。

阿部に礼を言って電話を切った。彼はこの事件の成り行きを知りたがったので、記事が出たら教えると言った。通話を切った後、俺は彼が今どんな仕事に就いているのかを訊きそびれたことを思い出したが、今はそれどころじゃない。

やはり赤井春子は、俺が娘を暴行し、死に追いやっていないことを知っている。だからこそ警察に通報してまで俺を追い返したのではないか。俺が自分の秘密を白日の下に曝すために現れたとでも思っているのではないか。

香山の言葉がふと脳裏に蘇った。

（銀次郎、くれぐれも気をつけろよ）

その時は何を大げさなと思ったが、今はその言葉が切実なものとなって迫ってきた。今回の事件は渡部が死んで終わりとは到底思えない。裏に誰かがいて渡部を操っていたように思えてならない。それはいったい誰だ？　現時点では赤井春子がその立場に最も相応しい人物ではないか。

彼女は恐らく渡部の遺書の内容を真実として世間に認めさせたいと思っているだろう。そのために彼女が取るべき確実な方法は俺を殺すことだ。それだけで偽りの渡部の遺書は、確定済みの歴史となる。人殺しなど容易でないことは分かっている。しかし渡部に母を殺させたように、何らかの方法で俺を排除する可能性が絶対にないとは断言できない。

「さあ、どうする？」

俺は一人呟き、考え抜いた。

しかし考えても考えても、良いアイデアは一つも思い浮かばなかった。

翌日、俺は朝から方々に手当たり次第に電話をかけた。やはり高校の卒業アルバムに卒業生の電話番号が記載されていないことは、取材を想像以上に困難にさせた。ハローページに当たったところで、生徒の名前で載っているとは限らないからあまり役には立たない。虱潰しに電話をするという手はあるが、それをするにしてもある程度の見込みは欲しかった。

俺は渡部、あるいは赤井市子の友人とコンタクトを取ることが重要だと考えていた。昨日の、香山や阿部との会話によって、この事件に向き合う上での貴重な示唆を得ることができた。渡部や赤井市子という、もう既に故人の二人のパーソナリティを明確にするためには、あらゆる角度からの彼らに対する評価を集めることが必要だった。

だが、これが一向にはかどらなかった。懐かしい友人の幾人かとコンタクトを取ることに成功したものの、渡部や赤井市子について訊いても、知らない、覚えてない、という判で押したような答えが返ってきた。同級生のほとんどは俺が二人に対して持っている知識以上の情報を持ち合わせてはいない様子だった。十五年前のことだから記憶が曖昧になるのも仕方がないのかもしれない。ましてやクラスで目立たなかった渡部や赤井市子のことを、いったい誰が覚えているものか。

俺は前妻の聡美が巻き込まれた今年の春の医療訴訟裁判の取材を思い出した。医療はこういう薬品を投与すればこういう結果になるという因果関係がはっきりしている。それは数式と同じで、漠然とした抽象論を挟む余地がないほど具体的なものだ。だから取材もやりやすかった。しかし今回の事件は違う。何しろ、もう既に犯人は分かっているのだ。俺が知りたいのは心の問題、つまり犯人の渡部がどんな動機でこんなことを仕出かしたのかということだ。そういう抽象的な謎を読者が納得いく形に落とし込まなければならない。これはかなり困難を極める。

――結局渡部が何を考えていたかなど、永久に分からない謎なのだろうか。

雅代さんは俺の様子を見かねて、無理をしないでください、などと言ってくれたが、そうはいかない。これは俺一人の問題ではないのだ。父と、母と、雅代さんと、そして峻の名誉の問題でもある。自分と家族に振りかかった問題に対して全力で闘わなければ、俺はもう生きる価値もない男に成り下がってしまう。そんなのは嫌だ！　絶対に！

その人物が桑原家を訪れたのは、俺が正に壁にぶち当たっている夕暮れ時のことだった。

インターホンが鳴ったのは分かった。だが対応は雅代さんに任せ、俺は自分の部屋でハローページと睨めっこしていた。

「銀次郎さん――」

「はい？」

顔を上げると困惑げな顔の雅代さんがそこにいた。

「銀次郎さんにお客様です――話したいことがあるって」

「誰です？」

「それが赤井さんと仰るんです。まだ中学生みたいで――」

その瞬間、俺の脳裏に赤井家の二階の窓ガラスの向こう側からこちらを窺う少年の姿が蘇った。俺は思わず息を呑んだ。

「ここに来ているんですか？」

雅代さんは困惑した表情のまま頷いた。

現時点で最も有益な情報を持っているであろう人物は赤井春子だ。しかし彼女が俺の取材に協力する可能性はゼロに近い。警察を呼ばれた手前、近所で赤井春子の人となりを聞き込むことも難しそうだ。だから俺は彼女の線から今回の事件を探ることをほとんど諦めていたのだ。

　確かに赤井剛——恐らく市子の弟——の存在は盲点だった。しかし彼がどうして俺に会いに来たのだろう。そもそもこの住所をどうやって知ったのか？

「一応、上がって待ってもらっています。そうしてよかったですか？」

「ええ、ありがとうございます。父は？」

「それが——会いたくないみたいで、峻と一緒に書斎に行かれました。銀次郎さんの方で処理してくれと」

　俺は焦る気持ちを抑えてＩＣレコーダーを持って部屋を出た。学校の制服を着たこざっぱりとした少年が、応接間で俺を待っていた。確かに昨日、窓ガラスの向こうから俺を見つめていたあの少年だった。とても堂々とした態度だった。わざわざこの家までやって来る行動力があるのだから当然か。

「よく来てくれたね」

　と俺は言った。偽りない本心だった。少年は立ち上がり、

「赤井剛です」

　と名乗った。

「何が飲みたい？　遠慮なく言ってくれ」

剛は暫く考え込むような素振りを見せてから、コーラが飲みたいです、と言った。

「雅代さん、コーラは——」

「そこのコンビニで買ってきます」

雅代さんは勝手知ったる様子で出かけていった。

俺は彼に訊いた。

「君は春子さんの息子さんだね？」

剛は頷いた。

「つまり、赤井市子さんの弟さんでもある」

「姉のことは全然知りませんが、母からそう聞いています」

市子の死後に生まれたのだろうか。

「ここがどうして分かったんだい？」

「——浜松に住んでいる人で知らない人は誰もいません。皆噂しているから」

浜松市民が全員この家の所在地を知っているというのはもちろん誇張だろうが、東京に比べれば事件の少ない浜松では、確かに今回のことは人々の話題に上りやすいのは事実だ。

「昨日、うちに来たでしょう？」

「ああ、でも不審者と思われて警察官を呼ばれた。実際、フリーライターなんて世間の人々にしてみれば不審者みたいなものかもしれないが、俺の母親を殺した犯人の動機に、君のお姉さんが少なからずかかわっているんだ。俺は君のお母さんに話を聞く権利がある、とまでは言わない。ただ興味本位や金儲けで昨日君の家に行ったわけじゃないことは分かって欲しい」

「母は、あなたに犯されたせいで、姉が自殺したと——」

「犯人の遺書のことだね。だが信じて欲しい、あれは捏造だ。犯人が俺を陥れるために、あんな遺書を書いて自殺したんだ」

剛は黙った。何かを考えている様子だった。

「中学生？」

頷く。

「母はあなたのことを、まるで悪魔のように言っていました。でも僕には実感ないです。僕が物心ついた時、既に姉は自殺していましたから。あなたに対する恨みも特にありません」

歳の離れた姉弟だ。もしかしたら、春子は市子を失った悲しみから彼を産んだのかもしれない。

「どうしてここに来る気に？」

剛は顔を上げて、俺の顔をまっすぐに見た。

「母に対する反抗心もあったのかもしれません。でも――」

「でも？」

「一番の理由は、あなたが何か知っているかもしれないと思ったんです。だから話を聞きたくて」

　少し困惑した。何かを知りたいのは俺の方だ。だから昨日、彼の家の前で粘ったのだ。雅代さんが、コーラとお菓子を買って戻ってきた。剛はグラスに注がれたコーラを美味そうに飲んでいた。

「知っていると思うけど、俺はライターだ。取材をして記事を書いて、雑誌に売る仕事をしている。だから、君との話の内容も記事に書くかもしれない。それは分かっているね？」

「分かっています」

　と剛は軽い感じで頷いた。本当に分かっているのだろうかと俺は不安に思った。

　俺はＩＣレコーダーのスイッチを入れた。

「これで録音するけど、いいね？」

「いいです」

「君は俺に話を聞きたいと言ったね。どんな話が聞きたいんだ？」

　剛は一時黙って、

「何故うちに来たのか、その理由を」

と言った。

どこまでこの少年に話せばいいのだろう。俺は君の母親を疑っているんだよ、などと正直に告白するべきなのだろうか。俺のしていることは、彼の家族の秘部を暴くことに繋がる可能性がある。赤井春子は娘の自殺の原因を作ったのが俺であって欲しい。何故か？　彼女こそが自殺の原因だからだ。君のお姉さんはお母さんの手によって自殺に追いやられたのかもしれない、などとこの少年に話していいものか――。

どうせ多かれ少なかれ記事にしてしまうのだから、今ここで洗いざらい話してもいいのではないか、という気持ちにはなれなかった。

「君のお母さんに会って、俺は何もしていないということを分かってもらいたかった。でも失敗した」

とりあえず、昨日彼の家に行った時点では、赤井春子に対する疑いの気持ちはなかったので、こういう答えでも嘘ではない。

「――今日、あなたに会ったということを、母には言わないほうがいいですか？」

確かに、あれだけ俺を拒絶した彼女だ。息子が俺に会いに行ったと知ったら激怒するのは間違いないだろう。

「それは君が決めることだ。俺が君を誑《たぶら》かしたとお母さんが訴え出る可能性もあるから、できれば黙っていて欲しいが、でも俺がそれを君に強制することはできない。君がどうしようと、今日ここに来てくれたことに対する感謝の気持ちは変わらないよ」

するとと剛は、少し俯いて、

「帰ったら、今日のことは母に言います」

と言った。

「――そうか」

「あなたに会いに行ったと知れば、母も本当のことを言ってくれるかもしれない」

「――え？」

「犯人の遺書が捏造だということは本当ですか？」

まるで請うような眼差しで、剛は俺を見つめた。

「本当は姉を犯したのに、体裁が悪いから捏造だと言っているだけなんじゃないですか？十五年も前のことだからいくらでも取り繕えると――」

「そ――」

そんなことはしていない、と言いかけて思い止まった。自分の身の潔白を主張するよりも、何故剛が俺を疑っているのか、そちらの方に興味があったのだ。剛からは俺が市子に乱暴した犯人でないと困る、といった信念すら感じられた。しかもその信念には、不思議と俺を糾弾するといった要素は皆無のようだった。

「どうして、そう思うんだい？　俺には何も後ろぐらいことはない。だから昨日君の家に行ったんだ。しかし君には俺がお姉さんに乱暴したという確信があるようだ。その確信の根拠が何なのか教えて欲しい。もしかしたら何か参考になるかもしれないから」

俺がそう言うと、剛は、俺から視線を逸らし、

「父親が――」

と呟いた。春子の夫、姉弟の父親の貴文は、『閣賀楽』を畳んだ後、肝硬変で死んだはずだ。彼が何かかかわっているのだろうか。

「君のお父さんがどうしたんだい？」

「あなた――」

「え？　何？」

そこで改めて剛は俺とまっすぐ目を合わせて、言った。

「あなたが僕の父親なんじゃないかって」

暫く誰も何も言わなかった。彼が何を言っているのか、俺にはまるで知覚できなかった。

「――銀次郎さん」

雅代さんが言ったその言葉で我に返った。それは驚愕と共に吐き出したような声だった。

「俺が——俺が、赤井を、君のお姉さんを乱暴したから——結果、君が生まれたと？」

剛はこくりと頷いた。

俺は思わず笑った。

「それはない。仮にだ、あの遺書の内容がすべて真実だったとしても、君のお姉さんが自殺したのは、俺が乱暴した翌日だ。その俺の行為で、お姉さんが君を出産したなんてありえない」

だが剛はまったく怯まなかった。

「もし姉が日常的にあなたに乱暴されていたとしたら？　あなたに僕を産まされた結果、自殺したとしたら？」

「俺が君のお姉さんを乱暴するのは日常茶飯事だったと？」

剛は頷いた。

「僕を産ませてもなお、自分のことを欲望のはけ口にしか思っていないあなたに絶望して、自ら死を選んだんだと——僕はそう思ったんです」

「馬鹿な——」

思わずそう呟いた俺は、青葉のブログのコメント欄で、俺が日常的に赤井市子を犯していたに違いない、などと無責任なコメントを残す者がいたことを思い出した。渡部の遺書は根も葉もないデタラメだが、これがこうしてネットで世の中に広まると、噂に尾ひれがつくことを俺は改めて思い知らされた。

「銀次郎さん。赤井市子さんは長く学校を休んだことがあるんですか？」

と雅代さんが訊いた。

「え？　ああ――どうでしょう」

「お腹が大きくなったとか、何ヶ月も休んだことはないんでしょう？」

「昔のことで記憶が曖昧だから――でも確かに、赤井が妊娠していたなんて可能性は想像もしなかった」

雅代さんは剛に向き直って言った。

「剛さん。仮に――仮によ。銀次郎さんがあなたのお姉さんに酷いことをしたのだとしても、それで妊娠してあなたを産んだっていうのは状況的に無理があると思う。高校生が妊娠出産したのに、周囲がそれに気付かないなんて――」

しかし剛は怯まない。

「お腹の目立たない妊婦さんは珍しくないです。僕を妊娠したまま高校に通い、周囲が気付かなかったとしても不思議じゃない」

そう言って剛は俺を見つめた。俺の答えを待っているのだろうが、そもそも俺が赤井市子に暴行した事実がない以上、彼が俺の子供かどうかなど正に机上の空論だ。

「だから君のお姉さんは自殺したと？」

「想像するしかありません。姉は僕を産み落とした。多分、医者にはかかっていなかったんでしょう。どうしていいのか分からず、姉は衝動的に自殺した。僕は奇跡的に助けられ、姉の母――つまり僕にとっては祖母に育てられた。姉の弟として」

俺は剛をしっかりと見つめて、言った。

「違う、俺は君の父親じゃない」

「――どうして」

「あの遺書がでたらめだからだ。俺は君のお姉さんとは何にも関係がないのだから、君の父親であるはずがない。DNA鑑定しても絶対にそういう結果になるだろう」

剛は何か言いたそうに口を動かしたが、結局、何の言葉も出てこなかった。ただ恥ずかしそうにグラスに口を付け、コーラをがぶがぶと飲んでいた。

「あの、一ついいかしら？」

と雅代さんが言った。

「あの遺書には、お姉さんが妊娠したことを連想させる記述は一切なかったと思う。乱暴された翌日に自殺したってあるぐらいだもの。銀次郎さん、そうでしょう?」

「え、ええ——そうですね」

「それなのに、どうしてあなたは銀次郎さんが自分のお父さんだなんて思ったの? あの遺書の記述が正しい正しくないにかかわらず、とても飛躍した発想だと思うのだけれど」

そうだ。確かに剛の言っていることは辻褄《つじつま》が合っているように思える。想像力が豊かな人間なら、それくらい考えるだろう。しかし問題は、そう考えても普通は当人に直接問い質しはしないということだ。ある程度の確信がなければ、直接ここに来たりはしないだろう。

「——ひょっとして、自分がご両親の子供でないと思っているのかい?」

俺の問いかけに、剛はゆっくり頷いた。彼の頭の中に常日頃からそんな考えがあったとしたら、あの渡部の遺書を読んで、俺を父親と誤解するのも無理はないかもしれない。

「それはいったい、どうして——」

「僕の父がお酒の飲みすぎで死んだってことは知っていますか?」

「ああ、聞いている」

「両親は日本蕎麦屋をやっていたそうなんですけど、僕が物心ついた時には店を畳んでしまっていたから、店をやっていた当時のことはほとんど覚えていません。父は仕事もせず、いつも酔っぱらっていました。ギャンブルや女遊びに手を染めなかっただけマシかもしれませんが、母は散々泣かされてきたと思います」

と剛は何でもないように言った。

「母は懸命に働いて、僕と父を養いました。父は僕が小学生の時に肝硬変で死んだのですが、正直もっと早く死ねばよかったのにとしか思いません。父が死んで、母は大分楽になったと思います。でも不思議だったのは、母がそんな父の悪口を言うことなく父に尽くしたことです。何故、父が働かなくて平気なのか、何度も母に訊ねましたが、答えてはくれませんでした。離婚すればいいのに、と言った時には叱《しか》られました」

「剛さんは——お父さんとお母さんがそういう関係なのは、自分のせいだと思ったんですか？」

その雅代さんの質問に、剛は、はい、と答えた。

「父は四六時中酔っぱらっていましたが、母や僕に手を上げるような酔い方ではありませんでした。そういう意味では穏やかな酔っ払いだったと思います。父は母がいないところでよく僕にこう言いました。お前は本当は俺と母さんの子供じゃないんだって。だから、こうやって育ててもらっていることを、他の家の子供よりも感謝しなければならないんだって——

僕はよく母に、僕の本当のお父さんとお母さんは誰なのと訊ねましたが、母は酔っ払いの言うことなんかまともに聞くんじゃないわ、と取り合ってくれませんでした。だから父が死んだ時、僕はあの言葉は酔った父の冗談だと自分に言い聞かせて、忘れようとしたんです。でも——あなたが僕の家に現れて、それで——」

「だから君は、自分がお姉さんと俺の間にできた子供だと思ったわけか」

剛はこくりと頷いた。

「確かにお父さんはあなたに酷い言葉を投げかけたかもしれないけど、その言葉が本当かどうかは分からないじゃない。お酒を飲んで酔っぱらってたんでしょう?」

「いいえ、僕が両親の子供でないことは間違いないんです」

「どうして、そこまで——」

剛は、言った。

「血液型です」

「血液型?」

「父はB型で、母はO型なのに、僕はA型なんです。両親の子供であるはずがありません」

雅代さんははっと息を呑むような素振りをして、俺の方を見た。一方、俺は剛から視線を逸らさなかった。貴文がB型で春子がO型なら、市子の血液型もB型かO型のはずだ。彼女は二人の実の娘なのだから。そして市子がA型の剛を産んだと仮定するなら、剛の父親はA型かAB型に絞られる。そして俺は——A型だった。

だがそんな仮定は何一つ意味はない。俺は赤井市子と通じていないのだから。

「確かにそれは親子鑑定の目安にはなるが、正式な鑑定の場合、ＡＢＯ式血液型だけで結論を出すことはまずない」

「でも、Ｂ型とＯ型の両親からＡ型の子供が生まれることはありません」

「そりゃ、一般的にはそうだろう。だが、君とご両親の間に血の繫がりがないという可能性が示唆されたからといって、俺が君の父親であるということにはならない」

剛はコーラのグラスをテーブルに置き、俯き、黙り込んだ。希望をすべて打ち砕かれたと言わんばかりの、絶望的な表情を浮かべていた。

「剛さん——。まったく関係のない他人の私にこんなことを言われたくはないかもしれないけど、銀次郎さんが父親だとはっきり分からなかったことは、あなたにとって良かったんじゃないかしら？　あなたはまだ中学生でしょう。進路もある今の時期に、ご両親のことで問題が起きるのは望ましいことじゃないと思う。それにさっきも銀次郎さんが言ったと思うけど、銀次郎さんはライターよ。マスコミ関係者ってこと。そんな人にあなたの家族の過去を暴かれたら、家族が崩壊することにもなりかねない」

そんな人と言われたのは面白くなかったが、それ以外は雅代さんの言う通りだった——少なくとも剛にとっては。

「――知りたいんです」

彼は俯いたまま、そう呟いた。

「もちろん、僕だって父の言っていることを、そのまま真に受けたわけじゃありません。血が繋がっているからといって、親が子供に必ず愛情を注ぐとは限らないでしょう？　虐待で子供を殺す親もいますから。酒飲みの父は僕のことが嫌いだから、あんなことを言うんだと思いました。父が死んだ時もそう思っていました。でも――あの遺書を読んでからは――知りたくて知りたくて仕方がないんです。僕の本当の両親が誰なのかを。知ってどうするとか、そういう問題じゃないんです。万が一、たとえば僕の母が、僕の実の母親でなかったとしても、僕は今まで通り母と付き合います。それで僕の家族が壊れるなんてことにはなりません、絶対に」

それは口ではそう言うだろう。しかし家庭が壊れない保証など、誰にもできない。いろんな事件に巻き込まれた人々を見てきた俺には、それがよく分かっている。

剛の将来は一先ず措こう。もちろん若者の未来を壊すのは俺の望むところではない。だが俺の第一の目的は赤井市子への暴行という無実の罪を晴らすことだ。その結果、赤井家が崩壊しても仕方がない――その程度の冷徹さはもちろん俺も持ち合わせている。

剛の言った赤井市子母親説を俺が必死に否定したのは、彼が俺を自分の父親だと信じていたからだ。しかし彼が推測した、赤井の自殺のいきさつは、どれだけ信憑性があるか疑わしいが、それなりに筋が通ってる。もし本当に剛の母親が市子である証拠を手に入れることができれば、俺が彼女を自殺に追いやったなどという醜聞を否定するだけの記事が書ける。もちろん同時に彼の父親が誰なのかを調べなければならないが——。

渡部ではないのか？

そんな可能性が脳裏を過った。そうだ。そう考えればすべて納得がゆく。何しろ渡部は赤井と付き合っていたのだ。妊娠するような結果になっても不思議ではない。だがそれは赤井が望んだ結果ではなかった。だから彼女は剛を産み落とした後、自殺してしまった。渡部はその罪悪感を抱えて生きてきた。自殺してしまいたいとも思っただろう。もしかしたら長年ニートを続けていたのも、その罪の意識が影響していたのかもしれない。

そんな折り、渡部は俺の母親と出会ってしまった。渡部が俺の母親にどんな感情を抱いたのかは今となっては分からない。だが、恋と同等な感情であることは確かだったのかもしれない。もちろん母がそんな渡部の要求に応じることができるはずもない。恋に破れた渡部は、母を殺し、自殺した。

失恋のショックというだけではなく、渡部は元から自ら命を絶とうとしていた。もちろん動機は、赤井を自殺に追いやったことだ。母との一件でその覚悟を決めたのではないだろうか。赤井と同じ場所、同じ方法で死を選んだこともそれを示唆している。

渡部にとって、あの自殺は、あくまでも赤井に対する贖罪《しょくざい》に他ならなかった。従って、母に失恋したショックで自殺したと世間に思われることは絶対に回避しなければならない。渡部が母を殺した動機は、母に対する恨みや母に拒絶されたショックというよりも、母を生かしておけば告白の一件を世間に吹聴《ふいちょう》されるかもしれないと考えたからではないか？

「そんなに知りたいのならDNA鑑定してみようか？」

そこまで考えていなかったようで、剛ははっとしたふうに顔を上げた。

「DNA鑑定を行えば、俺が君の父親ではないことがはっきりすると思うよ」

母の事件の捜査で、渡部の靴底についていた血液と、母の血液が一致するか警察がDNA鑑定したことを思い出した。もちろん俺は彼の父親ではないのだから、中学生の剛を満足させるためだけにDNA鑑定などする気はない。

俺の考えは、赤井春子と剛のDNA鑑定をさせることだった。鑑定によって、剛の推測通りに赤井春子が彼の母親ではなく祖母であることが確かめられればしめたものだ。

もちろん両親と思われる赤井市子や渡部のDNAサンプルがあれば一番いいのだが、十五年前に死んだ赤井市子のサンプルを入手するのは事実上不可能だろう。だが渡部は？　まだ彼が死んで二週間ほどしか経っていないのだ。彼の家に何か残っているかもしれない。そして葵は、俺に進んで協力してくれるだろう。

「ただ、俺と君の親子関係を調べるのは気が進まない。何故なら、俺が君と親子ではないことは、分かり切っていることだからだ。金と手間暇だけかかって、当たり前の答えしか出ない」

剛は何か言いかけたが、結局黙った。大人しく俺の話を聞くことにしたようだ。

「一方、君はご両親が自分と血が繋がっていないのではないかという疑いを抱いている。だから俺は、まず、君とご両親のDNA鑑定を進めるべきだと思っている。その結果、正真正銘ご両親と君との間に親子関係があると分かったら、君も納得するだろう」

もちろん俺は、剛と両親との間に親子関係がないことを証明したかった。先ほどはあんなことを言ったが、やはりA型の剛の両親がB型とO型であったという事実は注目に値する。それが彼が俺の子供であるというのは論外だが、赤井家は何かしらの秘密を抱えており、それが赤井市子の自殺の原因になった可能性は高いのではないか。

剛は暫く俯いた後、口を開いた。

「――DNA鑑定のことは頭にありました。だから学校のパソコンで調べたこともあります。でもあまりにも沢山DNA鑑定の業者があるので、どうしていいのか分かりませんでした。どこに頼んでもかなりのお金を取られるみたいですし」

「もし金がかかっても、出版社から取材費が出る。万が一認められなかったら俺が自腹を切る。君が心配するようなことじゃない。ただ、もう一度念を押すが、もしその結果がお姉さんの自殺の原因と少なからずかかわっていたとなったら、俺はそれを記事にしなくちゃいけない。分かるね？」

剛は頷き、言った。

「いいです。好きに書いてください」

彼は心の底から、自分が両親の子供でないと信じているのだろう。ずっと偽りの家庭に生きてきた、ぐらいのことは思っているのかもしれない。だとしたら、それをぶち壊してやりたい、そんな思春期の情動が剛の行動力の源にあることは否定できない。剛の幼さにつけ込んでいるような気がして、正直、罪悪感は否めなかったが、今はなりふり構っている場合ではない。

「でも銀次郎さん。DNA鑑定はサンプルが必要なんですよね？　お話を聞く限りでは、赤井春子さんの協力は望めなさそうですけど」

と雅代さんが言った。その通りだった。

「君のお母さんは俺の取材に協力してくれないだろう。どうやらお母さんは、あの犯人の遺書が真実として世の中に認知されることを望んでいるようだからね。遺書の内容が突き崩されるようなことには手を貸さないに違いない。それに君のお父さんはもう大分前に亡くなっているだろうから、お父さんのサンプルを入手するのも難しいだろう」

「こっそりお墓を開けて、お骨を借りるっていうのはどうでしょう？」

と雅代さんが恐ろしいことを言った。

「どうでしょう――骨でもＤＮＡ鑑定はできると聞いたことがありますが、火葬された遺骨を使えるかどうかは分からないです。現状、お父さんの方のサンプルは諦めるとしても、お母さんの方のサンプルを何としてでも手に入れるしかない。しかも春子さんに絶対に気付かれないようにだ。ＤＮＡ鑑定にどんなサンプルが適しているかまだ分からないけど、剛君、できるか？」

剛は頷いた。

「やります」

「でもそれって――本人に黙ってＤＮＡ鑑定するってことですよね。違法性はないのかしら」

「違法性云々は後で調べてみますが、俺は彼のＤＮＡ鑑定をやってみたいと思います。それですべてが判明するのだから」

「そうですか――でも、お父さんの方のＤＮＡを鑑定することは難しいんでしょう？」

「それは俺に考えがあります」

俺は剛に向き直った。もしこの計画が彼の母親に知れたら、彼女は怒り狂うだろう。俺が中学生の彼を懐柔したと世間にぶちまけるかもしれない。確かにそういう側面もあるが、決して彼を騙して仲間に引き入れたわけではない。だから彼に俺の考えを包み隠さず話す必要があると思った。ここに雅代さんという証人もいるのだから。

「俺はある事実を知っている。それはあの遺書を書いた渡部、つまり俺の母親を殺した犯人と君のお姉さんが高校時代に交際していたということだ。君のお姉さんの自殺の動機に、少なからず渡部との交際が関係しているのは間違いないだろう。渡部は君のお姉さんと別れたがっていたようだから」

雅代さんが息を呑むような素振りを見せた。一方、剛の方はその事実を聞かされても、さして驚いたりはしていない様子だった。

「君が俺のことを自分の父親だと誤解した気持ちは分からなくもない。だから、お姉さんの自殺の動機に君を妊娠したことがかかわっているという推測は、いい線をいっていると思う。でも君の父親は渡部なんじゃないかな？　渡部が君のお姉さんと交際していたことは厳然たる事実だ。俺などより、君の父親の可能性は高い」

「じゃあ——何故、あんな遺書を？」

「君のお姉さんを自殺に追いやった罪を俺に擦りつけるためだ。渡部はそれとはまた別の理由で俺の母親に恨みを抱いていた節も見受けられる。それが渡部にとっての罪の清算なんだろう」

「そんな——じゃあ、銀次郎さんは酷いとばっちりじゃない」

雅代さんが呟いた。

俺は中田の言葉を思い出した。

『銀ちゃんは顔がいい。女の子にもモテただろう。結構、成績も優秀だったんじゃないか？』

俺は決してそんな男じゃなかった。顔にコンプレックスはなくはないし、失恋も経験した。成績だってクラスのトップからはほど遠い。だがもしかしたら、そんな俺でも要領良くやりやがってと嫉《そね》んでいた同級生もいたかもしれない。誰だって隣の芝生は青く見えるものだ。

俺はずっと、渡部に恨まれる筋合いなどないと思っていた。だがもしかしたら渡部は、自分より恵まれている（これは向こうが勝手にそう思っているだけだ！）生徒を殺人犯として陥れることに何の罪悪感もなかったのかもしれない。むしろこれでバランスがとれて平等だ、とでも考えていたのだとしたら？

「だから、君が赤井市子と渡部の間にできた子供であることを証明できたら、俺の無実の罪を晴らせるかもしれない。君がここに来てくれて、俺は本当に感謝している。その理由はこういうことなんだ。それをまず認識して欲しい」

「――僕の生物学上の両親を特定することは、あなたの無実の罪を晴らすことに繋がるから？」

「そうだ。はっきり言うが、君のためではない。だからDNA鑑定の結果を記事に書いて君の家族に不利益を生じさせることになるかもしれない。君のDNA鑑定を行う前に、それだけは理解しておいてくれ。もし、俺のこういう態度が不安だというなら、DNA鑑定のことは忘れてもらっても構わない」

そう言って、俺は剛の顔を、その顔色を窺うように見やった。

剛は、分かりました、と答えた。

「普通の人はそんなこと言いません。あなたは正直な人なんでしょう。だから桑原さんを信用します」

俺は頷いた。

「ありがとう。とりあえず、君とお母さんの春子さんのDNA鑑定を行いたい。果たして本当に春子さんは君の祖母なのか、あるいはまったく血の繋がりがないのか、それを確かめるだけでも一歩前進だ。もしできれば渡部のDNA鑑定もしてみたいと思っている。もちろんこれはサンプルが手に入ればの話だけれど」

「それで、僕の両親が本当に誰なのか、科学的に分かるということですね――」

「君の父親が本当に渡部だとしたらだ」

サンプルをどうやって手に入れるかも考えなければ。警察が検視遺体のサンプルをいつまで保存しているか分からないが、もし渡部のDNAを保存していたとしても、それを被害者遺族に公開することはないだろう。

「お母さんにせよ、君と何らかの血の繋がりがあれば、ある程度、当時のいきさつを推測できるだろうが、まったく血の繋がりが認められなければ、結局何も分からないのと同じことだ」

「その時は、あなたの名前を出さずに、DNA鑑定したことだけを母に打ち明けます。証拠を出して問い詰めれば、きっと母も真実を話すでしょう」

剛は本気のようだった。

「血液型のことに気付いた時も、母を問い詰めたりはしませんでした。本当のことを知るのが恐かったから。それに母は女手一つで僕を育ててくれました。もちろん感謝しているんです。でも自分のルーツを知りたいという気持ちは消せません」

「――分かるよ」

「そんな時にあの遺書を読んで——いつまでも逃げてていけないと思って。今日ここまで来たのも、ふんぎりをつけたかったからです。DNA鑑定でどんな結果が出ようと、僕はやけになったりしません。だからよろしくお願いします」

剛は深々と頭を下げた。不器用だが誠意ある態度だった。

話はこれで決まった。次の問題は、どのような方法でDNA鑑定をするかだ。

「インターネットでいろいろ調べたようだが、中には怪しげな業者もあるだろう。その手の業者は、どんな方法でDNA鑑定をすると謳《うた》っていた？」

「業者は沢山見つかりましたけど、鑑定方法は全部同じでした。専用のキットが向こうから送られてくるんだそうです。そのキットの綿棒で口の中の粘膜を擦って返送すると、一週間ぐらいで鑑定結果が出ると」

「そうか。なかなか難しいな」

剛はいいだろう。だが赤井春子の場合、現状では彼女の協力が期待できない以上、そんな方法でサンプルを入手するのは不可能だ。渡部の場合は言うまでもない。もう死んでいるのだから。

しかるべき研究施設なら、たとえば髪の毛一本からDNAを採取することができるかもしれない。しかし、そのしかるべき研究施設が俺たちに協力してくれる可能性など万に一つもないだろう。しかも俺たちは本人に黙って赤井春子のDNAサンプルを手に入れ、それを鑑定しようというのだ。雅代さんが心配する通り、どうしても犯罪の匂いがする。俺がそれなりの立場にいる人間なら融通を利かせてくれるかもしれないが、あいにく俺はフリーランスという、他人の信用を得るには最も遠い立場にいるのだ。

「とにかくDNA鑑定が一番確実な方法なんだ。後で編集長に相談してみる。彼なら顔が広いから、もしかして誰か紹介してくれるかもしれない」

「あの――銀次郎さん」

おずおずと雅代さんが言った。

「何です？」

「差し出がましいようですが――聡美さんに相談したらどうでしょう」

聡美――。

「いや、彼女は駄目だ」

彼女の顔を思い出すのと同時に、否定の言葉が口をついて出た。聡美とは酷い別れ方をしたのだ。協力を求めるなんてできるはずがない。

「確かに離婚なさったのだから、簡単に会えないというのも分かります。でも聡美さんは内科医でしょう？　もしかしたらDNA鑑定の段取りをつけてくれるかもしれません」

「しかし、聡美は断るでしょう。あいつは俺のことを恨んでいるんだ。確か今、山梨の病院にいるそうだけど、きっと青葉のブログを読んでいい気味だと嘲《あざけ》り笑っているに違いないです」

「でも銀次郎さん、話だけでもしてみたらどうでしょう。可能性が僅かでも賭けてみるべきだと思います。ここで立ち止まってしまったら、銀次郎さんは罪を着せられたままになってしまいます。そんなの——私には耐えられません」

ＤＮＡ鑑定の段取りをつけてくれようが、つけてくれまいが、俺は聡美に会いたくなかった。離婚した後も心が通じ合えるかもと錯覚した時期もあった。でも俺たちはお互い徹底的に傷つけ合い、二人の間にかつてあった愛情を自分たちの手で完膚なきまでに破壊したのだ。

俺は黙り込んだ。確かに聡美に頼むというのは一つの手だ。だが彼女の協力を仰ぎたくない。プライドというより、恐怖だった。彼女がどんな目で俺を見つめるのか、それが恐ろしかったのだ。

事情を知らない剛は、少し困惑した表情で俺と雅代さんを交互に見つめている。

「銀次郎さんが気が進まないのなら、私が直接聡美さんと会ってお話しします。頼み込んでＤＮＡ鑑定できる人を紹介してもらいます。だってそれしかないんでしょう？　体面を気にしている場合じゃないんです。ここで諦めてしまったら、銀次郎さんは一生、赤井市子さんを自殺に追いやった男になってしまいます。お願いします。峻のことも考えてください。大人になったあの子に、銀次郎さんのことを軽蔑して欲しくはないんです」

峻と父の顔が脳裏に浮かんだ。そうだ。俺は、これは俺一人の問題ではないと自分に誓ったばかりではないか。父と、母と、雅代さんと、そして峻の名誉の問題でもあると。突破口が目の前にあるのに、ただ前妻に合わす顔がないという理由だけで、みすみす諦めるのだろうか？　もちろん聡美の方から俺と会うことを拒むかもしれないが、その時はその時だ。

「分かりました——俺が行きます。俺が聡美と会います」

雅代さんはどこかホッとしたような顔になった。彼女は俺と聡美とのよりを戻させたいのだろうか。だが仮に聡美が俺に協力してくれたとしても、それでよりを戻すことなど絶対にないだろう。

俺は改めて剛と向き合って、言った。

「後日改めて連絡するから、それまで待っていてくれないか？　携帯電話は持っている？」

「まだ持っていません。欲しいんですけど——」

「俺が君の家に電話をすることはできない。お母さんが電話を取るかもしれないから。パソコンは持っている？」

「持ってないけど、学校のパソコンが自由に使えます」

「メールアドレスは？」

「フリーメールのアドレスがあります」

俺は剛にそのメールアドレスを教えてもらった。今後は基本的にはメールで剛と連絡を取り合うことになる。

「もし他のマスコミが君に取材をするようなことがあったとしても、普通に対応してくれればいい。ただし今のDNA鑑定の話は黙っていてくれ。決して特ダネを横取りされたくないということじゃなくて、もしお母さんの耳に入ったら、計画がおじゃんになるかもしれないから」

「でも春子さんはマスコミの取材を受けたりしないいんじゃないかしら？　彼女にとっては渡部の遺書がブログに掲載されたことで、責任を銀次郎さんに擦りつけられたんだから、今更、迂闊にいろんなことをしゃべったらボロが出てしまうかもしれない」

「――でも、マスコミって報酬をちらつかせたりするんでしょう？　それなりのお金を見せられたら、母も気持ちが靡《なび》いてしまうかもしれない。うちはそんなに裕福じゃないんです。母が一人で働いているんで。家ももうぼろぼろです。ガスの調子が悪くてお風呂の追い焚《だ》きもできないぐらいなんです」

風呂の追い焚きという所帯じみた言葉が、どこか物悲しく響いた。娘が自殺し、アル中の果てに死んだ夫を尻目に、身を粉にして働き剛を育てた春子は、あの渡部の遺書を読んでいったい何を思ったのだろうか。俺に罪を着せられるので、してやったりと思ったのだろうか。それとも何の感慨も浮かばなかったのだろうか。俺を追い返したのは、純粋にマスコミの連中なんかとはかかわり合いになりたくないという気持ちからだったのだろうか。

「そう——大変なのね。都市ガス？」

「いいえ、プロパンです。古くなった機械をまるごと最新のものに取り換えたら、また追い焚きできるようになるみたいなんですけど、二十三万八千円もするんです。だから追い焚きできなくても、お風呂は沸かせるんで、少し不便ですけどそのまま使ってます。でもいつお風呂まで沸かせなくなるのか不安で——」

「二十三万八千円——」

俺は思わず呟いた。その呟きを、雅代さんは驚きの言葉だと捉えたようで、

「機械を全部取り換えなくちゃいけないからそれくらいするんですよ」

と教えてくれた。主婦はその手の話に詳しいのだろう。しかし俺が金額を呟いたのは、決して修理代金が高額で驚いたからではない。嘉奈子が提示した二十四万という中途半端な金額が、ずっと心に引っかかっていた。二十三万八千円。二十四万円でお釣りが来る金額だ。

「剛君。一つ質問していいか？　君のお母さんを、渡部の家族が誰か訪ねてこなかった

か？」

「お姉さんが訪ねて来ましたよ」

と剛は実にあっさり言った。

「女の人が訪ねて来て母と深刻そうに話をしていたので、何かなあ、と思ったんです。その後、遺書がネットに出て、ああの人かと納得しました」

「渡部嘉奈子が訪ねて来たのは、渡部の遺書がネットに流出する前のことなんだね？」

「嘉奈子というんですか。どれだけ頻繁に母と会っているのかは分かりませんが、初めて家に来たのは、こういう騒ぎになる前なのは確かです」

誰よりも早く弟の遺書を読んだ嘉奈子は、事実関係を確かめるために赤井春子に会った。赤井春子がどこまで真実を隠しているのかは分からない。だが少なくとも裏が取れたと確信した嘉奈子は、遺書の内容は公に出せるほど信憑性があるものだと確信した。そして同時に、赤井春子に同情したのだろう。だから、俺に赤井家の風呂の修理代金を出させようとしたのだ。赤井市子を自殺に追いやった男には、当然その義務があると考えたのだろう。嘉奈子が俺を恐喝した理由は、決して自分の生活費をせしめるためではなかったのだ。

俺はほんの少しだけ彼女に対する認識を改めたが、それだけだった。俺が二十四万払ったところで、遅かれ早かれ嘉奈子はあの遺書をマスコミ関係者に渡したに違いない。渡部の遺書を世の中に広め、加害者家族の自分たちがバッシングされることを必要最小限に止めるためなのだから、他人の家の風呂が直ったぐらいで弟の敵を取るのを諦めはしないだろう。

剛の帰りが遅くなって春子に警戒させるのはよくないので、そろそろ彼を帰らせることにした。ここまでどうやって来たのかと訊くと、バスに乗ってきたというので帰りのバス賃を渡した。剛が帰った後、彼の家の方からここまで直通のバスがあったのかなと考えた。もしかしたら浜松駅前で乗り換えたのかもしれない。だとしたら渡したバス賃だけでは足りない。まさかバス賃が足りなくて帰れなくなるということはないだろうが、しかしこちらの思惑通りに赤井市子の自殺の原因を推測する記事が書けたら、彼にも何か分け前をやらなければなと思った。小遣いか、それとも何か欲しいものがあるのか。しかしどう転んでも、彼が味わうのは苦い勝利なのだ。どんな動機であれ姉が自殺したのは変わらない。ましてやそれが自分を妊娠、出産した結果の自殺であることがはっきり分かったら、どれだけ彼は苦悩するだろう。春子が剛の出生の秘密を打ち明けないのも、それを知ったら彼が悩み苦しむことになると分かっているからではないのか。

「帰ったのか――？」

剛が帰った後、書斎に引っ込んでいた父が顔を出した。

「いったい、何の用件だったんだ？」

「俺が自分の父親かもしれないってさ」

目を丸くしている父を尻目に、俺は再び自分の部屋に引き返した。糸口はつかめた。これでDNA鑑定で赤井剛が渡部常久と赤井市子の子供であることが証明できれば、俺への疑いはほぼ晴れると言っていいだろう。もちろん、現状、赤井市子のDNAサンプルの入手が望めない以上、剛は春子の子供ではない、という証明しかできないが、しかし記事を書くにはその程度で十分なのだ。世間の多くの人間が納得するような記事を書くこと――それが俺の仕事なのだから。

そして俺は、山梨県鳴沢村《なるさわ》のとある総合病院に電話した。そこが前妻の霧島《きりしま》聡美が現在勤めている病院だった。

7

二日後の日曜日、俺は赤井剛を連れ、浜松駅前のレンタカー屋で一五〇〇ccのコンパクトカーを借りて山梨県に向かった。その車を選んだ理由は一番安かったからだ。必要経費に計上したら、仕事と私情を混同していると糾弾される恐れがある。実際その通りだから反論はできない。父は免許を持っているが、いわゆるペーパードライバーなので、実家にマイカーがないことが子供の頃のコンプレックスだった。だが俺とて自分の車は聡美と離婚し、住まいを別にすることになった時に金が必要になって、とっくの昔に売ってしまったのだった。

それに、必要経費として認められたら認められたでまた面倒なことになる。聡美が巻き込まれた医療事件はもう半年前のことだ。大事件ならともかく、その程度の事件は半年もすればすっかり過去の遺物に成り下がっている。だが現在進行中の事件の中心人物の前妻も過去に別の事件に巻き込まれていたとなったら、センセーショナルな話題になるかもしれない。

中田が今まで一度も聡美の名前を出していないということは、半年前の聡美の事件と今回の事件を混同するつもりはないのだろう。だが俺が聡美に会いに行ったと知れたら、さすがの中田も何かあるのではないかと勘ぐるに決まっている。

赤井剛のアリバイ作りは大丈夫だったのか気になったが、泊まりがけではないのだから特に何もしてこなかったとのことだった。中学生の、しかも男子の外出に母親がうるさく言うことはないのかもしれない。

浜松インターチェンジから東名高速に乗り、山梨県を目指した。清水ジャンクションで新東名高速に乗り換えて、新富士インターチェンジで高速を降りた。道路は空《す》いていたが聡美が勤めている鳴沢村の病院まで一時間以上かかり、早めに出発したつもりだったが、結局到着したのは十二時を少し回った頃だった。

病院の駐車場に車を停め、思わず周囲を見回した。東京で見慣れたコンビニなどもあるが、高いビルは少なく、景色をかなり遠くまで見通すことができる。もっともこれは浜松も大差はない。ただ違うのは、遥か彼方に緑の自然がどこまでも続いていることだ。あそこが樹海なのだろうか。富士山も浜松から見るそれよりも大きく迫力があり、聡美は毎日どんな思いでこの山を見ているのだろうかと考えた。

以前、聡美が勤めていた新宿の小山田《おやまだ》総合病院とは違う、古い、年季の入った病院だった。どことなく外来にまで消毒液の匂いが漂っているような気がする。俺は小学生の頃、病院に祖父の見舞いに行った時のことを思い出した。古く、薄暗く、薬臭い昭和の病院。ああプルースト効果だ、と俺は思った。

日曜日だから外来は閉まっていて、俺と剛は入院棟の方から病院内に入った。受付で内科医の霧島聡美に会いに来たと言うと、まるで不審者に向けるような目で、じろじろと見られた。ただ元夫だと名乗ると、少し態度を軟化させたようだった。もしかしたら一緒にいる剛のことを、俺と聡美の息子だと勘違いしたのかもしれない。俺はそれほど老けてはいないつもりだが。

窓口の女性は院内電話で聡美と連絡を取っているようだった。何度も、お通ししていいんですね？　と念を押していた。

「お会いになるそうです。二階の内科外来の待合室でお待ちいただけますか？」

「どうも」

軽く頭を下げて、そちらに行こうとすると、

「お忙しいので、少しお待ちいただくかもしれませんよ」

という声が降りかかってきた。

指定された外来で聡美を待った。誰もいない日曜日の病院の外来は、まるで廃墟《はいきょ》のようにうら寂しかった。さんさんと差し込む日の光が、その寂しさに拍車をかけている。剛は窓の向こう側に広がる、彼にとっては物珍しいのだろう山梨の風景を見つめている。俺は目を閉じた。ずっと車を運転し続けたのでさすがに疲労がたまっていた。ゆっくりと目を閉じた。今までの出来事を回想する。半年前、聡美は俺に助けを求めた。今度は俺が聡美に助けを求めている。皮肉だな、と自嘲した。そして、疲労も相まって居眠りをしてしまいそうだな、と目を開けたら、そこに聡美が立っていた。

「久しぶりね」

俺は思わず立ち上がった。彼女と再会したのはあの時以来だった。ウェディングドレスから白衣に服装を替えても、その強い眼差しは何も変わっていない。懐かしさと、憎しみと、

哀れみが入り交じったような視線だった。

「よくもまあ、ぬけぬけと私に助けを求めに来られたわね。私があなたの立場でも、決してあなたには会いに行かないわ」

「半年前は俺に助けを求めたのに？」

「あの時は、あの時よ」

「君の方こそ、会ってくれるとは思わなかった」

「女子高生を強姦して自殺に追いやった男と結婚していたとなったら、私の名誉にもかかわるから。でも、用件はそれだけでしょう？　まさかよりを戻したいだなんて言うんじゃないでしょうね。予《あらかじ》め言っておくけど、そういう期待はしないでおいてね」

「こんな大変な時期に、そんな理由でここまで来ると思うか？」

「じゃあ、何のために来たの？　こんなところに飛ばされた私を笑いに来たってこと？」

　俺は苦笑交じりに小さくため息をついた。

「言い争いは止めよう。関係のない中学生がいるんだ」

　その言葉で、聡美は初めて剛の存在に気付いたようだった。剛は突然現れた女医と俺とのやり取りを、困惑を隠せない様子で見つめていた。

「この子？　わざわざ山梨くんだりまで連れてこさせて悪かったわね」

剛を連れてきたのは、直接聡美に剛のＤＮＡサンプルを採取してもらうためだ。口腔《こうこう》内のＤＮＡを採取するためには、滅菌した特殊な綿棒を使う必要がある。市販の綿棒では駄目らしい。聡美に綿棒を送ってもらうことも考えたが、聡美が俺たちのために積極的に行動してくれる保証はない。直接押し掛けたほうが確実だと思って、こうして山梨まで来たというわけだ。

「そんなことないです。こんなに大きな富士山を見たのは初めてなので、感動しました」

と剛は素直な感想を述べた。聡美は目を細めた。ＤＮＡサンプルを採取するためなのはもちろんだが、やはり剛を連れてきてよかった、と思った。第三者がいれば、聡美も俺を口汚く罵《ののし》ったりはしないだろう。

「電話じゃ少ししか話せなかったけど、大体どこまで知っている？」

「何も知らないといっていいわね。ブログの記事なんか読んでいる暇はないし」

医師は多忙だから、決して誇張して言っているわけではないのだろう。

「読むか？　今、持ってきている」

「用意がいいのね。もちろん読ませてもらうわ」

俺はバッグからダブルクリップで止めた用紙の束を取り出した。プリントアウトした青葉のブログだ。

「読む前に言っておくが、中身は全部嘘だぞ」

「私だってそう信じたいわ。でもまさか、十五年も前のことだから誤魔化し続ければうやむやになると思っているんじゃないでしょうね。狡猾《こうかつ》なあなたならやりかねないわ」

聡美も待合室の椅子に座り、青葉のブログを読み始めた。俺と剛は彼女が読み終わるのを辛抱強く待っていた。

それから、俺は一昨日の電話では話しきれなかった今までの出来事を包み隠さず説明した。母が渡部に殺されたこと。渡部の姉に恐喝されたこと。プルースト効果のこと。『閤賀楽』の鍋焼きうどんのこと。葵が母を無農薬野菜を宅配する協同組合に勧誘したこと。渡部が母に告白したらしきこと。母が渡部に拒絶の手紙を送ったこと。渡部が赤井市子と付き合っていたらしきこと。渡部は彼女と別れたがっていたこと。赤井市子の弟である剛は自分の出生に疑問を感じていること。だからＤＮＡ鑑定が必要だと——今ここだ。

「赤井市子と渡部が交際していた証拠をつかめれば、その遺書は捏造だと立証できる。俺は剛君の出生がその鍵だと考えている。簡単に言えば、剛君は赤井市子と渡部の間に生まれた子供ではないかということだ」

聡美は、おもむろに口を開いた。

「あなたにはともかく、お義母さんには何の恨みもないから、お香典と一緒に弔電でも送ろうかと思ったけど、私はもうあなたたちとは何の関係もない人間だから、迷惑になると思って何もしなかったわ」

「それはいいんだ、気にしないでくれ。俺は母親の敵を取りたいし、自分の無実を証明したい。だから今日ここに来たんだ」

「諦めれば？　どうせ十五年前のことでしょう。犯人の遺書だけでは立件は難しいわ。第一、自殺させた罪は法律的には問えないし、強姦の罪はとうに時効よ。せいぜい業界で干されるのが関の山でしょう？　それくらい耐えなさいよ。私だって耐えているんだから」

「そりゃ自分の責任だったら、そういう結果も甘んじて受け入れる。自業自得だから。でも今回のこれは違う。俺にはまったく落ち度がない」

「私が山梨でくすぶっているのも、自業自得だって言うの？」

そうだ、と言ってやりたかった。しかし聡美の機嫌を損ねるのは不味い。

「俺は君の性格をよく知っている。プライドが高くて、利己的で、自信過剰だ」

「散々な評価ね」

「だが、それを裏付けるものを持っているからこそだ。たとえ左遷されたとしても、君が優秀な内科医であることには変わりない。仮に君が左遷された復讐に俺を陥れようとする意図があるとしても、少なくとも医学的な知識においては嘘はつかないだろう」

「それはそうよ。いくら憎いあなたに復讐するためといっても、すぐに裏を取られてばれるような稚拙な嘘はつかないわ」

「率直に言う。君の意見を聞きたい」

聡美は少し考え込むような素振りを見せて、

「たとえDNA鑑定で、彼が赤井市子と渡部常久の子供であると証明できたからといって、それとあなたが赤井市子を強姦したかどうかはまったくの別問題——という意見には耳を貸さないんでしょうね」

「ああ、そうだ。どうせもう十五年前のことだ。本当のことなど分からない。だからもっともらしい記事を書いて、俺への疑いを逸らせることができればそれでいいんだ。そのことは君もよく分かっているだろう？」

聡美は、声を上げずに笑った。そして言った。

「やっぱり結婚していただけあるわ。私とあなたは似た者同士ね」

「何と言われようとも構わない。真実はもう分かっている。それは俺が潔白だということだ。それを世間に知らしめるためなら、どんな手段でも取る」

「でも赤井市子が彼を出産した後に自殺したとしたら、警察の検視で分からないはずがないでしょう」

「もちろん分かっていただろうさ。現に阿部は赤井の自殺以前から、二人が付き合っていたことを知っていた。赤井の自殺の際は学校と警察がかなり突っ込んで調べたらしいから、その時に発覚したのかもしれない。だが当の本人はもう死んでいるのだから、わざわざ学校のスキャンダルを広めることはないと考えて揉み消したんだろう」

「それにしたって、まったく噂にならないのはどうかしら――そんなに学校ぐるみで隠したと考えるなら、当時の教師たちを追及したら？」

「担任はもう亡くなっているし、それ以外の教師たちにしても、今どこで何をしているのか突き止めるのは困難だ。大体、赤井は妊娠出産していたのですか？　と質問して簡単にイエスと答える教師はいないだろう。ノーと言われたらそれまでだ。確かに昔のことだから口を滑らせる教師がいないとも限らないが、そんなことのために時間を費やすなら、さっさとDNA鑑定するべきだ。真実が分かると同時に動かぬ証拠になるのだから」

「まあ、それもそうね。でも、DNA鑑定の結果、彼が正真正銘両親の子供だったと判明したらどうするつもり？」

「それはないです」

今まで俺と聡美の生臭い会話を黙って聞いていた剛が言った。

「僕はA型なのに、父と母はB型とO型なんです。二人の子供であるはずがない」

すると聡美は僅かに笑みを浮かべた。俺に対しての笑みなら、そこに少しの嘲りが含まれるのだろうが、自分よりも医学知識を持っていない人間に対して向ける、いつもの笑みだった。今となっては懐かしい微笑《ほほえ》み。

「いわゆるメンデルの遺伝の法則ね。でもね、実際にはB型とO型の両親からA型の子供が生まれることもあるのよ」

「え——？」

絶句する剛を尻目に、聡美は得意そうに語り始めた。

「ボンベイ型のO型というものがあるのよ」

「ボンベイ？　インドか？」

「最初に発見された場所の名前をつけられたの。そもそもABO式血液型って、どうやって定められると思う？」

「ちょっと待ってくれ。専門的な話になりそうだから、録音していいか？」

「好きにして」

俺はICレコーダーのスイッチを入れて、適当なところに置いた。

「血液型というのは、要するに血液の種類で決めるんだろう」

「正確じゃないわね。赤血球にA抗原が付着しているとA型。B抗原が付着しているとB型。

両方あるとAB型で、どちらもなければO型なのよ」

　また赤血球か、と俺はうんざりした。血液の話は食傷気味だ。

「赤血球にはH抗原というものが存在していて、そのH抗原にA抗原やB抗原がぶら下がるようにくっついているの。たとえば輸血は同じ血液型同士で行わなければならないわよね？　それはH抗原によって抗体が作られるから。A抗原にはB抗体が作られ、B抗原にはA抗体が作られる。だからたとえばB抗体が存在するA型の血液にB型の血液を輸血すると――」

「抗原抗体反応が起こるってことだな」

「その通りよ」

　半年前の事件の際、この手の話は散々聡美にレクチャーを受けている。

「違う血液型を混ぜ合わせると抗原抗体反応で溶血を引き起こすわ。凝集して血が固まることもある。絶対に輸血は同じ血液型同士で行わなければならないの」

「だからO型はすべての血液型に輸血できるんだな。A抗体もB抗体も存在しないから」

　俺がそう言うと聡美は眉をひそめた。

「それは大昔の話ね。今はかいつまんで簡単に話したけど、本当は血液はそんなに単純なものじゃないから。たとえばO型だから大丈夫だと言っても、Rhマイナスの人に輸血してしまったら大変なことになるわ。とにかく、余程の緊急事態じゃない限りそういうことはしないわね」

「ああ、そう。まあ、それはどうでもいい。今はそのボンベイ型のO型だ」

「ボンベイ型には、今言ったH抗原が存在しないのよ。そのため、A抗原やB抗原があっても、血液検査で検出されないことがある。だから検査ではO型と判定されてしまう」

「本当はO型以外の血液型なのに、か？」

「そう。もし赤井春子がボンベイ型のO型で、本当はA型だったら、A型の子供が生まれても何も不思議じゃないわ」

剛は言葉も出ない様子だったが、それは俺もそうだった。たとえ剛が赤井市子と渡部の子供でなかったとしても、春子と貴文の子供でないことは証明できる。赤井家が何らかの事情を抱えていたのは明らかだ。赤井市子の自殺の動機はいくらでも推測が可能だ。だがDNA鑑定で、正真正銘、剛が春子と貴文の子供であるという当たり前の結果しか出なかったら、俺の取材は暗礁に乗り上げることになる。

「――そのボンベイ型のO型というのは、どのくらい珍しいんだ？」

「まあ稀だけど、まったくないとは言えない」

春子がボンベイ型のO型だとしたら、証明できるのは、やはり剛は春子と貴文の子供であるということだけだ――いや、そうではない。確かに剛は春子と貴文の子供かもしれない。

しかし酔った貴文が剛に言った言葉は、いったい何を意味しているのか。剛が二人の子供でないという可能性は依然残されているのではないか。とにかく今の段階ではまだ何も確実なことは言えない。すべてはDNA鑑定の結果次第だ。

「君の意見はありがたく頂戴《ちょうだい》するよ。ただ、やはり俺は赤井春子と彼のDNA鑑定をやってみたいんだ」

「そりゃ、ここまで来てDNA鑑定しないで帰ることはできないわよね」

聡美は急に剛の方に向き直った。剛が緊張するのが分かった。

「今朝、歯を磨いた？」

「磨きました」

「静岡からここに来るまで、何か食べたり、飲んだりした？」

「ペッドボトルの水を少し飲んだだけです」

「その水はまだ残っている？」

「はい」

「大丈夫だと思うけど、念のため、そこのトイレで軽く口をゆすいできてくれないかな。万が一、口の中に何か残っていたら、検査の妨げになるかもしれないから」

剛は頷いて、小走りにトイレに向かった。

「あなたと違って、可愛げがある子ね。いいじゃない、あなたの子供でも」

「冗談はよしてくれよ」

「ひょっとして、子供を作れば良かったと思ってる？　今更そんなことを言わないでね。仕事が忙しいから子供を作らないなんてポリシーは私になかったんだから」

「今更そんなことは言わない――でも、悪かったな」

「何が？」

「こんな面倒なことに巻き込んで。忙しいんだろう？」

「そりゃ、忙しいわよ。地方は患者さんも少ないけど、医師も少ないから負担は東京にいる時と同じ――でも、残念ね」

「何がだ？」

「半年前に私の人生を目茶苦茶にしたことを謝りに来たのかと思ったわ。私だけじゃない。私の周りのいろんな人たちの人生を」

俺は黙り込んだ。俺にだって言い分はあるが、言い争いはしたくなかった。

剛はすぐに戻ってきた。

「じゃあ、二人ともこっちに来て」

聡美は診察室の方を顎でしゃくった。俺はＩＣレコーダーを持ったまま、彼女の後を追った。しかし彼女が向かったのは診察室の向かいにある処置室だった。診察室と違って、ドアを閉めると完全に孤立した空間になる。ここなら秘密の話をするにも適していそうだ。

「適当なところに座ってよ」

俺と剛は聡美に言われるがままに、処置の際に使う寝台の上に腰掛けた。

「じゃあ今から採取するわよ」

「は、はい」

剛は緊張した面持ちだった。聡美はにこやかに微笑んだ。

「リラックスして、口を開けて」

剛は言われる通りにした。聡美は手に、細長い棒状の、まるでサインペンのような物体を持っていた。キャップを外すと中に入っていたのはDNA採取用の綿棒だった。普通にドラッグストアで売っている綿棒よりも、先端の綿の部分が二回りほど大きくて長い。聡美は綿棒の先端を剛の口の中に差し込み、ごそごそと回すように動かしている。どうやら剛の左頬の内側の粘膜を綿棒で擦り取っているようだ。それが終わると今度は右頬の内側で同じようにした。

「はい、お終《しま》い」

そう言って、聡美は剛の口から綿棒を取り出した。

「これでもう終わりなのか？」

「この綿棒が乾けば、すべて終了よ」

机の上には綿棒を取り出す際に外したキャップが転がっていた。聡美はその上に綿棒を無造作に置いた。綿棒の先が机に触れないようにするための配慮だろう。

時間にして僅か一分ほどだった。あまりにも簡単で俺は呆気にとられた。これなら自分でDNAサンプルを採取し、業者に郵送して鑑定の結果を待つ、というビジネスモデルが成立する。

「そんな簡単な方法で、本当にDNA鑑定ができるのか？　唾液よりも血液の方が、何となくDNAという感じがするけどな」

「それは単なるイメージでしょう？　それに正確に言うと唾液だけではDNA鑑定はできないわ。唾液の中に含まれている口腔内粘膜細胞で鑑定するのよ。だから細胞さえ採取できれば、血液だろうが唾液だろうが関係ないわ。あなただって注射されるよりも、口の中を綿棒で擦られるほうが楽でしょう？」

「注射は痛いからできればしたくないです」

と剛が言った。

「彼のDNAのサンプルはこれで入手できたわ。あとの二人のサンプルは？」

俺は剛と顔を見合わせて頷いた。そしてバッグから、剛が昨日入手してきたサンプルを一つ一つ取り出した。どれもチャック付きのビニール袋にしまわれている。

「鼻をかんだと思しきティッシュ、切った爪、煙草の吸い殻、そして髪の毛、この四つだ」

ティッシュは一つだけだったが、爪と煙草と髪の毛は量が多ければ多いほど成功率が高まると聞いたので、剛に言って根こそぎ持ってきてもらった。ゴミ箱が奇麗になっていることから赤井春子が異変に気付くかもしれないが、それを恐れてDNA鑑定が失敗に終わったら元も子もない。

俺は四つのサンプルを聡美に手渡そうとしたが、聡美はすぐに受け取ろうとはせず、ただじっと見つめていた。そして、

「よくもまあ、そんないろいろ集めたものね」

と言った。

「これじゃ駄目か？　君に言われた通りのものを、昨日、剛君が集めてきたんだ」

「まさか、本当に集めてくるとは思わなかったわ。それで、このサンプルが赤井春子さんのものであることは確かなの？」

「確かです。僕は母さんと二人暮らしだから、他の人間が出したゴミが残っているとは考えられないです。髪の毛だって、母さんのブラシから取ってきました」

「血液はなかったの？　鼻水じゃなくて鼻血がついているティッシュとか、生理用品とか」

えげつないな、と思ったが今は節度をわきまえている場合ではない。

「そんなに都合よく鼻血出したり生理になったりしないだろう。このサンプルじゃ駄目なのか？」

「ティッシュと煙草は細胞が付着してれば大丈夫。爪もこれだけ数があれば使えるかもしれない。髪の毛は、ブラッシングで抜けたのかしら？　毛根が残っていればDNA鑑定は可能よ。でも失敗することも覚悟しておいて。どれも口腔内粘膜細胞に比べればかなり精度が落ちるわ」

「分かった。その時はその時だ。だが、彼のお母さんよりも、本命はこっちなんだ」

「渡部のDNAサンプル？」

俺は頷いた。赤井市子が彼の母親と断定できなくても、渡部が父親であると分かれば記事は大分書きやすくなる。

「渡部の母親の葵に何かないか訊いたら、これを貸してくれたよ。これは確実にサンプルとして使えると思う」

そう言って俺は小さな木箱を取り出した。

「なあに、それ？」

俺は箱を開け、言った。

「渡部の臍《へそ》の緒《お》だ」

聡美も剛も、覗き込むように箱の中を見た。六センチから七センチほどの黒ずんだ、細長く干からびた物体が、まるで真綿に横たわっているかのように箱の中に存在していた。

この臍の緒を俺に差し出した時、葵はまたさめざめと泣いた。渡部を出産した当時のことを思い出したのだろう。希望と共に自分と息子とを繋いだ臍の緒を切り離したはずだった。幸せな未来を信じて。だが息子は殺人者となり、自殺した。それが紛《まご》うことなき未来――この現実だった。

「これなら確実だろう？」

と俺は少し胸を張って言った。俺の推測通りならば、剛は渡部の息子だ。息子のDNAを受け継いだ人間が一人この世界にいるというだけで、葵の心の慰みにはなるかもしれない。

「どうして、そう思うの？　大事にしまわれているからDNA鑑定できて、ゴミ箱から拾ってきたからDNA鑑定できないということはないわ。三十年以上前のものなのよ。確率的には、鼻水や唾液や爪や髪の毛より成功率は低いかもしれない」

「だが、現状、手に入れることのできる渡部のサンプルは、これしかないんだ」

聡美は頷いた。

「この臍の緒でやるしかないってことね。でも実際問題、母子鑑定より父子鑑定の方が圧倒的に多く行われていてノウハウもあるから、もしかしたら成功するかもしれない」

確かに犯罪捜査以外でDNA鑑定が行われる局面というのは、大体子供の認知問題だろう。認知問題の場合、普通は母親が誰かなど調べるまでもないのだ。だが父親は違う。

「君が直接DNA鑑定するわけじゃないんだろう？」

「私は内科医よ。鑑定自体は臨床検査技師が行うわ。ここでは無理だから、知り合いの大学病院に依頼してあげる。実費になるけど大丈夫ね？」

「ああ、領収証をもらえるなら。頼みがあるんだが、その臍の緒はサンプルを採取したら返してくれと、その旨、臨床検査技師に伝えてくれ。渡部葵は好きに使ってくれと言っていたが、できるなら彼女に返したい。彼女にとっては息子の大事な形見だから」

「あなたのお母さんを殺した犯人の家族なんてどうでもいいのに」

と聡美は非情なことを言った。

「確かに葵の息子は俺の母親を殺したが、彼女には何も罪はないから」

「本当にそう言えるの？　彼女があなたのお母さんを無農薬野菜がどうとかいうものに勧誘しなかったら、渡部に殺されることもなかったんでしょう？」

「それはそうだが、今更そんなことを言っても始まらない。迷惑ついでにもう一つだけ。できるだけ早く結果が知りたい」

「それは向こう次第だけど、まあ頼んでみるわ」

結局、インターネットの業者に依頼するのと、方法自体は同じだということか。だが怪しげな業者より信頼できるのは確かだ。検査そのものは大学病院の技師が行うということは、聡美が俺に復讐するために検査結果を改竄する可能性もないだろう。

「心配な点が一つあるわ。このサンプルの中で、現時点で確実に使えるものは、今採取した彼のだけ」

そう言って聡美は剛を見やった。

「あとは完全とは言い難い春子さんのものと、あなたのお母さんを殺して自殺した渡部ののだけ。仮にその二つが鑑定用のサンプルとして使えても、それで春子さんが彼の祖母と鑑定できるかしら。せめて祖父の貴文と、母の市子のサンプルは欲しいわね。でもその二人のサンプルが入手できない現状では、鑑定の精度は保証できないわ」

「遺骨からのDNA鑑定は難しいだろう？」

「遺骨ってひょっとして茶毘《だび》に付したお骨のこと？　可能性はゼロではないかもしれないけど、かなり厳しいわ。一〇〇〇度以上の炎で焼かれるのよ。まともなDNAはもうほとんど残っていないと考えるべきよ」

「雅代さんは赤井貴文の墓を暴いて遺骨を借りて鑑定すればいいと言っていたが、やはり無理だってことだな」

聡美はおかしそうに笑った。

「あの人は相変わらずね。お嬢様というか、発想が子供っぽいんだから」

「雅代さんの悪口を言うのは止めろよ。兄さんが博多に帰った後も、峻と一緒に浜松に残ってくれているんだ」

「ってことは信介さんは博多で一人暮らし？　離婚もそろそろね」

「止めろ。そもそも君に助けを求めるべきとアドバイスをくれたのは、あの人なんだ」

「へえ、そうなの。いったいどういうつもりなんだろう」

と聡美はにやつきながら言った。

「その子供っぽい雅代さんが心配していたが、相手に黙ってＤＮＡ鑑定を行うのは法律上問題はないんだろうか？」

「あるわけないわ。そもそもＤＮＡ鑑定というのは、二つ以上のＤＮＡサンプルを鑑定して、同一のものなのか、別のものなのか、別のものだとしたらどの程度の近しい人間なのかを調べるものに過ぎないから。そりゃＤＮＡサンプルを手に入れるために勝手にお墓を暴いたとなったら罪に問われても仕方がない。でも彼が母親の鼻をかんだティッシュをゴミ箱から拾って私に渡すのが、どんな罪に問われるって言うの？　もちろん裁判の証拠としては使えないけど、あなたが個人的に親子関係を確かめるために使うのは何の問題もない」

聡美のその言葉を聞いたからといって、安心はできなかった。協力的に見えても、聡美は俺を恨んでいるはずだ。このことが後々問題になったとしても、聡美は責任を取ってはくれないだろう。

医者は科学者でもある、と断言すると反論も出るだろうが、医学が自然科学の一種であることは間違いない。本当は聡美は俺になど会いたくないに決まっているのだ。だがこうして俺の面会を受け入れているのは、赤井剛という少年のDNA鑑定に医者として興味があるからに他ならない。私情よりも医学的興味を優先する、そういう態度が科学者たる所以《ゆえん》なのだ。

「とにかく、やってもらいたいのは彼の母子鑑定と、父子鑑定だ。母子鑑定では否定の結果、父子鑑定では肯定の結果が出ることを俺は望んでいる」

聡美は少し深刻な顔をして、

「先入観は禁物よ。結果そのものにも影響を及ぼすことがある」

と言った。

「それはDNA検査を行う技師の問題だろう？　それは大丈夫だよ。俺とはまるで利害関係のない、まったくの第三者なんだから」

かと心配なの」

「そういうことじゃないわ。私はあなたが自分の身の潔白を証明したいばかりに暴走しないかと心配なの」

「どうして俺が暴走するんだ？」

聡美は俺の目をじっと見つめて、言った。

「元妻として、そしてあなたと同じように人を死なせたという罪を着せられた者として忠告するわ。もしゴールが見えたら、いったん立ち止まって後ろを振り返って。あなたは私のことを、プライドが高くて、利己的で、自信過剰、だけどそれを裏付けるものを持っていると評してくれたわね。それはあなたも同じなのよ。私たちは似た者同士、だから一度は一緒になったけど、結局別れてしまった。同じ人間は一緒になることはできない。あなたにお似合いなのはそう――雅代さんの方ね。雅代さんが信介さんと離婚してあなたと結婚するようなことにでもなったら、連絡を頂戴。今度こそ祝電とご祝儀を送らせてもらうから。心配しないで。結婚式に乗り込んでぶち壊すようなことはしないわ」

その最後の言葉が俺の胸に突き刺さった。だが母親を殺され、次男が長男の嫁と再婚などしたら、今度こそ桑原家の崩壊の序曲だろう。聡美はそれを望んでいるから、そんなことを言うのだ。

「自分の能力を過信すると、思わぬところで足をすくわれるわ。かつて同じ失敗をした者からの忠告よ」

「分かってる」

その時、聡美のＰＨＳが鳴った。聡美は無言で処置室を出て電話に出た。俺や剛に対するざっくばらんな口調とは違う、少しだけよそ行きの彼女の声が聞こえてくる。

「ごめんなさい」

と剛が言った。

「どうして謝るんだ？」

「僕のせいで、何だか迷惑をかけたみたいで」

「彼女が俺の前の奥さんだからか？　そんなこと君が気にすることじゃないよ。それより山梨まで来てもらって、こっちこそ悪かったね」

「もっと複雑な検査をするんだと思いました」

「俺もだよ。だが早く浜松に帰れて悪いことはない。樹海見物でもしたい気分だが、帰りがあまりに夜遅くなると春子さんが感づくだろうし、何より君は明日は学校がある。まあ、せっかく山梨まで来たんだから、何か名物でも食べて帰ろう」

「――はい」

心なしか、剛は元気がないようだった。

「これで、本当に僕の両親が誰か分かってしまうんですね」

「いや、持ってきたサンプルが使えたとしても、確実に分かるのは、春子さんが君のお母さんか否か、渡部が君のお父さんか否か、だ。それ以上のことは今の段階では推測するしかない」

「本当のことなんか分からなかったほうがマシだった、ってことにはならないでしょうか？」

「なるかもしれない。でも、ある程度は覚悟していたんだろう？」

剛はまた、はい、と呟いて黙り込んだ。実際に病院まで来てサンプルを採取したことで怖《お》じ気《け》づいたのだろうか。

聡美が戻ってきた。

「患者が急変でもしたのか？」

「まあ、そんなところね」

そろそろ引き上げる潮時だと感じ、俺は立ち上がった。剛も慌てて俺に倣う。

「ここまで来させて、何のお構いもできなくて悪かったわね」

と聡美は言った。皮肉か、と思ったが言葉通り受け取ることにした。

「いいや、感謝しているよ。そうだ、最後にもう一つだけ訊きたいことがあるんだけど」

「何？」
「ほうとう鍋はどこが美味い？」

聡美に教えてもらった病院近くのレストランで剛と一緒に食事を済ませてから、浜松にとんぼ返りした。終始行儀の良い剛を横目で見やりながら俺は、聡美の、いいじゃない、あなたの子供でも、という言葉を思い出していた。DNA鑑定で俺の子供じゃないと判明しても、いつでも家に遊びに来てもいいんだよ、と何度も言いかけたが、その度に呑み込んだ。今度のことが一段落したら、また俺は東京に戻るつもりだし、父親にはなりたくないが子供を持つ気分だけは味わいたいというのは、あまりにも身勝手であると重々承知していたからだ。峻をあやしている時にそういう気分になるのは仕方がない。俺は峻の叔父なのだから。だがまったく関係のない他人の子供に、無責任な情を抱きたくはない。

夕食時に浜松駅前に帰り着いた。晩ご飯もどこかで食べて帰る？　と訊いたが、あまりご馳走《ちそう》になると悪いので、という理由で断られた。剛も心のどこかで俺が自分の父親ではないことを覚悟しているのかもしれなかった。

俺は家まで送るつもりだったのだが、万が一春子に見つかると不味いので、ここで別れることにした。もちろん俺の記事が載った週刊標榜が出たら、いつかは知られてしまうのだ。

だがわざわざ自分から発覚するような行動を取るのは控えなければならないだろう。

実家に戻ると、お疲れさま、と雅代さんが俺を出迎えてくれた。お疲れさまー、とあどけない声で峻も言った。聡美が言った、俺と雅代さんがお似合いだという言葉を思い出した。兄嫁という立場をいったん頭の外に追い払い、名実ともに彼女らが俺の家族になってくれたらどんなに幸福だろうと考える。だがそんな考えを俺は頭から振り払う。聡美は半ば悪意があってあんなことを言ったのだ。俺は兄の家族を奪うような人でなしではない。

やれるだけのことはやった。あとはDNA鑑定の結果待ちだ。

警察が母の血液を鑑定した時は、ほとんど一日で結果が出たが、いくら医者のコネがあると言っても、犯罪捜査で行われるDNA鑑定と一緒にはできない。できるだけ早く結果が欲しいと頼んだものの、そう早々と結果が出るとは思えなかった。

鑑定結果が出るまで仮に一週間かかるとしても、その間プラプラしている気にはなれない。とりあえず中田に電話で近況を報告した。DNA鑑定のことも話したが元妻の聡美に頼んだということは伏せておいた。中田は、いやあ、さすが人たらしの銀ちゃんだけあって人脈が広いなあ、などと言って、誰にDNA鑑定を頼んだのか詮索してはこなかった。鑑定の費用も週刊標榜が負担するとのことだった。もちろん、記事が上手くいったらの話だが。

しかしショックなことが一つだけあった。鑑定結果が出るまで、何か細かい仕事はありませんかと尋ねたのだが、とりあえず今の仕事が終わってからにしてくれとつれない返事だったのだ。雑誌を一冊作るのには膨大な手間暇がかかる。細々とした文章書きの仕事ならいくらでもあるはずなのだ。

同級生の女子を乱暴して自殺に追いやったと疑われている男を、インタビューアーとして差し向けられないという考えなのだろう。一番の仕事先の週刊標榜がそれなのだ。他誌も推して知るべしだ。俺は仕事を辞めるか続けるかの瀬戸際に立たされていると、改めて自覚することになった。ここで自分の無実を証明しないと、俺は本当にこのまま実家に残って地元で仕事を探す羽目になる。

聡美に鑑定結果の郵送先は浜松にしてくれと頼んでいたので、俺は東京に戻らず暫く実家に滞在することにした。やるべきことはやったと言っても、最終的には記事にまとめなければならないのだ。早いうちに草稿に着手したほうが後々楽だ。

記事の体裁も、発表形態もまだ決まっていなかったが、俺は一日中自分の部屋に引き籠もり、母が殺されてから今までの出来事を一心不乱に書き綴《つづ》った。よほど鬼気迫るものを感じたのだろう、父も、そして幼い峻さえも、俺の部屋に近づいてこようとすらしなかった。唯一雅代さんが、時折コーヒーを運んできてくれたが、気を使ってほとんど俺に話しかけようとはしなかった。まるで大学受験の頃にタイムスリップしたかのようだった。人生が懸かっているという点ではどちらも同じだ。

DNA鑑定の結果が分かったのは、山梨に向かってから五日後の早朝のことだった。鳴り響く携帯の音で叩き起こされ、誰だろうと訝しみながら携帯を見ると非通知だった。どこのどいつだと憤慨しながら電話に出ると、聡美だった。

『鑑定結果が出たわよ』

前置きなしに、聡美は唐突に言った。一瞬で目が覚めた。

『後からちゃんとした書類がそっちに送られると思うけど、早いうちに伝えたほうがいいと思って』

「サンプルは？　剛以外の二人のも使えたのか？」

『ええ、渡部常久の臍の緒は何度か失敗したみたいだけど、サンプルの量が多いから成功したわ。赤井春子の爪や髪の毛や煙草の吸い殻は駄目だったけど、一番新鮮な鼻水からDNAが取れた』

俺は一瞬黙り込み、そして、

「やはり赤井春子はボンベイ型のO型で、剛は彼女と貴文の息子だったのか？」

と訊いた。

聡美も一時黙って、

『どうして、そう思うの？』

と言った。

「君の声が、何だか嬉しそうだからだよ。俺をやり込めてしてやったりと言いたげな口調だ。わざわざ朝っぱらから電話をくれたのは、俺が落胆する声を聞きたかったからだろう？」

『朝っぱらから電話をかけたのは当直が終わったからよ。意地が悪いのね』

「それはお互い様だ。もし剛が正真正銘両親の子供だったら、俺の取材は頓挫《とんざ》する。君の思い通りになったな」

『確かに、DNA鑑定の結果は、あの子が赤井市子と渡部常久の息子であるというあなたの推測を否定するものだったわ。だからといって、落胆する必要はないと思う。かなり興味深い結果が出たから』

「どういうことだ？」

『あなたの鑑定依頼は、赤井春子があの子の祖母であることを証明しろってことだったわね？　でも言ったと思うけど、春子とあの子のサンプルだけでは証明は難しいのよ』

「ああ、そうだな。だから俺は、赤井春子が剛の母親ではない、ということを証明して欲しいと言った」

『つまりね。最初に行ったのは、赤井春子とあの子の母子鑑定だったの。あなたは否という結果が出ることを期待していたんだろうけど、そうはならなかった。正真正銘、あの子は赤井春子の子供よ』

俺は小さくため息をついた。

「その結果のどこが興味深いんだ？　俺はもうお終いだよ。君の望んだ通りになったな」

聡美は俺のその言葉を無視して、話を続けた。

『次に行われたのは、あの子と渡部常久との父子鑑定よ。どんな結果が出たと思う？』

その瞬間、俺は聡美が言わんとする鑑定結果を悟った。だが、それほど大きな衝撃は受けなかったのは、もしかしたら心の奥底でその可能性に気がついていたのかもしれない。何しろ、関係者は限られているのだ。今まで名前の出てこなかった第三者が剛の父親である可能性はもちろんあるが、もしそうだとしたら聡美は興味深い結果、などとは言わないだろう。

「まさか、正真正銘の親子だったのか？」

『そのまさかよ。赤井市子や貴文のサンプルなんて必要なかった。あの子は赤井春子と渡部常久との間に生まれた子供。それが真実よ』

「――つまり、本当に赤井市子は剛の姉だったんだな」

『そういうことになるわね』

俺は渡部と赤井市子が交際していたから、二人が剛の両親であると決めつけていた。でもそうではなかった。渡部は赤井家を訪れたことがあるという。その時に春子と出会ったのだ。渡部は当時から友人たちの母親に比べれば年老いている葵にコンプレックスを抱いていたのかもしれない。それで代わりの母をずっと探し続けていた。春子は渡部を受け入れ、俺の母は渡部を拒絶した。だから春子は渡部の子供を産み、俺の母は殺されたのだ。

『まるで「卒業」ね』

と聡美が言った。意味が分からなかった。

『知らない？　ダスティン・ホフマンの映画』

「ああ、あれか」

観たことはないが、花嫁をさらうシーンは有名だ。俺は一瞬、聡美が当てつけでそんなことを言っていると思った。俺も聡美の結婚式をぶち壊した前科がある。

『主人公のダスティン・ホフマンは最初、あの花嫁のお母さんと付き合っていたのよ。花嫁が——エレーンと言うんだけど、ダスティン・ホフマンに自分の母親と付き合っていたと打ち明けられてショックを受けるシーンがあるの』

「そうか、そうだったのか——」

俺は少しわざとらしい驚嘆の声を上げた。早く『卒業』から話題を逸らしたかったのだ。

『卒業』の話を出すのに、聡美が結婚式のことを考えていないとは思えない。やはり当てつけだ。

「赤井市子は、恋人の渡部が自分の母親と通じていたから、そのショックで自殺したんだな」

そう考えれば、納得いく点もある。春子が、飲んだくれの貴文を咎めることもなく、甲斐《かい》甲斐《がい》しく尽くしていたという剛の証言だ。貴文は剛が自分の子供でないことに気付いていた。剛のように血液型で気付いたのかもしれないし、もしかしたら春子が正直に打ち明けたのかもしれない。市子が自殺してしまったのだから、彼女の代わりだと思ってどうか産ませてと懇願したのだろう。貴文は春子の願いを聞き入れた。その代償として、店を畳み、働くのを止め、酒に溺れた。そんな夫でも、春子に咎める権利はなかったのだ。

『それを判断するのはあなたの仕事だけど、私も大方そんなところじゃないかなと思う』

「──彼にこの事実を伝えるのは酷だな」

だが伝えないわけにはいかない。わざわざ山梨まで行ってサンプルを採ったのだ。第一、俺はこの鑑定結果を何らかの形で記事にするのだから、遅かれ早かれ剛が真実を知るのは避けられない。

剛は不貞の子供だ。しかも彼の母親は姉を死なせ、貴文を酒に溺らせて、やはり死なせた。

無論、剛には何の罪もない。だが多感な中学生に、この事実は辛いだろう。

『なあに？　あの子のために両親は春子と貴文だって嘘をつくの？』

「いや、そんなことはしない。だけど──俺はやはり心のどこかで、春子と貴文が剛の両親であって欲しいと思っていたのかもしれない。その方が角が立たないだろう」

　聡美は鼻で笑った。

『だからあなたは甘いのよ。自分の冤罪《えんざい》を晴らすために頑張ってるんでしょう？　その証拠が手に入ったのよ。喜ぶべきじゃない。そもそもあの子の方からあなたに会いに来たのよ。あの子は最初っから、自分の出生に疑問を抱いていた。たとえあなたが彼の出生の秘密を暴かなくても、いずれどこかで明らかになっていたはず。それを彼がどう受け止めるかは、あくまでも彼の問題よ。あなたが考えることじゃない』

「ああ、そうだ。君の言う通りだ。言われなくても分かっている──」

　俺は阿部が語った、渡部は赤井と別れたがっていた、という話を思い出した。そもそも渡部が赤井市子と交際しなければ、春子と出会うこともなかったはずだ。渡部の言葉はひょっとしたら、赤井と交際しなければよかった、というニュアンスだったのではないか。もちろん十五年も前のことだから、阿部に訊いたところで細かい言葉の文脈を確かめる術はないだろう。だが俺はそうだったのではないかと思うのだ。

渡部が春子に関心を抱いた理由は、美しく若い母を求めたということだろう。しかし異性への際限のない興味に心が支配される男子高校生だ。大人の女の肉体に溺れてしまったのかもしれない。

『でも、あなたにとっては納得がゆく結果が出たんじゃない？』

「ああ――そうだな」

聡美の声もほとんど上の空で聞いていた。しかし、その時、

『銀次郎さん』

と聡美が結婚していた当時の呼び方で、俺を呼んだ。

『本当のことを言うわ。私、あなたに復讐しようと思っていたの。あんなことをされて恥をかかされて、揚げ句に今ではたった一人で山梨暮らしよ。私がどれだけあなたを恨んでいるか分かるでしょう？』

俺は黙っていた。

『私、本当にあなたが赤井市子を強姦していればいいと思ったわ。そうでなくても、そのまま無実の罪を着せられればいいと。だからＤＮＡ鑑定に協力した。赤井剛が春子と貴文の子供であるって結果が出ればいいと思って。でも、そうはならなかった。残念だけど、結果的にあなたへの疑惑を晴らすことになってしまって悔しいわ』

もちろん、赤井剛が春子と渡部の子供であったとしても、それと俺が赤井市子を襲ったか否かはまったく無関係だ。しかし、赤井剛の両親が誰だか判明しただけでも一歩前進なのは間違いないだろう。

これがサスペンスドラマか何かだったら、やはり俺が赤井市子を乱暴し自殺に追いやっていた、などという意外な結末になるのかもしれない。だがたとえ俺の人生がドラマであったとしても、主人公は俺なのだ。俺はやっていない。それは俺自身が一番よく分かっていることだ。あちこち駆けずり回り、様々な人間の話を聞き、揚げ句の果てにはもう二度と会うこともないと思っていた元妻の協力まで仰いだ。それで見つけ出せた真実とは、俺は赤井市子を襲っていないという、最初っから分かり切っていた真実なのだ。

でもそれでいい。それが俺の仕事なのだから。

『じゃあ、頑張ってね』

「あ、ああ。ありがと――」

俺がその言葉を言い終わる前に電話は切られた。かかってきた時と同じように素っ気ないものだった。今度こそ、本当に最後の別れなのかもしれない、と思った。

俺は暫し呆然としていた。昨日までは、朝、目覚めてすぐに脇目も振らず原稿に取り掛かったが、今はその気力もなかった。これが燃えつき症候群というやつだろうか。

DNA鑑定の結果がどうなるか分からないからこそ、がむしゃらに働けたが、すべてが分かった今はその余韻を嚙みしめるのが精いっぱいだった。

いや——まだすべてが分かったとは言えない。やはり赤井春子の話を聞いてみたい。何故、夫のいる大人の女性が、娘のボーイフレンドを寝取ったのかと。彼女は俺と会うことを拒否するだろうが、こちらは剛の両親が誰なのかという決定的な証拠をつかんでいる。上手いこと宥《なだ》め賺《すか》せば、口を開かせることができるかもしれない。

俺は赤井剛のフリーメールのアドレスに、DNA鑑定の結果が出たから、できるだけ早く会いたいと連絡を入れた。

電話で叩き起こされたが、二度寝をする気分にはなれず、台所に向かった。水を一杯飲んで一息つく。まだ皆、眠っているのだろう。辺りはひっそりとしていた。薄暗い室内に朝日が差し込んでいる。母がこの家で殺されてから、俺はずっと闇の中をさまよってきたような気がする。それももうすぐ終わるのかもしれない。

「銀次郎さん——」

その声で振り返ると、雅代さんがいた。

「ああ、ごめんなさい。起こしてしまったみたいですね」

「いいえ。いつも起きるのは今頃ですから。お花に水をやったり、食事の準備をしたり」

「そうか——東京では今は一人暮らしだから、そんな主婦の大変さも分かっていませんでした」

「銀次郎さんはどうしてこんなに早く？　まさか徹夜でお仕事されていたんですか？」

「いいえ、聡美からのモーニングコールです」

「聡美さん？」

俺は頷いた。

「例のＤＮＡ鑑定の結果が出たんです。彼——赤井剛にとっては複雑な結果ですが、俺にとっては有利に働きます」

「やっぱり、ご両親の実の息子さんではなかったんですか？」

俺は無言で頷いた。雅代さんは大丈夫だと思うが、今の段階で鑑定結果をあちこちに言いふらされるのは良くないので、念のためそれ以上のことは言わなかった。その俺の態度で察したのか、雅代さんも詮索してきたりはしなかった。

「東京の部屋を引き払って、浜松で就職活動する事態は回避できそうです」

「そう——お帰りになるんですか」

「ええ。恐らく近いうちに」

「残念ね、と言ってはいけないんでしょうね」

俺はそんな雅代さんの態度に、少し驚いて言った。

「雅代さんは、俺の無実を一緒に証明してくれると思っていました」

「ええ、もちろん！　もちろん私は銀次郎さんを信じてますし、疑いが晴れて良かったと思っています。でも——銀次郎さんが東京に帰ってしまったら——」

雅代さんは口籠もった。

「そうですね。雅代さんもいつまでも浜松にはいられない。いずれ博多に帰るんだ。父を一人残しておくのが心配なんでしょう？　家事は全部、母にやらせていた人だから」

「それもあります——でも——私、どうしていいのか——博多に戻って、信介さんと一緒に暮らす自信がないんです。できることなら、ずっとここでお義父さんと暮らしていたい。峻もとても懐いていますし。でも信介さんと別れたら、私はもう桑原家の人間ではなくなってしまいます。ここにいることはできません」

俺は何を言っていいのか分からなかった。自分のことで精いっぱいで、ある程度は予想はしていたが、兄夫婦の関係がそこまで悪化していたなど思いもしなかった。

「峻も言うんですよ——どうして叔父さんがお父さんじゃないの？　って」

「——それは、兄さんと離れて暮らしているから、そう思うんでしょう。峻はまだ子供だから」

「私――ずっと思っていたんです。お義母さんが殺されたことも、銀次郎さんがあらぬ疑いをかけられたことも、もちろんそれ自体は物凄《ものすご》い悲劇なんですよ。でも、それがきっかけで私はこうして浜松で生活することができた。私――この暮らしがいつまでも続けばいいって、そんなことを考えていたんです」

「兄を博多に残したまま？」

雅代さんは黙った。

「夫婦の関係に口を出す権利はないと思うけれど、俺はあなたたちの家族が壊れることなく、いつまでも続くことを願っています。俺は結婚に失敗したから、尚更《なおさら》です。俺に続いて、あなたたちまで別れてしまったら、どんなに父が悲しむか――」

雅代さんは、指先で瞳に浮かんだ涙を拭っていた。抱き締めても彼女は拒否しないだろうと感じた。俺だって、東京に戻ってライターの仕事を続けたいと思う。だが何の保証もなく、家族もない、孤独な毎日が続くだけ。そんな毎日に比べれば、帰宅すると雅代さんが出迎えてくれ、峻も俺を慕ってくれるこの日々に、どれだけ心が安らいだことか――。

でも、駄目だ。人間は本能だけでは生きられない。兄の家族を奪うなんて、最低の行為だ。

そして改めて思う、赤井春子は、どういうつもりで、夫を裏切ってまで、娘の恋人を奪ったのだろうかと。

「ごめんなさい、変なこと言って。今、朝食を作りますね。少し待っていてください」

雅代さんは俺に背を向けて台所に立った。俺はその雅代さんの背中を見送ってから自分の部屋に戻った。脳裏に聡美のウェディングドレス姿が蘇る。聡美と過ごした短かった夫婦生活も。今回の事件が無事解決し、濡れ衣が晴れ、再び仕事に復帰できたとしても、そしてこれからの人生、どんな女性に巡り合えたとしても、俺はもう二度と、あんな暮らしを取り戻すことはできないかもしれない、と思った。

赤井剛から返事が来たのは昼過ぎだった。夕方、浜松駅前のコーヒーショップで会いましょうとのことだった。待ち合わせの時間が来るまで原稿を書き、俺は浜松駅前に向かった。剛は既に店に来ていた。どことなく緊張しているふうにも見える。それも当然だろう。隠されていた自分の出生の秘密が、今、明かされようというのだから。

「待った？」

「はい」

あまりにも素直な返事だったので、俺は思わず笑ってしまった。

「余裕を持って来たんです。心の準備がしたくて」

「そうか——」

俺は周囲を窺った。他人に聞かれて問題がある話かどうかは分からないが、剛にせよ、聞き耳を立てられるのはいい気分ではないだろう。だが店内には客はそれほど多くなく、BGMに軽快なジャズが流れているので、それほど人目を気にする必要はなさそうだった。

俺は聡美が教えてくれた鑑定結果を、率直に剛に告げた。剛は物思いにふけりながら、その鑑定結果を噛みしめている様子だった。恋人を母親に取られたせいで彼の姉は自殺したという俺の推測は、あえて口にしなかった。しかしそんな推測は、誰だって容易に考えつくものだ。

「君にはショックだったかもしれない。だが春子さんは、君の正真正銘の母親なんだ。一緒に暮らしていた女性が実の母親でなかったと分かったら、もっとショックだっただろう。少なくとも、春子さんに対する君の態度を改める必要は名実ともにないんだ」

「態度を改める必要はない？」

剛の声量が、ほんの少し、本当に僅かに上がった。平静そうに見えても、やはり衝撃を受けているのだなと俺は思った。

「犯人の渡部は姉と交際していたんですよね？　だとしたら、母は二人の間に割って入って、姉から渡部を横取りしたことになる。そんなの――考えたくはありません。母は、姉を裏切り、父をも裏切ったんだ。二人は母が殺したようなもんだ！」

殺した、という言葉で店にいた数少ない客たちが、ぎょっとしたふうにこちらを向いた。BGMのジャズも、剛の怒りの声を覆い隠すことはできなかった。

「どうか冷静になってくれ。訊きたいんだが、君のお母さんは、その――こんな質問をするのは気が引けるが、年下の男に夢中になるほど、異性に対しては積極的だったのか？」

「分かりません。そんなことは」

考えることも汚らわしいと言わんばかりに、剛は吐き捨てた。確かにこんな質問をされても、息子の剛には答えようがないだろう。

「俺は君のお母さんが自分の欲望のままに渡部と通じたのではないと思っている。君が、ここにこうして存在しているのがその証拠だ。君のお父さん――貴文さんの態度から考えても、君が渡部の子供であることは二人とも十分理解していたのだろう。二人には君を堕胎するという選択肢もあったんだ。でも、そうしなかった」

むしろ普通の子供よりもご両親は君を想って産んだはずだ――という言葉が出かかったが、あまりにも偽善的だと思ってこらえた。所詮、赤井家の家庭環境など、俺にとっては記事を書くための興味の対象以外の何ものでもない。今、こうして剛を宥め賺しているのは、結局のところ、取材を円滑に進めるための方便に過ぎない。だからこそ言葉は慎重に使わなければならない。自分の都合で吐いた無責任な言葉が、他人の人生を永久に縛ることもあるのだから。

「じゃあ、どうして僕を産んだと？」

「今回のことで多くが分かった。だがまだ一つだけ分からないことがある。それは君のお母さんが、どんな気持ちで渡部と通じたかだ。もちろんそれを知らなくても推測で記事は書ける。だが、ここまでやったんだ。納得がゆくまで調べたい」

娘の恋人に手を出した好色な母親――そんな品性下劣な見出しが脳裏に浮かぶ。実際問題、週刊誌の見出しなど下品であればあるほど読者の目に留まるのだから、それでいいのかもしれない。しかし俺はそんな無責任な記事は書きたくない。今回の仕事では尚更だ。

「俺はお母さんと渡部との関係を記事に書かなければならない。もちろん君やお母さんの名前は出さない。いいね？」

剛は俯き、何かを考えている様子だった。俺は記事に書くということを条件に彼にDNA鑑定を受けさせたのだ。もちろん、匿名にするといっても、読む人間が読めば分かるだろう。彼の人生の今後に多かれ少なかれ影響するのは間違いない。しかし、そんなことは俺の家に来た時点で覚悟していたはずだ。DNA鑑定の結果を突きつけられて、怖じ気づいたのだろうか？

違った。剛はゆっくりと顔を上げて、言った。

「その記事はいつ出るんですか？」

「まだはっきりと分からないが、週刊誌だから編集長のGOサインが出たらすぐだ」

「できるだけ早く出してください。そして記事が出たら僕に教えてください。母にその記事を突きつければ、本当のことを言うはずです」

春子と渡部が通じていたことが市子の自殺に多かれ少なかれかかわっているのは、ほぼ間違いないだろう。渡部自身も、あの遺書がこんなにも公になるとは思っていなかっただろうが、もし春子が読んだとしても遺書の内容がでたらめだと声を上げることはないと踏んでいたのだ。春子にとっても、娘の自殺の原因が、自分の不貞にあったなどとは決して知られてはならない秘密なのだから。

ＤＮＡ鑑定の結果は、春子から真実を聞き出すこれ以上ない材料になる。目に見える証拠がなければいくらでも言い逃れはできようが、雑誌の記事を突きつければさすがに観念するはずだ。しかし——。

この瞬間、気付いた。怖じ気づいていたのは剛ではない。俺の方だ。そんなことをしたら、赤井家は完全に崩壊する。少なくとも、今後、剛が春子と以前のように暮らすことは不可能になるだろう。

それでも——俺はやるのか？

やらなければならないのだ。俺に落ち度はない。自分の、身の潔白を証明するために今日まで頑張ったのではないか。確かに赤井家は崩壊するかもしれないが、俺が真っ先に考えるべきなのは自分の人生、そして父や雅代さんや峻の生活なのだから。

「これから春子さんに会えないか？」

「母に——ですか？」

「そうだ。俺は記事を書く。でもその前に、春子さんにすべてを打ち明けたい。君がこちら側についてくれれば、彼女も態度を軟化させるかもしれない。それでも話をしてくれなかったら仕方がないが、俺は雑誌に君の家族のスキャンダルになりかねない記事を書こうというんだ。可能な限り慎重に動きたい。そしてそのためには君のお母さんの協力が不可欠だ」

「母にＤＮＡ鑑定したことを打ち明けるんですか——？」

「そうだ。記事が出たら、いずれ君のお母さんの知るところとなる。君だって記事が出たら、それをお母さんに突きつけると言ったね。そこまで君に覚悟があるのなら——記事が出る前にやっておきたい。俺は自分の身の潔白を証明することしか頭にないろくでもない男だ。でもそんな男にも誠実な気持ちがあるってことを、お母さんに伝えたい」

彼ら母子にとっては絶対にその方がいいのだ。俺が記事を書かないという選択肢はありえない。だが今のままでは、渡部と春子が通じた経緯に関しては、ある程度の憶測を交えて書かなければならなくなるだろう。春子に言い分があるのなら、それを聞いてから記事を書くのがフェアなやり方だ。もちろん春子が、この期に及んでもまだ、あの時のように俺との面会を拒否するのであれば仕方がないが——。

「分かりました」

実にあっさりと剛は言った。

「僕も一人で母と話すより、桑原さんのような大人の人がいてくれたほうがありがたいです」

俺は僅かに残ったコーヒーを飲み干して、言った。

「君はもう大人だよ。君は自分自身と向き合って、自分のアイデンティティを確立させることに成功した。そういう人間は、もう子供じゃない。むしろ、二十歳になっても、三十を過ぎても、まだ大人になり切れない人間は沢山いる」

剛は俺の言葉の意味が分からない様子で、きょとんとした顔をした。そんな彼の顔を見つめながらも、脳裏には聡美と雅代さんの顔が交互にちらついていた。

三十を過ぎても大人になり切れない人間というのは、要するに俺のことだった。こういう仕事をしていると様々な人々や、いろいろな出来事と遭遇する。ありとあらゆる感情のもつれがそこにはあった。しかし、だからこそ、傍観者である自分は限りなく空虚だと思えてならない。半年前の仕事もそうだが、今回のように自分や自分の周囲の人間が巻き込まれた事件なら、空虚な自分を感じなくても済む。だがその代わり、そこに存在するのは、前妻への未練をいつまでも引きずり、あろうことか兄嫁に心を惹《ひ》かれるろくでもない自分なのだ。大人になるということは、空虚な自分を受け入れることなのかもしれない。俺はそう思った。

バスで剛と共に赤井家に向かった。前回のように警察官を呼ばれることも覚悟しなければならないだろう。その際、俺が山梨まで彼を連れ出したことは後々問題になるかもしれない。もちろん俺と一緒に行動しているのは剛自身の意思だ。だが残念なことに、未成年の剛はどんなに自分をしっかりと持っていても、大人とは認められない。剛が自分から俺に会いに来たことは雅代さんが証明してくれるだろうが、俺が剛を誘拐しようとした、などと春子に訴えられたら後々説明が面倒になる。まあ、もっとも中田などは、問題になればなるほど宣伝になって記事が売れるので、その程度の警察沙汰なら逆に喜ぶかもしれない。

バスを降り、剛と共に暫く無言で歩いた。辺りは薄暗く、どこからか夕食のいい匂いが漂ってくる。

赤井家に差しかかると、彼は言った。

「あの家の看板がずっと嫌でした」

店先に掲げられている『閤賀楽』のプレートのことだった。

「別に恥ずかしいとかそういうことじゃなく、あれはもう終わってしまった店でしょう？　でも父は過去を忘れられないんです。多分、母も。父は酒を飲んで酔っぱらうと、よく、昔の繁盛した店の思い出を語っていたんです。僕はそんな父が嫌で仕方がありませんでした。思い出にとらわれて、昔は良かったなあと愚痴を零す以外に何もしないんです――でも気付けば僕もそうなっていました。自分の本当の両親が誰なのか、想いを馳《は》せる以外に何もしないで――そんなのどうでもいいことでしょう？　両親が誰であろうと、僕は僕です。でも僕は両親が誰なんだろうなあと思ってしまう自分がとても嫌だった。それは過去にとらわれていた父と同じだから。だからＤＮＡ鑑定の結果なんてどうだってよかったんです。ただ僕は本当のことを知りたかったんだ。過去さえ分かれば、僕はもう過去にとらわれないで生きることができます。だから桑原さん、本当にありがとうございました。あなたがどんな記事を書こうと、僕はもう大丈夫です」

俺は唇を嚙みしめたまま、その剛の言葉に何も返せなかった。俺は剛と共に、初めてここに来たあの日と同じように、『閤賀楽』の看板が掲げられている正面から裏手に回った。そして剛はためらう素振りを微塵《みじん》も見せずに、玄関のドアを開けた。今度はチェーンはかかっていなかった。やはりここからも食事の匂いがした。母一人子一人の夕食。俺は、こんなささやかな彼らの暮らしを壊していいのだろうかという、今日、何百回目の躊躇いを振り払った。

「上がってください。滅多にお客を呼ばないので、スリッパなんて洒落たものはないけど」

と剛は言った。俺は言われるままに三和土で靴を脱いで、赤井家に足を踏み入れた。靴下の裏から、冷たい木の感触が伝わってくる。整然とした住まいだった。余計なものがまるでない玄関先の様子を見ただけで、それが分かった。

向こうから物音がする。春子が夕食を作っているのだろう。

剛はゆっくりとキッチンに向かった。俺も剛の後に続く。

「遅かったわね。ご飯、できてるよ」

春子はそう言いながら、小皿をてきぱきとテーブルの上に並べている。

「母さん」

と剛は言った。その声で初めて春子はこちらを見やり、そして心底驚いたように短い叫び声を上げた。彼女は暫く凍りついたように俺の顔を見つめていたが、ようやく俺が誰だか思い出したようで、

「あなた、どういうつもりなの⁉　勝手に人の家に上がり込んで！」

と大声で言った。

「勝手に上がり込んだわけじゃない。僕が呼んだんだ」

と剛は言った。

「帰ってください。今すぐに！」

「すぐにおいとまします。でも少しだけ話を聞いてください。あなたのためにも、剛君のためにも」

「あなた、剛を誑かしたのね！　出てって！　警察を呼ぶわよ」

「母さん！」

剛が叫んだ。今までで聞いた、一番大きな彼の声だった。それで彼女は一瞬黙った。その間隙《かんげき》を縫うように、すかさず剛が言った。

「僕の父親は渡部常久だね」

春子が何かを言おうとした。だが、その唇からはすぐに言葉は出てこなかった。

「桑原さんのお母さんを殺して自殺した渡部常久が、僕の父親だ」

剛の言葉の第二打が、春子を打ちのめした。そして次の三打目で息の根を止めた。

「渡部常久は姉さんのボーイフレンドだった。でも母さんは、姉さんからそのボーイフレンドを奪ったんだ。だから、姉さんは自殺した」

春子は、ゆっくりと、本当にゆっくり、その場に崩れ落ちるように膝を突いた。

「もう、分かっているんだよ。桑原さんに頼んでDNA鑑定してもらったから。僕は母さんと渡部常久の間に生まれた子供だ」

だが春子は、放心したまま、剛の言葉に応えなかった。そんな母親を、剛はまるで軽蔑したように見下ろしている。俺は、彼女に対して哀れみしか感じなかった。俺を追い返したのは、俺のせいで娘が自殺したとなったほうが自分に都合が良いのはもちろんだが、何よりも剛に真実を悟られたくなかったためではないだろうか。

俺は床に膝を突き、春子と目線を合わせた。

「あなたに黙って、剛君を山梨の知人の医者に会わせて、DNA鑑定のためのサンプルを採りました。また、剛君に頼んで、お宅からあなたのDNAサンプルを持ってこさせました。勝手なことをして、本当に申し訳ありません。しかし、私はあなたの娘さんを暴行していない。これだけは、たとえどんなことをしてでも証明しなければならなかったんです。どうか分かってください」

「渡部君の――」

と春子が小さな声で言った。

「え？」

「――渡部君のサンプルはどこから？」

「母親の渡部葵さんに頼んだら、臍の緒を提供してくれました」

春子は小さく笑った。

「そんなものを取っておいたなんて――それさえなければ――」

「あなたは、渡部の遺書が嘘であることを知っていましたね？」

その質問に対しては、春子は何の反応も示さなかった。こちらを向くこともなく、まるで虚空を見つめるように、あらぬ方を向いていた。

「そのことに関して、あなたを責めるつもりは少しもありません。剛君を守りたかったんでしょう？ そのお気持ちはよく分かります。でも剛君は、あなたが思う以上に大人です。大人の特権として、自分のルーツを知りたがったんです。その気持ちは誰にも抑えることはできません」

「桑原さんが、本当は姉さんに乱暴していたわけじゃないって、知っていたね？ それなのに、桑原さんが姉さんを犯していたとなったほうが都合がいいから黙っていたんだ！」

剛が怒鳴った。まるで春子を責め苛んでいるようだった。俺はそんな剛に対して、手で制するジェスチャーをした。

「俺のことで君のお母さんを責めるのは止めてくれ」

「でも――」

「いいんだ。こうして本当のことが分かったんだから。春子さん、落ち着いて聞いてください。私にも親や、親戚がいます。彼らはあの渡部の遺書によって多大な不利益を被っています。彼らの名誉のためにも、私は自分の潔白を証明しなければなりません。だから私は、今まで分かったことを記事にして発表します。しかし、もしかしたらその記事は、あなたと剛君にとって不利益になるかもしれない。それはできるだけ避けたい。だから今日、剛君にお願いしてお宅に伺ったんです。どうかお話し願えないでしょうか」

「何を訊きたいって言うの？」

放心した表情のまま、間髪を容れずに春子は言った。その表情と声のギャップに俺は少しだけ驚いた。

俺は剛に言った。

「君は席を外したほうがいいかもしれない」

「嫌です！」

剛は叫ぶように言った。

「これは僕の問題です。僕には聞く権利がある」

そうだった。彼はもう大人なのだ。そのことを俺は忘れかけていた。

俺はもう一度春子に向き直って、

「春子さんが剛君を出産した経緯です」

と言った。

「酷なことを言うようですが、渡部は市子さんの交際相手でした。だが渡部は市子さんではなく、あなたと――娘さんが自ら命を絶ったのはそのせいだと私は理解しています。よろしいですか？」

春子は答えなかった。その沈黙を、俺は肯定の合図だと捉えた。

「何か仰りたいことがあれば、仰ってください。先ほども申した通り、私は記事を書きます。でもできる限り、あなたの言い分を尊重する記事にしたい」

俺は春子が口を開くのを待った。しかし彼女は何も言わなかった。ただ彼女の人生に、突然娘の死の原因を作ったという罪を被って現れた俺という男に呆然としているようにも見えた。俺は市子の自殺の動機に春子が何らかの形でかかわっており、だからこそ俺の取材に応じないのだとばかり思っていた。しかし、そんな単純なものではないのかもしれない。

彼女にとって市子の自殺や、剛の出生の秘密は、決して思い出したくない心の傷だったのだ。そして今、その心のかさぶたを無理やり剝《は》がされた彼女がそこにいる。

「剛には聞かせられない」

と春子は言った。

「嫌だ。僕は聞くぞ」

「春子さん。剛君はまだ中学生ですが、しかしもう立派な大人の心を持っています。あなたが剛君をこんな立派な人間に育てたことは尊敬に値します」

そこで初めて春子は俺の方を向いて、

「あなたに何が分かるって言うの？」

と言った。

「剛君が、自分のルーツを知るために、私の実家のインターホンを押す行動力を持った人間であることは分かっています。もしここで誤魔化せても、いずれ彼は自力であなたの秘密を暴くでしょう。早いか遅いかの違いだけです」

春子の能面のような表情の中に生まれた、感情の芽生えを俺は見逃すことはなかった。

「お話を記事にさせていただく際は、もちろんあなたの名前も剛君や市子さんの名前も出しません。極力、記事で書かれている家族があなたたちだと分からないように配慮します。もし心配であれば、事前に記事のゲラを確認していただいても結構です。どうかお話し願えませんか？」

春子は――。

床に手を突いて、ゆっくりと立ち上がった。

「立ってないで座ったら」

と小さな声で言った。テーブルの上にはおかずが盛られた小鉢がまばらに置かれ、食事の準備を途中で中断させた感は否めなかった。立ったままでもよかったが、言われるがままに椅子に座った。ICレコーダーを使いたかったが、拒否されると思い止めた。長年の秘密を打ち明ける人間は、十中八九、自分の告白を録音されるのを嫌がる。単純に証拠となるのが嫌なのかもしれないが、こちらも秘密を打ち明けるのだから、お前も機械などに頼らずに真剣に聞けという意思表示なのかもしれない。

「よろしいですか？」

と俺は春子に訊いた。春子は何の反応もしなかったが、俺は構わず問いかけた。

「市子さんと渡部が交際していたのは事実ですね？」

すると春子はおもむろに、

「どういうきっかけで仲良くなったのかは知らないけど、そのおかげで向こうの家が出前を取ってくれるようになったのは助かったわ」

と言った。

「鍋焼きうどんですね？」

春子は頷く。

「家にも遊びに来るようになったわ――正直、貴文はいい顔をしなかったけど、高校生だもの。ボーイフレンドの一人や二人できるわ。それでなくとも、渡部君はうちのお得意様だったから、邪険にするわけにはいかなかった」

「母さんは、渡部がうちに来ることをどう思っていたの？」

と剛が言った。今日初めて父親だと分かった男を、気安く父とは呼べないのだろう。たとえ仕事をしなくても、飲んだくれでも、彼の父親は、彼にとっては貴文なのだ。

「鬱陶しくてたまらなかったわ」

と春子は言った。

「私はね、貴文に犯されるようにして市子を産んだのよ」

その春子の言葉が、このキッチンにとても乾いた言葉として響いた。俺は何となく、渡部が無理やり春子と関係を持ったのだと考えていた。その結果、剛が生まれたのだと。もちろんそれは、俺の母親を求め、拒絶されたとなったら殺すような、暴力的な渡部の性格が頭にあるからかもしれない。

だが、剛の姉の市子がそのような経緯で生まれたとは完全に想像の範囲外だった。

「警察には訴えたんですか？」

「誰にも訴えられなかったわ。だってそんなことをしたら、ここで働けなくなるもの」

「結婚前は『閣賀楽』の従業員だったんですか？」

「そうよ。私の家は、父が酒飲みでね。まるで仕事をしなかったの。剛、あんたのお祖父《じい》ちゃんのことよ。もっとも早くに肝硬変で死んだから、あんたはほとんど覚えていないでしょうけど」

まるで貴文の末路と同じだ。

「だからうちは物凄く貧乏だったわ。何とか定時制の高校には行けたけど、学費は『閣賀楽』で働いて稼いだの。貴文は最初は優しい男だと思ったんだけど、本性はろくでもない男だったの。貴文に初めて犯されたのは、ここで働き始めて数ヶ月後だった。毎日のように犯されたわ」

俺は振り返って、剛に言った。

「剛君——君はやっぱり——」

「嫌です。僕はもう立派な大人の心を持っているんでしょう？」

それはそうだが、大人の俺だって、自分の母親が父親に犯されていたなんて話は聞きたくない。一瞬迷ったが、このまま春子の話を聞くことにした。剛の精神状態を慮らねば、という気持ちよりも、好奇心が先に立っていたのは事実だった。

「警察には訴え出なかったんですか——？」

春子は疲れたように笑った。

「そんなことができると思う？　店主が犯罪者となったら、『閤賀楽』は潰れることになるでしょうね。私は仕事を失う。そうしたら誰が私の学費を稼いでくれるの？　市子を身籠《みご》もった時、貴文は満面の笑みで結婚しようと言ってきたわ。まるでそうすることで私を犯した罪がチャラになると思っているみたいだった。冗談じゃないわ」

春子は吐き捨てるように言った。

「でも私には、貴文と結婚して市子を産むしか道はなかった。貴文の妻になれば、少なくとも経済的にはとりあえず安定するから。全日制の高校だったら、妊娠なんかしたら退学しなければならなかったかもしれないけど、定時制は妊婦の生徒や、若くして子供を産んだ生徒なんて珍しくも何ともないから、高校生活には支障はなかった。学校の中に託児所があるくらいよ。でも私はお腹の子供が憎くて憎くて仕方がなかったわ。この子のせいで、私は一生お蕎麦屋さんの女房――そう考えると夢も希望もなかったわ」

「別にお蕎麦屋さんだっていいじゃないか。僕はお父さんの打ったお蕎麦を食べたかった」

と剛が言った。

「そう？　私はイタリアンのレストランの方がよかったわ。だってそっちの方が格好がいいじゃない」

蕎麦よりパスタの方が立派だとか格好いいとか、そんな考えは間違っている、という言葉が口をついて出そうになったが話の腰を折ると思って止めておいた。今重要なのは一般論ではなく、当時の春子が何を考えていたかだ。春子にせよ本当にそう思っているわけではなく、望まない結婚をし、望まない人生を送った、という意味で言っただけなのだろう。

「おかげさまで高校は卒業したわ。良かったのはそれだけ。健やかに成長する市子を見ながら、私は彼女が憎くて仕方がなかったわ。彼女のせいで、私の人生が台なしになったようなものじゃない。でも、私は必死に自分に言い聞かせた。誰の人生だって、なるようにしかならない。私の人生もそうだっただけだと。でも——市子が高校生になって家に渡部を連れてきた時——自分の中で何かが壊れたのが分かったわ。私は望まない妊娠をして人生を決められた。それなのに市子は全日制の普通高校に通ってボーイフレンドまで作って——私にはそんな青春はなかったのに——」

「だから、あなたは——娘さんから渡部を奪ったんですか？」

「そうよ！」

春子は声を荒らげた。

「男なんて考えることは同じよ。渡部も市子を犯そうと思っていたに決まっている。でもあの渡部には、貴文ほどの実行力はなかった。市子も頑なに一線を越えることを拒んでいたから、私が市子と渡部の間に割って入ることは難しくなかった」

　赤井市子が自殺したのは十七歳。春子は同じくらいの歳で市子を産んだ。春子が渡部と関係を持って、市子が自殺するまでのスパンがどれくらいあったのかは分からないが、春子が市子を産んだのは十六歳か十七歳の頃だったのだろう。単純にその二倍と考えて、当時の春子は三十二歳から三十四歳の間。俺と同世代だ。渡部にとって十分性の対象になったに違いない。一方、葵は当時既に五十過ぎだ。当時から渡部が同年代の他の子供の母親よりも、遥かに年上の葵にコンプレックスを抱いていたとしたら、若い春子に憧れるのも無理はない。

「私は渡部と頻繁に会ったわ。場所は大体ホテルだったわ。渡部は私に夢中になりながら、市子を裏切った罪悪感に苦しんでいるようだった。でもそれが私にとっては快感だった」

「母さんは、悪魔だ」

　と剛は言った。

　春子は笑った。

「悪魔――そうかもしれないわね。でも――桑原さん、だったっけ？」

「はい、そうです」

「あなたさっき、剛のことを大人だと言ったわね？　曲がりなりにも、この子がまっすぐに、純粋な心を持って育ってくれているのなら、それはきっと私と渡部君があまりにもろくでもない人間だから、この子に行く分のろくでもなさまでも私たちが引き受けたからよ。剛、あんたは信じないだろうけど、母さんはずっと、あんたには母さんのようなろくでもない人間に育って欲しくないと思いながら、あんたを育てたのよ。もし、母さんに幻滅したのなら、私を捨てても構わないわ。それくらいは覚悟している。でも母さんにほんの少しでも同情しているのなら、せめて高校を卒業するまでは一緒にいて頂戴」

そう言って、春子は剛を請うような目で見た。剛が、分かった、と肯定の頷きを返してくるのを、期待する目だった。

だが、剛は言った。

「でも僕が恋人を連れてきたら、また嫉妬するんだろう？」

その剛の言葉を聞いて、春子は両方の掌《てのひら》に顔を埋め、声を上げて泣いた。春子がしたその行為が市子を自殺に追い詰め、渡部に俺の母を殺す際の計画に利用されたのだ。彼女こそがこの一連の事件の始まりだったのは間違いない。息子に拒絶されることがその罰なら安いものだと考える。確かに俺は、俺の書く記事によってこの母子に迷惑を及ぼすのはできるだけ避けたいと考えている。でもそれは剛の人生に影響を与えたくはないからだ。春子のことは、どうでもよかった。もちろん同情はする。しかし彼女は俺が無実だと分かっていたのに、俺が犯人であったほうが自分に都合がいいから黙っていたのだ。

「市子さんは、何がきっかけであなたと渡部との関係を知ったんですか？」

もう何も話さないかもしれない。俺はそう覚悟したが、春子はしゃくり上げながらも、俺の質問に答えてくれた。

「私は市子に何も言わなかったわ――言うわけないいじゃない。娘の恋人を奪うぐらいだから、娘にこのことは絶対に知られないようにしよう、という覚悟ぐらい私は持っていた。でも――渡部君はそうじゃなかった」

「渡部が市子さんに、あなたとの関係を打ち明けたんですね」

春子は頷いた。

「渡部君は市子に別れ話を切り出したそうよ――。まさか私と一緒になるつもりはなかったんでしょうけど、市子を裏切り続けるのが嫌だったみたい」

新幹線の中での、阿部との会話だ。あの時、既に渡部は春子と関係を持っていたのだ。

「渡部君は市子に別れ話を切り出した。理由なんて何だってよかったのに、渡部君は不器用だった。もちろん最初は隠していたんでしょうけど、最後には正直に私とのことを打ち明けてしまったのよ。それで――あの子はショックで――屋上から飛び降りた」

春子の話は概《おお》ね俺の推測通りだった。彼女の口からそれを確かめられたので、俺は満足だった。

ただ、もう少しだけ追及したいことがあった。

「市子さんが亡くなった時、何を思いましたか？」

その質問が、俺の、春子に対する精いっぱいの復讐だった。

春子は俺を見つめた。直前まで涙にくれていたその瞳は、今この瞬間は、平静を取り戻していた。

「こんなことを言っても信じてもらえないでしょうね。でも——正直に言うわ。何も、思わなかった」

「信じられません。市子さんはあなたの行為によって命を落としたんだ。何か思うところはなかったんですか？」

「自分でも不思議なくらいだったわ。もしかしたら私は——そうなることを望んでいたのかもしれない。そうでなかったら、娘の恋人を盗んだりはしない」

恋人を盗む——そのやや詩的な表現ほど、春子の当時の精神状態を表している言葉はないだろう。文字通り、春子は市子から盗んだのだ。恋人だけではない。自分が味わうことのできなかった、青春をすべて。

「貴文さんは、それを知っていたんですね？」

「——剛を妊娠していることが分かった時、正直に打ち明けたわ。離婚されるかと思ったけど、そうはならなかった。あの人は、女を犯して、その罪が結婚しただけでチャラになると思っているような男よ。自分のことを悪党だと思っていない、甘えた心の持ち主。あの人は私の告白を聞いて、何て言ったと思う？　辛い思いをさせてすまなかった、と頭を下げたのよ。信じられる？　殴られて追い出されたほうが、どれだけ楽だったか——多分、市子が死んで間もなかったこともあったんでしょう。あの人の意気消沈ぶりは見るに堪えなかったわ。たとえ他人の男の子供を育てることになっても、独りぼっちになることだけはどうしても嫌だったんでしょうね」

しかし、そうは言っても、どうしてもわだかまりはあった。だから貴文は店を畳み、酒に溺れ、死んだのだ。

「それから、渡部とは——」

春子はゆっくりと首を横に振った。

「市子のお葬式で会って、それっきりよ。剛が生まれてからも、会っていない」

恐らく、彼は剛が自分の子供だったということも気付いていなかったのではないだろうか。渡部の家族も、剛の存在を知らないだろう。泣き崩れる葵の姿が脳裏を過り、彼女に孫の存在を教えてやろうかという想いが一瞬だけ浮かんだが、俺にそんなことをする権利はないと思い止まった。葵にとっても、十五年間もその存在を知らなかった親族がいることを急に教えられても迷惑なだけだろう。

とにかく、これで市子の死の原因は確かめられた。俺はこれを記事にして発表しなければならない。もちろん春子や剛のプライバシーに配慮して記事を書くつもりだが、読む人間が読めば誰のことなのか一目瞭然《いちもくりょうぜん》だろう。もし渡部家の誰かが読んだら、渡部常久に子供がいたことが向こうの家族に知られてしまうかもしれない。

春子や葵に何を思われようとも構わない。でも剛にだけは、恨みを買いたくないという気持ちは拭えなかった。不思議と俺は峻を思い出した。剛と二人で山梨にドライブに行った際は、まるで峻といるような気持ちがした。自分より遥かに年下の子供といると、聡美と共に家族を作るはずだった未来に思いを馳せる。だからこそ、彼らの未来をぶち壊したくないのだ。

もちろん、記事を書くのを諦めることはできない。そんなことをしたら、俺はライターを廃業しなければならなくなる。いや、それ以上に、俺は峻に軽蔑される叔父にはなりたくないのだ。身の潔白を証明しなければならないのは、決して自分のためだけではない。峻を含めた、桑原家の人々のためでもあるのだ。

「僕は望まれずに生まれたってこと？」

と剛が言った。春子は――。

「決してそうじゃないわ。さっきは市子が自殺しても何も感じなかったと言ったけれど、あなたを妊娠していることが分かった時、急に自分がどれだけ人の道に外れたことをしたのか思い知ったわ。渡部君と会っていた時、きっと母さんの心のどこかが壊れていたんだと思う。それを元通りにしてくれたのは、剛、あんたなのよ」

市子に絶望を与えた行為の結果として、剛はこの世に生を受けたのだ。まるで春子は、剛が市子の生まれ変わりのように感じたのではないだろうか。そして今度こそ、まっとうに親として向き合おうとしたのかもしれない。だからこそ剛はこんなにもまっすぐに育ったのだ。

「僕は、そんなのは知らない」

しかし、無情にも剛はそう言い放った。

「みんな母さんの都合じゃないか。姉さんを自殺に追いやったのも、父さんをお酒で殺したのも、みんな母さんだ。僕を産んだことだって――」

春子は、その言葉で沈黙した。まるで剛の言葉の弾丸が、春子の心臓を打ち抜いたかのようだった。

この世のすべての子供は、例外なしに親の都合で生まれてくるものだ。しかしそれを剛に言うのはためらわれた。剛は俺よりも遥かに複雑な事情を経て、この世に生を受けたことは間違いないのだから。

「僕はもうこの家にいたくない！」

と剛は叫んだ。

「剛君——君の気持ちはよく分かる。しかし、どうであれ、春子さんは君を産んだ。それは素晴らしい決断だったと思う。そんなことは俺が言わなくても、君が一番よく分かっていることだろう？」

僕なんか生まれてこなければよかった、そんな台詞を剛が吐くことを恐れた。そんな自分の、いや世界のすべてを否定するような人間にかけるべき言葉を俺は持っていなかったからだ。

「桑原さん。僕は今日、ホテルに泊まります。申し訳ないんですが一緒に来てもらえませんか？　中学生一人じゃ、宿泊させてくれないと思うんで」

「——家出をするたびにホテルに泊まっていたら、お金がいくらあっても足りないよ」

「大丈夫です。お年玉は使わないで全部取ってあるんで、安いホテルなら何泊かできます」

「学校はどうするんだ？」

「ホテルから通います」

俺は、春子と剛を交互に見た。家出をするという剛の決意は揺るがないだろう。一方、剛の言葉に心臓を射貫かれた春子は、能面のような表情のまま微動だにしない。

「ホテルなんか行くことない。うちに泊まればいいよ」

「そんな――桑原さんにご迷惑はかけられません」

「いいんだ。君のおかげで、俺の潔白は証明できた。君には家族皆が感謝している。何も気兼ねなんかする必要はない。それに――俺の家で預かったほうが、君のお母さんも安心するだろう。春子さん――私は、あなたと息子さんの関係が壊れることを決して望んではいません。剛君は今は興奮していますが、落ち着けばきっとあなたの気持ちが分かると思います。でも、そのためには時間が必要です。暫くの間、数日か、それとも一週間程度か、それは分かりませんがうちでお預かりしたほうが――」

「駄目です！」

　と春子が叫んだ。

「私から剛を取り上げないでください！　剛をちゃんと育てることが市子への罪滅ぼしだって、そう私は心に決めたんです！」

「嫌だ！　僕は桑原さんと一緒に行く！」

　もちろん、俺は剛の父親にはなれない。どんなに剛が春子を拒絶し、自立を望んだとしても、春子が剛の母親であり保護者であるのは厳然たる事実なのだから。俺が剛を引き取れない以上、余計な情けをかけるのは却って剛のためにも良くないかもしれない――それは重々分かっているのだ。だがこのまま、剛と春子を置いて帰るのは不安だった。今の時代、親子間での殺人など珍しくもない。剛は大人びているが、受験を控えた多感な中学生であることには変わらないのだ。

俺は春子に言った。

「剛君は私といたい。保護者であるあなたは、私と行かせたくない。それならば、今のこの状況を解決する方法は一つしかありません——今晩は、私がお宅に泊まらせてもらいます」

その俺の申し出に、春子は少し驚いたような表情を浮かべた。

俺が剛を連れて家に帰ったら、春子は首を吊《つ》ってしまうかもしれない。俺は半年前、聡美の医療過誤の取材で関係者の自殺死体を発見しているのだ。彼女がワイシャツで首を吊り、押し入れの框《かまち》にぶら下がっている光景は今もこの目に焼き付いている。もちろん杞憂《きゆう》かもしれない。だが杞憂で終わるに越したことはないのだ。

「何のお構いもいりません。食事や寝床の準備も結構です。ただ、お宅に一晩いさせてもらうだけでいいんです」

春子は——。

小さく微笑んだ。ここに来て、初めて見た彼女の笑顔だった。

「面白い人ね——あなたは」

そう言って立ち上がった。

「お客様にそんな扱いはできないわ——夕食の準備の途中だったんです。食べていってください」

俺は剛と顔を見合わせた。先ほどまでの激烈な感情は、剛の顔から剝がれ落ちたように感じられた。

それから俺は、赤井母子と共に夕食を囲んだ。お世辞にも居心地が良かったとは言えないが、しかし、あのまま剛を連れて帰ったとしても、ずるずると実家に居座らせる結果になっただけかもしれないと思うと、やはりこうするのが一番いいんだと思った。

夜は剛の部屋で、床に布団を敷いてもらい、彼と一緒に眠った。聞くと、以前は市子の部屋だったという。剛と同じように、本当に市子には何の罪もないな、と考えた。ただ出席番号が近いというだけで、渡部と親密になった。だがそのせいで、彼女は自ら命を絶ってしまったのだ。

市子は早朝自殺したという。恐らく、渡部に春子と関係を持ったことを知らされて、すぐに自殺したのではないのだろう。いったんこの家に帰ってきたのだ。そして一晩悩み抜いた末、翌朝、自ら死を選んだ。その時、市子に変わった様子はなかったのだろうか。きっとあったのだろう。市子が死ねば、思う存分渡部との情事にふけることができる。だから春子は見て見ぬふりをした――そう考えるのはあまりに穿った見方だろうか。

いずれにせよ、十五年も前のことだ。事件の詳細をすべて明らかにすることは不可能だろう。

自殺する前の晩、彼女はこの部屋でいったい何を考えたのだろう。渡部に対する憎悪か。それとも春子に対する絶望か。自分は望まれて生まれてきたのではないかもしれない――そんな、考えるだに恐ろしい可能性に耐えられなくなったのか。

暗闇の中、そんなことばかりぐるぐると頭の中を巡り、枕が変わったこともあり、その夜はなかなか寝つかれなかった。

8

その翌日、俺は中野に帰った。雅代さんは俺がいったん東京に戻ると知るととても残念そうな顔をし、博多に帰る理由が、これでまたなくなってしまいました、などと言った。その言葉の意味を俺は深く問い質しはしなかったが、自分まで博多に帰ってしまったら、父が独りぼっちになってしまうという意味で言ったのだろう。

今まで父には、確信が得られるまであえて取材の過程を明らかにしていなかったので、これから書くつもりの記事の内容をすべて詳らかにした。ショックを受けると思ったが、父は、そうか、と一言呟いただけだった。激高するなり、涙を流してくれたほうがまだマシなのに、と思った。

東京に戻った俺は、真っ先に中田に連絡を入れた。彼は早く記事を書いてくれとせっついたので、俺はアパートの部屋からほとんど外に出ず、実家で書いた草稿を元に原稿を書き上げた。

俺の記事が掲載されたのは、浜松を後にした翌週の号だった。遺書で十五年前の強姦事件の犯人と名指しされたライター自身による反証記事は大きな反響を呼び、週刊標榜の当該号は瞬く間に売り切れた。読者にとって何よりも衝撃的だったのは、俺への怨恨の巻き添えになったと思われていた母こそが、本来の渡部のターゲットだったことだろう。真の動機を糊《こ》塗《と》するために、その息子の俺に高校時代の同級生の自殺の原因を作ったという罪を着せるなどまさに前代未聞の事件だった。しかも、その同級生を自殺させる原因を作ったのは本人の渡部なのだから尚更だ。

渡部は、仕事をせず、将来の見通しもなく、赤井市子を自殺に追いやった罪悪感もあり、人生に絶望していた。もしかしたら、俺の母親に恋い焦がれたのもそういうことが少なからず関係していたのかもしれない。だが拒絶された。もう死ぬしかないと覚悟しただろう。だがしかし、ただ死んだら、きっと俺の母親は自分にふられたショックで自殺したのだと周囲の人々に言いふらすかもしれない。プライドが高い渡部は、それが許せなかったのだ。

だから渡部は、同級生だった俺に目をつけた。本当は俺を殺そうとしたのだが、誤って母を殺してしまったという筋書きを描いたのだ。そして俺を殺す動機として、赤井市子の自殺を選んだ。十五年間ずっと、赤井市子の死の真相を解き明かした者はいなかった。彼女が死を選んだ動機は、渡部と春子だけの秘密だった。しかし、いつかその秘密が発覚するかもしれない――渡部は十五年間ずっと戦々恐々としていただろう。自殺への願望に駆られていたのも、まともな人生を送れなくなってしまったのも、偏にそれがあったからかもしれない。

だから渡部は、この機会に乗じて、赤井市子が自殺した動機の筋書きまで描いたのだ。赤井市子は桑原銀次郎に乱暴されたせいで自殺したという認識が世間に定着すれば、自分が赤井市子を裏切ったという真相は闇に葬り去られるのだ。もちろん市子の母親の春子は真実を知っているが、それを世間に告白する可能性はほとんどないだろう。渡部にとって隠しておきたい真実は、春子にとってもそうなのだから。

各マスコミもこぞって今回の事件を取り上げた。まるで推理小説のような事件である――そんな凡庸すぎる惹句《じゃっく》を掲げて報道した週刊誌もあったが、その言葉がすべてを物語っていた。俺は今までいろいろな事件を取材してきた。脱税や横領などの経済事件はまた話が別だが、こと殺人に限って言うとカッとなって衝動的に犯行に及んでしまうケースが圧倒的に多い。たとえ以前から恨みを抱いていたとしても、計画的に犯行に及ぶ者など皆無と言っていいくらいだ。だが今回は違う。

俺のもとには各社から取材や仕事の依頼が殺到したが、すべて断った。週刊標榜の中田にはライターになるきっかけを作ってくれたというだけに止まらず、今回の事件で世話になった。まだまだこの事件は商品価値があると中田は踏んでいて、俺に第二弾の記事を書くことを要求した。書き上げた原稿の分だけいくらでも誌面を確保すると言わんばかりの勢いだった。ＤＮＡ鑑定の結果を待つ間、俺に仕事をくれなかったくせに現金なものだな、とは正直思った。しかし——。

ライターにとって誰もがそうであるように、俺にも夢があった。それは自分の本を出すことだ。いずれ中田からこの事件をまとめたノンフィクションを出版しないか、という話も来るかもしれない。母が殺されたことには、もちろん無念な思いがある。それをネタにして金儲けをしていいのかという罪悪感もある。だがしかし、死んだ母が喜ぶことは、何より敵を取ることだ。

書くことはいくらでもある。渡部の母親の葵は、恐らく俺の取材に協力してくれるだろう。まず取り掛からなければならないことは、どうして渡部のような犯罪者が生まれたのかだ。

生い立ち、育て方、家庭環境——すべてを明らかにしなければならない。秋葉原に住んでいる阿部にも一度ちゃんと取材をしたい。何しろ彼が高校時代の渡部の一番の親友なのだから。何かその当時から、将来彼が殺人者になる予兆のようなものがあったかもしれない。

とりあえず、俺が今調べなければならないことは、渡部という男の人となりだ。嘉奈子からは大した話は聞けないだろうが、取材をしたが追い返されたという描写を付け加えるだけで、記事の信憑性が増すから、やはりもう一度会っておく必要はある。中野に住んでいる俺は阿部が暮らす秋葉原にはいつでも行けるので、まず浜松中心に取材の予定を組んだほうがいいだろう。熊本の香山は渡部と親密ではない様子なので、旧交を温めたいのは山々だが、取材として彼に会いに行く必要は特にないはずだ。

青葉幸太郎が俺の携帯電話を鳴らしたのは、そんなふうに俺が第二弾の記事の計画を着々と進めていた、ある日のことだった。

『読ませてもらいましたよ。さすがは手練手管で僕の記事を潰した桑原銀次郎さんだ。記事のリアリティというか、緊迫感が違う』

そう青葉は皮肉たっぷりに言った。彼が俺を逆恨みしているのは間違いない。ボツ記事を独断でブログに掲載したのだから、週刊クレールの編集部とは溝ができてしまったかもしれない。それでも名前が売れれば別の雑誌からオファーが来るだろうが、俺の記事によって彼の名前は地に落ちた。ブログのコメント欄は俺への誹謗中傷から一転、青葉に対する非難であふれ返ったという。今現在、青葉のブログはコメント欄を閉鎖し、更新もされていない。恐らくそのままフェードアウトするのだろう。もしかしたら彼のライター人生と共に。

「確かに私は週刊標榜の中田さんを通じて、週刊クレールの澤村さんにあなたが書く記事についてご相談しました。でもそんなことをせずとも、あなたの記事は活字にはならなかったと思いますが。澤村さんは聡明な方だとお見受けしました。渡部の遺書には掲載に足る信憑性はないと判断したんです。そして結果的にその判断は正しかった」

俺や中田の横やりがなくても、澤村は青葉の記事をボツにしたはずだ。当然、編集長は最終的にすべての記事をチェックするのだから。しかし、俺が彼の仕事に介入したのは事実だ。もしそんなことをしなければ、彼は原稿をボツにされても大人しく引き下がったかもしれない。彼が遺書をブログに掲載したのは、俺に対する反発が多かれ少なかれ影響しているのは間違いない。

もちろん、青葉のその早まった行為がなければ、俺が取材をすることもなく、真実にもたどり着けなかったかもしれない。その意味では俺は青葉に感謝するべきなのかもしれない

——だがそれも結果論だ。過去がどうであれ、重要なのは現在だ。

青葉の電話など受ける必要はなかったが、彼の気持ちも分かるだけに、最後の泣き言ぐらいは聞いてやろうという気持ちはあった。そもそも青葉に悪気はなかったのだろう。記事をボツにされて悔しいのは同業者の俺にはよく分かる。犯人の遺書という自分だけが持っている特ダネを捨て去るのは惜しかったのだろう。嘉奈子に払った五万円も、筆跡鑑定の料金も、記事がボツになったからもしかしたら彼が自腹を切ったかもしれない。だから、どうしても青葉は自分の記事を世に出したかった。次の仕事に繋げるために。

「あなたに個人的な恨みはありません。だからあなたも、どうか私を恨まないでいただきたい。私は自分の無実を証明しただけですから」

『証明？』

と青葉は俺の言葉を繰り返した。

「そうです。赤井市子を暴行していないという意味において、私には何の落ち度もない」

しかし青葉は、言った。

『あなたが証明したのは、赤井剛が渡部常久と赤井春子の間に生まれた子供だということだけだ。もちろん渡部と春子の関係を市子が知ってショックを受けたのは想像に難くない。しかしだからといって、自殺の動機がそれであるという証明にはならない。渡部は渡部で春子と通じて、あなたはあなたで市子を襲ったのかもしれないじゃないですか。あなたは、自分が市子を襲っていないという証拠を一つも出していない』

「馬鹿馬鹿しい――」

今すぐ電話を切ってやろうと思いながらも、俺は青葉の馬鹿げた非難に反論した。

「やってもいないことに証拠は出せない。それは悪魔の証明です。証拠は私を非難する人間が出すものです。今回の事件で証拠といえるものがあるとすれば、それはたった一つ、渡部の書いた遺書だけです。あの遺書が捏造であると判明した時点で、私が赤井市子を襲ったという疑いも晴れる、それが道理です。違いますか？」

しかし青葉は怯まなかった。

『渡部の遺書は真実で、あなたの記事の方が捏造かもしれない』

俺は大きくため息をついた。

「――もういい。話はこれで終わりにさせてもらいます」

『ちょっと待ってください！　僕の話を聞いてください』

「まだ、何か話すことがあると？」

『今の言葉は言いすぎました。謝罪します。しかし僕が言いたかったのは、あなたが渡部の遺書の内容に疑問を抱いたように、僕もあなたの書いた記事の内容に疑問を抱いたということです。あなたをまったく恨んでいないといったら嘘になります。しかしこうなったのは自業自得です。僕は早まり、そしてあなたは賢明だった。その差がこうして勝敗を分けた』

「僕は別にあなたと競っているわけじゃない」

『お願いです。最後まで僕の話を聞いてください。僕は所詮、渡部嘉奈子から持ち込まれた渡部の遺書に、自分の文章を添えてブログに掲載しただけです。誰でもできる仕事です。大したことじゃありません。しかしあなたは違う。あなたはあちこち駆けずり回り、自分でDNA鑑定の手はずをつけてくれる医者を見つけ、渡部の本当のターゲットはあなたじゃなく、あなたのお母さんだった、という答えを導き出した。その行動力と洞察力は尊敬に値します。これは皮肉で言っているんじゃありません。本気です』

青葉はいったい何が言いたいのだろう。確かに記事は成功し、業界での俺の株も上がったかもしれない。青葉が求めていたものを、結果的に俺が手に入れた。やはり皮肉で言っているのだろうか。

「取材はあなたもしたんでしょう？　何でも浜松の私の実家の方にも顔を出したとか」

『――ご存知でしたか。しかしお父上に追い返されてしまいました。こういう時、桑原さんはあの手この手を使って人心を掌握するんでしょうが、あいにく、僕にはそういう能力がないらしくて』

「それで、あなたは何を仰りたいんですか？」

『あなたは被害者の息子さんだ。しかも自分で関係者を訪ねて真相を導き出したという自負もあるでしょう。先ほど申しましたが、それはもちろん尊敬するんです。しかし、当事者だからこそ見えなくなってしまうものもあると思います。同業者ではなく、一読者の戯言《ざれごと》だと思って聞いてくれませんか？』

俺は暫く沈黙した。聡美の、あの言葉が脳裏に浮かんだからだ。

──元妻として、そしてあなたと同じように人を死なせた罪を着せられた者として忠告するわ。もしゴールが見えたら、いったん立ち止まって後ろを振り返って。

あの言葉は聡美の本音だ。半年前、俺は聡美に着せられた医療ミスの疑いを晴らすために駆けずり回った。そして聡美の無実を証明する決定的な証拠を手に入れた。きっと聡美は心底安心しただろう。だが予期せぬアクシデントで、せっかくの証拠も水泡に帰した。俺は聡美を救えなかった──。

だから聡美は、たった一人で山梨にいる。患者を死なせた責任を取らされて。久しぶりに会った聡美は毅然《きぜん》としているように見えた。しかし心の奥は後悔に満ちているだろう。あの時、どうして立ち止まって後ろを振り返らなかったのだろうと──。

俺は青葉に悟られないように、小さく息を吐いた。

「──分かりました。何ですか？」

青葉の話を聞くために立ち止まるくらいの時間の余裕はあった。もちろんここで電話を切ることもできるが、彼が何を言いたかったのか気になって、結局また青葉に連絡してしまうような気がする。そんな無益なことをするぐらいなら今、話を聞いたほうがいい。

青葉は単刀直入に言った。

『失礼な言い方かもしれませんが、渡部があなたのお母さんに恋をしたっていうのは、少し無理がないですか？　だってもう六十だったんでしょう？』

俺は小さくため息をついた。俺の記事のどこに疑問を感じたのかと思えば、そんなことか。

「渡部にはもともと、年上の女性に惹かれる傾向があったんでしょう。彼の部屋から発見されたＤＶＤがそれを証明している。渡部はニートでろくに仕事をしていなかったそうです。つまり女性との接点がない。そんな折り、渡部家にやってきた私の母に出会った。年老いた母親にコンプレックスを抱いていた渡部は、彼女に比べれば比較的若い母に惹かれたんです」

『そう、それはあなたの書いた記事にもあった。でも——どうしても納得ができないんです。そりゃ誰に恋愛感情を抱くのかは個人の自由です。三十過ぎの渡部が六十歳の女性に魅力を感じたって何の問題もない。実際、それぐらいの歳の差の夫婦もいるでしょう。でも僕が言っているのは年齢のことだけじゃないんです』

「じゃあ、何ですか？」

『渡部は赤井春子と関係を持って、市子を自殺に追いやった。曖昧に書かれていましたが、赤井春子の方から渡部を誘ったという認識でよろしいですね？』

俺はその青葉の言葉に、あえて何も言わなかった。春子と剛の母子に関する記述は、イニシャルにして可能な限りぼかして書いたからだ。だが青葉は俺の沈黙を肯定の印と受け取ったようで、言葉を続けた。

『恐らく渡部は市子を自殺に追いやってしまって、春子の誘惑に負けたことを悔いたでしょう。市子の自殺以降、渡部と春子の関係が途絶えたのが、その何よりの証拠です。もし渡部が市子を死なせても平気なろくでなしだったら、むしろ春子と会うための障害がなくなったとして、今まで以上に春子との情事にふけるに決まっていますからね』

「だから？」

『お分かりになりませんか？　渡部は同級生の母親と関係を持ったことを悔いていたんですよ？　それは彼の大きな心の傷になったはずです。まともに働くことができずニートになってしまったぐらいですから。そんな人間が、たとえ十五年の時を経たとしても、同じことを繰り返すと思いますか？』

俺は黙った。それはさっきのようにあえて黙ったのとは違った。何も言えなかったからだ。

もしかしたら渡部が年上の女性に惹かれるのは、春子との情交の記憶が忘れられなかったからかもしれない。それは別にいい。だがたとえ俺の母親と出会って、俺の母親に恋い焦がれたとしても、実際に告白するかどうかは別だ。だが渡部は実行に移した。そして母からの拒絶の手紙を受け取って、絶望した。

そう考えればパズルのピースが埋まる。俺は単純にそう考えた。しかし青葉の言うことも一理ある。渡部は同級生の母親と通じたことで、ガールフレンドを死に追いやり、心に深い傷を負ったのだ。それほど深いトラウマを抱きながら、どうして俺の母を愛することができたのだろうか？　渡部にとっては桑原京子という女性だって、同級生——つまり俺——の母親なのに。

「——渡部は桑原京子という女性が私の母親だと知らなかったんだ」

と俺は、絞り出すように声を発した。

『いや、そんなはずないでしょう。渡部は、桑原京子さんがあなたの母親だと知っていたからこそ、あんな遺書を書けたんだ』

「違う。そうじゃない。告白した最初の段階では、私の母親だと気付かなかったということです。後で気付いたからこそ、あんな異常な無理心中の計画を思いついた」

電話先の青葉がどんな顔をしているのかは分からないが、俺の記事の矛盾点を見事に突いてやったと、満足げな表情をしているだろう。悔しいがそれは認めなければならない。

『あなたにしては、無理のある推測ですね。そもそも渡部葵があなたのお母さんを協同組合に勧誘したのは、あなたの高校時代の連絡網がきっかけだ。あなたのお母さんにしてみれば、渡部葵があなたの同級生の母親であることは周知の事実だったはず。どの段階で渡部とあなたのお母さんの接点ができたのかは知りませんが、告白する段階では、当然渡部も京子さんがあなたのお母さんだと知っていたと考えるのが自然です』

「つまり、何が言いたいんです？　私が嘘をついているとでも？」

『そんなことは言っていません。捏造記事を発表などしたら、今後一切、この業界で飯を食っていくことができなくなる。賢明なあなたがそんなことをするとは到底思えない。ただ――この事件には、関係者のあなたが見落としているであろう、何か盲点のような要素があるような気がしてならないんです。今話に出た連絡網だってそうだ。おかしいのではないかと、少しでもお思いになりませんか？』

「渡部の連絡網に何があるっていうんです。同じクラスだったんですよ？　私の実家の電話番号が載っていたって、何も不思議じゃないじゃないか」

『あなたの連絡網――つまり、渡部の連絡網のことを言っているんじゃありません』

「え？」

『渡部嘉奈子の連絡網です』

「嘉奈子の？」

そうです、と青葉は言った。

『僕は渡部家に招かれたことはありません。あなたの記事には、渡部家には協同組合に関するものと思われる書類やチラシが積み重なっていたとありました。そんな性格だから十五年前の連絡網を捨てずに取っておいたんでしょう。でも、嘉奈子の連絡網はどこかにいってしまったと葵は言ったんですよね。おかしくないですか？　だってもう潰れた赤井市子の店のお品書きまで取っておくような女性ですよ？』

「それは――」

『しかも常久は長男ではありませんね？　健一という兄がいるとか。もうとっくに実家を出てしまって疎遠になっているという話だから、今回の事件には何の関係もないんでしょう。それはいいんです。当然、健一も中学なり高校なりに通っていたはずだ。健一の連絡網はどうしたんですか？　嘉奈子の連絡網のようになくしたんですか？　そもそもどうして高校時代の連絡網なんでしょうね？　協同組合に勧誘するのに葵は、長男でも長女でもなく次男の、小学校時代でもなく、中学校時代でもない、高校時代の連絡網だけを使った。これは非常に興味深いです』

大したことじゃない、そう自分に言い聞かす。嘉奈子も言っていた。葵がもし自分の友達の親を勧誘などしたら、葵を殴ると。葵は嘉奈子を恐れていた。だから渡部の連絡網を使ったのだ。

葵はリスクを承知で高齢で渡部を産んだ。そのこともあって、もちろん健一も嘉奈子も大事に育てただろうが、渡部に関しては二人よりも愛情を注いだとは考えられないだろうか。だからこそ渡部に関するものは、連絡網まで保管していた。当然、渡部のクラスメイトがどんな人間なのかは、葵も気になるところだろうから。

その愛情過多が渡部のような犯罪者を生み出してしまった、というのは十分考えられることだ。過保護が子供の育成に悪影響を与えるというのは月並みすぎる論評だが、週刊誌を読む者に対しては説得力がある。

確かに俺の書いた記事には、青葉が指摘したような欠点が存在するかもしれない。しかし些細なことだ。青葉の指摘を認めたところで、俺が赤井市子の自殺に関しては潔白だという結論は揺るぎはしないのだから。

「――あなたは同業者ではなく一読者の戯言だと思って聞いてくれ、と言った。あれは嘘ですね？　本当は、やはりこれは取材の電話でしょう」

『桑原さん、そんな質問は無意味ですよ。たとえ個人的な興味からあなたに連絡を差し上げたとしても、僕はライターです。記事を書くのが仕事だ。記事の種はどこにでも転がっている。今、その気がなくても、何日か後になってネタに困って記事にするというのはよくあることじゃないですか?』

青葉のその言葉は、今回は失敗したが、決してライターという仕事を辞めはしない、という決意表明のように聞こえた。つまり、遅かれ早かれ、彼はこのやり取りを記事にするつもりなのだ。

卑怯《ひきよう》だぞ、と青葉を責めることはできない。この程度のことはお互い様みたいなものだ。これ以上青葉と話をするのが嫌ならば、電話を切ってしまえばいい。それだけで傷口を広げなくて済むのだから。しかし——。

商売敵だとか、仕事だとか、そんな現実を一先ず措いて、彼の話をもう少しだけ聞くべきだと、心の中の何かが告げていた。

「仕事かどうかはこの際どうでもいい。あなたはその事象についてどう考えているんですか? こうして自信たっぷりに連絡してきたんだ。当然、青葉さんには青葉さんなりのお考えがおありなんでしょう?」

『私には分かりませんよ。だからあなたにご連絡したんです。あなたの意見を聞きたいと思って』

「葵は渡部を過保護気味に育てたから、渡部の交友関係に常に目を光らせていたんでしょう。だから高校時代の連絡網も何となく捨てずに取っておいた。高校時代の連絡網を使ったのも、それが一番近しいものだからでしょう。確かに十五年は一昔を遥かに越えていますが、小中学校の連絡網となるとそれよりも間違いなく古い。連絡先が変わってしまっている可能性もありえる」

『なるほど、一理ある。では、赤井春子と通じて悲劇を経験したはずの渡部が再び同級生の母親——桑原京子さんと通じようとした、その理由は？』

「それは渡部の勝手でしょう。私たちは彼が赤井市子の死に罪悪感を抱いていると推測していますが、そうでない可能性もある。もし罪悪感があったとしても、何しろ十五年も前のことですからね」

青葉は驚いたように、

『渡部が赤井市子の死に罪悪感を抱いていなかったと仰る？　罪悪感を抱いていたからこそ、まともな人生を送れなくなり、自殺しようとしたんじゃないんですか？　赤井市子の自殺の動機が暴かれることに、戦々恐々としていたんじゃないんですか？』

と言った。その驚きの声には、もちろん俺に対する嘲りが多分に含まれていた。

「犯人の渡部は自殺しています。死んだ人間にインタビューはできません。少しの矛盾が発生することは致し方がない」

『少しの矛盾、でしょうか？　私にはとてもそうは思えないのですが』

「少なくとも、週刊標榜の編集部も、この記事を書いた私も見落とすような矛盾です。大した問題ではありません。でも指摘していただいてどうもありがとうございます。参考になりました」

と俺は殊勝に言った。だが青葉に対する不快感以上に、彼が指摘した記事の矛盾点が楔《くさび》のように心に突き刺さったのは否定できなかった。

『記事の続報をお書きになるんでしょう？』

と青葉が言った。

『あれだけ話題になった記事だ。犯人の渡部の生い立ちを探る等、いくらでも書きようがありますからね』

「青葉さんはどうなさるんです？」

青葉は意味深な笑い声を発し、俺の質問には答えなかった。迂闊に手の内を明かしてしまったら、また俺の横やりが入ると思っているのだろう。だが俺とて、これ以上無益な泥仕合はしたくない。

「ちょうど浜松に戻って、渡部葵に取材しようと思っていたところです。例の連絡網の件も訊いておきますよ。きっと彼女はあなたの疑問に答えてくれると思います」

『そうですか。それは楽しみだ』

「訊きたいことはそれだけですか？」

『ええ、今のところは。桑原さん、有名になってお忙しいでしょうけど、頑張ってくださいね。同業者として、期待しています』

　青葉の皮肉を受け流し、俺はこちらから電話を切った。


　浜松に向かう新幹線の車中でも、ずっと青葉と、そして聡美の顔が脳裏にちらついていた。半年前の事件で不利益を被ったのは聡美だけではない。俺もだ。歩けば歩くほど、人と会えば会うほど、次々に新事実が現れ、俺は自分がまるでシャーロック・ホームズになった気分だった。つまり、調子に乗っていたのだ。そしてしっぺ返しを喰らった。自分を過信すると、物事を客観的に見られなくなる。そのことは半年前に学習していたと思っていた。まさか今回も――。

　だが、今回の事件は半年前のそれとは性質が違う。渡部が母を殺し自殺した。これは誰もが認める事実だ。これがたとえば渡部以外の人間が真犯人ということにでもなったら、確かに俺の失敗は誰の目にも明らかだが、常識的に考えてそれはないだろう。警察が徹底的に捜査したろうし、何より父の目撃証言もある。

連絡網の件など些細なことだ。人間はそうそう杓子《しゃくし》定規に動くものではない。物が捨てられない人間でも、うっかり大事なものを処分してしまったというのはよくある話だ。なぜ渡部の連絡網だけ取っておいたのか、などと葵に訊いても、彼女も答えに窮するだけだろう。別に彼女の意図したことではなく、たまたまそうなってしまっただけに違いない。

しかし、渡部が果たして二度も同級生の母親と通じようとするだろうか、という青葉の疑問は、ある意味、異様な迫力を伴って俺の胸に響いた。あんな記事を書いたものの、やはり俺は渡部が母を誘惑しようとしたなどと考えたくなかったのかもしれない。理屈ではない。想像しただけでもぞっとする。しかし、そう考えれば記事の体裁が保てるから、俺は嫌悪感を無理やり押し止めていたのだ。どうやら青葉からの電話が、その嫌悪感の蓋をこじ開けてしまったらしい。

だが、どうすればいいのだろう。渡部が俺の母に恋い焦がれていたと考えなければ、今回の事件は成立しないのだ。第一、もう記事を書いて週刊標榜上で発表してしまった。記事はセンセーショナルな話題を呼び、業界での知名度はそれなりに上がった。今になってその事実が否定されてしまったら、俺としては立つ瀬がない。

都合の悪いものになど目を塞いでいればいい、そう心の中のもう一人の自分が訴えている。

それが理性的な態度というものだ。真実か否かよりも、記事が社会的に評価されるかどうかの方が重要なのだから。評価されたものが真実になるのだ。そういうものだ。

それでも、不安は消せなかった。

ブログに不正確な記事をアップし社会的信用を失った青葉の二の舞いに、俺もなってしまうかもしれない。だが、それはもちろん恐れるべき事態だが、本質的な問題ではない。青葉にせよ、俺にせよ、意図的に嘘の記事を書いたわけではないのだから。

真に恐れるべき事態は、半年前のように、終わったと思っていた事件の裏側で、まだ何らかの悪意が胎動していないかということだった。青葉の指摘ごときでそんな恐れを抱くのは考えすぎだとは思う。だが仕事や損得勘定を別にしても、俺は自分の知らないところで事態が動いているということ自体が我慢ならないのだ。

その可能性が僅かでもあれば、調べて何もないことを確かめなければならない。俺はそう思う。

十一月の浜松駅前は肌寒かった。これから本格的に冬を迎えるという前触れの寒さだった。駅前のベンチに、ジャージを着た女性が寝転がっている。ホームレスなのだろうか。東京では様々な条例のせいもあり、いわゆる一目で分かるホームレスは姿を消しつつあるが、浜松はまだそうはなっていないようだ。しかし、それにしても女性のホームレスは珍しかった。

赤井春子と剛の様子も気になったが、春子は俺に対して気まずい感情を抱いているかもしれない。会うにしてもいきなり押し掛けるより、やはりまずメールで剛と連絡を取ってからの方がいいだろう。

俺はタクシーを拾って、以前、葵に指定された小学校に向かった。前もって渡部葵には電話したが、一向に電話が取られる気配はなかったので、直接押し掛けるつもりだった。もしかしたら、俺の書いた週刊標榜の記事によってマスコミからの電話が殺到しているから、出ないようにしているのかもしれない。いくらネットの影響力が絶大だと言っても、同業者に与える影響は活字媒体の方が遥かに上だ。

「お客さん、新聞記者の方ですか？」

運転手が声をかけてきた。

「どうしてそう思うんですか？」

「あの小学校の近くに、例の事件の犯人の家がありますからね」

俺は自分の予想が的中したことを知って、目を閉じ、軽く息を吐いた。俺は渡部のやったことを面白おかしく記事に書いたのだ。もちろんふざけて書いたつもりはない。だが、週刊誌の記事に仕立てるためには、どうしても読者の興味を引くような扇情的な文章を書く必要がある。

「やはり、有名なんですか？」

「事件が起こった当時はそれほどでもなかったんですけどね。後に犯人があれこれ隠蔽《いんぺい》工作をしたっていうことが明るみになってからは凄いですよ。犯人は自殺したそうなんですけど、自分に同情を引こうとしたって話じゃないですか。いや凄い気力だと思いますよ。自分が死んだ後のことなんてどうだっていいのに――」

「どうして俺が新聞記者だと？」

運転手の言葉を遮るように俺は言った。

「荷物を持っているし、一人で見物に来る人はあんまりいませんからねえ」

「見物？　野次馬まで来るんですか？」

「ええ。大抵が若い連中、まあ、お客さんに連中なんて言っちゃいけないんだけど、そういうお客さんがね。今から行く小学校も迷惑してるって話ですよ。近くに殺人犯の家があるなんて教育に悪いって。まあ、人が多くなってこっちの商売は助かっているんですけど、お客さんは野次馬じゃないんでしょう？」

俺はその運転手の質問に答えなかった。渡部が殺人事件の犯人であることは一貫している。事件発生当時も、もちろんその手の野次馬が集まってきただろうが、青葉のブログの件があり、渡部に対しては同情の声も少なくなかった。しかし俺が自分の身の潔白を証明し渡部の仮面を剝がした今となっては、その反動で渡部を糾弾する声がよりいっそう増しているのかもしれない。

葵や嘉奈子に対する同情心がほんの少しだけ心に浮かんだが、それだけだった。ただ自分が間違ったことをしていない、ということを証明するためにも、俺は青葉が投げ掛けた質問に自分なりの答えを出さなければ、とも思う。

小学校の前で降りた。学校前は人気がなく、物静かだった。きっと授業中なのだろう。辺りは初めて来た時と同じようにひっそりとしていた。静かな地方の住宅街といった感じた。あの運転手は話を大げさに言っていたのではないかと思ったが、考えが甘かった。

見覚えがある平屋の一戸建てに差しかかると同時に、明らかに取材用と見て取れるバンが目に入った。五、六人のマスコミ関係者と思しき人間がたむろしている。テレビカメラも入っているようだ。俺は立ち止まらずに、家の前を通り過ぎることにした。インターホンを押した瞬間に彼らは俺にマイクを突きつけるだろう。そして俺の正体が件《くだん》の記事を書いた桑原銀次郎だと知れたら、また余計な記事を書かれるに決まっている。

タクシーの運転手は俺をマスコミ関係者だと見抜いたが、当の彼らは同業者のことにはあまり関心はない様子だった。俺は偶然そこを通りかかった一般人のふりをして、彼らの横を通り過ぎた。そちらをまったく見ないのは逆に不自然なので、ちらりと渡部家の方を窺った。

ブロック塀には真っ赤なスプレーで、前衛芸術然とした落書きがされていた。塀のこちら側からでも、窓ガラスが何枚か割られているのが分かる。葵や嘉奈子はどうしているのだろう。この家の中で息を潜めているのか、それともどこか別の場所に身を寄せているのだろうか。よっぽど目の前にいるマスコミの人間に訊こうと思ったが、素性がばれたら面倒だと思い、止めておいた。

活字媒体が影響を与えるのは同業者だけではなかった。一目で野次馬と分かる若者たちが、地べたに座り込んで渡部家を遠巻きにしている。だらしない格好で、携帯電話をいじっている。葵や嘉奈子が現れたら、すかさずその携帯で写真を撮るつもりなのだろう。俺が赤井市子を乱暴したと世間に思われていた時すら、実家にこんな連中が集まっては来なかった。雅代さんの言葉をまざまざと思い出す――インターネットでは憂さ晴らしをするけど、普段は真面目で大人しいと。すべて事実だった。所詮ネットの情報は玉石混淆《こんこう》だ。素直に信じない者もいるだろう。だがテレビや新聞に取り上げられてしまったら、もう歯止めが利かなくなる。

そのまま渡部家を通り過ぎて暫く歩く。すると近隣住民と思しき二人の主婦が、遥か向こうの渡部家を見やりながら何やら話をしていた。俺は彼女らに話を聞くことにした。突然話しかけるとびっくりしたような顔をされたが、何か情報を得るためにはこういう人々の協力を仰ぐのが必要不可欠だ。

「渡部さんの娘さんの知人なんですけど、こういうことになってしまったから様子を見に来たんです。そうしたら、あれでしょう？　迂闊にインターホンを鳴らしたらすぐさまマイクを向けられるに決まっている。それが鬱陶しいから通り過ぎてきたんですけど、渡部さんのお宅、今どなたかいらっしゃいますかね？」

俺がそう言うと警戒心が解けたようで、彼女らはまるで水を得た魚のようにベラベラと話をし始めた。

「誰もいないんじゃないかしら。酷いんですよ。スプレーで塀に落書きしたり、瓶か何か投げつけて窓ガラスを割ったり。とても住めないから、どこか親戚のところにでも行ったんじゃないかしら」

「いえ、いないのは確かだけど、そういうことで留守にしているんじゃなさそうよ」

「あら、そう？」

確かに葵はともかく、強気な嘉奈子ならあの手の野次馬やマスコミなど怒鳴り散らして追い返してしまいそうな気がする。もちろん、それにしたって限度はあるが。

「ほら、渡部さんのお宅、借家でしょう？　殺人事件の犯人の家族なんかに家を貸せないって、賃貸契約を解除されたんでしょう？」

「そりゃ無茶です。借家権というものがあるんだ。たとえ大家でも住人を強制的に追い出すことはできないはずです」

　と俺は言った。彼女らは借家権と言ってもピンとこないようだった。

「でも大家さんにしてみたら、窓ガラスは割られるわ、落書きはされるわで、自分の家がどんどん荒れていくのが耐えられなかったんじゃないかしら。もちろん法律的にどうこう言う段階ではないと思うけれど、やっぱりいろんな理由で、今はあの家に住んでいないのよ。誰も引っ越す現場を見ていないから、まだ完全には引き払っていないと思うけど——」

「今、どちらにいるかご存知ありませんか？」

　二人は一様に首を振った。

「知らないわ」

「もともと、渡部さんはあまり近所付き合いされていない人でしたからね」

　これ以上、新しい情報を引き出すことはできそうになかった。俺は二人に礼を言ってその場を後にした。どうやら葵を探すために、またあちこち歩き回らなければならないようだ。俺は少し意気消沈した。思うように取材ができなくて落胆したのはもちろんだが、それ以上に俺が書いた記事によって、明らかに葵と嘉奈子の人生が激変したという事実を知ったからだ。

仕方がない。無実の罪を晴らすためには、ああするしかなかったのだ。俺の潔白は証明されたが、ある意味、それは苦い勝利だった。そもそも一番悪いのは渡部であり、葵や嘉奈子には直接の責任はない。だが、ああいう犯罪者を育てた母親、そして姉というだけで、彼女らは社会的に制裁を受けることになってしまう。もちろん、そういう社会が悪いと批判することはできない。俺はそれで飯を食っているのだから。

葵と会えないなら会えないで、せっかく渡部家まで来たのだから、写真を撮るなり、もう少し執拗に聞き込みをするなり、何かしらしたかったが、やはりマスコミに身元がばれるのは得策ではなかった。聞き込みをするにしても、いったん実家に戻って今後の計画を練ったほうがよさそうだ。

またとぼとぼと歩いて浜松駅前まで引き返した。初めて赤井家に向かった時も、門前払いされて収穫はゼロだったことを思い出した。ただその哀れな俺の姿を見て、剛が家まで訪ねてきてくれたのだから、まったく無意味ではなかった。

駅前で、あの時のようにバスにでも乗ろうか。それともタクシーを拾おうかな、と考えていると誰かの強烈な視線を感じた。

そちらに目をやると、ベンチに寝転がっている女性のホームレスがいた。今は起き上がって、じっと俺を見つめていた。何一つ感情が感じ取れない、まるで喜怒哀楽が潰《つい》えてしまったような表情で。

俺はゆっくりとそちらに近づいていった。冷静に考えれば、これで取材の足がかりができたと喜ぶべきだが、どうしてこんなところにいるのだという驚きの方が強かった。

「まだいたのね。とっくに東京に帰ったんだと思ったわ」

そう渡部嘉奈子は言った。

「いいや、一度東京に帰って、また戻ってきたんです。あなたこそ何をしてるんですか？ホームレスかと思った」

よくよく見ると、彼女が着ているジャージは、俺を家まで案内してくれた時に着ていたのと同じもののようだった。

「どうしてホームレスじゃないと思うの？」

「今さっき、あなたの家に行ってきました。葵さんに会おうと——でも、会えなかった。その——大変そうですね」

俺がそう言うと、突然嘉奈子は激高した。

「大変そう？　何しれっと言ってるの⁉　あんたのせいでああなったんじゃない！」

俺は小さく息を吐いた。この期に及んでまだこんな態度を取るのかと思うと腹立たしくもあるが、ここで感情的になっても仕方がない。

「――いつからここにいるんです？」

「昨日の夜からよ――お店に入るとお金がかかるから」

「大家に家を追い出されたって話を聞きましたが、本当ですか？　もしそうだとしたら、たとえ大家といえどもそんな権限はない。訴え出れば、間違いなくあなたたちが勝ちます」

「そんなこと言ったって――どうしようもないじゃない」

「葵さんはどちらに？」

　知らないわ、と冷たい声で嘉奈子は言った。

「あなたが書いた記事が出てすぐに、大家さんが血相を変えて家に来て、殺人者に家を貸していたとなったら体裁が悪いから、できるだけ早く出ていってくれって、そう――」

　確かに静岡は地方だが、東京に比べて特に田舎だとは思っていなかった。だがそれは所詮、静岡出身の俺のプライドに過ぎなかったのだろう。もちろん東京で差別がないと言ったら、それは嘘になる。だが加害者家族にとっては地方の方がより住みにくいというのは事実なのかもしれない。

「そしたら母さんは、よせばいいのに、また大家さんにペコペコ頭を下げて、近いうちに引っ越しますので、どうかそれまでいさせてくださいって――」

「それで？」

「母さんは出ていったわ、住まわせてくれる場所が見つかったら帰ってくるって、そう言い残して――きっと今、あちこち頭を下げて回っているんでしょうね」

母親の話をすると、途端に嘉奈子は泣き出しそうな顔になった。やはり彼女は彼女なりに家族を愛していたのだろう。時折見せる無礼にも思えた強がりは、弱い心を隠すためのパフォーマンスだったのかもしれない。

「でも、葵さんが戻ってくるまで、家にいればいいじゃないですか」

俺がそう言った途端、再び嘉奈子は激高した。

「そんなことができると思う⁉　あいつら四六時中インターホンを鳴らすのよ⁉　そんなの無視すりゃあいいって言われればその通りでしょうね。でもちょっと買い物に出かけるとコンビニまでついてくるのよ⁉　どうすればいいのよ！」

「――事件が起こった当初も、そんなことがありましたか？」

「あったわよ。でもその時は弟の遺書があったから、少しはあいつらも私たちに同情したみたい。でも今はそんなものないわ」

同時に、事件がどう転ぶか分からないから、マスコミも過剰な取材は控えていたのだろう。だが今は、渡部が同情の余地もない悪人であると断定されてしまっている。

「それでこんなところにいるんですか？」

「あいつらの目を盗んで、裏庭から塀を乗り越えて、お隣さんの敷地を抜けて逃げてきたわ。それがばれたら、どうせあいつらは殺人鬼の渡部常久の姉が不法侵入！　とやるでしょうね」

俺はそんなせこい記事を書くつもりはないが、そういう記事を書きかねない週刊誌がいくつか脳裏を過った。

「――行く当てはどこにもないんですね？」

と俺は訊いた。

「ないわよ――父さんには連絡つかないし、兄さんは、できるだけ早く来てくれると言ったけど、いったいいつになるか――」

泣きそうな声で、嘉奈子は答えた。俺はおもむろに携帯電話を取り出した。そして実家にかけた。

暫くのコールの後、雅代さんが出た。だが俺は声に違和感を覚えた。まるで泣きたいのに、それを必死で我慢しているような声。

「雅代さん？　どうしたんですか？」

『銀次郎さん――』

電話の主が俺だと知ると、雅代さんは本格的に泣き出した。

「大丈夫ですか？　マスコミに何か言われたんですか？」

渡部の家の前でマスコミが常時待機しているのだ。俺の実家にまで押し掛ける連中がいても、不思議じゃない。

『マスコミ？　いいえ、違います。そうじゃないんです』

「じゃあ、いったい――」

『さっき信介さんから電話がかかってきて――いい加減に博多に戻ってこいと、酷い剣幕で怒鳴られて――』

「――ああ」

俺は兄のことなんて、ほとんど忘れかけていた。だが兄嫁が、たとえ義父を一人にするのが心配だとはいえ、一ヶ月以上も夫の方の実家に身を寄せているのだ。この状況は傍から見れば別居以外の何ものでもない。兄は世間体を気にするタイプだ。

『私はもちろん、博多には戻るつもりだったんですよ。でも、お義父さんを一人残すのは心配だわ――そう一言ぽろっと言ってしまったんです。そうしたら信介さん、烈火のごとく怒って――博多に帰るのが嫌だと受け取られたのかもしれません。でも、銀次郎さんとデキているんだろうだなんて、そんな酷いことを言うんですよ？　私、もうどうしていいのか――』

確かに、自分の妻が、自分の父親や弟と一緒に、一つ屋根の下で寝泊まりをしているのだ。兄としては不安にもなるだろう。雅代さんを女として見ていない、と言ったら嘘になる。だからこそ、俺は兄の気持ちがよく分かった。母の敵を取ることにかまけて、兄に連絡するのを怠った俺にも責任がある。

「それで、兄はどうするつもりだと？」

『こっちに来るって言うんです。きっと私を博多に連れ戻す気です。もちろん帰らなければいけないと思います。それは分かっていますけど――』

雅代さんは涙交じりに言った。俺は嘉奈子を見やった。どこか白けたような顔をしてこちらを見ている。

「雅代さん。覚えていますか？　渡部嘉奈子さんのことを」

『――渡部嘉奈子？　渡部の姉のことですか？』

「はい、そうです」

『覚えてますよ。あの失礼な女性でしょう？　それが信介さんと何の関係があるんですか？』

「いえ、兄とは関係ありません――俺が週刊標榜に書いた記事を、雅代さんはお読みになりましたか？」

『ええ、読みましたとも！　私、胸がすっとしました。銀次郎さんが女性に乱暴するような酷い人じゃないってことが、これで世間の人たちにも分かるでしょう』

さっきまで泣いていたのが嘘のように、雅代さんは少し明るい口調で言った。俺の無実を雅代さんが喜んでくれて、俺も嬉しい。同時に、その嬉しさを決して恋愛感情に発展させてはならないと、自分に言い聞かせた。

「あの記事を書いたことで、渡部常久という男が、同情の余地のない殺人者だと世間に知れ渡りました――でも渡部の母親の葵さんと、そして姉の嘉奈子さんは家にいられない状況になっています」

『確かに葵さんは可哀想だと思います。でも、嘉奈子さんは被害者の遺族の私たちに、あんな失礼な態度を取ったんですよ？　いい気味です』

雅代さんが、そんなふうにはっきりと他人に対して嫌悪の情を表明したのは初めてだった。

「今、その渡部嘉奈子さんが俺の目の前にいるんです」

雅代さんは沈黙した。

「たまたま浜松駅前で会いました。どこにも行く当てがないんです。せめて俺が浜松に滞在している間だけ、寝床を貸してあげてはもらえませんか？」

『――どうして私に許可を求めるんですか？　ここは銀次郎さんの実家なんですよ？』

「もしかしたら、雅代さんは反対するかと思って」

『私よりもお義父さんの方が反対するでしょうね。自分を襲って、お義母さんを殺した男の親族を家に泊めるなんて――』


俺だって渡部の家族を家に泊めるだなんてどうかと思う。しかも嘉奈子は散々、俺に無礼な振る舞いをしたのだ。しかしせっかく見つけた嘉奈子を手放すのは惜しい。渡部の人となりを調べるため、俺は浜松に舞い戻ってきたのだ。嘉奈子は貴重な情報源だ。それに恩を売っておけば、態度が軟化して俺の取材に協力的になるかもしれない。ジャーナリストなどと大層なことは言わないが、仕事でやっているのは間違いない。あくまでも私情は封印するべきだ。


俺は嘉奈子を見つめ、電話先の雅代さんに、

「別に和解を要求しているわけではありません」

とだけ言った。嘉奈子も俺を見つめている。だがその瞳には何の光も宿っていないように思えた。

『銀次郎さんが浜松に滞在している間だけ、と仰いましたね。その後はどうするんですか？　また路頭に迷わせるんですか？　それとも一緒に東京に連れて帰るんですか？　銀次郎さんはああいう記事を書いた本人だから、余計に責任を感じているんでしょう。でも、そんな責

任を感じる必要はないんですよ。銀次郎さんは自分のやるべきことをやっただけなんですから』

「でも雅代さん――」

「もう、いいわ」

突然、嘉奈子が言った。俺は雅代さんとの会話を中断させて彼女を見た。

「あなたは私たちに同情しているのかもしれないけど、あなたの家族はそうじゃない。私だって、弟が殺した犠牲者の家族に厄介になるなんて気まずいもの」

そう言って、嘉奈子は俺にくるりと背を向けた。

「あ、待ってください！」

俺は携帯の通話口を手で塞いで、嘉奈子を呼び止めた。

「何よ！」

激高したふうに、嘉奈子は振り向いた。強がって俺を拒絶しても、どうせ行くところなどないのだ。

「嘉奈子さんに事件について二、三お伺いしたいことがあるんです」

「――まだ何か書くって言うの？」

疲れ果てたように嘉奈子は言った。

「もし、仰りたいことがあるのなら話していただきたいんです。できる限り、あなた方の言い分も記事にします」

「――どうせ何を言ったって、言い訳していると世間に思われるだけよ」

遂に嘉奈子はこらえ切れなくなったように一筋の涙を流した。どんな気持ちで、この駅前で一晩を過ごしたのだろう。嘉奈子はお金が勿体《もったい》ないと言っていた。ホテルはもちろん、マンガ喫茶に行く金も、ファミレスに行く金もないのだろう。もしかしたら、昨日から食事もまともに摂っていないのではないか。

嘉奈子を家に連れていく云々は、今、雅代さんと電話で言い合っても埒が明かない。いったん電話を切って、俺は嘉奈子に言った。

「例の二十四万円は、赤井家の風呂の修理代だったんですね」

はっとしたような顔で、嘉奈子は俺を見つめた。

「そのことも記事で明かせば、あなたを非難する人たちも減るでしょう。もちろん、私を脅して金を出させようとしたことは書きません。これは約束します」

「――そんなことで、またあの家に住めるようになるの？」

「それは分かりません。世の中にはいろんな人たちがいますから、あなた方への批判を完全に潰すことはできないでしょう。でも流れを良くすることはできる」

嘉奈子は俯いて、

「あの時は――本当にあなたが市子さんを犯したと思っていたから、春子さんが気の毒で仕方がなかったわ。だから――お風呂の修理代ぐらい、あなたに出させようと思って――」

と言った。

「素直に言ってくれればよかったのに」

「言ったら払った？」

俺は黙った。金の使い道がどうであれ、恐喝には変わりないのだから、結局払わなかっただろう。

「赤井春子さんに渡部の遺書を見せたんですか？」

「見せたわ――この遺書を記者に渡して記事にしてもらってもいいですか、って訊きに行ったのよ。その時、彼女ははっきり言ったわ。常久の遺書を世の中に広めてくださいって。むしろ喜んでいたような顔をしていた」

俺は何度も何度も頷いた。嘉奈子に頷いているのではなく、自分自身を納得させるためだった。赤井春子は、どこまでも自分が渡部を誘惑した事実を隠すために動いていた。しかし、それを糾弾する記事は書けない。剛のためにも。

「今晩、あなたがどこに泊まるのかは後で考えましょう」

と俺は言った。嘉奈子のホテル代ぐらいは必要経費で落ちるだろう。犯人の姉の独占インタビューが取れたら、記事に色を添えられる。

「食事はまだですよね？　何か食べながら話しませんか？」

嘉奈子はふてくされたように、いいわ、と言った。俺に協力したくないという態度は崩せないが、しかし空腹には耐えられない、といったふうだった。ここのすぐ近くに渡部が鍋焼きうどんを食べた『閣賀楽』があります、と言いそうになったが思い止まった。彼女とて、そんなところで食事をしたくないだろう。また、今回の事件において重要な役割を果たした店なので、マスコミの連中がやってこないとも限らない。

俺は嘉奈子と共に、渡部があの日、アニメの映画を観たショッピングセンターに向かった。何が食べたいですか、と訊くと嘉奈子はハンバーガーでいいわと答えた。ファストフードの方が気が楽なのかもしれないと思い、俺はあえて何も言わずに嘉奈子がリクエストした店に入った。

嘉奈子はハンバーガーのLセットを注文すると、むさぼるように食べた。やはり腹が減っていたのだろう。俺は嘉奈子が食べ終わるまで、余計なことは言わずに待っていた。

「ご馳走さま」

紙ナプキンで口元を拭い、嘉奈子は言った。

「とりあえず今はお腹が満たされたかもしれませんが、今後のことを真剣に考えないと」

「最近のマスコミって、報道被害を受けた加害者家族のケアまでしてくれるのね」

と皮肉たっぷりに嘉奈子は言った。どうやら腹が膨れて皮肉を言う余裕が出てきたようだ。

「つかぬことをお尋ねしますが、嘉奈子さんは高校時代の連絡網をまだ持っていますか？」

と俺は少し唐突に言った。

「連絡網？　知らないわよ、そんなの。何でそんなことを訊くのよ？」

「あの記事を発表したら、同業者からケチがついたんです。葵さんは渡部の連絡網を使って同級生の母親たちを協同組合に勧誘したのに、何故、嘉奈子さんの連絡網は使わなかったのかって」

ケチをつけたのが青葉だということは、あえて伏せておいた。途端に嘉奈子は嫌な顔をした。

「その話、前もしたような気がするわ。言ったじゃない。自分の母親がそんなこっ恥ずかしいことを始めたら殴るって」

「殴られたくないから、葵さんはあなたの連絡網を使わなかったんですね？　でもそういうことをされて恥ずかしいのは、渡部も一緒だと思うのですが」

「常久は大人しかったから、そういう親の横暴にも耐えていたのよ。だから爆発してこんなことになった」

と嘉奈子は言ったが、あまり納得はできなかった。過保護な母親に反抗して犯罪を犯すのなら、まずその牙《きば》は当人の葵に向けられるのではないだろうか？　でもそうではないのだ。殺されたのは俺の母親だ。俗に言う、親に迷惑をかけたかった、という動機だろうか？　しかしそれと渡部が俺の母に恋い焦がれていたという事実とは、どうも上手く重ならないような気がする。

「葵さんが渡部の連絡網を、協同組合への勧誘に利用していたことを、あなたはご存知だったんですか？」

「知らないわよ、そんなの。こんなことになって初めて知ったわ」

だとしたら、やはり葵は嘉奈子の連絡網も利用するような気がする。もちろん嘉奈子は激高するだろうが、知られなければ問題ないのだ。

「疑問に思ったんです。葵さんは物持ちがよいタイプのようにお見受けしました。渡部の高校時代の連絡網を後生大事に取っておいたぐらいです。なら嘉奈子さんや、健一さんの連絡網も取っておいてもおかしくはない。でも、そうではなかった」

「それがそんなに重要なことなの？　単に古いものだからどこかにいっちゃったんでしょう？　別に捨てようと思わなくても、そういうことはよくあるわ」

俺は頷いた。

「そう、私もそう思っていたんです――ただ、同業者が指摘した疑問点はそれだけじゃなく、渡部が同級生の母親と通じたことで悲劇になった過去があるのに、どうしてまた俺の母親相手に同じ間違いを――」

「ねえ、桑原銀次郎さん？」

嘉奈子はまるで俺の話を遮るかのように言った。

「あなたの書いた記事の矛盾点を私に訊かれたって分からないわ。それって結局、あなたの記事が間違っていたってことじゃないの？」

「――」

俺は思わず言葉を失った。そんな当たり前のことを、俺は今まで考えなかった。いや、考えないようにしてきたのだ。

確かに、それが一番まっとうな考えなのだ。しかしどうやら俺は半年前の過ちを再び繰り返したくないという想いが先に立って、無意識のうちに自分のミスかもしれないという可能性を押し殺していた。

だが――青葉が指摘したその二つの矛盾点が些細なことなのは間違いないだろう。渡部が俺の母親を殺したという現実は覆らない。記事に僅かな矛盾点があったからといって、俺の書いた記事全体が誤りだと言うのは早計に過ぎる。

「第一、私や兄さんの連絡網なんて処分したって一向に構わないのよ？」

「それは、どうして――」

嘉奈子は言った。

「だって卒業アルバムがあるもの」

「卒業アルバム？　しかし私たちの年度の卒業アルバムには連絡先が――」

はっとした。そうだ、確かに俺たちの高校時代の卒業アルバムには連絡先が省かれている。個人情報保護のためだ。しかし嘉奈子や健一が高校生の頃には、そのような感覚が薄かったのかもしれない。現に俺たちの世代でも、小中学校の卒業アルバムには卒業生の連絡先が記載されているのだ。

「嘉奈子さんの卒業アルバムには連絡先があるんですか？」

「あるわよ。最近の卒アルには連絡先がないって聞くけどね」

俺は葵が嘉奈子の同級生を協同組合に勧誘しなかった理由を、連絡先が分からない、つまり連絡網を紛失したからだと考えていた。だがもし、卒業アルバムで十分用が足りるから連絡網を処分したのだとすると、その推理は成立しなくなる。

では何故、葵は嘉奈子や健一の同級生の親も、協同組合に勧誘しなかったのだろうか？

嘉奈子の手前、勧誘していないとは言ったが実際は勧誘していたのではないか？　葵は協同組合は会員をできるだけ集めなければ運営が成り立たないと言っていた。だとしたら手当たり次第に電話をかけたに違いない。だが、そうでなかったとしたら——。

「卒業アルバムは、あの家にあるんですか？」

「そうよ」

「——そうですか」

俺は思わず落胆した。

「何？　どうしたの？」

「卒業アルバムの名簿の人たちに連絡して、葵さんから勧誘の電話が来たか否か確認したいと思ったんです」

嘉奈子は呆れたような顔をした。

「そこまで、する？」

だが俺はどうしても確認したかったのだ。葵が嘉奈子の同級生をも協同組合に勧誘していたなら、何の問題もない。そうすれば、俺の母親はたまたま渡部の目に留まり殺されてしまったという記事の趣旨を裏付ける結果になる。

俺の書いた記事は間違いなんかじゃない。もちろん、犯人の渡部が既に死んでいることもあり、正確ではない部分も若干あるかもしれない。しかし大筋では間違っていないはずだ。

「もう一度、お宅に忍び込んで卒業アルバムを取ってくることはできないでしょうか？」

「忍び込むってどうやって？　またお隣さんの庭から入れって言うの？　嫌よ、見つかるかもしれないもの」

「お隣さんに断って庭を抜けさせてもらうのは？」

「ご近所と付き合いなんかないし、みんな私たちのことを犯罪者を見るような目で見るのよ。まあ――あながち間違ってはないけれど」

「そんなことはない。犯罪者は渡部であって、あなたは関係ない」

「そりゃあなたは他人事だからそう言うのよ。ご近所にとってはあの家は悪魔の家よ。悪魔の家に住む者は、みんな悪魔。だからあなたの家に匿《かくま》ってくれるって言ったけど、いいのよ。無理しなくても。私が行ったら、あなたの家も悪魔の家になってしまうもの」

「そんな言い方は――やめたほうがいい」

と俺は言った。世間の偏見を煽《あお》り立てて商売している俺を、嘉奈子が責めているかのような、そんな気がしてならなかった。

「そんなに卒業アルバムが必要なの？」

「はい――いや、いいえ」

「どっちなの？」

　俺は暫く逡巡《しゅんじゅん》してから言った。

「もし葵さんが嘉奈子さんの同級生も勧誘していたら、私の書いた記事の信憑性が増します。もし勧誘していなかったら、少しだけ風向きが悪くなります。いずれにせよ、私の個人的な問題です。どんな結果になったにせよ、嘉奈子さんが今置かれている状況が良くなることはありません。だから忘れてください」

「あなたは、それを確かめたいのね？」

「――できれば。でもいいんです。葵さんはいずれ戻られるでしょう。その時に訊きますから」

　しかし嘉奈子は、

「駄目よ」

　と言った。

「母さんが本当のことを言うとは限らないわ。第三者に確かめたほうが確実でしょう？」

「葵さんが嘘をつく理由があるんですか？」

「知らない。でも女を簡単に信じないほうがいいわ」

　と嘉奈子は自分も女であることを棚に上げて言った。

笑い話にはできなかった。もちろん半年前の事件が脳裏を過ったからだ。あの事件で、俺は様々な女性と巡り合った。皆、何かしらの秘密を抱えていた。今回の事件も、後で思い浮かべて、同じような感慨を覚えるようになるのだろうか。

嘉奈子はすっくと立ち上がった。

「ど、どうしたんですか？」

「卒業アルバムを取ってくるわ」

決意に満ちたような顔だった。

「大丈夫ですか？　マスコミがいますよ」

「そりゃ、あんな連中に囲まれている家で寝泊まりはしたくないけど、物を取って帰ってくるだけなら大丈夫。ハンバーガーを奢《おご》ってくれたお礼よ」

「私も行きます」

と言って俺も立ち上がった。渡部家に群がるマスコミを評論するかのような口調で話をしてしまったが、俺とて『あんな連中』の一人であることには変わりないのだ。

「いいわよ。加害者家族と被害者遺族が一緒にいるところを見られたら、何を言われるか分かったもんじゃないわ」

「私もそう思います。しかし――」

誰か卒業アルバムを貸してくれる友達か、もしくは代わりに卒業アルバムを取りに行ってくれる人はいないんですか？　と訊こうとしたが止めた。そんな親しい人間がいるのなら、何も浜松駅前で一晩過ごすことはないはずだ。

「大丈夫よ。しつこく付きまとってくるだろうけど、タクシーに乗っちゃえば諦めるでしょうよ。ヘリコプターで追っかけるほど、私は重要な人間じゃないと思うし」

「本当に、大丈夫ですか——？　万が一、何かあったら」

嘉奈子は先ほどの涙にくれた顔が嘘のように、半ば呆れたふうに言った。

「何かあるって言うの？　心配のしすぎよ」

「そうですね——そうだ、嘉奈子さん。もし身の回りの日用品で手元に置いておきたいものがあれば、一緒に持ち出したほうがいいかもしれません」

「どうして？」

「嘉奈子さんが今晩どうするにせよ、駅前で野宿するのを黙って見過ごすことはできません。どうであれ、ベッドで眠れるように手配します」

「——どうして」

「え？」

「どうしてそこまでしてくれるの？　私——あなたからお金をせびり取ろうとしたのに

「――」

仕事だから――そう正直に答えるのが忍びなく、俺は歯の浮くような台詞を嘉奈子に告げた。

「そのお金だって、あなたの私利私欲のためではなかった。それで十分です」

一時間後に、赤井剛と待ち合わせした例のコーヒーショップで嘉奈子と落ち合うことにした。俺は気が気ではなかった。マスコミに彼女が揉みくちゃにされないかという心配はもちろんだが、それよりも彼女がそのままどこかに姿を消してしまうのではないかという不安があった。だからこそ、俺は同行しようと言ったのだ。

殊勝な態度を見せるようになったが、しかしどこかつかみどころのない女性という印象は変わらない。何より彼女が俺に協力する義理はないのだ。取材をすればするほど、渡部常久という男の闇が暴かれるだけなのだから。俺との約束をすっぽかしても不思議ではない。俺は気もそぞろにブレンドをガブガブと飲んだ。お代わりもした。

しかし彼女は、約束の時間に十五分遅れたが、ちゃんとコーヒーショップに姿を現した。少し目が赤い。やはり何かあったのだろうか。

「大丈夫ですか？」

「大丈夫よ――ちょっと酷いことを言われただけ。言い返せば向こうの思うつぼだから黙っていようと思ったけど、我慢できなくて怒鳴っちゃった」

「何を言われたんですか？」

「もうすぐ五十歳なのに、まだ結婚しないんですかって言われたの。酷いでしょう？　確かに私は四十六よ。だからってもうすぐ五十歳なのにって、そんな言い方はないじゃない。弟が人殺しだからどうとか言われるのはまだ我慢できるわ。そのせいでこんなことになっているんだから――でも、私のことは関係ないでしょう？」

健一も嘉奈子もぐれてしまったから、最後の望みをかけて渡部を産んだと葵は言っていた。ぐれていたと言うから、その頃嘉奈子は中学生ぐらいだろうか。だから俺よりも一回り以上年上であることは分かっていたが、具体的に年齢を知らされると、やはりほんの少しの驚きは隠せなかった。確かに肌艶《はだつや》は四十代相応かもしれないが、言われなければ三十代後半には見えるかもしれない。

だが嘉奈子の年齢はどうでもよい。問題は卒業アルバムだ。

もしかしたら古いものだから、利用するのは気が引けたのかもしれない、と一瞬思った。だがそれも考え難い。葵はかなり熱心に協同組合へ勧誘していたという。名簿とみれば手当たり次第に電話をかけたはずだ。どうせ駄目でもともとなのだから。

「それで、どうするつもりなの？」

　と嘉奈子が訊いた。

「この名簿の人たちに電話をかけます」

「今？」

　俺は頷いた。卒業アルバムにはその年度の卒業生全員の名簿が載っていたが、とりあえず卒業時に嘉奈子と同じクラスだった生徒に連絡することとした。葵が渡部のクラスメイトの家に電話をかけたことは分かっている。仮に葵がこのアルバムの名簿全員に電話をかけたとしても、嘉奈子のクラスメイトだけには電話をかけていなかった、ということはありえないだろう。

「ここじゃ携帯はかけられないので、とりあえず外に出ましょう。あ、飲み物がまだでしたね。何がいいですか？　ソイラテ？」

「そんな小洒落《こじゃれ》たもの飲まないわ。アイスコーヒーでいいわよ」

　嘉奈子にテイクアウトのアイスコーヒーを買ってやり、俺は彼女と共に卒業アルバムを抱えて店を出た。そして嘉奈子が寝転がっていたベンチに二人並んで座り、卒業アルバムの名簿を見ながら一人一人に電話をかけ始めた。

「――何でも行動が素早いのね」

アイスコーヒーを啜《すす》りながら、嘉奈子が言った。

「時間を無駄にしたくはありませんから。ただ今回はDNA鑑定の結果待ち等、自分ではどうしようもできないことも多かったので、歯がゆかったです」

「私も何でも素早く行動していたら、今ごろ大学生の息子ぐらいいたかもしれないわね――この歳で子供を産むのはもう無理ね――」

と嘉奈子が疲れたような声で言った。葵も高齢で渡部を産んだが、その頃の葵は、今の嘉奈子よりも若かっただろう。もちろんまだ嘉奈子が閉経を迎えていなければ妊娠、出産は可能だ。しかし嘉奈子の人生に口を出すために彼女と会っているわけではないので、俺はあえて何も言わなかった。

皆そうだ。自分の人生に後悔していない人間などいない。

結果として殺人者を一人この世に産み落としてしまった葵も、自分の選択を後悔しているだろうか、と俺は思った。

携帯電話で、名簿に載っている嘉奈子の同級生たちに電話をかけた。やはり三十年近く前の名簿なので、繋がらない番号も多かった。電話が繋がった場合は、自分の身分を名乗り、渡部嘉奈子の母親から電話がありませんでしたか？　と尋ねるが、皆ピンとこない様子だった。もう実家にはいない同級生たちが多数いたが、それは別にいいのだ。俺が問題にしているのは、葵がこの番号に電話をかけたか否かなのだから。

親が電話に出るケースが圧倒的に多かった。実家を出ていない、あるいは実家に戻ってきている同級生たちも、この時間は仕事だろう。何のことだか分からないと一方的に電話を切る者もいれば、俺が例の事件の被害者の息子であることを知りお悔やみの言葉を言う者もいた。だが、葵からの電話を受けたという者は、ただの一人もいなかった。

「お忙しいところ申し訳ありませんでした。ありがとうございました――」

最後の一人に電話をかけ終わり、俺は若干の落胆の気持ちと共に卒業アルバムを閉じた。

「駄目だったの？」

俺が電話をかけている最中、ずっとアイスコーヒーを啜っていた嘉奈子が言った。

「はい――嘉奈子さんのクラスメイトだった方々のお宅に電話をかけさせてもらいましたが、葵さんから協同組合へ勧誘されたという方は一人もいませんでした」

「それって、どういうこと？」

俺は、

「もしかしたら、葵さんは、渡部の同級生の家にだけ、勧誘の電話をかけたんじゃないでしょうか」

と言った。

嘉奈子はその俺の言葉を聞いて、暫く考え込むような素振りを見せてから、

「つまり、どういうこと？」

「嘉奈子さん。葵さんは、いつからあの協同組合の野菜を買うようになったんですか？」

「いつごろだろう。でもつい最近よ。昔はそんなことやっていなかったんだもの」

「最近って、今年に入ってからのことですか？」

「詳しくは知らないけどそうだと思う。いつの間にか、あの野菜のケースが玄関に置かれているようになったのよ」

俺は暫く黙り込んだ。渡部のあの策略が脳裏を過った。

渡部のターゲットは最初から母だった。しかしその真の動機を悟られたくなくて、本当は俺を殺そうとしたが誤って母を殺してしまった、という偽の事件の筋書きを描いた。俺が赤井市子を乱暴したという件も、鍋焼きうどんが生じさせたプルースト効果も、みんなその筋書きを成立させるための嘘だった。

同じことを、葵も行っていたとしたら？

つまり協同組合へ勧誘するために渡部の同級生の家に電話をかけたのではなく、渡部の同級生の家に電話をかけるために協同組合に加入したとは考えられないだろうか――。

だが何故？　そんな行為にいったい何の意味がある？

「葵さんはいつ戻られるんでしょうか」

「知らないわ」

――考えすぎだ。そう自分に言い聞かせる。仮に俺の高校時代の同級生の家にしか葵が電話をかけていなかったからといって、何だと言うのだろう。まず最初に、葵は渡部のクラスの連絡網に手を付けた。やはりまったくかかわり合いのない他のクラスよりも、渡部のクラスメイトの方が話の取っ掛かりがつかみやすいと考えたのかもしれない。その判断は極めて自然だ。そして俺の母親が葵の勧誘に乗ったから、そこでいったん勧誘をストップしただけかもしれない――。

だが、ここでもう一つの問題が浮上する。赤井春子と通じたことで赤井市子を自殺に追いやった渡部が、果たして同級生の親――俺の母親を好きになるだろうか？

連絡網などより、こちらの方が俺にとってはより切実な問題だった。この問題に答えを出さなければ、記事全体の信憑性が疑われる。

――もし、まったく違う動機で、渡部が母を殺したとしたら？

もしかしたら、葵が母を勧誘したのは、身近にあった卒業アルバムや連絡網といった名簿から手当たり次第に電話をしたのではなく、最初から渡部の高校時代のクラスメイトの家に狙いをつけていたのではないか。そこに渡部が母を殺した本当の動機があるのではないか。

「結局、卒業アルバムは無駄だった？」

と嘉奈子はどこか醒《さ》めた目で言った。確かにわざわざマスコミを掻《か》き分け家まで取りに行ったのに、何の収穫もなかったとなったら醒めた目にもなるだろう。

俺は嘉奈子の質問に答えずに、

「先ほど、嘉奈子さんは四十六歳とおっしゃいましたが、だとしたらこの卒業アルバムは相当古いものですね？」

と訊いた。年齢を言われると、あからさまに嘉奈子が不快な表情をしたが、構わずに話を続けた。

「そんな昔の卒業アルバムを大事に取っておくなんて、嘉奈子さんにとって高校生活はいい思い出だったんだな、と感じたんです」

嘉奈子は苦笑した。

「高校の思い出なんて、特に嫌なこともなかったけど、いいこともなかったわ。卒業アルバムを捨てないで取っておいたのは、何となく捨てられなかっただけよ」

確かに俺も、卒業アルバムの類いは捨てるのに抵抗がある。何十年経ってもそうだろう。約三十年前の卒業アルバムを嘉奈子が後生大事に取っておいたのは別にいい。古くなればなるほど、余計に捨てられなくもなるだろう。問題はそこではないのだ。

どうして葵は、嘉奈子がせっかく卒業アルバムを捨てずに取っておいたのに、その貴重な名簿を勧誘に利用しようとしなかったのだろう？　会員が多ければ多いほどいいのではなかったのか？

「嘉奈子さん、一つお尋ねしていいですか？」

「何？」

「渡部の女性のタイプです。年上の女性に惹かれるようなことがありましたか？」

「何で今更そんなことを訊くの⁉　そうなんでしょう？　だから記事に書いたんじゃないの⁉」

その嘉奈子の言葉が俺の胸に突き刺さった。渡部が年上の女性に憧れにも似た性的感情を抱いていたという推測は、俺の記事の根幹を成している。それがもし誤りだったとしたら——。

「私の書いた記事で、初めて渡部にそのような性的嗜向があったことを知ったと？」

「そうよ。そうに決まっているじゃない。そういうＤＶＤを持っていたんでしょう？」

「嘉奈子さんは渡部が、その手のＤＶＤを持っていたことを——」

「知るわけないでしょう⁉　何が言いたいの？」

「——もし、渡部がそういうＤＶＤを買うとしたら、どこで買うと思いますか？」

「さあね、ネットで買ったんじゃないの？　そうでなければ――」

「心当たりが？」

「中古のＤＶＤ屋が家の近くにあって、近くって言っても自転車で行くような距離なんだけど、そこでよくＤＶＤを買っていたみたい」

「どうして、それを？」

「自分の部屋で、子供が観るようなアニメのＤＶＤを観てたから。レンタルしたのかって訊いたら、買ったって。私、ちょっと呆れちゃって、そんなものを買うお金持ってたの？　って訊いたら、中古だから安かったって。家の近所でそんな中古のＤＶＤを売ってる店っていったら、あそこしかないわ」

アニメのタイトルを訊くと、嘉奈子は予想通りの答えを返してきた。間違いない。渡部の部屋で見つけた、靴の臭いで自分を取り戻すアニメだ。渡部が恐らくプルースト効果の発想を得たであろう作品。

果たして、そこに渡部が頻繁に足を運んでいたか否かは定かではない。しかし娯楽が少ない浜松に住んでいて、家の近所にその手の店があったら、それなりに贔屓《ひいき》にするのではないか。渡部のようにアニメの趣味がある男なら尚更だ。

「そこに行きたいのですが、案内してもらえますか？」

「今?」

「はい。行動が素早いことだけが取り柄でして。あ、いや、やっぱりいいです」

「どっちなのよ?」

俺は被害者の息子ということもあり、渡部に関してはかなり突っ込んだ取材をした。だから渡部の人となりについての隣近所での評判など、表層的な取材はあえてしてこなかった。だが大多数のマスコミは渡部個人とは何の関係もないのだから、表層的な取材しか行えないだろう。渡部が近所の店でアニメやアダルト物のDVDを購入していたなど、表層の極致だ。だから件のDVDショップにも、マスコミがいる可能性がある。万が一、出くわして俺が嘉奈子と行動を共にしていることが知れたら、少し面倒なことになるだろう。

「お店の名前と住所を教えてくれますか? 後で一人で行ってみます。嘉奈子さんはどこかホテルの部屋を取るので、そこで休んでいてください」

「住所なんて知らないわよ! 名前もビデオ何とかってことしか知らない。常久はともかく、私はDVDなんて買わないもの」

「でも、店の場所はご存知なんですね?」

「知ってるわ。だから私が案内してあげる。一緒にいるところを見られたくないなら、店の外で待ってるわ」

その嘉奈子の申し出に一瞬躊躇《ちゅうちょ》したが、結局受けることにした。店を探す手間が省けるのは、こちらとしてもありがたかった。

どんな都市でも、駅前は開けていて、人も多く、賑やかだが、駅から離れるに従って徐々に寂れてゆく。これはどこでも、東京でももちろんそうだ。だが地方都市は寂れてゆく加速度が物凄いような気がする。一生懸命背伸びして東京のような大都市に追いつこうとしているが、体力が保《も》たなかったという印象だ。渡部が通っていたと思しきビデオ屋は、寂れが始まろうとしている、ちょうど駅前からタクシーで1《ワン》メーターほどのところにあった。

『ビデオパラディソ』という、素直にパラダイスと命名しなかったところに店主のこだわりが感じられるDVD店だった。だが、店名が掲げられた看板も、庇《ひさし》も、ところどころ色が落ち、錆《さび》のようなものが浮き、『楽園《パラディソ》』というにはあまりメンテナンスは行き届いていないようだ。ただ息の長そうな店舗を見る限り、それなりに経営は成り立っているのかもしれない。

「あそこで待ってるわ」

と嘉奈子は道路を挟んだ向かい側に設置されている自動販売機を指さした。この期に及んでどこかに行ったりはしないだろうと判断し、俺は頷き、一人で店内に足を踏み入れた。

入ってすぐの棚には洋画の新作や、ファミリー向けのアニメ、K－POPのライブDVD

などが陳列されている。有名な作品を手に入れるのにはいいかもしれないが、あまりマイナーな作品は置いていないようだ。向こうには十八歳未満の立ち入りを禁じるピンク色の暖簾が掲げられている。あの向こうに陳列されているのはすべてアダルトDVDなのだろう。この店舗の大きさで、一般作品がこれだけしかないということは、店の半分以上の商品がアダルトDVDなのかもしれない。

少なくとも一般作品のコーナーには客の姿は見えなかった。俺はレジで暇そうにしている店員に話を聞くことにした。

「すいません。ちょっとお話しよろしいですか？」

迷惑がられると思ったが、若い店員は、いいすよ、と軽い声を出した。まるで俺が話しかけるのを予想していたようだった。

「ひょっとして、こちらにもマスコミが？」

「ええ、ボチボチ来ますね。でも今日はあなたが初めてです。午前中に誰も来なかったということは、そろそろ下火になったのかな？」

事態を了解しているのなら話は早い。俺は早速本題に入ることにした。

「週刊標榜という雑誌で記事を書いている者ですが、こちらでよく犯人の渡部常久が買い物をしていたと聞いたのですが、事実ですか？」

「ええ、名前は知らなかったけど、常連さんでした。でも多分、あなたが期待するような話はできないと思うけど」

「と、いいますと？」

「いや、取材の人が来るたび本当のことを話すんだけど、みんながっかりしたような顔をして帰っていくから。あの人がホラー映画のDVDばかり買っていたのなら、それなりに盛り上がる記事が書けるんでしょうけど、実際買っていったのは、穏やかな感じのアニメばかりだったから。賞を取った劇場用のアニメとか、皆が観ているようなテレビアニメとか、そんなんです。あまり殺人犯に似つかわしいマニアックなDVDは買わなかったなあ」

殺人犯に似つかわしいDVDとは、今彼も言ったホラー映画に代表される過激な描写が含まれる作品だろう。そういう作品を好んで観たから殺人犯になったとは思わないが、人々の興味を煽り立てる記事が書きやすいのは事実だ。

「アダルトDVDは？」

「そうそう、エロ物はまったく買いませんでしたよ。それもあってあの人のことは印象に残っていたのかもしれない。男性の常連さんは、大抵あっちのコーナーに行きますからね」

そう言って、店員はピンクの暖簾の方に顎をしゃくった。

「失礼ですが、店員はあなただけではないんですね？」

「そりゃそうですが、誰に訊いても同じですよ」

嫌な胸騒ぎがした。だがまだ決まったわけではない。ここで買わなかったからと言って、渡部がその手のDVDを観ていなかった、ということにはならない。別の店、あるいはネットで買ったかもしれない。

「つかぬことをお尋ねしますが、このDVDに見覚えはありませんか？」

俺は携帯の写真を店員に見せた。渡部の部屋で撮った、ラックの奥に陳列されていたアダルトDVDの写真だった。あくまでも確認のための質問に過ぎなかった。渡部はここで、店員が言うところのエロ物を買っていないのだから、彼がこのDVDに見覚えがあるはずがない。

だが、彼の口からは予想外の答えが返ってきた。

「ええ、ありますよ」

「え？　でも渡部はこの手のDVDを一切買わなかったんでしょう？」

「ええ、そうですよ。このDVDがあの人が起こした事件と何か関係あるんですか？」

俺は彼と携帯の画像を交互に見返し、そして唾を飲み込んだ。

「――このDVDはこちらのお店で販売されたものなんですね」

「ええ、はっきりと覚えています」

だが、買ったのは渡部ではないのだ。

店員は写真にあるDVDを購入した人間のことを教えてくれた。俺だったらこんな口の軽い店員が働いている店で、その手のDVDを買ったりはしないだろうと考えた。しかし、その店員にせよ一般の男性客が買ったDVDの情報ならそう簡単に詳らかにはしなかったのではないだろうか。

DVDを買ったのは男性ではなかったのだ。

「買ったのは白髪の、七十ぐらいのお婆《ばあ》ちゃんでした。そんな人が熟女ものばかりこんなに沢山買い込んで、いったい何なんだろうな、と少し店でも話題になりました。だから覚えていたんです」

「それは、いつのことですか――？」

「いつだったかな――？　恐らく、一ヶ月ほど前のことだったと――」

「教えてください。それは十月七日より前でしたか？　それとも後でしたか？」

店員はすぐに答えた。

「ああ、それは後ですね。間違いないです」

店員に何と言って店を出たのか、よく覚えていない。ただ足下の地面が崩れ落ちそうな不安感と闘うように、一歩一歩足を踏みしめるので精いっぱいだった。

天候は決して快晴というほどではなかった。それでも外に出た途端に、厚い雲を通した鈍い太陽の光でさえも眩《まばゆ》く感じ、どこか意識が遠くなってゆく。

嘉奈子は自販機に寄り掛かるようにして、一人ぽつねんとしていた。

「何か分かった？」

そう俺に訊いた。だが今の俺には、そんな嘉奈子の声も知覚できなかった。

「どうしたの？」

「――葵さんはどこにいるんです？」

「だから、今、どこにいるのか分からないって――」

「連絡を取ってください！　今すぐに！」

嘉奈子の顔色がさっと変わった。

「――どうしたの？」

「あのラックの裏側にあったＤＶＤは葵さんが買ったものでした。それも渡部が自殺した後に！」

「何言ってるの？」

嘉奈子は薄ら笑いを浮かべながら言った。どうやら俺が冗談を言っていると思ったらしい。

「嘉奈子さん。本当のことだ。葵さんは渡部の死後、この店であのDVDを買い、ラックの裏側に隠した。そして渡部が隠し持っていたと偽って、私にそれを見せたんだ」

「え――？　何で母さんがそんなことをするの？」

「分かりません。ただ一つ言えることは――」

それから先の言葉を、俺は自分に言い聞かすように、告げた。

「渡部が私の母を殺した動機は、決して母を求めて拒絶されたなどというものではなかった。もっと別の理由があった。だが葵さんは、殺人の動機を男女の恋愛関係のもつれにしたほうが自分にとって都合が良かったんだ――」

もともと渡部は、赤井春子の誘惑に屈したことで市子を自殺に追いやったというトラウマを抱えている。これは発想の飛躍かもしれないが、そのせいで性的に不能になったとは考えられないだろうか。葵はこの手のものは、ラックの裏側に隠されていたDVDだけだと言っていた。だがそのDVDすら葵が渡部の死後準備したものだとしたら、彼の部屋にはもともとそういった類いのDVD、雑誌などは一つもなかったことになる。『ビデオパラディソ』の店員の、渡部はピンクの暖簾の向こう側には決して足を踏み入れなかったという証言も、その事実を裏付けている。だとしたら――。

渡部が俺の母親に恋愛感情を抱いた揚げ句殺してしまった、などという今回の事件の構図は、そもそも成立しなくなる。青葉の言った通りだ。同級生の母親と通じたことで悲劇を起こしてしまった渡部が、同じ過ちを繰り返すはずがない。

「どういうこと？　常久が出したゴミの中から見つかった、あなたのお母さんが常久に出した手紙は？　あれは何なの？」

そうだ、あれは――。

「多分、葵さんが書いたんだ――」

渡部の遺書が脳裏に浮かんだ。青葉はあの遺書を筆跡鑑定し、その結果、間違いなく渡部が書いたものだと断定した。俺も渡部に送られたとされる母の手紙を葵から受け取った際、まず真っ先に筆跡鑑定をするべきだったのだ。だが俺にはそんな考えなど微塵も浮かばなかった。俺は自分の無実を証明するための証拠を血眼になって探していたのだ。そしてそれは必ずあるはずだった。何故なら俺は赤井市子に暴行していないのだから。だから目の前にぶら下げられた餌《えさ》にまんまと食いついてしまったのだ。その真偽を確かめることもなく。

「どうして――どういうことなの――本当はあなたのお母さんは私の母さんが殺したの？　もしかしたら――常久も――」

「いや、それは違う！」

俺は間髪を容れずに答えた。

「渡部は私の母を殺し、青嵐に忍び込んで飛び降り自殺しました。その事実は絶対に覆りません。警察が徹底的に捜査している」

「じゃあ、どうして——母さんは」

「葵さんは、渡部が私の母親を殺した本当の動機を知っていたんです。しかしそれは葵さんにとって、公にされては困るものだった。だから渡部の殺人の動機を捏造し、私に暴かせたんです」

「自分の子供が一回りも二回りも年上の女性に恋をして、拒絶されたから殺したなんて恥さらしもいいところじゃない！　でもそんな動機よりももっと隠しておきたい、本当の動機があるってことなの⁉」

葵や嘉奈子にとっては、渡部が赤井市子の復讐のために俺の母親を巻き込んで殺してしまった、という真相の方がまだマシだったはずだ。せっかく事件がその流れで終結に向かおうとしていたのに、何故わざわざ自分の息子を完膚なきまでに悪人に仕立てる必要があるのだろうか。それほど渡部が俺の母親を殺した動機は、葵にとっては世間の目に触れてはならない、禁じられたものだったのだろうか。

嘉奈子は携帯電話を取り出した。そして言った。

「——母さんに直接訊くわ」

「葵さんは携帯電話をお持ちで？」

「今どき持ってない人がいると思う？」

そう嘉奈子は言った。だがその声が震えているのを俺は聞き逃さなかった。

もしかしたら、弟が中年女性に恋をした揚げ句に人を殺した、などという真相よりも、もっと酷い結果が待ち受けているかもしれない――その覚悟をしているのだろう。それがどんなものなのかはまだ分からない。だが、この事件に葵が何らかの形でかかわっているのは、今や明白だった。

何故、渡部の高校時代の同級生の家だけを協同組合に勧誘して、嘉奈子の同級生は勧誘しなかったのか、という問題には、いかようにでも言い訳ができるだろう。だがしかし、渡部の部屋から見つかったアダルトＤＶＤが渡部の死後に彼女が買ったものだという決定的な証言が得られた以上、もう言い逃れはできないはずだ。

「もしもし？　母さん？」

どうやら葵が電話に出たようだ。しかし嘉奈子の言葉はそれ以上続かなかった。

「あのね――」

それ以上何も言えずに、嘉奈子は泣き出した。自分の母親を問い詰めることができなかったのだ。

「嘉奈子さん？　よろしいですか？」

嘉奈子は泣きながら俺に携帯電話を差し出した。俺は嘉奈子から携帯電話を受け取った。

『もしもし？　嘉奈子？　何かされたの？』

電話の向こうからは、嘉奈子と同じように泣き出しそうな葵の声が聞こえてくる。マスコミに酷い取材をされたと思ったのだろう。

「葵さん？　桑原です。桑原京子の息子の銀次郎です」

葵の息を呑むような声が聞こえた。しかしすぐに、俺に対する謝罪の言葉を吐き始めた。

『あなたの書いた記事を読みました。すべて記事の通りです。申し訳ありません。私の育て方が間違っていたせいで、常久は桑原さんを――』

「葵さん。もういいです。渡部の部屋にあったDVDはあなたが『ビデオパラディソ』で買ったものですね？」

葵の言葉を遮るように、また反論する間を与えないように、唐突に俺は言った。

葵は沈黙した。息を呑む気配すら感じられなかった。

しかしすぐに気を取り直したように、

『お恥ずかしいんですが、常久が私に買ってこさせたんです。あの子は引き籠もるようになってから私を顎で使うようになって――』

「葵さん！　もう嘘は止めて、本当のことを言ってください。あなたがDVDを買ったのは渡部の死後だ。まさか供養のために買ったと言い出すおつもりじゃないでしょうね！」

この瞬間、初めて俺は加害者家族に激怒する被害者遺族になっていた。確かに殺人は許されない行為だが、加害者の家族まで糾弾されるのは、自分自身マスコミの側にいるからこそ、行きすぎた行為だと自戒を込めて思っていた。だがそれも、加害者家族が真摯《しんし》な態度であればこそだ。偽の手がかりを被害者遺族の前に並べて、真実を隠そうとするなど言語道断だ。

葵は再び沈黙した。今度はすぐに語り出そうとはしなかった。俺も沈黙した。葵が再び話し始めるまで、いつまでもいつまでも待つつもりだった。

しかしその瞬間は、遂に訪れなかった。

「──どうしたの？」

涙交じりに嘉奈子は訊いた。俺はおもむろに答えた。

「向こうから切れました」

俺は嘉奈子に携帯電話を返した。嘉奈子は慌てたふうにリダイヤルしたが、いくらかけ直しても葵が電話に出ることはなかった。

「どうして──」

　嘉奈子は呆然としたふうに言った。

　俺も同じ言葉を心の中に思い浮かべた。しかし俺は嘉奈子のように混乱してはいなかった。もちろん、今回の事件がいったいどういうものなのか、その全容は未だに見えない。だが『ビデオパラディソ』で分かった事実、そして葵の態度によって、一つはっきりしたことがある。黒幕は葵だ。もちろん渡部が俺の母を殺したという事実は変わらない。しかし今回の事件は葵がいたから発生したのだ。殺人犯を産んだ女――それ以上の意味でもって、彼女は今回の事件の中心にいたのだ。俺はそれに気付かなかった――。


　嘉奈子と二人して浜松駅まで戻った。タクシーが通り掛からなかったからだが、もし横を車が通り過ぎても気付かなかったかもしれない。ただ無言で、黙々と歩いた。そして浜松駅前に到着すると、そこで俺は我に返った。

「すいません、歩かせてしまって」

　嘉奈子は無言で首を横に振った。今にも泣き出しそうな表情だった。

「歩きながら、何かを考えていたんでしょう？」

　俺は頷いた。

「私の今の考えを正直に言っていいですか？　葵さんのことを母の事件の担当の松前という

刑事に相談しようかと悩んでいたんです」

　刑事という言葉で、嘉奈子は本格的に泣き出した。駅前を歩く人々が怪訝《けげん》そうな顔でこちらを見やった。別れ話をしているカップルだと思われたのかもしれない。

「――母さんはそんなに悪いことをしたの？」

「それはまだ分かりません。ただ、葵さんの態度は普通じゃない。しかし私もまだ悩んでいるんですが、それを松前刑事に相談して彼が取り合ってくれるかどうか甚だ疑問なんです。葵さんがアダルトＤＶＤをさも息子が生前買ったもののように部屋に並べたり、また突然電話を切ったからといって、母を殺した真犯人が葵さんだ、ということにはなりません。警察は事実だけを見ます。観念的な推理には一切興味を示しません」

　赤井春子と対面しようと一時間ほど家の前で粘った時のことを思い出した。あの時、俺は春子の通報によってやって来た警察官に追い返された。松前の名前を出したのだが、結局無駄だった。あの警察官の態度から考えるに、実際、静岡県警察まで問い合わせをしたのだろう。だが結局松前は取り合ってくれなかったのだ。そんなものだ。彼らにとってこの事件はもう既に終わっている。

「じゃあ、どうするの――？」

　俺は正直に答えた。

「分かりません。ただ、さっきの電話での葵さんの態度は、今までの彼女からは考えられないものです。もしかしたら――」

「嫌よ！　嫌！」

嘉奈子は俺の言葉の続きを悟ったように、叫んだ。

俺は葵が自ら命を絶つのではないかと考えていた。現に彼女の息子の常久も自殺したのだ。身近に自殺者がいる者には、自殺という選択肢はそうでない者よりも遥かにリアリティを持って存在している。

「ホテルの部屋を取ります。そこで暫く待機していてください。全力を尽くしますから」

俺の言葉にも嘉奈子は無言だった。俺はほとんど彼女の手を引くようにして、駅前のビジネスホテルにまで彼女を連れていった。フロントでチェックインの手続きをしている最中も、彼女はずっと放心状態だった。

「部屋を取りました。支払いは今済ませたので、お金は心配しなくて大丈夫です。とりあえず二泊ですが、様子を見て宿泊延長するなり、別のホテルを探すなりしましょう。よろしいですか？」

嘉奈子は何も答えなかった。まるで何かが死んでしまっているようだった。俺はそんな嘉奈子の手に、無理やりキーを握らせた。

「私は実家に戻って、今後の計画を練ります。明日、できるだけ早い段階でお電話しますから」

「あなたはいいわね、帰る家があって――」

その言葉で、俺はマスコミが待ち構えている渡部家のことを想起した。

「いずれ、ほとぼりが冷めればまた戻れるようになりますよ」

その言葉が、空しいものとして自分の中で反響した。あのような状況を作り出した張本人は俺なのだ。以前は、もちろん嘉奈子や葵には同情する、だが俺は被害者遺族として、そしてライターとして、できることをやるだけだ――そう思っていた。しかし、葵が今回の事件に何らかの形でかかわっているらしいという疑いが濃厚になった今は――。

「お願い――」

その時、嘉奈子が俺にしなだれかかってきた。それで俺は我に返った。

「せめて、今夜一晩だけ一緒にいて――そうしてくれないと、私、不安で、不安で、押し潰されそう――」

嘉奈子を女として意識したことはなかった。今までは――。しかし柔らかな身体、そして異性の匂いは、女としての渡部嘉奈子を猛烈に俺に思い知らしめた。

同時に強烈な嫌悪感に襲われた。嘉奈子に対してではない。彼女に一瞬でも欲望を覚えた自分自身に対してだ。嘉奈子は俺の母を殺した渡部の姉なのだ。もちろん、嘉奈子が俺に金をせびったり、失礼な態度をとったことを差し引いても、犯人とその家族とは別人格だ。それは分かっている。十分すぎるほど。

だが理屈ではない。

雅代さんのことを思い出した。聡美のことも。半年前の事件で知り合った新山《にいやま》ミカのことも。不安で押し潰されそうなのは、俺も一緒だった。自分は実は、渡部葵の意のままに、彼女にとって都合の良い記事を書いていたのかもしれない。もしそうだとしたら、青葉同様、俺のライターとしての信用は著しく失墜するだろう。赤井市子を暴行したと思われていた時の方がまだマシだと思うくらい、完膚なきまでに叩きのめされてしまうかもしれない。

それが、恐くて恐くてたまらなかった。

でも――。

俺はゆっくりと嘉奈子の身体を引き離した。

「あなたと一緒に部屋に入ったら、きっと一線を越えてしまうでしょう。だからここで一度別れたほうがいい」

「私が、四十過ぎだから？」

「そんなことじゃない。私は、公私混同をするのが嫌なんです。今はとにかく、葵さんが何を目指していたのかを知るのが先決です。それがすべて終わったら——また誘ってください」

嘉奈子は暫く俺の顔を見つめた後、

「男の人が言いそうなことね——」

と言った。

今はとにかく嘉奈子と距離を置きたかった。だからといって、乱暴に突き放すわけにはいかない。彼女は貴重な取材対象者なのだ。こんな事態だからこそ、感情的になることは避けたい。

俺は嘉奈子と素っ気ない挨拶を交わして、別れた。ホテルを出て考える。実家に戻ってこれからの計画を練ると言ったが、何の当てもなかった。経験上、このような状態の時には考えても考えても、何のアイデアも出ないものだ。むしろ、まったく別のことをしている時にアイデアがぽっと降ってきたりする。

しかしそれを待っている余裕はない。

やはり松前に相談するべきかもしれない。確かに、アダルトＤＶＤを葵が買いそろえたという事実は、渡部の犯行を否定することに直接結びつかない。だがしかし、現在、葵が消息不明という事実がある。それこそ自殺の可能性もまったくないとは言えない。これは過去の事件ではない。現在進行中の事件だ。

とにかく葵に話を聞いてみないことには始まらない。俺一人でできることは限られている。素直に警察の協力を仰いだほうがいい。きっと葵を見つけ出してくれるだろう。

その時、携帯電話が鳴った。誰だろうとディスプレイを見ると、父からだった。何の用だろう。確かに今日浜松に戻ってくると連絡しておいたが、父は息子の帰りを待ちわびて電話をしてくるようなタイプではないはずだ。

もしかしたら雅代さんと兄の件で何かあったのだろうか？

「もしもし？」

電話に出て、すぐに異変に気付いた。ぞっとするような沈黙の向こう側にかすかに聞き取れる、荒い父の呼吸。

「父さん⁉」

父には特に持病の類いはなかったと思うが、もう年齢も年齢だ。もしかしたら――母が殺されたこともあり、心労で倒れてしまったのかもしれない。

『銀次郎――』

父はうめき声と共に俺を呼んだ。

『助けてくれ――』

戦慄が背筋を貫いた。

「大丈夫か⁉　今、そっちに救急車を呼ぶよ！」

『――違う！　俺じゃない！　俺じゃないんだ――』

「どうした⁉　何があったんだ？」

『あいつが――あの女が――』

あの女と聞いても、不思議と父が口にしている人物と、今さっきまで自分の思考の大部分を占めていた人物とが重ならなかった。そんなシンクロニシティが起きるはずがないと、ある意味たかを括《くく》っていたのかもしれない。

『俺を襲った、渡部の母親が――』

絶句した。何も考えられなかった。まるで全身が空洞になってしまったかのようだった。

「何をした――？　あの女がいったい、何を――」

『雅代さんは買い物に出ていて――俺が峻を預かっていた――そしたら、渡部の母親が現れて――峻を――峻を、さらっていった――』

もし父と会話をしていなかったら、きっと俺は慟哭《どうこく》していただろう。俺のせいだ。そう思った。俺が葵と電話で話さなければ――話すにしても、直接会うべきだったのだ。俺が彼女を追い詰めたのだ。だから葵は――。

「どこに連れていった？　あの女は峻を――」

『分からん――でも、あの女は――』

でも。

『私の息子が死んだ場所としか――』

青嵐だ。

次の瞬間、俺は手を上げてタクシーを停めていた。乗り込むと、青嵐高校！　とだけ告げた。運転手は何か言いたそうな顔をしたが、俺のただならない様子を察し、無言でアクセルを踏んだ。

「何をされた？　怪我はないのか？」

『あの女が家に来たから――てっきり俺はまた謝りに来たのかと――帰ってくれとあの女に背中を向けたら――急に意識を失った。きっと頭に一撃喰らったんだろう。あれから何分経ったのか――でも雅代さんはまだ帰ってきていない。ほんの一瞬だったのかもしれない』

父は今回の事件で二度傷を負わされたことになる。一度目は渡部に。そして二度目は渡部の母親に。一度は妻を失い。そして二度目は――。

違う。

そんなことはさせない。断じてさせない。

「じっとしていてくれ。今、そっちに救急車を呼ぶ」

『俺はいいんだ――俺は――。それより峻が――峻が――』

父はほとんど泣き出さんばかりの声になっていた。

「失神するほどの打撲を後頭部に負ったんだ。いいから父さんはそこでじっとしていろ。今、青嵐に向かっている」

『銀次郎――どうか、峻を――峻を助けてやってくれ――』

分かった、とだけ短く言って、俺は電話を切った。次に一一〇番に通報し、渡部葵という女が実家の父を襲い、二歳の甥をさらったと訴えた。そこまでは良かったのだが犯人の葵が青嵐高校に向かったはずで、俺も追いかけるために今タクシーに乗っていると言うと、オペレーターは緊急性や優先順位を無視してあれこれと尋ねてきた。

『どうしてあなたは、渡部葵という女性が青嵐高校に向かったと分かるんですか？』

「父に、息子が死んだ場所に行くと言ったんです。もしかしたら後追い自殺をするつもりなのかもしれない。それは彼女の勝手だが、甥を巻き込むわけにはいかない！」

『息子とは誰のことですか？』

「俺の母親を殺した渡部常久です！　今、ニュースで騒がれている例の事件です！」

『とりあえず、あなたはお父さんの側にいてあげてください。救急車を手配します』

「だから、もうタクシーに乗ってるんだ！」

『負傷したお父さんを置いて犯人を追っているんですか？』

「違う！　携帯電話で父が俺に助けを求めてきたんだ！」

『怪我をされたご本人でもなく、現場に居合わせたわけでもないのに、あなたが通報しているんですね？』

「どういうことですか⁉　イタズラだと思っているんですか⁉」

『いえ、そんなことは言っていません。とにかくあなたが犯人を追うのはあまりにも危険です。甥っ子さんが心配なのは分かりますが、あなたは何もしないでください』

「ああ、分かった！　分かりましたよ！　とにかく一刻も早く青嵐にパトカーをよこしてください！」

『とりあえず、ご実家に人を行かせます』

「実家だけじゃ駄目だ！　青嵐にもお願いします！」

『そこに渡部葵が逃げ込んだのを目撃したんですか？』

「違う！　今、青嵐に向かっているんです！　目撃なんてしてない」

『では、犯人が青嵐高校にいる確証はないのですね？』

「だから！」

もどかしかった。今自分が置かれているこの立場を杓子定規な警察の人間に説明する術を俺は持たなかった。一刻を争う事態という焦燥感も、俺をいっそう口下手にさせた。

オペレーターと押し問答しているうちに、青嵐に着いてしまった。俺はタクシーを飛び降りて高校の敷地内に足を踏み入れた。久しぶりに訪れた母校だ、などという感慨も今はなかった。俺は屋上を見上げた。恐らく渡部は、赤井市子が飛び降りたのと同じ場所で命を絶っただろう。ならばもし後を追うかどうかは別にしても、きっとあそこに——。

いた。

ここからでは小さくしか見えない。しかし確かに屋上のフェンスの向こう側に、峻と手を繋いだ葵が立っていた。強く吹く風が、葵の長い白髪を靡かせていた。ここからでは表情までは窺えないが、しかし俺には分かる。きっと彼女は冷たい、能面のような顔をしているのだろう。

悪魔だ、と俺は思った。悪魔がそこにいる。

その時、葵が——ゆっくりとこちらを向いた。彼女も俺に気付いたのだ。

そして葵はフェンスに手をかけた。乗り越えるつもりか——一瞬思った。

フェンスは二メートルはあるだろうが、乗り越えようと思えば簡単に乗り越えられる。だから赤井市子も渡部も自殺に成功した。七十の葵には難しいかもしれないが、やってやれないことはない。だが峻を道連れに自殺するつもりならば話は別だ。二歳児を抱えながらフェンスをよじ登るのは葵にはほとんど不可能ではないだろうか。

俺は少しだけ安心したが、だからといって今は焦らなくてもいい状況では、まったくなかった。俺は転がり込むように校舎の玄関に駆け込んだ。靴を脱ぐのももどかしかった。そのまま土足で上がり込みたかったが、まだ校舎内には人が残っているはずだ。見咎《みとが》められたら余計に時間をロスすることになる。

俺は脱いだ靴を手に持って、屋上に向かう階段を駆け上がった。ほとんど忘れかけていた校舎内の構造が、進むごとに蘇ってゆく。階段を上がっていく途中で教師らしき人物とすれ違う。ちょっと、あなた——と怪訝そうな声で言われたが無視をした。

葵の体力では、屋上にはゆっくりとしか上がれなかったはずだ。今のように呼び止められることはなかったのだろうか。もしかしたら生徒の祖母が孫を連れてやって来たとでも思われたのかもしれない。不審者と思われるのは、大抵の場合、成人男性だ。たとえば俺のような。

五階分の階段を全力で駆け上がった。そして屋上の鉄の扉を全身の力を込めて押した。その僅かな重さも、今は恨めしかった。

扉の向こうに広がる、夜の始まりの、黒みがかった青空に飛び出した。星一つない群青色の暗黒。靴下越しに、冷たいコンクリートの温度が伝わる。その温度に導かれるように、俺はゆっくりと視線を下ろしてゆく。

向こうに峻がいた。自分の置かれている状況を理解できないのだろう、きょとんとした顔で、こちらを見つめている。

葵も。

しかしその表情は峻とは違う。悪魔の、それだった。

「こんなに早く見つかるとは思わなかったわ」

と葵は言った。

「父が俺に電話で教えてくれたんだ。あんたが峻を青嵐に連れていったって」

「──生きていたのね。死んだと思ったけど」

嘘だ。殺すつもりなら、なぜ私の息子が死んだ場所などと言ったのか。俺に伝えるためではないのか。凶器は何を使ったのか分からないが、自分の体力では人を殴り殺すことは不可能だと分かっていたに違いない。

「でも、早く来てくれてよかったわ。もしもっと遅くなっていたら、私、この子を殺してしまっていたかもしれない」

「峻から手を離せ」

俺は葵に歩み寄った。

「来ないで！」

と葵は叫んだ。俺に泣きながら謝罪した彼女は、もうどこにもいなかった。

「近づいたら、この子をフェンスの向こうに放り投げるわ」

峻を抱えてフェンスをよじ登ることはできないかもしれない。だが持ち上げてフェンスの向こうに投げることぐらいはできるだろう。

「――渡部に何をした？　渡部が俺の母親を殺したのは事実だ。だがその動機は俺が記事に書いたようなものではなかった。そうだろう？　あんたが渡部に俺の母親を殺させるように仕向けたんだ。違うか？」

「簡単だったわ」

と葵は言った。

「あなたのお母さんとは、あなたと常久が高校時代の同級生という以外には公の接点はなかった。だから私は協同組合に加入した。あなたのお母さんを勧誘するために。そうすれば、私を通して、あなたのお母さんと常久を出会わすことができるから」

俺は、偶然母が葵の勧誘に乗ってしまったから、その結果として渡部に殺されたと思っていた。違った。最初から葵は母を狙っていたのだ。葵の手練手管に騙されて、お人好しの母は彼女の口車に乗ってしまったのだろう。そして母は半年で協同組合を止めた。何故なのかは分からないが、大した理由はなかったのではないか。もしかしたら最初っから半年の約束で契約したのかもしれない。だが葵はその事実を、渡部のストーカー行為が始まったから気味悪がって協同組合を止めた、というふうに捏造したのだ。

葵はカモフラージュのために俺以外の同級生の家も協同組合に勧誘した。彼女のミスは、嘉奈子の卒業アルバムの名簿を利用しなかったことだ。些細なことかもしれないが、そこまでやるのだったら徹底するべきだった。もっとも本当に勧誘に乗ってしまったら面倒だ、という気持ちもあったのかもしれない。

「どうやって――どうやって渡部に俺の母親を殺させたんだ？」

「私の家にあなたのお母さんを案内して常久と会わせた後、常久にラブレターを送ったのよ。お母さんの名前でね。何通も何通も送ったわ。常久の性格は分かっている。あの子はそれを誰にも相談できず、またあなたのお母さんに直接止めてくれ、と訴えることもできなかった。もちろん訴えても構わなかった。あなたのお母さんにとっては意味が分からないでしょうけど、常久が殺意を覚えてくれるのならそれで十分だから」

渡部が不能だったとしたら、女性からのラブレターなど苦痛以外の何ものでもないだろう。ましてや赤井春子と同じ、同級生の母親からなど。もともと渡部は自分の未来に失望していた。赤井市子を死なせたという過去に絶望していた。渡部を一線を越えた行動に押しやるためには、ほんの少しの水滴で事足りた。それだけで渡部の心にあふれんばかりにたまった狂気は外に流れ出る。

葵が母の名を騙《かた》って送ったラブレターの一通一通が、その水滴の一滴一滴だった。俺は、渡部が母に恋い焦がれて、拒絶されたから母を殺したと思っていた。でも渡部にとっての事実はまったく逆だった。母の方からしつこく付きまとったから、耐え切れず渡部は母を殺したのだ。

もちろんそんな事実はない。あくまでも葵が渡部にそう思わせただけ。

葵にとっては、いつ渡部が母を殺そうが構わなかったのだろう。ただ一線を越えるまで渡部を精神的に追い詰める、そういった手練手管に葵は長《た》けていた。ましてや葵は渡部の母親だ。渡部の性格を知り尽くしていた彼女にとっては造作もなかっただろう。

「母が渡部を拒絶したあの手紙は、あんたが書いたんだな？」

「もちろんそうよ。あなたに読ませるために書いたのよ。その方が、常久が悪者になるから。あくまでも付きまとっていたのは、常久の方でなければならなかった。あなたのお母さんは善良な被害者、常久は悪魔のような犯人――そういう記事をあなたに書いてもらう必要があったからよ。もちろん筆跡鑑定されればあなたのお母さんが書いたものじゃないって分かるけど、でもあなたはそんなことしないって分かっていた。せっかく見つかった、自分が無実だという証拠を疑うような真似なんて」

　悪魔は、あんただ、そう言おうとしたが、言葉にならなかった。

「どんなふうに、あなたのお母さんを殺すのか楽しみだったけど、まさかあんなふうな策を弄《ろう》するなんて思いもしなかったわ」

　渡部は俺を悪者に仕立て、真の動機をカモフラージュした。もし何の考えもなしにただ母を殺したらどんな結果になっただろう。本当のことを書いた遺書を残すという選択肢もあっただろうが、六十歳の女性が三十代の息子の同級生を誘惑するなどありえない（実際そんな事実はなかったのだ！）と世間は考えるのではないか。どうであれ、男女の痴情のもつれとして興味本位で扱われるだけで終わったに違いない。向こうの方から付きまとってきたなどという加害者側の主張は認められないだろう。

　いや――そんなことは問題じゃない。どっちの方から誘ったのであれ、また、最後に自殺するつもりだったとしても、渡部は同級生の母親との痴情のもつれという原因で事件を起こすことが耐えられなかったのだ。赤井春子の時の二の舞いになるから。

　だから、動機を捏造した。俺を殺すために桑原家に乗り込んだという動機を。

　葵が俺の母親の名を騙って渡部に出したラブレターも、どうせ既に証拠隠滅のために処分したに決まっている。自分の息子がアダルトＤＶＤを買ったように見せかける女だ。渡部が自分の部屋のどこに何を隠していたかなど、完全に把握していたはずだ。

少なくとも母の殺害に関しては、葵は何の罪も犯していない。自分の息子である渡部を見事にコントロールして、母を殺させただけだ。だが——。

「何で——あんたは、渡部を操って、そんなことを——」

「自分の子供は立派になって欲しいと思ったわ——だから健一も嘉奈子も厳しくしつけた。でも上手くいかなかった。健一も嘉奈子も酷い不良になって、人様に迷惑をかけるようになってしまった。親なら誰だって、自分の子供を立派な人間に育てたいと思う。でも私は失敗した。だから最後のチャンスが欲しかったの——」

だが結局、健一よりも嘉奈子よりも酷い結果になった。これではまるで、渡部は俺の母親を殺すために生まれたようなものだ。

「でもやっぱり常久も駄目だった。あの赤井春子という女に誑かされて、ガールフレンドを死なせてしまった。あの子はその時点で、まともに生きることを止めたのよ」

週刊標榜の記事では、赤井家の春子と剛はイニシャルにして書いたが、しかし葵には誰のことだか分かったはずだ。いや、もしかしたら、俺の記事を読む前から、渡部と春子の間に何があったのか知っていたのかもしれない。

何故なら、彼女は渡部の母親だから。

「桑原さんは、いいわね」

と葵は言った。一瞬、俺は意味が分からなかった。

「お兄さんは一流の飲料メーカーに勤めて、あなたは東京でライターとして活躍している。どうして？　私の何が悪かったの？　私と桑原さんと、どう違うの？　桑原さんの子供は、こんなに立派に育って、どうして私の子供たちは、あんなにろくでもない穀潰《ごくつぶ》しなの？」

「どこで俺たちのことを知ったんだ？　仕事のことまで——」

確かに『喫茶あかね』で、母は葵に俺たちのことを話した。しかしその時点で、既に葵の計画は動き始めていた。葵は最初っから、俺たち家族のことを把握していたと考えるのが自然だ。

「知っていて当然でしょう？　息子の同級生の家族がどんな人間かなんて。皆、他人の噂をしたがるし、他人の秘密を知りたがる。下手に出て、油断させて、その情報の輪の中に入り込めば、分からないことなんてないわ」

俺は自分が立派な人間だとは思ったことがない。証券会社をクビになり、仕方がないから雑文書きでその日暮らしをしているだけだ。半年前のあの事件では大きなミスを犯した。そして今回も——。

兄にせよ、博多に左遷され、妻との関係は冷え込んでいる。立派な子供たちではない、俺たちは決して――。

中田のあの言葉が脳裏に蘇った。この事件の取材中、何度も思い出した言葉。

『恨まれる恨まれないは、必ずしもそういうことじゃないんだよ』

現実がどうであれ、嫉妬の気持ちは関係ないのだ。物事をどう捉えるかなど、それこそ人それぞれなのだから。

だが渡部が俺に嫉妬していたのかどうかは分からないし、関係ないことだ。最初から最後まで、これは葵の一方的な俺の母への嫉妬が起こした事件だった。渡部は葵の意のままに操られ、俺の母に対する恨みを晴らしたのだ。

「ずっと思っていた――渡部さんの息子さんたちと、私の、あのろくでもない子供たちを取り換えたいって。お兄さんは普通のサラリーマンだから難しいでしょう。でもあなたなら――」

「俺なら――俺なら何だって言うんだ？」

正直ここから逃げ出したかった。これ以上、葵の話を聞きたくはない。そもそも俺が存在しなければ、母が殺されることもなかったという事実を、次から次に思い知らされるからだ。

だが俺はここに留まらねばならない。峻を救うために。

「私は常久があなたを憎むように仕向けた。東京でライターという仕事をしているあなたの素晴らしさを、毎日のように常久に説いて聞かせた。それだけで常久には物凄いストレスになったでしょうね。しかもあなたのお母さんからラブレターまで届く。桑原家を崩壊させることに躊躇いなんかないわ。もちろんあなたが常久に殺されるようなことがあってはならない。でもその点も心配なかった。だってあなたは東京に住んでいるんだから。常久はずっと浜松で暮らしていた。東京まであなたを殺すために出かける行動力はないわ」

だからこそ渡部は、俺を赤井市子を乱暴した犯人に仕立てることに、何の罪悪感も抱かなかったのか。

そうだ——渡部が阿部と新幹線で秋葉原に行ったのは、赤井市子が自殺する前だ。彼女の自殺によって、渡部はこの街と悪魔のような母親に永久にとらわれてしまったのだ。

「何故、また浜松に戻ってきたの？　この事件の記事の続きを書いてと頼まれたからじゃないの？　そうでしょう？」

まるで帰省した息子に対して訊ねるような口調で、葵は言った。

「ということは記事の評判が良かったのね？　原稿料は上がった？」

「ああ、段違いに上がったよ。もしかしたら今回の事件について、本を出すかもしれない。

本を出すのは――この仕事を始めてから、俺がずっと抱いていた夢だった――」

「私があなたのその夢を叶えた！」

　葵は、まるで絶叫するかのように叫んだ。

「私があなたを誕生させたのよ！　一流ジャーナリスト、桑原銀次郎を！」

目の前にいる、体力的には非力であろう七十歳の老女に、俺は恐怖していた。俺は今までそれなりにいろいろな事件の取材に携わってきた。凶悪犯人といわれる人々の内面にも触れた。

　だが、ここまでの悪魔がこの世界に存在するとは思わなかった。

もし、俺が葵が真の黒幕であることに気付かなかったら、どうなっていただろう？　今回の事件で、俺は母を失い、葵は息子を失った。中田はこの事件に関してはいくらでも記事を書いていいと言ってくれている。俺は渡部の人となりを訊ねるために、積極的に葵との面会を重ねるはずだ。情も移るだろう。そして俺は、加害者家族までバッシングされる社会風潮を快く思っていない。必ずや、加害者家族――つまり葵と嘉奈子にスポットを当てた記事を書くだろう。その記事は二人を世間から擁護するものとなるに違いないのだ。

　つまり結果的に葵と今まで以上に親密になる。そう、まるで――母と子のように。今、葵は私が俺を誕生させた、などと宣《のたま》ったが、それはあくまでも比喩《ひゆ》的表現に過ぎない。だが葵の実の娘の嘉奈子は未だ独身だ。もし俺と嘉奈子が結婚するようなことになったら、名実ともに俺は葵の子供になる。その未来は決して絵空事ではない。ありとあらゆる手練手管で、渡部に俺の母を殺させた女だ。嘉奈子と俺を結ばせるためには、どんな手口でも使うだろう。第一、俺は——さっき嘉奈子のために取ってやったホテルの部屋で、確かに嘉奈子を女として意識したではないか——。

つまりそれが本当の動機だった。

出来損ないの常久という息子と、俺を交換する——そのために、今回の事件は起こされたのだ、葵の手によって。

葵にも主婦友達がいただろう。俺のような年代の子供を持つ母親同士が集まって話すことといったら決まっている。子供はいつ結婚するのか。孫はまだなのか——。ただ単に結婚したというだけで人生の勝者だと思っているような人々は、そうでない者たちを、口先では同情しながらも心の中では嘲笑《あざわら》うのだ。四十六歳で未婚の嘉奈子はそういう人々の嘲笑《ちょうしょう》の的だっただろう。

だから。

だから葵は。

「やっと夢が叶ったわ——私は世のため人のためになる子供を、ようやく一人誕生させた！

有名になったあなたには、これからいろんな事件の取材依頼が舞い込むでしょう。その一つ一つの事件にあなたは立ち向かう。そして人々を救うのよ！」

「違う——あんたは、俺の母親じゃない」

「いいえ。あなたは、私の作品よ。つまり子供みたいなもの。私が生み出した、世の中に善を為《な》す——」

「違う！」

俺は叫んだ。

「俺の母親は、あんたの息子が殺した桑原京子だ。あんたじゃない。決して、あんたじゃない」

だが葵の耳には、その俺の言葉は届いていないようだった。

「収入も増えたでしょう？　あなたにはこれからもっと仕事が舞い込むわ。お母さんを殺される前のあなたは、所詮、何でも屋のライターよ。でも今は格が違う。私があなたを有名にしたのよ！」

「もういい！」

俺は絶叫した。その俺の叫びで葵は一時黙った。

「確かに渡部が俺の母親を殺した件に関して、法律上あんたの罪を問うのは難しいだろう。

でも、今は違う。あんたは俺の家に押し入り、俺の父親を殴り、甥を拉致《らち》した。刑事罰の対象になる」

葵は真顔で応えた。

「自分が悪いんじゃない」

――俺が？

「常久が本当にあなたのお母さんを好きになったかなんて、そんなものには目をつぶっていればよかったのよ。あなたの書いた記事は、話題になって、世間に認められた。それでいいじゃない。どうしてわざわざ自分の出した結論を、再検討しようとするの？」

「――俺はライターだ。あんた流に言えば、ジャーナリストだ。好奇心がなければとても務まらない仕事だ。そこに真実があるのなら、俺はそれを探し出す。たとえそれが自分にとって不利になる証拠であってもだ」

「今の私の話を本当に記事にして世間に発表するつもり？　そんなことをしたら、あなたはきっと世間の笑い者になる。それだけならまだいいわ。もしかしたら、あなたと私がグルだと言い立てる人たちもいるかもしれない。どっちにしたって、あなたのライター人生は絶たれるわ。目をつぶっていればいい。誤魔化せばいい。あなたにはジャーナリストとして成功する未来が待っているんだから」

「そんなことは――あんたが心配することじゃない」

葵は満足げに頷いた。

「私の考えは間違っていなかった。やはりあなたは素晴らしい人間よ。健一や、嘉奈子や、常久みたいなろくでなしとは違う」

自分の子供をそんなふうに言うなんて――などと今更、驚いたりはしなかった。

これが渡部葵という女なのだ。

「峻は返してくれ。甥は関係ない」

峻はあんたの孫じゃない。そんな言葉が喉まで出かかった。だが言えなかった。俺だって浜松にいる間中ずっと、まるで峻を自分の子供のように感じていたのだから。

俺に峻を取り返す資格があるのか？　俺だって峻の父親ではないのに、と自問した。あるのだ、と自分に答えた。俺は峻の叔父だ。それだけで、十分だ。

葵は、ぐっと峻を抱き寄せた。それでも尚、峻は自分の身に何が起こったのか分からない様子だった。

「『喫茶あかね』で、桑原さんからこの子の話を聞いたわ――。可愛くて可愛くて仕方がなかって――。私、羨ましくてたまらなかった。あなたが家族になってくれれば、いずれこの子を抱くこともできる。そう思っていた。でも――あなたはすべてを知ってしまった。だから——」

「だから何だ？　それだけのために、俺の実家に乗り込んだのか？　峻と僅かな時間一緒にいるために？」

「そうよ！」

葵は絶叫した。

「あなたが気付かなければ、あなたの母親になれたら、もしかしたらあの家にも住めたかもしれないのに——」

心底ぞっとした。葵の計画は渡部と俺を取り換えることだけではなかった。峻も、佐鳴台のあの家も、すべてを自分のモノにしようとしたのだ。

「あんたは、俺の家族じゃない。あんたの子供には、ならない」

葵は、一筋涙を流し、深く、深く頷いた。

「そうよ——。私は失敗した。もうお終いよ。だから——」

「自分のモノにならないのなら、すべて壊してやろうと思ったのか？」

「違う、ただ私は、一度でいいからこの子を抱きたかっただけ——」

俺は、葵を見つめて、冷徹に告げた。

「あんたがどんな辛い人生を送ってきたのか、俺は知らない。俺には何の関係もない。あん

た は、赤の他人だ」

葵は嗚咽した。だが泣き崩れる一歩手前でふんばっている様子だった。葵の異常な様子を悟り、遂に峻も声を上げて泣き始めた。

「だから、さあ、峻を返せ。取り返しのつかない罪を犯してしまう前に」

「もう取り返しはつかないわ！　どこの世界に、健一や嘉奈子と結婚してくれる人間がいるって言うの？　私はもう一生孫の顔も見られない――」

俺は、言った。

「それも、あんたの人生だ」

その瞬間、葵の表情が、さあっと能面のようなそれに変わった。俺の言葉が、彼女の心の何かを射貫いた、と思った。

何のためにここに来たのだろう。死ぬために来たのだ。渡部の部屋にあったＤＶＤの出所を俺が見つけ出し、もう言い逃れができないと感じた。やはり彼女は息子と同じ場所で死を選ぼうという程度には渡部のことを想っていたのだ。

この場所で市子が死を選び、彼女を死に至らしめた悔いに苦しんだ渡部は十五年後、彼女と同じ場所で同じ選択をし、そして今、葵も――。

「知ったことじゃない」

俺は吐き出すように言った。

「みんな、あんたたちの話だ。俺には、ましてや峻には、何も関係ない。死にたいのなら、勝手に死ね。俺は決して止めたりなんてしない。ただ峻を道連れにはできないぞ。あんたの体力で、峻を抱えてフェンスを乗り越えることは不可能だ」

そう俺は葵に宣告した。

もし、今の俺が葵によって存在すると言うのであれば、そうなのだろう。その意味で葵が俺の母的な役割を担ったのは、決して間違ってはいない。ならば俺は彼女を葬るべきだ。そうしなければ、俺は元の自分に戻れない。葵を葬るために、俺は彼女の手によって生まれたのだ。

そして永遠にも似た十数秒間が経過した。

葵はゆっくりと——。

泣いてる峻を屋上のコンクリートに下ろした。

峻は泣きながら、俺と葵を交互に見返した。葵はそんな峻を名残惜《なごり》しそうな目で見つめてから、くるりと背を向けてフェンスにしがみついた。七十歳の老婆がフェンスをよじ登る光景は、まるで壁を這《は》う蠅《はえ》のようで、どこか滑稽《こっけい》だった。俺は葵を止めるでもなく、手助けするでもなく、ただ葵を一瞥《いちべつ》し、それから峻を見やった。俺にとって既に葵など、それこそ蠅ほどの存在でしかなくなっていた。

「峻」

俺は言った。

「おいで」

それでも峻は暫くその場でぐずっていたが、やがてちょこちょことこちらに走り寄ってきた。

俺が跪き峻を受け止めるのと、葵がフェンスを乗り越えるのはほぼ同時だった。

フェンスの向こう側には人が十分歩ける程度のスペースは保たれている。そこにゆっくりと葵が下り立つのが分かった。

葵がこちらを振り返るのも。

俺は峻を抱きながら目を閉じた。もうあんな女の顔など二度と見ない。そんな強い決意と共に。

やがて下の方からドサッという重たい音が聞こえてきた。

俺は目を開けた。

既にそこにはもう葵は存在しなかった。そこにさっきまで渡部葵という女が存在していたことが嘘のように、何もなかった。渡部葵は消失した。

群青色の闇がどこまでもどこまでも広がっている。

9

峻はすぐに病院に運ばれた。精密検査の結果、どこにも異常はなかったので、俺はほっと胸を撫で下ろした。

雅代さんが峻の入院している病院に駆けつけてきたのは、夜の八時を少し回った頃だった。俺は彼女に状況の説明をしようとしたが、雅代さんは俺になど目もくれず、峻が寝かされているベッドに駆け寄った。彼女にとって、所詮俺は峻の百分の一ほどの存在感しかないことを、改めて思い知らされた。

雅代さんの取り乱しぶりは物凄く、医師や看護師は彼女への鎮静剤の投与を真剣に考えたほどだった。だが母が殺されてまだ間もないこともあり、峻が犠牲になるかもしれないという可能性は誰にとっても絵空事ではなかった。現に峻は拉致された。雅代さんや父にとっては、この数時間は生きた心地がしなかっただろう。

峻は大事を取って一日入院することになった。もちろん雅代さんもずっと付き添うらしい。俺は久方ぶりに再会した松前に事情聴取を受けた。かなり突っ込んだ質問をされるかと思ったが、葵が峻をさらったという事実は誰の目にも明らかだった。動機の点でも、息子の犯罪を週刊誌で告発した俺に対する復讐、つまり逆恨みということで決着がついた。

葵が俺に語ったような話は、一切、表に出ることはなかった。もちろん俺が黙っていたからだが、仮に正直に打ち明けたところで、松前は恐らく関心を示さないだろう。母が殺された時と同じだ。真の動機が何であれ、葵が峻を拉致したという事実は覆らないのだから。ましてや渡部と俺を交換するつもりだったとか、嘉奈子と俺を結婚させるつもりだったとか、そんな話は荒唐無稽《こうとうむけい》な絵空事だと一蹴されたに違いない。警察はそんな観念的な推測ではなく、もっと現実的な証拠に基づいて動くものだ。

葵の自殺を止めなかったことで、俺が何か窮地に立たされるような事態になるのではないかと案じたが、差し当たってその心配はなさそうだった。ただ松前からお小言は受けた。

「あなたは被害者遺族です。そのことに対しては、もちろんお気の毒です。また被害者遺族は遺族らしく、大人しく喪に服していろというつもりもない。ただ、今回あなたはやりすぎた」

「やりすぎた、とは？」

「あなたはそういう仕事だから仕方がないかもしれません。でも自分の母親が事件に巻き込まれたのに、これ幸いと事件の記事を書くのは感心しません」

「あなた方は、私が赤井市子を乱暴したという汚名を晴らしてはくれなかった。だから自分でやるしかなかったんです」

「それは分かります。でも、本当にそれだけですか？　クライアントから、そういう記事を書いてくれと頼まれたんじゃないですか？　つまり金のためだった」

復讐のためでもあり、金のためでもあった。松前の言う通りだから否定はしない。

「あの記事で、あなたは渡部の家族を追い詰めた。だから葵は、あんな凶行に走ったんです」

そう、それが一般的な見方だろう。だが葵が凶行に走ったのは、俺が青葉の指摘によって、自分の書いた記事の瑕疵《かし》に気付いたからだ。もし、俺が自分の記事に何の疑いも覚えず、思い上がっていたままであったら、葵は世間からの糾弾に耐え忍びながら、次のステップのための準備を進めていたに違いない――桑原家を乗っ取るために。

だがそんな理屈を松前に説明しても意味はない。

「渡部葵があなたのお父さんを襲い、峻君を拉致したことについても、記事を書くんですか？　今度は嘉奈子を追い詰めることになりますよ？」

「次は嘉奈子さんが襲いに来ると？」

「そうは言っていません。ただあなたが今回の事件のことを書き続ける限り、憎しみの連鎖は終わりません」

　憎しみの連鎖とは刑事にしては詩的な表現だと思ったが、それだけだった。所詮、リアリティの中で生きている彼には、葵が心に描いた夢の世界は理解できまい。


　俺は雅代さんと一言も言葉を交わさないまま病院を後にした。父に会いに行くためだ。父は、渡部に襲われた際に入院した、浜松駅前の病院に搬送されていた。母が殺された時はパトカーで送ってくれたが、今回はそんな待遇はないらしい。

　雅代さんと俺との間には、今や透明な壁が立ちはだかっているように思えた。雅代さんとて、俺のせいで峻が危険な目に遭ったことに薄々感づいているのだろう。峻だけではない。母もそうだ。俺が聡美と離婚していなければ、今でも証券会社で働いていれば、母も殺されず、父も怪我をせず、峻も危険な目に遭うことはなかったのだ。そのことを彼女も理解しているのかもしれない。

　バスに乗って浜松駅前まで向かった。担当医は、やはり元木だった。同じような状況で、しかもあの時は渡部家の息子、今度は母親に襲撃されたという事実に、彼は驚愕していたようだった。

　だが一番ショックを受けているのは、もちろん父だった。同じ場所で二度も襲われたという以上に、むざむざと峻をさらわれてしまったという事実に忸怩たる思いを隠せない様子だった。

「松前が事情聴取に来たね？」

ベッドの上の父は、力なく頷いた。

「あの女が突然うちに来たんだ。泣きながら何度も何度も頭を下げて——俺があの女の謝罪を受け入れていれば、もしかしたら峻は危険な目に遭わなくて済んだかもしれない。俺の心が頑なだから——」

違う。父がどんな対応をしようと、葵は峻をさらうつもりだった。

「父さんのせいじゃないよ——」

「いいや、俺のせいだ——雅代さんや峻が来てくれたから、気が緩んでいた。一度ならず二度までも——」

父は憔悴《しょうすい》し切った様子で、何度宥めても自分を責める言葉を吐くのを止めようとしなかった。

一人にしてやったほうがいいと思って、俺は病室の外に出た。しかし実家に帰ることなく、そのまま病院で一晩を過ごした。

兄が博多からやって来たのは、その翌日のことだった。兄は、まるでサラリーマンが営業に出かけるような格好で、父のいる入院棟の待合所にいる俺の前に姿を現した。あんな記事を書いたことを責められると思った。だからこそ峻が危険な目に遭ったのだと。松前が俺を責めたのと同じ理由で、兄も俺を責めるのだと。

違った。兄は激高するでもなく、俺に冷たい言葉を投げ掛けるでもなく、俺の隣に腰を下ろした。

「――仕事は平気なの？」

挨拶代わりに、そう訊いた。

「有休を取ってきたんだ。今回は誰も死んでないから、忌引きじゃない」

兄流のジョークのつもりらしかったが、まったく笑えなかった。

「雅代と峻がいろいろ世話になったみたいだな。そろそろ、博多に帰らせようと思う」

「――雅代さんは？」

電話の向こう側の、涙交じりの雅代さんの声を思い出した。もちろん帰らなければいけないと思います。それは分かっていますけど――雅代さんはそう言っていた。この、俺の前では鉄面皮に思える兄も、大人の男として嫉妬心を持っていた。俺と雅代さんの関係を疑ったぐらいなのだから。もしかしたら雅代さんは博多に帰るのを拒否するのではないだろうか。兄と別れ、ずっと浜松で暮らすつもりなのではないだろうか。雅代さんがそういう選択をすることを望んでいる自分がどこかにいた。

――しかし。

「すぐにでも博多に帰りたいそうだ。こんな危険なところには、もういられないって」

その兄の声を、俺はどこか遠くで聞いていた。だが子を持つ母としては、それも当然だろう。義母が殺された家で、今度は息子が拉致された。これ以上あの家に暮らす理由はない。

確かに、雅代さんと兄の関係は冷え切っていたのだろう。雅代さんは離婚も真剣に考えていたのかもしれない。だが峻が襲われたことによって、それも棚上げになった。子はかすがいとはよく言ったものだ。

「父さんは可哀想だな――今度こそ、一人で暮らすのか――」

父を出汁にした、雅代さんと峻を引き止めるための台詞だった。もちろん、こんな台詞など何の意味も持たないだろうが、言わずにはいられなかった。俺の周りで急激に動いてゆく事態に対する、ささやかな抵抗でもあった。

「そのことだが、銀次郎。父さんには今回のことはショックが大きすぎた。まだそんな歳じゃないかもしれないが、あの家で一人暮らしを強いたら、最悪、認知症になってしまわないとも限らない――」

俺に父と同居しろと言うつもりだろう。そうしなければならないと、当然俺も考えていた。

浜松でライターの仕事を続けていくのは難しいかもしれない。だが今回の仕事で、俺はつくづく自分の仕事が嫌になった。俺は他人の家族はもとより、自分の家族、自分自身の深淵《しんえん》を覗き込んだ。自分で自分の尻尾《しっぽ》を喰らうウロボロスの蛇のようになって初めて、他人の生活に分け入って報道という名の下に多くの読者の好奇心を満たす行為が、どれだけリスクがあるか思い知らされた。もちろん報道、ゴシップ記事を問わず、それらの規制はできないし、またするべきではないだろう。しかしそれに携わっている者が、どれだけの覚悟を持っているのだろう。そして俺はこれからもそんな覚悟を持ち続けていけるのだろうか？

そんな自信はとてもなかった。そもそも俺がこんな仕事をしていなかったら今回の事件は起きなかったのだ。俺はライターを辞める——そう口にしかけたが、兄が言葉を発するほうが早かった。

「父を博多に連れていこうと思う」

「——え？」

「父さんにとっては、いや、俺や銀次郎にとっても、あそこは母さんが殺された家だ。処分したほうがいいかもしれない。事故物件だから高くは売れないだろうが、それでも馬鹿にならない金額になる。お前はフリーランスだから少しでも金があったほうが安心だろう。あの家は父さんの名義だから家族で分けるとしたら生前贈与という形になると思うが、とにかく俺と父さんが同居するのが、経済面でも気持ちの上でも、最善の選択だと思う」

俺は頷いた。何度も何度も頷いた。

「そうだね——そうしたほうがいいかもしれない」

最後にやって来て、兄はすべてを奪っていった。そんな文句の一つも言いたい気持ちはもちろんある。だがそんな資格は俺にはないのだ。兄は父を引き取り、長男としての役割を果たした。ましてや雅代さんと峻は兄の家族なのだ。俺がその中に分け入る資格はない。断じてないのだ。

ただ、心にできた、荒涼とした空白だけは、決して消えることはない。

ああ、葵もこんな気持ちだったのだな、と思った。もし兄の立場に自分が成り代われるなら、父と雅代さんと峻と過ごしたこの日々がいつまでもいつまでも続くのなら、誰か第三者、たとえば嘉奈子などを操って兄を殺す方法があるのなら、俺はためらわずにそれを実行しただろう。

そんなことを一瞬でも考えた自分に殺意を抱いた。俺は葵のような人間にはならない。どんなに寂しい人生を送ったとしても、絶対に。

兄がやって来た以上、俺が父と一緒にいなければならない理由はなかった。父にせよ、俺などよりも兄といたほうが気分がいいだろうと思った。散歩してくると言い捨て、俺は病院の外に出た。浜松駅前で『閤賀楽』を探して歩いた日が、遥か昔のことのように思えてならない。赤井春子と剛に会いたいという強い気持ちが浮上したが、俺はその感情を押し殺した。あの母子に会いたいという感情は、彼らが俺を家族の一員として迎えてくれたらどんなにいいだろうという利己的な思いから出たのは明らかだった。俺は葵にならないと心に決めたのだ。

嘉奈子を泊まらせたホテルが見えた。もしかしたら警察の事情聴取や葵の葬儀の準備のため、今あそこにはいないかもしれない。だがどうであれ、嘉奈子にはもう二度と会いたくなかった。いや、会えなかった。会って何を話せばいいのか分からない。葵はあなたと俺を結婚させるために、渡部を操って俺の母親を殺させた、と俺の推理を話すのか？　だがそんなことをしたら、却って嘉奈子に俺との結婚を意識させてしまうかもしれない。嘉奈子自身には恨みはない。だが恐い。あんなことになったのに、まだ嘉奈子を女として見ている自分に気付くことが恐い。嘉奈子にしなだれかかられた時の、彼女の身体の柔らかさ、その匂いを、俺はまだ覚えている。だが俺は嘉奈子を愛せない。決して、絶対に嘉奈子を愛してはいけないのだ。

中野に帰ってから、嘉奈子には当たり障りのない手紙でも書こうと思う。それで終わりだ。

彼女とはもう二度と会うことはないだろう。

どこにも俺の居場所はなかった。母が殺された、あの場所以外には――。

俺はそうすることが当たり前のように、バスに乗って実家に向かった。実家がなくなったら、恐らく浜松に戻ってくることもなくなるだろう。これが見納めとばかりに、俺は車窓を見つめ続けた。この街の思い出が、家族の思い出が、母と兄とバスに乗って映画を観に行った思い出が、ひっきりなしに蘇り、俺の現実と過去の認識の境目を曖昧にした。

最寄りのバス停で降り、一歩一歩踏みしめるように歩いた。また事件が起こったのだ。実家の周りを野次馬や捜査員が取り囲んでいる光景を想像した。だが、実家周辺は母が殺された当初とは比べものにならないほど静まり返っていた。警察が駆けつけた際に一通り検証が行われたのだろうが、殺人の時のそれとは違い簡易なものだったのだろう。父は軽傷で済んだし、峻も無事だった。しかも犯人が誰かも明白なのだから。

恐らくあと数週間もすれば、この大人になるまで過ごした家は、思い出が染みついた家は、本当の意味で誰も住む者のいない空っぽの場所になる。その後は？　誰か別の住人が入るのか。それとも取り壊して更地にするのか。どうであれ、もう俺とは何の関係もない場所になるということだ。

俺は家の中に足を踏み入れた。実家に立ち入るだけなのに、まるで他人の家の中に上がり込んでいるかのようだった。浜松にいる間、父と、雅代さんと、峻と過ごした居間に向かった。誰もいない、そこはまるで真空のような空間だった。

静寂に耐え切れず、テレビをつけた。チャンネルを次々に変えると、そこに嘉奈子が映っていた。顔にはぼかしがかけられているし、声も変えられているが、間違いなく嘉奈子だ。あのジャージには見覚えがある。嘉奈子はマスコミに怒鳴り散らしていた。恐らく、もうすぐ五十になるのに結婚しないんですか？　と訊かれた時の映像だろう。嘉奈子が怒っている映像を繰り返し放送するくせに、何故嘉奈子があんなふうに怒っているのかは決して視聴者に伝えない。そういうものだ、マスコミは。俺の所属している世界は。

いたたまれずテレビを消した。再び静寂が俺を包み込んだ。俺は立ち尽くした。現実と過去の境目が曖昧になり、ここで過ごした日々が脳裏に色鮮やかに蘇った。聡美がまだ家族の一員だった日々が。父もいた。生まれたばかりの峻を連れて帰省した兄と雅代さんもいた。もちろん母も。母と父とは大喜びで、峻のご機嫌を伺うのに必死だった。次は銀次郎たちの番ね、と母は言った。聡美ははにかむように笑った。温かい部屋と、正月番組の喧《やかま》しいBGMと、母の作ったお節料理。家族と酒を酌み交わし、俺は知識のない顧客に口八丁手八丁で株を売りつけている罪悪感を忘れた。楽しかった。子供を作れと記憶の中の自分に訴えた。そうすればもしかしたら聡美との離婚は回避できたかもしれない。母に峻に次ぐ孫の顔を見せてやることもできた。内科医で忙しいから子供は作らないなどというポリシーは聡美にはなかったのだから。でも、現在の俺の言葉は、過去の自分には届かない。決して、決して届くはずのない、空しいだけの言葉。

冷たい、殺人現場という烙印《らくいん》を押されたこの家には、もう誰もいない。

跪くように床に座り込み、今回の事件において、俺は初めて、泣いた。

この作品は書き下ろしです。原稿枚数684枚（400字詰め）。

彼女《かのじょ》のため生《う》まれた

浦賀《うらが》和宏《かずひろ》

平成25年10月10日　初版発行
平成25年10月25日　2版発行

発行人——石原正康
編集人——永島賞二
発行所——株式会社幻冬舎
〒151-0051東京都渋谷区千駄ヶ谷4-9-7
電話　03(5411)6222(営業)
　　　03(5411)6211(編集)
振替00120-8-767643

印刷・製本—図書印刷株式会社

装丁者——高橋雅之

幻冬舎文庫

ISBN978-4-344-42088-5　C0193　　う-5-5